Neujahrsträume auf Nordeney

Zeit für Meer, Buch 3

BIRGIT GRUBER

Verlag:
Zeilenfluss Verlagsgesellschaft mbH
Werinherstr. 3
81541 München

Texte: Birgit Gruber
Satz: Zeilenfluss
Korrektorat: Dr. Andreas Fischer
Cover: MT-Design

ISBN: 978-3-96714-483-3

BIRGIT GRUBER

Neujahrsträume auf Norderney

ZEILENFLUSS

DIE ZEIT FÜR MEER REIHE

- Raureifträume auf Rügen
- Uferträume auf Usedom
- Neujahrsträume auf Norderney
- Sandkornträume auf Sylt (2026)

PROLOG

»Hallo? Ha-llo!«, rief eine leicht schrille Frauenstimme durch den Raum.

Olivia ließ ihre Papiere auf den Schreibtisch fallen und eilte nach vorn zum Empfang.

»Ach, ist ja doch jemand da«, begrüßte sie die Dame von der anderen Seite des Tresens mit zerfurchter Stirn.

Sie war vielleicht Mitte sechzig und besaß eine durchaus imposante Erscheinung. Ihr braun meliertes Haar hatte sie zu einem Knoten zusammengebunden. Der beige Trenchcoat hing ihr locker von den Schultern und gab eine schwarz-rote Bluse preis. Sie war dezent geschminkt und sichtlich nicht gewillt zu warten.

»Ich habe einen Termin bei Frau Dr. Eichmüller. Jetzt«, forderte sie.

Olivia warf einen Blick auf den Kalender ihres Computers, dem zufolge die neue Mandantin Ingrid Zacherl hieß. Sie schaute auf.

»Frau Zacherl? Es geht um eine Rechtsberatung bezüglich …?«, ließ sie den Satz absichtlich offen, da hier nichts vermerkt war.

»Das erkläre ich Frau Dr. Eichmüller selbst. Es ist etwas kompliziert, wie ich bereits am Telefon gesagt habe. Nun? Wo muss ich hin?« Fragend sah sich die Dame um.

Olivia deutete auf die Tür links von ihr, die in das Büro ihrer Chefin führte. Sie war Partnerin der Rechtsanwaltskanzlei und momentan in einem Gespräch im Besprechungsraum, wie sie wusste.

»Da entlang, bitte schön«, sagte sie etwas steif und ging voran.

Erst, als sie das Zimmer betreten hatten, Liv einen flüchtigen Blick über den Schreibtisch ihrer Chefin hatte schweifen lassen, um zu prüfen, dass keine brisanten Dokumente herumlagen, die für fremde Augen nicht zugänglich sein sollten, und sich zu Frau Zacherl umdrehte, bemerkte sie deren Rucksack.

Seltsamerweise bewegte er sich. Oder hatte sie sich das nur eingebildet, da Frau Zacherl ihn neben dem Besucherstuhl am Boden abstellte, um sich ihres Mantels zu entledigen?

Bevor sie genauer hinsehen konnte, betrat ihre Chefin den Raum.

»Oh, hallo«, hauchte die Mittvierzigerin, verharrte eine Nanosekunde und schloss hinter sich die Tür. Ihr schulterlanges feines glattes Haar wirbelte bei der Drehbewegung kurz auf. Das dunkelblaue Kostüm saß wie angegossen, und ihr lippenstiftbehafteter Mund deutete ein Lächeln an, obwohl Olivia klar war, dass sie gerne zwei Minuten Verschnaufpause gehabt hätte, bevor sie zum nächsten Termin überging.

Ein seltsames Geräusch durchdrang den Raum. Sofort erhob sich Homer, Frau Dr. Eichmüllers Irischer Setter, und gab einen Laut von sich.

Das tat er sonst eigentlich nie. In aller Regel bemerkten ihn Anwesende kaum. Normalerweise lag er friedvoll den ganzen Tag in seinem großen Weidenkorb neben der Schrankwand, vom Schreibtisch ihrer Chefin verdeckt.

Die trat nun mit erhobenem Zeigefinger auf ihn zu, schenkte ihm einen strengen Blick, und schon war wieder Stille eingekehrt.

Dr. Eichmüller sank auf ihren Stuhl. »Nun, Frau …«

»Zacherl«, half Liv ihr weiter.

Sie nickte. »Was kann ich für Sie tun?«

»Ja also, es ist so«, begann die Dame und griff nach ihrem Rucksack. »Leopold hat eine Anzeige wegen Hausfriedensbruch oder so ähnlich bekommen. Dabei hat er gar nichts getan!«

Die Rechtsanwältin blinzelte. »Wer ist Leopold?«

»Na, er«, antwortete Frau Zacherl und zog den Reißverschluss ihres Rucksacks auf.

Liv wollte gerade das Zimmer verlassen, doch jetzt drehte sie sich neugierig noch einmal um. Dabei bemerkte sie, dass die Frau keineswegs einen gewöhnlichen Rucksack bei sich hatte. Die Frontseite bestand aus einem durchsichtigen Material und besaß drei große Löcher. Aber noch bevor sie sich fragen musste, weshalb das so war, entschlüpfte ihm etwas Weißes, Großes, Bewegliches.

»Endlich!«, tönte das Etwas und hüpfte elegant auf Frau Zacherls Schulter.

Sowohl Liv als auch ihrer Chefin klappte der Kiefer herab. Es handelte sich um einen Weißhaubenpapagei, der zweifelsohne in der Lage war zu sprechen.

»Viiiieel zu lang … gedauert!«, brüllte er krächzend.

Und damit war die Ruhe vorbei.

Homer sprang auf und bellte. Der Papagei – Leopold – plusterte sich auf.

Homers Nasenhaare vibrierten, er fixierte den Vogel und machte einen Satz nach vorn.

Leopold begann zu flattern.

»Spinnst du? Spinnst du?«, plärrte er. Er segelte über den Kopf seiner Besitzerin hinweg und rupfte ihr dabei mit den

Krallen einige Strähnen aus der wohlgeordneten Frisur. Sie kreischte erschrocken auf. Der Papagei vollführte einen kleinen Sturzflug, um gleich darauf senkrecht nach oben durchzustarten. Offenbar peilte er die Gardinenstange an, die zwei Schiebevorhänge trug.

Homer aber sah nicht untätig zu. Er hüpfte hoch und schnappte nach dem Vogel, biss jedoch ins Leere.

Frau Dr. Eichmüller rief ihn zu sich, aber der Hund dachte nicht daran, zu gehorchen. Während Leopold auf der Stange über dem Fenster landete, hüpfte er wiederholt nach oben und zerrte mit seinen Pfoten an der Schiebegardine.

»Aufhören!«, schrie Frau Zacherl aufgebracht, und der Vogel plapperte es ihr nach.

»Aufhören! Aufhören!«

»Homer! Hierher!«, brüllte die Rechtsanwältin indes.

Es herrschte absolutes Chaos. Liv hatte keine Ahnung, wo sie zuerst hinschauen sollte, ganz abgesehen davon, was sie tun könnte.

Da passierte es auch schon. Die Eisenstange glitt wegen des ständigen Gezerres an der Gardine linkerseits über den Haken aus der Verankerung, schoss pfeilgerade nach unten und schwenkte nach rechts aus. Mit ihrem großen runden Knauf traf sie Frau Zacherl, die dort stand und zeterte, direkt an der Stirn. Sie fiel um wie eine gefällte Eiche.

»Knock-out! Knock-out!«, grölte Leopold entsetzt und flatterte aufgeregt durchs Zimmer.

Homer, sichtlich verwirrt angesichts der neuen Lage, hielt inne. Gerade als er Frau Zacherls Gesicht abschlecken wollte, öffnete sie die Augen und kreischte los. »Hilfe! Hilfe!«

Beherzt griff Dr. Eichmüller ihren Hund am Halsband und zog ihn von der Mandantin weg. Während der Vierbeiner endlich wieder in seinem Körbchen Platz nahm, setzte sich Frau Zacherl auf.

»Das wird ein Nachspiel haben!«, zeterte sie und rieb sich die Stirn, auf der ein kreisrunder roter Fleck sichtbar wurde. »Ich werde Sie verklagen!«

Liv warf sich lachend die Hand vor den Mund. Was für eine Szene! Was für eine kuriose Situation! Sollte ihre Chefin im Auftrag der Frau nun gegen sich selbst prozessieren?!

1

Olivia trat sich die Füße auf der Kokosmatte ab und schüttelte ihren Regenschirm aus. So ein grässliches Wetter. Der November eilte seinem Ruf bereits Ende Oktober voraus. Mit klammen Fingern steckte sie den Schlüssel ins Schloss. Drinnen empfing sie angenehme Wärme, und die Deckenlampe aus dem Wohnzimmer warf einen Lichtkegel in den Flur. Jan war also schon zuhause.

»Ich bin da!«, rief sie, stellte ihre Tasche ab und schälte sich aus dem feuchten Wollmantel.

Sie erhielt keine Antwort. Es störte sie kaum. Sie schlüpfte in ihre kuschligen hellgrauen Plüschpantoffeln, strich ihr Kleid glatt und fuhr sich mit der Hand durchs Haar. Ein paar Wassertropfen stoben in alle Richtungen davon.

Sie warf einen Blick in den Spiegel. Dank ihres Pixie-Schnitts saß die Frisur trotzdem. Plötzlich sah sie sich in die eigenen Augen. Ebenso wie ihr Haar waren sie braun, doch sie schimmerten nicht annähernd so intensiv. Früher einmal, aber heute wirkten sie müde und abgeschlagen. Unwillkürlich verzog sie das Gesicht. Es war schmal und eine Spur zu blass, selbst für diese Jahreszeit, passte aber zu ihren Körperproportionen. Sie musterte sich. In dem schwarz melierten Wollkleid wirkte sie schlank, der schlichte fingerbreite Gürtel lag locker auf ihren Hüften. Dabei würde sie viel lieber mit einem dicken Bauch herumlaufen. Einem Babybauch! Doch diese Hoffnung hatte sie vor Wochen begraben.

Nachdem sie und ihr Mann Jan es über zwei Jahre versucht und selbst ärztliche Hilfe in Anspruch genommen hatten, musste sie einsehen, dass ihr dieser Wunsch wohl niemals erfüllt werden würde.

Seufzend strich sie sich noch einmal über die Taille, in dem Bemühen, sich wenigstens über ihre tolle Figur zu freuen. Doch der Effekt blieb aus. Also straffte sie die Schultern und ging in die Küche.

Über dem Herd brannte Licht, ansonsten war der Raum in Grautöne gehüllt. Sie lugte durch die Verbindungstür ins Wohnzimmer.

Jans aschblonder Schopf ragte über der Couchlehne heraus. Er trug Kopfhörer und schien vertieft zu sein.

Für einen Moment hellte sich ihr Gesicht auf. Sie wollte zu ihm gehen und ihm von ihrem Tag erzählen.

Sie arbeitete als Rechtsanwaltsgehilfen in einer renommierten Kanzlei Bambergs. Ihre Chefin Frau Dr. Eichmüller war streng aber fair. Dafür, dass Olivia auf Grund ihrer In-vitro-Behandlungen über Wochen ausgefallen war, hatte sie Verständnis aufgebracht und sie ohne Groll vor einiger Zeit wieder ins Arbeitsleben einsteigen lassen. Der Job tat Liv gut. Er ließ ihr keinen Raum für die kreisenden Gedanken, die sie sonst plagten. Außerdem war er durchaus nicht staubtrocken, sondern hin und wieder sogar sehr amüsant. So wie heute.

Unwillkürlich musste sie grinsen, als sie an das Papageienspektakel dachte. Sie lief auf Jan zu. Über solche Anekdoten hatten sie sich früher gemeinsam schlappgelacht.

Doch in diesem Moment erhob er sich, streifte die Kopfhörer ab und entdeckte sie.

»Hey Liv!«, sagte er und lief geradewegs an ihr vorbei.

»Hey.« Sie drehte sich um und beobachtete ihn, wie er den Wasserkocher anwarf. Dann griff er nach einer Tasse und suchte in ihrem Teesortiment herum. Schließlich zog er einen Beutel heraus.

»Soll ich uns was kochen?«, fragte sie. Ihr Magen knurrte zustimmend.

»Ne, muss nicht sein.«

Mit gerunzelter Stirn lehnte sie im Türrahmen und starrte in seinen Rücken. Lag es an ihren unzulänglichen Kochkünsten? Sie wusste selbst, dass sie zwar eine recht passable Hausfrau war, doch was die Essenszubereitung betraf, fehlte ihr etwas … Vermutlich das Koch-Gen? Meistens schmeckte es so lala, und ehrlicherweise gab es tausend Dinge, die sie lieber machte. Aber sie bemühte sich stets.

Doch vielleicht tat sie Jan auch unrecht, weshalb sie ihre Gedanken in eine andere Richtung lenkte.

»Hast du schon gegessen?«, wollte sie wissen.

»Ja, ich war mit einem Kunden unterwegs.«

»Aha. Schön.« War es nicht. Früher hätte er ihr eine Nachricht geschickt und sie informiert, damit sie sich am Heimweg eine Kleinigkeit mitnehmen konnte.

Er goss seinen Tee auf. Auf die Idee, ihr ebenfalls einen anzubieten, kam er nicht.

In Liv zog sich etwas zusammen. Der Hunger war ihr vergangen, ebenso wie der Drang, ihm von den amüsanten Vorkommnissen in der Kanzlei zu berichten. Das ging ihr in letzter Zeit häufiger so. Leider.

Unwillkürlich fragte sie sich, wann sie beide sich zu dem entwickelt hatten, was sie heute waren. Ein ›altes‹ Ehepaar, das kaum mehr miteinander redete. Wenn sie es taten, ging es überwiegend um sachdienliche Informationen, und selbst da schwangen oft genug Untertöne mit.

Diese Babysache hatte sie scheinbar nicht nur viel Geld gekostet, sondern auch ein großes Stück ihrer gegenseitigen Zuneigung. Ja, wenn sie darüber nachdachte, hatten sie sich irgendwie entfremdet, während sie praktisch Tag und Nacht miteinander Sex gehabt hatten. Die Emotionen waren bereits nach kurzer Zeit abgeebbt. Es handelte sich bald lediglich um einen Akt der Babyproduktion, zwischen Temperatur messen und Hormonspritzen. Als auch das nichts gebracht hatte, waren sie übereingekommen, es mit der teuren In-vitro-Behandlung zu probieren. Ab da wurde es irgendwie steril zwischen ihnen … Ihr Alltag bestand irgendwann nur noch aus Hoffen und Bangen. Dass Liv dank der Hormonbehandlungen obendrein oft zickig wurde, hatte ihrer Beziehung zusätzlich geschadet.

Seit einigen Wochen war die Therapie nun vorbei. Sie hatte gedacht – gehofft –, dass sich damit zwischen ihnen wieder alles einrenken würde, doch bislang war davon nichts zu spüren. Sie lebten nebeneinanderher, so gut sie konnten. Immerhin. Doch war das genug?

Sie war gerade mal Mitte dreißig, Jan noch keine vierzig. Sie hatten das Leben noch vor sich! Sollten sie es in dieser Weise miteinander verbringen?

~

JAN RÜHRTE in seiner Tasse herum, obwohl das überhaupt nicht nötig war. Der Teebeutel kam auch ohne sein Zutun zurecht. Trotzdem hatte er damit wenigstens eine Beschäftigung. Er spürte Livs Blick im Rücken, ebenso wie die unausgesprochenen Worte, die in der Luft hingen. Welcher Art sie waren, konnte er nicht bestimmen, weshalb er sich auch scheute, etwas zu sagen. Aber er wusste, dass Liv in der Tür lehnte und ihn betrachtete.

Ob sie noch den Mann da stehen sah, in den sie sich einst verliebt hatte?

Natürlich war er ein paar Jährchen älter geworden, doch im Grunde schaute er immer noch so aus wie damals, vor zehn Jahren. Dank seines regelmäßigen Lauftrainings war er schlank geblieben. In seinem aschblonden Schopf hatte er bislang noch kein graues Haar entdecken können, dafür war seine Iris hellgrau. Doch das war sie seit jeher. Früher hatte Liv oft gemeint, seine Augen besäßen dadurch etwas Tiefgründiges und Entspannendes zugleich. Empfand sie das heute auch noch so?

Er drehte sich zu ihr um. Sie war eine wirklich schöne Frau, und wenn sie lachte, ging für ihn die Sonne auf. Leider tat sie das nur noch selten. Schon komisch, dass gerade der Wunsch, gemeinsam eine Familie zu gründen, sie voneinander entfernt hatte.

Miteinander Gespräche zu führen war eine Fifty-fifty-Chance, um in einen Streit zu geraten. Warum das so war, wusste er nicht. Nur, dass die Erfahrung zeigte, dass sie sich mittlerweile selbst über die Wetterprognose in die Wolle bekommen konnten. Waren ihre Einstellungen so unterschiedlich geworden? Was war aus den alten Zeiten geworden, in denen sie nächtelang geredet hatten, gelacht und sich geliebt?

Er hatte sie schon ewig nicht mehr berührt.

Mit der In-vitro-Behandlung war er von ärztlicher Seite aufgefordert worden, seinen Teil in einem abgeschlossenen Zimmer in eines dieser Reagenzgläser beizutragen. Livs Höhepunkt erfolgte dann seitens des Gynäkologen, der das befruchtete Ei in ihre Gebärmutter einsetzte.

Unwillkürlich schüttelte es ihn. Mit einem ›Kind aus Liebe gezeugt‹ hatte das alles nicht mehr viel zu tun gehabt. Seufzend gestand er sich ein, dass er froh war, nichts von alledem mehr durchmachen zu müssen.

Trotzdem vergrub er sich seitdem in seine Arbeit. Er war IT-

Berater und arbeitete im Home-Office oder bei den Kunden vor Ort. Zu tun hatte er mehr als genug. Dennoch hatte er bislang stets eine ausgewogene Balance zwischen Job und Privatleben gefunden, aber seit geraumer Zeit verschanzte er sich geradezu hinter seinem Beruf.

Neuerdings ging er auch deutlich öfters mit seinen Auftraggebern ins Restaurant. Das hatte allerdings weniger mit Livs schlechten Kochkünsten zu tun. Neben der Nahrungsaufnahme ging es ihm um die Unterhaltung am Tisch. Seltsamerweise fühlte er sich in Gesellschaft Fremder oftmals entspannter als mit Liv.

Aber das konnte er ihr kaum sagen, weshalb sie sicherlich dachte, es läge an ihrem Essen. Er wollte ihr erklären, dass es nicht so war. Doch wieder einmal fehlten ihm die richtigen Worte. Also ließ er es.

»Okay, ich muss noch ein bisschen was tun.« Er schnappte sich seine Tasse und fing ihren Blick auf. Ein Hauch von Traurigkeit lag darin. Oder dachte er sich das bloß? Ihre Wangen waren leicht gerötet. Sie wirkte frischer als sonst.

»Ja, wenn das so ist …«, murmelte sie und schlug die Lider nieder. Als sie sie wieder öffnete, fielen ihm ihre langen schwarzgefärbten Wimpern auf. Sie standen im direkten Kontrast zu ihrem roten Mund. Ein Rest von Lippenstift hatte sich bis zum Abend gehalten. Plötzlich wollte er sie in den Arm nehmen und küssen. Und wenn er sie wieder losließ, wäre alles wie früher. Ein schöner Gedanke.

Unbeholfen trat er einen Schritt auf sie zu. Dann fiel ihm ein, dass er ja noch die Tasse mit dem brühwarmen Tee in der Hand hielt.

»Hattest du einen schönen Tag?«, fragte er also stattdessen.

»Ja«, lautete die einsilbige Antwort. Aber ihr Mund blieb einen Spalt offen, so als wollte sie etwas hinzufügen. Tat es jedoch nicht.

»Du, ich kann auch später noch mal an den Rechner«, bot er ihr an.

»Nein, nicht nötig. Mach dein Ding. Ich werde mein Buch zu Ende lesen.« Wie zum Beweis drehte sie sich um und zeigte auf den kleinen Beistelltisch neben dem Sofa, wo der Roman auf sie wartete.

Enttäuschung kroch durch seine Adern, als er sich abwandte und in sein Büro verschwand.

2

»Hey ihr Süßen! Wie geht´s euch denn?«, rief Izzy und umarmte nacheinander ihre Freundinnen.

Olivia, Scarlett und Tammy saßen bereits am reservierten Tisch beim Italiener. Wie immer war Izzy die Letzte, die kam.

Ein Hauch von Narzissen kroch Liv in die Nase, als sie sie an sich drückte.

»Hm. Du riechst nach Frühling«, meinte sie. Es tat so gut, alle drei Freundinnen mal wieder vereint um sich zu haben.

Seit Teenagertagen waren sie so was wie die vier Musketiere. Selbst ihre unterschiedlichen Lebenswege hatten sie nicht trennen können. Denn Tammy lebte inzwischen auf Usedom. Dort wo andere Urlaub machten, hatte sie ihr Glück gefunden. Izzy wohnte schon seit Jahren in Berlin, da in der Hauptstadt die meisten ihrer Auftraggeber ansässig waren. Sie verdiente ihr Geld als Unterwäschemodel und hatte sich damit ihren Traum erfüllt. Nur Scarlett war neben Liv in Bamberg geblieben.

Viermal im Jahr trafen sie sich in ihrer Heimatstadt, ansonsten gab es glücklicherweise das Smartphone, sodass sie gegenseitig immer halbwegs auf dem Laufenden waren. Doch einen Mädelsabend konnte es natürlich nicht ersetzen.

Sofort ging das Geplapper los. Eine jede von ihnen hatte einiges zu berichten. Das Geschnatter wurde nur unterbrochen, um eine Bestellung aufzugeben, und wenn man sich die Gabel in den Mund steckte. Zu Pizza und Spagetti gab es Rotwein, den Liv sich schmecken ließ.

Die samtig rote Flüssigkeit rann wohlig ihren Gaumen hinab, während sie den anderen zuhörte. Die hatten so viel zu erzählen, dass es kaum auffiel, wenn sie selbst sich zurückhielt.

Was hätte sie auch beitragen sollen? Der Kinderwunsch war passé, die quälende Zeit der Hormonspritzen vorbei, und ihre Ehe hatte Schiffbruch erlitten. Das war´s, mehr gab es nicht zu sagen. Kurz, knapp, ernüchternd. Da hörte sie lieber den anderen zu und lachte zusammen mit ihnen über deren Anekdoten, die sie zum Besten gaben.

Aber irgendwann fiel es doch auf, dass sie nicht viel zum Gespräch beitrug.

»Nun zu dir, Liv. Welche bahnbrechenden Neuigkeiten gibt's bei dir zu verkünden?«, fragte Tammy gutgelaunt.

»Oh, mal überlegen.« Sie stellte ihr inzwischen leeres Glas langsam am Tisch ab. »Ich denke, meine neuste Erkenntnis ist, dass ich öfters Rotwein trinken sollte. Er schmeckt fantastisch! Ich habe viel zu lange darauf verzichtet, das wird sich jetzt ändern. Schließlich gibt es keinen Grund mehr, auf Alkohol verzichten zu müssen.« Sie grinste beseelt.

»Hört, hört!« Prompt schenkte Izzy nach.

»Und er macht die Zunge so schön schwer«, befand Scarlett.

»Was? Lalle ich etwa schon?« Liv schluckte und spürte auf einmal ihre hitzigen Wangen.

»Wie? Nein. Ich rede von mir«, erklärte Scarlett. »Ich bin Alkohol auch nicht mehr gewöhnt. Seitdem Noah auf der Welt ist, falle ich abends nur noch ins Bett.«

Liv nickte verständig. Ihr Patenkind war wirklich ein kleiner Racker durch und durch. Das Herz wurde ihr so weit, dass sie den Stich kaum merkte. Auch wenn ihr diese Erfahrung als Mutter wohl nie zuteilwerden würde, gönnte sie Scarlett ihr Glück zutiefst. Sie war kein neidischer Mensch, und positiv betrachtet konnte sie wenigstens in der Nacht durchschlafen.

Die Freundinnen stießen miteinander an.

»Oh Gott! Ich glaube, ich habe einen Tee«, gestand Scarlett.

Izzy kicherte. »Gut möglich. Du hast dein Glas fast in einem Zug geleert.«

»Wirklich?«, meinte sie überrascht und besah sich eingehend den Anstandsrest in ihrem Weinglas.

Liv gluckste. »Du schielst ja schon.«

Ganz so schlimm war ihr ›Zustand‹ erfreulicherweise doch noch nicht.

»Hm-hm-hm.« Scarlett gackerte.

»Ich glaube, ich bring dich besser heim«, überlegte Tammy.

»Schätze, das ist eine gute Idee«, stimmte sie zu, und ehe sich Liv versah, saß sie mit Izzy allein am Tisch.

»Also, jetzt erzählt mal. Wo drückt der Schuh?«, meinte die Freundin prompt, kaum dass die anderen gegangen waren, und bestellte für sie beide je einen Cappuccino als Absacker.

Erstaunt blickte Liv auf.

»Nun guck nicht so. Ich habe dich den Abend über beobachtet. Du warst relativ still. Hast du immer noch Probleme, diese Babygeschichte zu verarbeiten?«, fragte sie salopp weiter. Doch Liv war froh darüber, dass ihre Freundin eher locker damit umging. Das war besser, als es auch noch zu dramatisieren.

»Nein. Das ist es nicht«, antwortete sie und war positiv davon überrascht, weil es der Wahrheit entsprach.

»Was dann? Gibt es wieder mal Reibereien zwischen Tabea und deinen Eltern?«

»Wie? Nein. Jedenfalls nicht, soweit ich weiß.« Ihre kleine

Schwester war so was wie das schwarze Schaf in der Familie. Während Liv immer die Brave und Besonnene war, nahm es sich Tabea heraus, das Leben in alle Richtungen auszutesten. Sehr zum Leidwesen ihrer Eltern, die ein Problem damit hatten, dass ihre Jüngste ihre Jobs wechselte wie andere ihre Männer. Wobei das bestimmt ebenfalls kaum ihren Zuspruch gefunden hätte. Aber was Tabeas Liebesleben betraf, hielt sich die kleine Schwester sehr bedeckt. Es reichte auch schon, dass sie mittlerweile in München lebte und dort ständig auf Achse zu sein schien. Liv fungierte deshalb häufig als Puffer zwischen den Eltern und ihrer Schwester, was ihr jedoch oftmals zusetzte. Denn der Altersunterschied von acht Jahren in Kombination damit, dass ihre Eltern Liv gerne als Vorzeigekind präsentierten, erschwerte eine sonderlich innige Beziehung der Schwestern.

»Okay, woran liegt es dann? Ist es der Job? Hast du Schwierigkeiten, dich wieder in deinen Alltag einzufinden?«, wollte Izzy wissen.

»Überhaupt nicht. Das ist wie Fahrradfahren. Einmal gelernt, wie der Hase läuft … Na du weißt schon. Meine Chefin Dr. Eichmüller hat mir erst gestern gesagt, wie froh sie ist, dass ich den Laden wieder schmeiße.« Das war der Moment gewesen, nachdem Liv beherzt in die chaotische Situation von Hund und Papagei eingegriffen und sie entschärft hatte. Froh, die Geschichte endlich jemandem erzählen zu können, sprudelte sie geradezu aus ihr heraus. »Während meine Chefin auf Homer fixiert war, hab ich mir Leopold einfach geschnappt. Du hättest sein Geschrei mal hören sollen. ›Loslassen! Vergewaltigung!‹ hat er andauernd gekräht.«

»Was? Woher kennt er denn überhaupt solche Wörter?«, fragte Izzy aufgekratzt. Die Story amüsierte sie sichtlich, und Liv wuchs einen Zentimeter über sich hinaus.

»Na ja, Frau Zacherl hat eben einen Vogel«, erklärte sie

kichernd, und die Freundinnen brachen in schallendes Gelächter aus.

»Jedenfalls hab ich ihn ohne Rücksicht in seinen Vogelrucksack gesteckt«, berichtete sie dann weiter.

»Lass mich raten. Er hat ›Nötigung‹ gerufen?«

»Das hätte noch gefehlt.« Liv gluckste. »Er hat sich mit ›Frechheit‹ begnügt. Ebenso wie sein Frauchen. Sie haben es zweistimmig gerufen. Woraufhin Homer angefangen hat zu jaulen. Ungelogen, im Irrenhaus kann es nicht schlimmer zugehen. Meine Chefin hat Migräne bekommen, und mir reichte es auch. Ich hab die beiden nach draußen bugsiert.«

»Was für ein Desaster.« Izzy schüttelte ungläubig den Kopf. »Da sag mal einer, mit Rechtsanwälten gäbe es nix zu lachen.«

Der Cappuccino wurde serviert, und die Freundinnen beruhigten sich.

»Hach, es ist schön, dich mal wieder so gelöst zu erleben.«

»Ja, es tut wirklich gut«, stimmte Liv zu. »Leider hab ich das Gefühl, selten die Gelegenheit dazu zu bekommen«, sprach sie ihre Gedanken laut aus.

»Wieso? Jan hat sich doch gewiss ebenso amüsiert über euer Bürofiasko wie wir gerade.«

»Nein, eigentlich nicht.« Angestrengt spielte Liv mit ihrer Kaffeetasse. Als sie den fragenden Blick ihrer Freundin auffing, fügte sie seufzend hinzu: »Konnte er auch schlecht. Ich hab ihm davon gar nichts erzählt.«

»Aber Livy, weshalb?«

»Keine Ahnung. Irgendwie ist bei uns der Wurm drin. Wir reden seit einiger Zeit kaum. Wenn wir es tun, kriegen wir uns – warum auch immer – schnell in die Haare. Ich weiß nicht, es liegt so eine gewisse Spannung in der Luft …« So, nun war es ausgesprochen.

»Hm«, machte Izzy nur. Dann rechnete sie mit den Fingern

nach. »Na klar«, rief sie plötzlich, »ihr seid im verflixten siebten Jahr!«

»Was?«

»Ihr seid jetzt sechs Jahre verheiratet. Das siebte ist das verhexte, das weiß doch jeder«, erklärte sie weise.

»Aha und wie bringt mich das weiter?«

»Na …« Sie zuckte mit den Achseln. »Immerhin wissen wir jetzt schon mal, woran es liegt.«

»Du glaubst also nicht, dass das was mit der Kinderwunschgeschichte zu tun hat?« Sie war wenig von der Theorie ihrer Freundin überzeugt.

»Mag sein, dass das mit reingespielt hat. Aber nein, ich denke, es liegt einfach am Zeitpunkt. Da müssen alle Paare durch, wenn sie miteinander alt werden wollen.«

»O-kay. Hast du denn dann irgendwelche Tipps für mich? Ich meine, wenn du offenbar schon Profi in Beziehungsfragen bist?« Dass Izzy ein eingefleischter Single war und sich noch nie längerfristig gebunden hatte, wollte sie gar nicht anführen. Dank des Rotweins war sie ziemlich gutgelaunt und gespannt, was ihr die Freundin raten würde. Belustigt schaute sie sie an.

»Also mal überlegen.« Izzy spitzte die Lippen und hielt in Denkerpose die flachen Hände aneinandergelegt vor die Nase. »Du hast von Spannungen gesprochen. Richtig?«

Liv nickte.

»Knisternde Spannung?«

»Ha, schön wär´s«, japste sie.

Prompt schoss Izzys Zeigefinger nach vorn. »Da haben wir´s doch schon.«

»Echt?«

»Klar! Euch ist die Anziehungskraft abhandengekommen. Das passiert vielen, wenn sie länger zusammen sind.«

»Wirklich? Deshalb bindest du dich wohl so ungern?«, fragte

Liv amüsiert. Den Kommentar konnte sie sich einfach nicht verkneifen.

»Schon möglich. Um mich geht´s hier allerdings nicht.«

»Eins zu null für dich. Und was schlagen Frau Naseweis dann vor?«

»Na, dass ihr wieder Feuer fangen müsst. Ein bisschen verliebt sein, meine ich. Verstehst du?«

Liv lachte laut auf. Das wäre wirklich schön. Wie das in der Praxis funktionieren sollte, wusste sie jedoch nicht.

»Was ist denn daran so witzig? Ich bemühe mich grad echt, dir zu helfen«, reagierte Izzy eingeschnappt.

»Stimmt. Verzeih mir bitte. Und du hast mit alledem vermutlich sogar recht. Nur ist es nicht so leicht umzusetzen, wie du es dahersagst. Weder ich noch Jan können auf den Knopf drücken, und ›bumm!‹ sind wir wieder verknallt wie am ersten Tag.«

»Dann müsst ihr eben daran arbeiten.«

»Du schlägst also vor, dass ich jetzt heimgehe und ihm genau das sage? Wie stellst du dir das vor?«

Izzy dachte einen Moment scharf nach. Wie immer sah sie selbst mit gerunzelter Stirn verdammt hübsch aus. »Pass auf. Aktion löst Reaktion aus.«

»Aha. Woher weißt du das denn nun wieder?«

»Och, ich hab da neulich mal ein Fotoshooting für eine Werbekampagne eines Therapiezentrums gemacht. Dabei hab ich ein bisschen was aufgeschnappt.«

»Du hast dich in Unterwäsche auf ein Sofa gesetzt, und mit den Bildern soll für eine Therapiepraxis geworben werden?« Liv machte große Augen. »Also, auf das Publikum, das darauf anspringt, wäre ich echt neugierig.«

»Quatsch.« Izzy kicherte. »Ich war ganz solide angezogen. Mit Rolli und Jeans. Ich mach doch nicht nur in Unterwäsche! Man muss flexibel sein bei den Jobangeboten.«

»Na, da bin ich ja beruhigt.«

»Gut, dann können wir also zurück zum Thema kommen? Also, es reicht im Grunde schon, wenn du etwas an deinem Verhalten gegenüber Jan änderst. Du wirst sehen, dass sich daraufhin auch sein Umgang mit dir wandeln wird.«

»Wow, Izzy! Du klingst richtig reif und erwachsen.«

Liv hatte so eine Aussage von der Freundin nicht erwartet. Sie war seit jeher das Küken in der Clique, ein Wirbelwind und immer auf der Suche nach etwas Neuem.

»Tja, auch an mir geht das Leben nicht einfach so vorbei. Wobei das Wort ›reif‹ in meiner Branche eher nicht gern gehört wird.« Unvermittelt guckte sie an sich herab und knirschte mit den Zähnen.

»Du schaust wie immer klasse aus«, beruhigte Liv sie sofort. Ihr Aussehen war Izzys Kapital, das wussten sie alle. Doch darüber brauchte sich die Freundin wirklich keine Sorgen zu machen. Sie besaß eine Grundschönheit, die sich nicht abstreiten ließ. Obendrein hatte sie einen Wahnsinnsstoffwechsel. Sie konnte so ziemlich alles essen, was sie wollte, ohne ein Gramm zuzunehmen. Beneidenswert.

»Ja, na ja. Wo waren wir?«

»Du sagtest, ich sollte mich Jan gegenüber anders verhalten.« Unwillkürlich runzelte sie dabei die Stirn.

»Richtig.« Izzy nickte kraftvoll.

»Also, ich verstehe, was du meinst. Aber mit dem *Wie* hab ich so meine Probleme«, gestand sie. »Soll ich mich ihm an den Hals werfen?« Das konnte sie sich in der aktuellen Lage überhaupt nicht vorstellen.

Izzy lachte. »Das wäre ein Anfang.«

»Ha, ha. Das geht nicht, so wie wir momentan zueinander stehen.«

Der Kellner kam an ihren Tisch und räumte das Geschirr ab. Die Freundinnen baten um die Rechnung.

»Du musst ja nicht gleich die Sirene spielen. Ein bisschen flirten würde vermutlich schon ausreichen.«

»Flirten?«

»Ja, um das Kribbeln wieder hervorzukitzeln.«

»Flirten – das ist schon ewig her.«

»Eben drum!«

»Ich weiß gar nicht mehr, wie das geht.«

»Ladys, ein Limoncello aufs Haus?«

Liv und Izzy schauten auf. Mit einem Tablett, auf dem vier Schnapsgläser standen, trat der Kellner an den Tisch. »Oh, die anderen sind ja bereits gegangen«, erinnerte er sich nun. »Möchten Sie beide dann zwei?«

Mit einem spitzbübischen Grinsen servierte er ihnen den jeweils doppelten Zitronenschnaps.

»Aber klar doch. Da sagen wir nicht Nein«, flötete Izzy sofort und zwinkerte ihm zu.

»Eben, auf einer süßen Zitrone kann man nicht stehen«, erwiderte er und konnte sichtlich den Blick nicht von ihr wenden.

Liv beobachtete die beiden. Graziös reichte ihre Freundin ihm ihre Kreditkarte. Mit geschmeidigem Griff nahm er sie. Selbst das Rattern des Lesegeräts schien nicht so monoton wie sonst zu sein, sondern viel eher beschwingt.

»Hier bitte.« Er gab ihr das Plastikteil zurück. »Ich bin übrigens Antonio. Und du?«

»Isabel.«

»Ah. Die schöne Isabella!« Seine Augen funkelten, und Izzy hob amüsiert die linke Braue. Einen Moment lang sahen sie sich nur an, dann deutete ihre Freundin auf sie.

»Und das ist Olivia«, stellte sie sie vor.

»Oh, hallo.« Es fiel ihm sichtlich schwer, seinen Blick von der schwarzhaarigen Schönheit zu lösen. Doch schließlich gelang es ihm. »Ähm, das wären dann achtundvierzig sechzig, bitte«, sagte er zu Liv.

Als sie ihm ihre Karte reichte, hatte er Mühe, sie zu greifen, und auch das Lesegerät knatterte wie üblich abgehackt vor sich hin. Dann stand er da, und ihm war anzusehen, dass er überlegte, was er noch zu Izzy sagen konnte. Garantiert war er auf ihre Nummer aus.

Diesen Gefallen tat sie ihm aber nicht.

»Danke, Antonio, das Essen war wirklich lecker. Wir kommen gerne wieder«, machte sie ihm deutlich, dass er nun nicht mehr erwünscht war, woraufhin er widerwillig verschwand.

»Siehst du. Das ist flirten«, ereiferte sich Izzy, kaum dass er außer Hörweite war.

»Hab ich bemerkt.«

»Das kannst du auch.« Die Freundin nahm eines der Gläser mit der gelben Flüssigkeit in die Hand und prostete ihr zu.

»Pha«, brummte sie nur und stürzte sich den Inhalt in den Rachen. Allein die Vorstellung, so mit Jan umzugehen, verursachte ihr Gänsehaut. Er würde doch meinen, sie hätte sie nicht mehr alle. Bestimmt würde er sie fragen, ob es ihr gutginge, wenn sie in einem so perligen Ton mit ihm redete. Prompt verschluckte sie sich und begann zu prusten.

»Weißt du was? Vielleicht solltest du ein bisschen üben«, überlegte Izzy laut, als hätte sie ihre Gedanken gelesen.

»Üben?«, krächzte sie. »Wie denn das? Soll ich jetzt jeden Tag zum Italiener gehen?« Nun ja, gegen das Essen hätte sie nichts einzuwenden, allerdings … »Bei mir legen die Pfunde deutlich schneller an, da seh ich innerhalb eines Monats ja aus wie eine Kugel.« Außerdem standen sie finanziell derzeit auch nicht ganz so gut da wie noch vor ein bis zwei Jahren. Die In-vitro-Behandlungen waren ziemlich teuer gewesen. Das war mit ein Grund, weshalb sie sich dagegen entschieden hatten, es noch weiter zu probieren …

Izzys Kichern brachte sie wieder ins Hier und Jetzt zurück.

»Eine lustige Idee, aber das meinte ich nicht. Ich dachte eher an so was wie …« Sie suchte nach den richtigen Worten der Erklärung. »Ach, ich zeig´s dir am besten einfach. Gib mir mal dein Handy.«

»Wozu?« Verblüfft schob sie ihr Smartphone über den Tisch zu ihrer Freundin.

Mit flinken Fingern tippte Izzy darauf herum, keine drei Minuten später hielt sie ihr das Display unter die Nase.

Liv starrte auf eine Facebook-Seite. Genau genommen handelte es sich um eine Gruppenseite. Etwas von ›neue Leute kennenlernen und Freunde finden‹ stand da.

Izzy beobachtete aufmerksam ihre Reaktion.

»Was soll ich da? Ich habe doch schon die besten Freundinnen, die man haben kann!«, fragte sie begriffsstutzig.

»Oh wie lieb!«, flötete Izzy und umarmte sie flüchtig. »Aber darum geht´s in deinem Fall doch gar nicht. Hier kannst du ein wenig das Flirten üben. Immer und überall. Zu jeder Tages- und Nachtzeit. So wie es dir gerade passt.«

»Ich soll onlinedaten?!«, erkundigte sich Liv schrill und etwas zu laut.

Prompt fing sie Antonios interessierten Blick auf.

Sie schluckte und merkte, dass sie rot wurde.

»Ich bin verheiratet!«, zischte sie dann leise.

»Das weiß ich doch. Das ist ja auch kein Datingportal, sondern nur eine Gruppe, wo man neue Leute trifft. Ganz informell und anonym. Ich finde das ideal, um ein wenig in Übung zu kommen …«

Wofür, fragte Liv vorsichtshalber lieber nicht nach, entschied sich aber zumindest dafür, ihrer Freundin einen Vogel zu zeigen.

Die ignorierte es jedoch geflissentlich und plapperte weiter. »Liv, du sollst keine Affäre anfangen! Nur ein bisschen plaudern, ein wenig schäkern. Verstehst du, was ich meine?«

»Ja. Nein. Ich bin mir nicht sicher …«

»Das tut dir und deinem Selbstbewusstsein gut. Und wenn du locker genug bist, klappt es dann auch mit deinem Ehemann. Du wirst schon sehen.«

Izzy gab ihr einen kameradschaftlichen Schulterstoß und schob ihr den zweiten Limoncello hin. Na denn prost.

3

Als Liv nach Hause kam, schlief Jan bereits. Vom Alkohol beseelt fiel auch sie in die Federn, doch knapp zwei Stunden später wachte sie wieder auf. Benebelt fragte sie sich, ob sie Izzys Idee mit der Datingapp nur geträumt hatte. Ach nein, es hatte sich um eine Facebook-Gruppe gehandelt, fiel es ihr ein. Hatte ihre Freundin sie demnach tatsächlich dort angemeldet? Es ließ ihr keine Ruhe, also tappte sie verschlafen in die Küche, wo ihr Handy über Nacht am Ladegerät angeschlossen war.

Blinzelnd öffnete sie die App und befand sich sofort in dem Forum. Schnaufend sank sie auf den Stuhl. Dann fiel ihr Blick auf ihr Profilbild. Frech schnitt sie darauf eine Grimasse in die Kamera. So konnte sie sich unmöglich fremden Leuten präsentieren! Also lud sie stattdessen ein Foto hoch, das sie erst vor Kurzem geknipst hatte. Es zeigte eine Parkbank im Regen, die mit roten Ahornblättern übersät war. Ja, das gefiel ihr. Es war unverfänglich und dennoch schön anzusehen. Ihr Blick traf auf ihren Namen, der eindeutig auf sie als reale Person hinwies.

Sie hatte ihr Nutzerkonto vor ein paar Jahren eingerichtet, weil sie auf der Suche nach ehemaligen Mitschülern gewesen war, um ein Klassentreffen zu organisieren. Einige wenige hatte sie über Facebook tatsächlich ausfindig machen können. Seitdem hatte der Account vor sich hingeschlummert. Bis jetzt!

Schnell öffnete sie die Bearbeitungszeilen ihrer Angaben und löschte den Namen. Doch was sollte sie stattdessen angeben?

Sie starrte durch das Fenster in die schwarze Nacht. Hexen, Geister und Batman fielen ihr ein, die um diese Zeit da draußen ihr Unwesen treiben könnten. Vielleicht sollte sie sich Catwoman nennen? Unwillkürlich schüttelte sie den Kopf. Das passte nicht zu ihr. Sie schickte Izzy einen verfluchten Dankesgruß, und plötzlich wusste sie, wie sie sich nennen wollte. Morticia, so wie die schwarzhaarige Schönheit aus der *Adams Family.*

Als sie mit ihren Freundinnen zu ihrem Junggesellinnenabschied in Las Vegas gewesen war, hatte dort ein Junge Izzy gefragt, ob sie Morticia sei. Und tatsächlich hatte sie an jenem Tag, übermüdet und verkatert, wie sie gewesen war, eine verdammte Ähnlichkeit zu der Figur aufgewiesen, mit ihrer zerzausten schwarzen langen Mähne und dem enganliegenden schwarzen Kleid.

Nun, da ihre Freundin sie in diese Facebook-Gruppe gebracht hatte, fand Liv es nur fair, sich in gewisser Weise dafür zu revanchieren.

Also tippte sie den Usernamen *Morticia25* ein und setzte ihren Status auf Single. Was die Freundin eindeutig war. Vielleicht würde sie ja in ihrem Namen endlich den Richtigen für sie finden, dachte Liv dabei und kicherte. Was Izzy wohl sagen würde, wenn sie den Spieß damit einfach umdrehte?

Zufrieden marschierte sie zurück ins Bett und fiel sofort in einen tiefen Schlaf.

»SAG MAL, was ist denn mit deiner Handtasche los? Die hüpft dauernd aufgeregt herum. Hast du dir einen *Taschengeist* eingefangen, der shoppen gehen möchte?«, witzelte Livs Kollegin Heike. Mit einer Kaffeetasse in der Hand lehnte sie sich auf ihrem Bürostuhl zurück und musterte Liv samt ihrer Tote-Bag, die über deren Lehne baumelte.

Liv schaute auf und griff unvermittelt danach. Dass sie heute ein gewisses Eigenleben entwickelt hatte, war ihr auch schon aufgefallen. Aber daran war kein moderner Dschinn schuld, der ihr drei Wünsche erfüllen wollte – schön wär's! –, sondern ihr Handy, das in unregelmäßigen Abständen vibrierte.

Sie zog es heraus, als es schon wieder erzitterte. Zum Glück hatte sie es während der Arbeitszeit immer auf lautlos gestellt. War sie vielleicht gehackt worden und wurde nun mit Spam-Nachrichten bombardiert? Hoffentlich nicht!

Sie guckte auf ihr Display, um zu prüfen, wer sie da permanent erreichen wollte, und fiel fast vom Stuhl.

Die Nachrichten kamen allesamt aus der Facebook-Gruppe. In der ersten wurde sie herzlich von den Administratoren willkommen geheißen, darauf folgten zahlreiche Begrüßungen von Gruppenmitgliedern. Einige von ihnen wollten sofort mit ihr in Kontakt treten, auch per persönlicher Nachricht. Mit offenem Mund überflog sie die Meldungen.

»Ist was passiert?«, wollte Heike wissen und beugte sich neugierig zu ihr herüber.

Erst als das Parfüm der Kollegin Liv in die Nase kroch, wurde sie sich dessen bewusst.

»Was? Ähm … nein. Alles okay«, brabbelte sie und steckte ihr Smartphone schnell wieder weg. Die private Handynutzung während der Arbeitszeit war nicht gern gesehen, außerdem gingen Heike ihre Nachrichten auch wirklich nichts an.

Du meine Güte!, dachte sie. Mit einem derartigen Wirbel um ihren Gruppenbeitritt hatte sie nicht gerechnet.

»Aber es muss doch was Wichtiges sein, wenn jemand dermaßen penetrant versucht, dich zu erreichen«, hakte Heike nach.

Livs Gedanken überschlugen sich. Sie fühlte sich total überfordert mit der Situation.

»Ach, das ist nur meine Familie. Es geht um ein … ein Essen«, plapperte sie das Nächstbeste aus, was ihr in den Sinn kam.

»Ein Essen? Deshalb veranstaltet ihr so viel Aufhebens?«

»Na-jaa«, antwortete sie gedehnt und starrte auf die Unterlagen, die vor ihr am Tisch lagen. Es handelte sich um eine Erbschaftsangelegenheit. Und plötzlich wusste sie, was sie vorschieben konnte. »Meine Schwiegermutter ist leider kürzlich verstorben und –«

»Ach, es geht um eine Trauerfeier? Mensch, Olivia, das tut mir aber leid. Warum hast du denn nichts davon gesagt?«

Weil es schon Wochen, eigentlich Monate, her war. Es war zu der Zeit geschehen, als Liv wegen der Kinderwunschgeschichte im Krankenstand gewesen war. Doch nun war es die perfekte Ausrede auf Heikes wissbegierige Fragen. Wenigsten war das, was sie von sich gab, nicht gänzlich gelogen.

»Ich wollte kein großes Aufhebens darum machen. Schließlich bin ich erst seit Kurzem wieder voll zurück im Job und –«

»Was gibt´s? Etwas, wovon ich wissen sollte?«, mischte sich unvermittelt Dr. Bettina Eichmüller ins Gespräch. Trotz der Pumps, die sie täglich trug, besaß sie die Fähigkeit, sich derart leise zu bewegen, dass Liv nicht zum ersten Mal erschrak, als sie wie aus dem Nichts hinter ihr auftauchte.

»Olivias Schwiegermutter ist verstorben, und sie sagt kein Wort«, informierte Heike die Chefin.

»Oh! Mein herzlichstes Beileid«, bekundete die Rechtsanwältin und reichte ihr die Hand zur Kondolation.

Zögernd erhob sich Liv und ergriff sie. »Danke.«

»Ihr Mann hat kaum Familie, hatten Sie sowas nicht mal erwähnt? Dann müssen Sie alle Angelegenheiten regeln? Wohnte die alte Dame nicht irgendwo im Ruhrgebiet?«

Liv war verblüfft. Es war bestimmt Jahre her, dass sie einmal davon erzählt hatte. Dass ihre Chefin sich das gemerkt hatte! Andererseits war sie genau deshalb so eine gute Anwältin, weil sie ein phänomenales Gedächtnis besaß. Sie vergaß nicht mal die kleinste Kleinigkeit, weshalb sie unter ihresgleichen erfolgreich herausstach.

»Ach, ist das nicht die, die ein Haus auf Norderney besitzt?« Nun schien sich auch Heike zu erinnern.

Herrje! Träge nickte Liv, was die beiden Frauen als Zeichen von Trauer werteten. Dabei war ihr lediglich dieses Gespräch zuwider. Aber wie hieß es so schön? *Kleine Sünden bestrafte der liebe Gott sofort.* In Livs Fall war es ihre Notlüge, die sich innerhalb weniger Minuten zu einem riesigen Ballon aufzubauschen schien.

»Dann müssen Sie sich darum auch noch kümmern?« Mitfühlend schaute Dr. Eichmüller sie an und legte nun sogar noch die andere Hand auf ihre. »Olivia, nehmen Sie sich so viel Zeit dafür, wie Sie brauchen.«

»Was? Aber das ist doch nicht nötig.« Fast hätte sie ihren Arm zu abrupt weggezogen, doch sie beherrschte sich gerade noch.

»Olivia, Sie müssen sich keine Gedanken machen, weil Sie in diesem Jahr schon länger krankheitsbedingt ausgefallen sind. Das eine hat mit dem anderen nichts zu tun. Ich weiß, dass das Leben auch schwierige Phasen bereithält. Da muss man dann durch. Es kommen auch wieder andere Zeiten. Um Ihren Job brauchen Sie sich jedenfalls keine Sorgen zu machen. Der bleibt Ihnen sicher erhalten. Sagen Sie mir einfach, ab wann Sie weg sein werden. Babette, die Sie schon im Sommer vertreten hat, hatte neulich erst angefragt, ob sie über die Wintermonate ein weiteres Volontariat bei uns absolvieren könnte. Dann geb ich ihr gleich Bescheid. Was denken Sie, wie viel Zeit Sie benötigen werden? Zwei Monate? Drei?«

Völlig neben der Spur lief Liv nach Hause. Die Dunkelheit war bereits hereingebrochen, und es nieselte wieder einmal. Doch das bemerkte sie kaum. Noch immer war sie in Gedanken bei dem Gespräch von vor knapp zwei Stunden in der Kanzlei. Hatte es sich wirklich so zugetragen oder hatte sie vergangenen Abend doch nur zu tief in die Flasche geschaut? Heikes Anspielung auf den *Flaschen-* äh … *Taschengeist* fiel ihr wieder ein. Normalerweise besaß Liv durchaus einen gewissen Sinn für solcherlei Wortspiele, heute aber schüttelte sie darüber nur mit dem Kopf. Es war, als befände sie sich seit gestern in einer Art Paralleluniversum.

Sie zog ihr Handy hervor und warf einen prüfenden Blick darauf. Achtundzwanzig Nachrichten waren über die Freundschaftsgruppe eingegangen. So wie es aussah, war alles, was sie in den letzten Stunden erlebt hatte, Wirklichkeit. Schnaufend steckte sie das Gerät wieder ein und verfing sich gleichzeitig mit ihrem Absatz im Kopfsteinpflaster. Ihr Fuß knickte weg, und ein messerscharfer Schmerz schoss ihr ins Bein. In ihren Augenwinkeln bildeten sich Tränen. Verbissen schaute sie zu Boden. *Jetzt nur nicht losheulen!*, befahl sie sich. Sie musste ihren Stiefel aus der Spalte befreien.

Bis es ihr endlich gelungen war, pochte es in ihrem Knöchel rhythmisch. Schon beim ersten Schritt merkte sie, dass an normales Gehen nicht zu denken war. Und der Weg war noch weit!

Sie rief Jan an. Es dauerte, bis er ans Telefon ging.

»Ja?«, fragte er etwas abwesend.

»Jan, du musst mich abholen. Ich kann nicht laufen«, murmelte sie, bemüht, nicht zu jammern. Sie gab sich nicht gern weinerlich.

»Oh, das ist grad schlecht. Nimm doch den Bus.«

Blinzelnd starrte Liv auf das Kopfsteinpflaster, das im Schein der Straßenlaternen nass glänzte. Hatte sie richtig gehört? Sie sollte mit dem Bus fahren? Mit dem Fuß?

Die nächste Haltestelle war gefühlt meilenweit weg, und die bei ihnen daheim lag ebenfalls mehrere hundert Meter entfernt.

Es gab eine Zeit, da wäre Jan sofort aufgesprungen und losgeeilt. Jetzt wollte er nicht mal wissen, ob es ihr gutging. Sie schluckte hart.

»Liv? Bist du noch dran?«, hörte sie ihn stattdessen fragen.

Sie schob das Smartphone vom Ohr.

»Okay, mach ich«, sagte sie bloß und legte auf.

Erneut kämpfte sie mit den Tränen. Diesmal jedoch nur teilweise wegen des schmerzenden Knöchels. Wie hatten sie und Jan sich nur derart auseinanderleben können?

Plötzlich fühlte sie eine tiefe Erschöpfung. Sie war nicht in der Lage, auch nur noch ein paar Meter zu gehen. Also steuerte sie auf das Café zu, das glücklicherweise nur wenige Schritte von ihr entfernt war.

Die hellbeleuchteten Fenster warfen einen einladenden Lichtkegel in die Gasse. Die Eingangstür war alt, aber sauber weiß gestrichen. Als sie hineinhumpelte, bimmelte ein Glöckchen, und warme Luft schlug ihr entgegen. Es gab eine kleine Theke mit süßen Teilchen, Kuchen und Torten. Fünf weiße Tische samt Stühlen mit rosa Bezügen luden zum Verweilen ein. Zwei davon waren besetzt. Liv steuerte den freien in der Ecke an.

Kaum dass sie saß, kam die Bedienung. Sie bestellte einen Cappuccino und ein Stück Schwarzwälder Kirschtorte, dann schälte sie sich aus ihrem Mantel und rief Scarlett an. Das Fotostudio der Freundin befand sich in halbwegs erreichbarer Nähe. Sicherlich würde sie kommen und sie nach Hause bringen.

»Danke, dass du mich nicht hängen lässt«, sagte Liv nur eine Viertelstunde später, als sich Scarlett zu ihr gesellte.

»Das würde ich doch niemals tun. Wir sind schließlich Freundinnen! Was denkst du denn?«, antwortete sie lächelnd.

Liv zuckte mit den Schultern. »Weiß nicht. Jan hatte jedenfalls keine Zeit, um herzukommen.«

»Was? Wie meinst du das?« Verblüfft guckte Scarlett sie an, während ihr ebenfalls ein Cappuccino serviert wurde.

»Na ja, er steckt wohl in einem seiner Projekte fest«, erklärte Liv. »Der geht übrigens auf mich.« Sie deutete auf die Kaffeetasse.

»Danke dir. Aber das ist doch kein Grund, um nicht da zu sein, wenn du ihn brauchst.« Scarlett ließ sich nicht beirren.

»Hm. Es ist schon länger nicht so zwischen uns, wie es mal war«, erwähnte sie wie nebenbei und rührte gemächlich in ihrem Milchschaum herum.

Scarlett griff nach ihrem Zuckertütchen. »Ja, das hab ich bemerkt.«

»Izzy meint, es liegt am verflixten siebten Ehejahr«, verriet sie, gespannt darauf, was Scarlett dazu sagte.

Die lachte auf. »Unsere Izzy wieder.«

»Dann glaubst du nicht daran?«

»Keine Ahnung, ob da wirklich was dran ist oder es nur so ein Kalenderspruch ist.« Scarlett schüttelte das Zuckertütchen und kippte es in ihre Kaffeekreation.

»Ist ja auch egal. Es ist, wie es ist. Und momentan läuft irgendwie nichts rund.«

»Wieso? Klingt, als wäre da noch mehr.«

»Ach.« Liv vollführte eine wegwerfende Handbewegung. »Die Arbeit. Ich hab das Gefühl, als wollte man mich dort loswerden.«

»Hm? Wie kommst du denn darauf?«

Liv fasste sich ein Herz und berichtete von dem Missverständnis, das sich auf Grund ihrer Halbwahrheiten heute ergeben hatte.

»Und jetzt bin ich von Frau Eichmüller quasi freigestellt worden. Sogar über Wochen hinweg. Weil sich diese Volontärin nochmal beworben hat. Na, wenn das kein Zufall ist?«, endete sie bitter.

»Moment.« Scarlett runzelte die Stirn. »Du hast also erzählt, dass Jans Mutter gestorben ist. Und es kam so rüber, als wäre das jetzt erst passiert, obwohl es schon Monate her ist? Weshalb denn das?«

Wie aufs Stichwort schob sich Livs Handy vibrierend über den Tisch. Mit einem skeptischen Blick darauf schilderte sie daher auch noch Izzys leicht übergriffiges Handeln letzte Nacht.

Scarletts Augen wurden bei jedem Wort größer. »Wow! Das ist … Ich weiß gar nicht, was ich sagen soll«, gab sie zu. »Und jetzt melden sich andauernd Leute bei dir?«

»So sieht´s aus.«

»Und was wollen die von dir?«

»Um ehrlich zu sein, ich hab noch nicht nachgeschaut.« Überfordert betrachtete Liv erneut ihr Handy.

»Du traust dich nicht. Na komm, lass uns mal gemeinsam einen Blick reinwerfen«, bot Scarlett ihre Unterstützung an.

Neben der Willkommensbegrüßung wurde Liv aufgefordert, sich in der Facebook-Gruppe vorzustellen. Zudem gab es schon zahlreiche Kommentare von Mitgliedern, die mit ihr in Kontakt treten wollten.

Jemand fragte nach, ob sie Naturliebhaberin sei und viel spazieren gehe. Ein anderer war Hobbyfotograf und wollte sich darüber gern mit ihr austauschen. Vermutlich waren beide Anfragen ihrem Profilbild geschuldet. Eine Frau wollte wissen, ob sie Interesse an Handarbeiten hätte, sie suche eine Gleichgesinnte, um sich darüber zu unterhalten. Ein Mann wiederum war auf Koch- und Backtipps aus, woraufhin eine andere Person sofort mit dem Thema *Biologischer Anbau* ankam und das Für und Wider der jetzt legalen Verwendung von Insektenmehl diskutieren wollte.

»Tja, also, an abwechslungsreicher Konversation mangelt es jedenfalls nicht«, stellte Scarlett fest, und Liv nickte. »Aber mal ehrlich, brauchst du das? Willst du das? Du bist doch sozialgesellschaftlich gut integriert. Du hast uns Mädels, deine Familie und viele Bekannte, auch durch deine Arbeit.«

»Es war ja nicht meine Idee!«, wandte Liv mit einem seltsamen Gefühl in der Magengegend ein.

»Ach ja, du sollst hier – laut Izzy – das Flirten üben. Mit wem willst du denn anfangen? Vielleicht mit dem Kerl, der dir gleich eine persönliche Nachricht geschickt hat? Was hat er geschrieben? Ob du Lust hast, mit ihm über Bücher und Filme zu reden? Also, der will praktisch so was wie einen *exklusiven* Buchclub mit dir gründen …« Scarlett verschränkte amüsiert die Arme vor ihrer Brust.

Liv wollte mit den Augen rollen. Aber irgendetwas an Scarletts Haltung bremste sie. Zwar war sie, ebenso wie ihre Freundin, nicht im Mindesten von der Sache überzeugt, trotzdem fand sie ein paar Nachrichten wirklich nett. Vielleicht würde sie später tatsächlich darauf antworten, anstatt den Abend wie seit geraumer Zeit üblich zu verbringen und schweigend neben Jan zu sitzen, um fernzusehen, oder allein, weil er auch zu fortgeschrittener Stunde noch ›arbeiten‹ musste. Womöglich war Izzys Einfall in dem neuen Licht betrachtet also gar nicht so dumm? Natürlich lag es ihr fern, wild herumzuflirten, aber gegen etwas nette Kommunikation war schließlich nichts einzuwenden. Oder?

»Vielleicht? Warum auch nicht? Zumal ich in den nächsten Wochen deutlich mehr Freizeit haben werde als gedacht. Nachdem ich von meiner Chefin sozusagen in Zwangsurlaub geschickt worden bin, weil sie lieber mit dieser Babette zusammenarbeitet …«

Scarlett, die mit dieser Antwort überhaupt nicht gerechnet hatte, verschluckte sich prompt am letzten Rest ihres Cappuccinos.

»Meinst du das ernst?«, krächzte sie.

Liv klopfte ihr nur inbrünstig auf den Rücken, bis Scarlett sich wegdrehte und räusperte.

»Danke, es geht schon wieder. Du bist unzufrieden mit der Gesamtsituation, hab schon verstanden. Aber das musst du nicht an mir auslassen.«

Liv knirschte mit den Zähnen. Sie hatte ihre Freundin schon etwas heftig bearbeitet. »´tschuldigung.«

»Passt schon. Ich verstehe dich ja. Eheprobleme, die Babysache, jetzt noch dein verdrehter Knöchel – wie geht´s dem überhaupt? – und dann noch diese Facebook-Geschichte plus das Schlamassel in der Kanzlei. Das ist wirklich harter Tobak. Aber möglicherweise ist das auch eine Chance.«

»Eine Chance?« In Livs Hirn ratterte es. »Für was? Einen kompletten Neuanfang? Neuer Job, neuer Mann, neuer Ort, oder wie?«

»Na ja, nicht ganz so drastisch. Ich meine nur, vielleicht solltest du die freie Zeit, die dir heute quasi in den Schoß gefallen ist, für eine Auszeit nutzen. Warum fährst du nicht nach Norderney? Das Haus, das Jan geerbt hat, muss doch eh noch ausgeräumt oder aufgeräumt werden – je nachdem, was ihr damit vorhabt. Also, ich war ja im Winter auf Rügen. Es war unglaublich schön dort zu dieser Jahreszeit. Das wird auf Norderney bestimmt ebenso sein. Überleg doch mal, du könntest ausspannen. Nichts hilft besser, die Gedanken zu ordnen, als das Meer! Und womöglich tut Jan und dir eine kleine Pause gut? Ja, je länger ich darüber nachdenke, desto mehr halte ich es für die ideale Lösung. Das ist doch viel besser als Izzys abstruser Geistesblitz, zumal diese Internetbekanntschaften echt gefährlich sein können«, sagte Scarlett.

Ihre Worte hallten am Heimweg in Liv nach. Sollte sie das wirklich tun? Sie war noch nie auf Norderney gewesen. Das geerbte Haus kannte sie nur von Erzählungen. Aber die Vorstellung von langen Strandspaziergängen und heißem Grog war durchaus reizvoll.

4

Die Nordsee begrüßte Liv wild. Die Wellen rollten unbändig heran und ließen die Gischt aufschäumen. Sie stand im Hafen von Norddeich Mole. Der Fährverkehr war wegen des schlechten Wetters den Tag über eingestellt worden. Doch angeblich würde er nun wieder aufgenommen, weil sich das Unwetter gelegt hatte.

Liv schaute in den Himmel, der mit düsteren Wolken fast zornig wirkte. Der Wind blies heftig, sodass sie Mühe hatte, an Ort und Stelle stehen zu bleiben. Salzige Wassertropfen trafen sie immer wieder im Gesicht. Und bei dieser Wetterlage nahmen die hier den Schiffsverkehr wieder auf?

Sie schaute sich um. Immerhin wurde alles in die Wege geleitet, um die Fähre alsbald beladen zu können. Die Passagiere sammelten sich bereits, und eine Autoschlange hatte sich auch schon gebildet und war startklar, um über den Anleger zu rollen. Nun ja, Liv war kein Küstenkind. Die Einheimischen hier oben verstanden offenbar etwas anderes unter einer ausreichenden Witterungslage als sie. Aber ihr sollte es recht sein. Es war bereits später Nachmittag und sie schon seit kurz nach Mitternacht unterwegs. Sie wollte nur noch ankommen! Zwar hatte sie im Zug ein wenig schlafen können, doch sie fühlte sich trotzdem wie gerädert. Die Vorstellung, sich hier am Festland eine Unterkunft suchen zu müssen, weil sie auf Grund der Umstände nicht auf die Insel gelangte, ließ sie erschaudern. Doch glücklicherweise kam es nun nicht so weit. Dankbar reihte sie sich in den Pulk von Fahrgästen ein und betrat das leicht schwankende Schiff. Sie fand sogar einen Fensterplatz, von dem aus sie auf die stürmische Nordsee blicken konnte.

Erfreut betrachtete sie die Küste, die durch die vorgelagerten Nebelschwaden ein bisschen unwirklich erschien. Hohe Windräder blitzten aus den schnell vorbeiziehenden Wolkenformationen heraus, bevor sie wieder dahinter verschwanden. Dann machte sich die Fähre auf ihren Weg. Liv hörte den Motor brummen. Das Geräusch vermischte sich mit dem Stimmengewirr der Menschen um sie herum. Wie gebannt starrte sie auf die Wellen, die sie nun umgaben, sich aufbäumten und manchmal direkt neben ihr unterhalb der Fensterscheibe brachen. Als es das erste Mal geschah, war sie unwillkürlich zusammengezuckt, beim zweiten Mal hatte sie bereits damit gerechnet, beim dritten Mal wurde ihr flau im Magen. Das Schiff schaukelte ihr ein wenig zu sehr. Sie guckte sich um, konnte aber niemanden mit grünem Gesicht entdecken. Ihre Mitreisenden waren so was wohl gewöhnt oder konnten besser damit umgehen. Ihr als Landratte jedoch wurde zunehmend übel.

Sie fuhr sich mit der Hand über ihre feuchtkalte Stirn. Was für eine blöde Idee das doch war, herzukommen. Es war eine Kurzschlusshandlung gewesen, und nun bekam sie die Quittung. Man rannte nicht einfach davon, nur weil man Probleme hatte. Man stellte sich ihnen, das hatten ihr ihre Eltern von Kindesbeinen an eingebläut und Liv sich immer daran gehalten. Davongelaufen war sie noch nie! Warum fing sie jetzt damit an? Sie war doch nicht Tabea. Ihre Schwester war dafür schon eher der Typ. Obwohl ihr selbstredend die gleiche Erziehung zuteilgeworden war, scherte sie sich nicht darum, was sich maßgeblich gehörte und was nicht.

Liv hingegen war seit jeher vernünftig. Ihr Lebenslauf war durchgehend gradlinig. Nach der Schule hatte sie eine Ausbildung zur Rechtsanwaltsfachangestellten absolviert. Mit vierundzwanzig hatte sie Jan kennengelernt und drei Jahre später geheiratet. Sie hatten sich ein kleines Reihenhaus gekauft und darin glückliche Stunden verbracht. Dass sie eine Familie gründen wollten, war irgendwann nur der nächste natürliche Schritt gewesen. Nur leider hatte es nicht so geklappt, wie sie es sich vorgestellt hatten. Ab da war die Misere losgegangen. Doch Liv hatte, ganz wie es ihre Art war, stets die Zähne zusammengebissen, die Schultern durchgedrückt und den Kopf aufrecht gehalten, damit das Krönchen nicht verrutschte – wie Izzy es gern nannte. Sie war es gewohnt, die Starke zu geben, und vermutlich hatte ihr das sogar durch die anstrengenden Zeiten geholfen. Doch jetzt, da die Anspannung vorbei war, fühlte sie sich einfach nur noch ausgelaugt. Sie hatte probiert, die Erschöpfung zu verdrängen, aber so leicht war das nicht. Sobald etwas an der Oberfläche kratzte, kamen die Abgeschlagenheit, die Leere und Traurigkeit in ihr durch, und es kostete sie viel Kraft, so zu tun, als wäre alles in bester Ordnung.

Wie oft wollte sie sich in solchen Momenten an Jan kuscheln. Er war immer ihr Fels in der Brandung gewesen. Aber das Gefüge zwischen ihnen hatte sich verändert. Es schien, als bemerkte er kaum noch, wenn es ihr nicht gutging. Oder wollte er es nur nicht sehen? Weil er damit nicht umzugehen wusste? Gab er ihr deshalb das Gefühl, sie solle einfach weitermachen?

Nun, sie hatte versucht, diesen Ansprüchen gerecht zu werden, doch ihre Energiereserven nahmen spürbar ab, und ihr lebensfrohes Wesen schwand zunehmend.

So verrückt diese Geschichte mit Izzy und der Facebook-Gruppe auch war, es hatte seit Langem wieder einmal ein neugieriges und aufregendes Kribbeln in ihr ausgelöst.

Wenngleich sie anfänglich nicht die Absicht gehabt hatte, in dem Forum überhaupt zu interagieren, hatte sie es dann doch getan. Weil sie sich abends erneut einsam gefühlt hatte, obwohl Jan im Nachbarzimmer gewesen war. Zum Greifen nah und doch so weit entfernt, war es ihr bedröppelt durch den Kopf gegangen, bevor sie ziellos auf ihr Handy getippt hatte, um sich abzulenken. Seitdem war sie mit drei Usern in unverfänglichem, aber nettem Kontakt.

Vielleicht war dieser unkonventionelle Schritt der Auslöser gewesen, ihrem Wunsch, ›auszubrechen‹, nachzugeben? Natürlich hatte Scarlett sie überhaupt erst auf die Idee gebracht und Frau Dr. Eichmüller dazu beigetragen, indem sie sie gleich für Wochen freigestellt hatte. Aber die Blöße gegenüber der Chefin, ihre wahrheitsbeschönigende Aussage richtigzustellen, wollte sich Liv keinesfalls geben. Das brachte sie in ihrer momentanen Verfassung nicht über sich, auch wenn es bedeutete, dass Babette sie womöglich dauerhaft ersetzen könnte …

Unvermittelt grummelte es in ihrem Bauch. Livs Blick wurde wieder klar und fiel auf die tosenden Wellen, die die Fähre umgaben. Sie merkte, dass das Fischbrötchen, das sie vorhin gegessen hatte, gleich Futter für die Fische sein sollte. Eilig schob sie sich an ihrem Nachbarn vorbei und erklomm die Treppe zum Oberdeck.

Frischer Wind pfiff ihr sofort um die Ohren. Sie angelte nach ihrer Mütze in der Manteltasche und stülpte sie sich über. Was sonst ein banaler Vorgang war, bedeutete jetzt Mühe. Aber dann schaffte sie es doch. Sie zog ihren Schal fester um den Hals und schloss den letzten Knopf unterhalb des Kinns.

Liv wusste nicht, wie viel Zeit sie dafür gebraucht hatte, doch bis sie nordseetauglich angezogen war, merkte sie, dass sich die

Übelkeit gelegt hatte. Ablenkung tat eben in jeder Situation gut, dachte sie lächelnd und lehnte sich an die Reling.

Von hier oben sah das Meer gar nicht so unbändig aus. Lebendig ja, aber keineswegs furchterregend. Sie hörte eine Möwe kreischen und schaute auf. Der Himmel war düster, die Regenwolken vermischten sich allmählich mit der hereinbrechenden Dunkelheit. Trotzdem – oder gerade deswegen – entdeckte sie den Vogel mit seinen weißen Schwingen. Er nutzte offenbar die wechselnden Luftregionen und glitt scheinbar schwerelos dahin.

Es war ein Bild von Freiheit und Naturgewalt, das Liv umgab, und plötzlich fiel ihr ein sprichwörtlicher Stein vom Herzen. Unwillkürlich atmete sie tief die salzige Meeresluft ein. Es war die richtige Entscheidung, herzukommen! Auch wenn alles ein wenig verworren war. Immerhin wusste Jan nichts von ihrem geplanten Aufenthalt auf Norderney, genau genommen in seinem Haus! Es war eine Spontanentscheidung von Liv gewesen, die keine Zeit für lange Diskussionen gelassen hatte. Denn Liv war klar gewesen, wenn sie es nicht jetzt und sofort in die Tat umsetzte, würde sie die verrückte Idee gleich wieder verwerfen. Und so hatte sie gehandelt und versucht, gar nicht weiter darüber nachzudenken. Der Impuls war da, war stark und ein Gefühl tief in ihr drin hatte geflüstert, dass sie es machen sollte.

Also hatte sie gepackt, während Jan sich in Berlin mit einem Kunden traf. Geschäftsreisen standen neuerdings auch viel öfter auf seinem Plan als die Jahre zuvor. Ob er ihr auf diese Weise aus dem Weg gehen wollte? Nun, diese Mühe brauchte er sich demnächst nicht mehr zu machen, wenn sie weit weg auf der Nordseeinsel war. Der Gedanke hatte sie noch zusätzlich bestärkt, es durchzuziehen. Kurz nach Mitternacht war das Taxi gekommen und hatte sie zum Bahnhof gefahren. Erst im Zug hatte sie sich überlegt, was sie ihm für eine Nachricht schreiben sollte. Nachdem sie mehrere Entwürfe wieder gelöscht hatte, beschloss sie, es bei der handschriftlichen Notiz am Küchentisch zu belassen, auf der stand:

Nehme mir eine Auszeit. Melde mich. Liv

Wie er wohl reagieren würde, wenn er sie las? Inzwischen müsste er wieder daheim sein, aber sie weigerte sich, auf ihr Handy zu schauen, ob er sich schon bei ihr gemeldet hatte. Dafür hatte sie auch keine Zeit, denn Norderney kam jetzt in ihr Sichtfeld, und sie genoss den Blick auf die Insel, die für die nächsten Tage oder gar Wochen ihre Heimat sein würde.

Der Bustransfer Richtung Nordhelm dauerte nicht lange. Liv versuchte, die Gegend um sich herum in sich aufzunehmen, doch bis sie sich versah, musste sie schon aussteigen. Ihr wuchtiger Koffer prallte gegen die Tür, die Reisetasche legte sich quer, und ihre Handtasche baumelte um ihren Hals, sodass sie kaum noch Luft bekam.

»Hoppla, Sie sind doch hoffentlich nicht auf die Insel gekommen, um sich umzubringen«, hörte sie eine Männerstimme hinter sich scherzen. »Warten Sie, ich helfe Ihnen.«

Mit flinken Griffen hatte er ihr störrisches Gepäck auf den Gehweg gestellt, sie spürte, wie sich der Riemen um ihren Hals lockerte, und schon reichte ihr der Retter die prallgefüllte Handtasche, die sich auf ihrem Rücken verfangen hatte.

Sie nahm sie und zurrte sie über ihrer Schulter zurecht.

»Danke«, röchelte sie, rieb sich den Hals und schaute auf, direkt in zwei dunkelbraune Augen, die sie belustigt anguckten. »Das war knapp«, fügte sie in einem Anfall von Übermut hinzu und bezog sich damit auf seine Selbstmordtheorie.

»Da nich für. Jederzeit zu Diensten, Lebensrettung ist mein Nebenberuf.«

»Aha. Gut zu wissen.«

»Ja, Norderney ist viel zu schön, um schwermütig zu sein. Sie müssen sich die Insel erst ansehen, bevor Sie die Entscheidung treffen, sie für immer zu verlassen.« Er zwinkerte ihr keck zu, und Liv grinste automatisch.

»Soll das ein Angebot sein?«

»Hm. Darüber habe ich gar nicht nachgedacht.« Er zog seine Stirn in Falten, und Liv wurde abermals flau im Magen.

Wieso hatte sie das gesagt? Flirtete sie etwa mit ihm? Aber natürlich war diese Frage zu weit gegangen. Außerdem wollte sie gar keine Verabredung. Auf Sightseeingtour konnte sie alleine gehen. Sie freute sich schon auf die langen Spaziergänge, die neuen Eindrücke und darauf, ihre Gedanken währenddessen schweifen zu lassen. Zu sich zu kommen und vielleicht einen Plan zu entwickeln, wie sie ihre Ehe retten konnte.

»Na ja, ich glaube, ich könnte es einrichten. Etwas Gesellschaft würde Ihnen wahrscheinlich guttun«, brachte er sie unvermittelt wieder ins Gespräch zurück.

Baff schaute sie ihn an. »Wie kommen Sie denn darauf?«

»Ich hab Sie beobachtet. Auf der Fähre saß ich neben Ihnen.«

Ihre Augen wurden groß. »Ach du heiliger Bimbam. Ich hab Sie gar nicht wahrgenommen. Tut mir leid, dass ich Sie nicht wiedererkannt habe.«

»Macht doch nichts. Sie waren ziemlich in sich gekehrt, das hab ich gleich bemerkt. Und besonders glücklich wirkten Sie auch nicht.«

»Oh, das lag am Seegang«, fühlte sie sich bemüßigt, zu erklären.

»Auch. Stimmt. Aber ich glaube, das allein war nicht der Grund.«

Liv legte ihren Kopf leicht schief und betrachtete ihn. »Wer sind Sie? Doktor Freud?«

Er lachte. »Nein, bestimmt nicht. Ich bin Koch und führe ein Restaurant. Das *Küstenglück*. Kommen Sie doch mal vorbei.«

Sofort grummelte Livs Bauch. Diesmal jedoch vor Hunger.

»Danke für den Tipp«, sagte sie schnell, weil es ihr peinlich war. »Und deshalb sind Sie ein Menschenkenner?«

Er zuckte mit den Schultern. »Womöglich. Man hat mit vielen Leuten zu tun und bekommt zwangsläufig ein Gespür für sie.«

»Soso.« Der Wind zerrte an ihrem Kragen. Sie zupfte an ihrem Schal herum. »Sie sind also hauptberuflich Koch und Restaurantbesitzer, nebenberuflich Lebensretter und hobbymäßig versuchen Sie, die Personen in Ihrer Umgebung zu analysieren? Na, dann schießen Sie mal los, welche Meinung Sie sich über mich gebildet haben.« Gespannt schaute sie ihn an.

Etwas verlegen kratzte er sich hinterm Ohr. »Sie lassen mir keine Wahl, richtig? Nun, das hab ich mir wohl selbst zu verdanken. Okay, also, ich bin mir sicher, dass Sie gerade erst angereist sind.«

»Na, das war ja nicht schwer zu erraten.« Sie schaute auf ihr Gepäck.

»Allein. Und Sie sind zum ersten Mal auf Ney.«

»Ney?«

»Die landläufige Abkürzung«, verriet er ihr.

»Ah, gleich was dazugelernt.«

»Freut mich. Und? Hab ich recht?«

»Womöglich«, wich sie einer konkreten Antwort aus. »Bin ich derart leicht zu durchschauen?«

»Vermutlich nicht. Ich denke, wenn man hier wohnt und die Touristen kommen und gehen sieht, hat man irgendwann einen Blick dafür.«

»Verständlich.« Liv nickte erleichtert. Denn die Vorstellung, dass sie für einen Fremden ein offenes Buch sein sollte, gefiel ihr überhaupt nicht.

Eine Bö erfasste sie seitlich, und ein paar Tropfen fielen aus dem inzwischen nachtschwarzen Himmel. Fröstelnd sah sie sich um. Außer ihnen beiden war niemand mehr da. Alle Mitreisenden hatten sich bereits auf den Weg ins trockene Warme gemacht.

»Okay, Mister, wenn Sie sich schon in allen Bereichen so gut auskennen, können Sie mir bestimmt auch sagen, wo ich meine Unterkunft finde«, fragte sie ihn, anstatt wie geplant *Google Maps* zu konsultieren.

»Wir können es gern auf einen Versuch ankommen lassen.« Er zwinkerte ihr zu.

In ihrem Bauch rumorte es erneut. Jetzt breitete sich Wärme darin aus. Sie ignorierte das seltsame Gefühl und nannte ihm die Adresse.

Verdutzt hob er die Brauen. »Da gibt's aber weder eine Pension noch ein Hotel. Auch keine Ferienwohnungen, meines Wissens.«

Liv grinste. »Das ist korrekt. Es handelt sich um ein kleines Häuschen, das Andrea Kramer gehört hat.«

»Allerdings.« Täuschte sie sich, oder sah er sie plötzlich mit anderen Augen an.

»Sie kannten sie?«

Er nickte. »Dann sind Sie eine Angehörige?«

»Kann man so sagen«, murmelte sie. Da sie jedoch wenig Lust verspürte, ihm ihre Familienstrukturen darzulegen, es obendrein immer ungemütlicher wurde und sie auf einmal Jans angestrengte Miene vor sich sah, ging sie nicht weiter darauf ein. »Also, können Sie mir eine Wegbeschreibung geben?«

»Klar. Hier entlang, da vorne rechts und dann geradeaus. Das Haus befindet sich auf der linken Seite.«

»Danke.« Plötzlich hatte sie es ziemlich eilig. Sie schnappte sich ihre Sachen und polterte mit ihrem Koffer davon. Es war nicht die feine Art, ihren Helfer so unvermittelt stehen zu lassen, ebenso wenig wie mit einem Fremden zu flirten. Hatte sie das wirklich getan? So was war absolut untypisch für sie. Aber was war momentan schon normal? Schließlich hatte sie erst vor Stunden quasi ihren Mann sitzen lassen …

5

Sonnenstrahlen fielen durch die Fenster des kleinen Backsteinhauses. Auf der Suche nach Kaffeepulver öffnete Liv nacheinander alle Küchenschränke. Eine Maschine stand an der Anrichte, also hoffte sie, auch das zugehörige Material aufzufinden. Ohne Kaffee am Morgen war der Start in den Tag absolut grausam für sie, zumal ihr Nachrichtenpostfach über Nacht explodiert zu sein schien. Bevor sie sich dem stellen konnte, brauchte sie erst mal eine Tasse vom schwarzen heißen *Hallo-wach*.

Endlich fand sie eine Dose, die einen kläglichen Rest Pulver enthielt. Jubelnd machte sich Liv ans Werk. Für eine Kanne würde es gerade noch reichen, und später musste sie sowieso einkaufen gehen.

Während die Maschine gurgelte und blubberte, hüpfte sie unter die Dusche. Das Badezimmer war im Stil der Siebzigerjahre. Hellblau melierte Fliesen dominierten die Wände. Es gab sogar eine Badewanne. Liv stellte sich vor, wie herrlich es wohl sein würde, darin zu liegen, wenn es draußen ungemütlich stürmte. Im Großen und Ganzen war alles recht sauber. Nur eine leichte Staubschicht hatte sich über die Monate hinweg auf die gesamte Einrichtung des Hauses gelegt.

Soweit Liv wusste, hatte Jans Mutter die letzten zwei Jahre ihres Lebens hier verbracht. Nachdem sie wegen des Krebsleidens in Frührente gegangen war, hatte sie das Ferienhaus auf Norderney zu ihrem Hauptwohnsitz erklärt. Nun stand es seit ihrem Tod im März leer.

Liv putzte ihre Zähne und dachte an die Frau, die ihre Schwiegermutter war und die sie im Grunde kaum gekannt hatte. Das Verhältnis zwischen Jan und seiner Mutter war nicht sonderlich innig gewesen. Außerdem hatte sie im Ruhrgebiet gelebt, also nicht mal eben um die Ecke. Weshalb sie sich selbst in Zeiten ihrer Krankheit nur wenig gesehen hatten. Und als sie schließlich nach Norderney gezogen war, war es mit einem Besuch gänzlich vorbei gewesen. Denn Jan setzte keinen Fuß auf die Insel, was Liv sehr schade gefunden hatte. Sie liebte das Meer, egal ob im Norden oder Süden. Aber Jan war nur für die sonnig warmen Gefilde zu haben, wie er immer wieder betonte.

Umso mehr freute sie sich, nun endlich da zu sein. Sie konnte es gar nicht erwarten, zum Strand zu laufen und die Insel zu erkunden. Doch zuerst wollte sie ihr neues Heim inspizieren. Am vergangenen Abend hatte sie sich nur einen groben Überblick verschafft, für mehr war sie viel zu müde gewesen.

Sie schlüpfte in ihre Jeans und stülpte einen Kuschelpulli über, schenkte sich ihren Kaffee ein und genoss den ersten Schluck. Das Display ihres Handys leuchtete auf. Schon wieder war eine Nachricht eingegangen.

Diese war von *grisu87*, einem der User aus der Facebook-Gruppe, mit denen sie sich ›angefreundet‹ hatte. Um ehrlich zu sein, schrieb sie mit ihm am meisten. Fast schon regelmäßig.

Sie tippte auf die Push-Mitteilung, und seine Nachricht öffnete sich.

›Hey Morticia, wie geht's dir heute? Findest du das graue Novemberwetter auch so bedrückend? Bestimmt hast du dich unter die Sofadecke verzogen und deshalb die letzten beiden Tage nichts von dir hören lassen. Du bist doch nicht etwa im Winterschlaf?‹

Liv kicherte unwillkürlich und schrieb zurück.

›Hallo *Grisu*, Winterschlaf wäre verlockend, wenn ich daheim wäre. Aber ich habe mich lieber entschieden, ans Meer zu reisen. Um diese Jahreszeit ist das eine ganz neue Erfahrung für mich.‹

Er antwortete prompt. ›Wie schön. Meer ist immer gut! Hast du auch vor, baden zu gehen?‹

Prustend guckte sie zum Fenster hinaus und dachte an die stürmischen Wellen bei ihrer Ankunft. Heute schien zwar die Sonne, doch die Nordsee war selbst im Sommer bekannt für ihre kühleren Wassertemperaturen. Eine Windbö zerrte am kahlen Baum vor dem Haus.

›Wohl eher nicht‹, tippte sie prompt. ›Ich stehe hier im Kuschelpulli, mit meiner Kaffeetasse in der Hand.‹ Sie nippte an ihrem Becher und strich über die flauschigweiche Wolle ihres Ärmels. ›Er ist abwechselnd rosa und erdbeerrot gestreift und sorgt für gute Laune.‹

›Der Kaffee? Echt? So einen würde ich auch gern mal trinken, *haha.‹

Sie gluckste. ›Nicht der Kaffee, mein Pulli.‹

›Ach sooo.‹

›Weißt du, es mag ein Spleen von mir sein, aber seit geraumer Zeit drücke ich meine Stimmung gerne in der Farbe meiner Kleidung aus. An Tagen, an denen ich mich innen drin irgendwie traurig fühle, wähle ich automatisch dunkelblaue oder schwarze Klamotten, an beschwingten greife ich nach hellen und bunten Sachen.‹

Dass sie ihr Innenleben nach außen spiegelte, war ihr irgendwann selbst erstaunt aufgefallen. Natürlich war es kein allgemeingültiges Muster für ihre Gemütslage, schließlich war ein Tag lang, und es änderte sich manchmal alle paar Minuten etwas.

›Hm. Gut zu wissen. Ich dachte, Morticia besitzt nur schwarze Kleider. Schön zu hören, dass du auch Farben magst.‹

Liv starrte auf die Zeilen. Plötzlich fragte sie sich, warum sie ihm überhaupt davon erzählt hatte. Vermutlich dachte er jetzt, sie hätte eine Schraube locker.

›Es freut mich, dass es dir gutgeht!‹, schrieb er weiter. ›Ich wünsche dir einen wunderbaren Tag. Ich armer Tropf, der es nicht so gut hat wie du, muss mich jetzt mit dem schnöden Alltagstrott befassen. Grüß mir das Meer!‹

Ihre Mundwinkel hoben sich, und ihre Bedenken verflüchtigten sich so schnell, wie sie gekommen waren. Mit *Grisu* zu schreiben war auf eine verblüffende Art federleicht. Er war nett und brachte sie häufig zum Lächeln. Dabei kannten sie sich überhaupt nicht weiter. Über wirklich Persönliches wie Wohnort, Aussehen und reale Namen unterhielten sie sich nie. Es ging um Nebensächliches in ihren Gesprächen. Sie schrieben über das, was ihnen gerade einfiel oder was sie erlebt hatten. Und trotzdem – vielleicht sogar deswegen – genoss Liv den Kontakt zunehmend.

›Danke dir und mach ich. Lass dich nicht unterkriegen, *grins‹, tippte sie, als ihr ein weiterer Nachrichteneingang angezeigt wurde. Jan hatte sich gemeldet.

Einen Moment hielt ihr Finger über dem Display inne, und ihr Magen zog sich für den Bruchteil einer Sekunde zusammen. Früher einmal hatte sie mit Jan ebenso herumplänkeln können, wie sie es gerade mit *Grisu* tat. Ein kaum hörbares Seufzen entschwand ihrer Kehle, dann schickte sie ihre Antwort ab und legte ihr Handy auf die Anrichte.

Während sie ihre Tasse leerte, begutachtete sie es mit Argusaugen.

Sie musste ihren Mann anrufen. Daran führte kein Weg

vorbei. Er hatte schon fünfmal versucht, sie zu erreichen. Während sie ihm, abgesehen von dem Zettel am Küchentisch, gestern Abend nur eine kurze SMS geschickt hatte, dass sie wohlbehalten angekommen sei. Wie er reagieren würde, wenn sie ihm gestand, dass sie auf Norderney war? Aber es half ja nichts, er hatte ein Recht darauf, es zu erfahren.

Mit gestrafften Schultern nahm sie ihr Handy erneut in die Hand. Zeitgleich verkündete ein doppelter Signalton, dass der Akku so gut wie leer war. Fast erleichtert kramte sie in ihrer Handtasche nach dem Ladekabel und steckte es an. Dann musste Jan eben noch ein wenig warten. Auf eine halbe Stunde hin oder her kam es jetzt auch nicht an.

In der Zwischenzeit würde sie endlich das Haus besichtigen.

Neben der Küche, die klein aber fein war, mit weißer hölzerner Verkleidung, gab es ein schlichtes aber gemütliches Wohnzimmer. Es beinhaltete ein Sofa mit dunkelblauem Stoffbezug, natürlich einen Couchtisch und einen weißen Buffetschrank mit maritimem Geschirr bestückt. Passend dazu hingen zwei Bilder an der Wand, eines zeigte das Meer mit Strandgras, das andere die Küste mit einem Leuchtturm. Auf dem Holzboden lag ein blaugeringelter ovaler Läufer. Was Liv überraschte, war der Flachbildfernseher, der in der Ecke stand. Den hatte Andrea vermutlich aus Duisburg mitgebracht.

Unvermittelt überkam sie ein bedrückendes Gefühl. Plötzlich glaubte sie, in die Privatsphäre ihrer Schwiegermutter einzudringen. Das hatte sie letzte Nacht schon einmal verspürt, als sie das Bett in einem der drei Schlafzimmer überzogen hatte. Doch da hatte sie wenig später der Schlaf davon befreit. Heute bei Tageslicht sah das anders aus. War es okay, dass sie hier war?

Nachdenklich starrte sie auf einen imaginären Punkt, bis plötzlich etwas Helles ihre Aufmerksamkeit auf sich zog. Sie justierte ihren Blick und entdeckte ein gerahmtes Bild, das auf einem kleinen Tischchen neben dem Sofa stand. Es wurde von der schrägstehenden Morgensonne angestrahlt und in Szene gesetzt.

Neugierig ging sie darauf zu und betrachtete es. Mehrere Menschen saßen lachend in und um einen Strandkorb versammelt. Das Foto war in Schwarz-Weiß und schien schon Jahrzehnte alt zu sein. In der Mitte stach eine Frau geradewegs heraus, weil sie mit hochgerecktem Daumen zwinkernd in die Kamera blickte. Liv schaute genauer hin und erkannte, dass es sich dabei um eine junge Ausgabe ihrer Schwiegermutter handeln musste.

Für einen Moment hatte sie den Eindruck, als würde Andreas Zustimmung auf dem Bild einzig und allein ihr gelten. Verblüfft blinzelte sie. Sie glaubte eigentlich nicht an so was wie göttliche Botschaften, aber in diesem speziellen Fall … Konnte es sein, dass Andrea ihr mitteilen wollte, dass es in Ordnung für sie war, wenn Olivia für ein paar Wochen in dem Haus lebte?

Nachdenklich trat sie einen Schritt zurück, und noch einmal wurde das Bild goldgelb erleuchtet, bevor sich am Himmel eine Wolke vor die Sonne schob und es im Zimmer dämmrig wurde. Gleichzeitig drang ein kratzendes Geräusch an Livs Ohren. Konfus wandte sie sich um. Spielte ihr Gehirn ihr einen Streich?

Aber das Geräusch wurde lauter, und so ging sie nachsehen. In dem kleinen Eingangsbereich drehte sie sich einmal um die eigene Achse. Es kam eindeutig von der Haustür. Beherzt öffnete sie sie, und ein mittelgroßer blassblonder Hund mit krausem Fell sprang ihr gegen die Schienbeine. Über den Einlass erfreut wedelte er kurz zur Begrüßung mit dem Schwanz.

»Ja hallo. Wer bist du denn?«, fragte sie.

Er gab Laut, dann schob er sich wie selbstverständlich an ihr vorbei und marschierte in die Küche.

Verblüfft schaute sie ihm nach und warf anschließend einen

Blick nach draußen. Doch weder links noch rechts konnte sie einen möglichen Besitzer entdecken.

»Wuff«, hallte es aus der Küche, was wohl eine Aufforderung war, dass sie ihm nachkommen sollte. Unschlüssig stand sie da. Er bellte erneut, und sie guckte noch einmal auf die Straße. Sie war menschenleer, also verriegelte sie die Haustür und ging zu ihm.

Brav saß er vor dem Kühlschrank und schaute sie mit treuen Augen an. Sein Schwanz fuhr im Halbkreis über den Boden. Ein leises Winseln kam aus seiner Kehle.

Mit in die Hüften gestemmten Händen betrachtete Liv ihn.

»Wie ich merke, kennst du dich hier recht gut aus.« Vermutlich besser als sie selbst. Abgesehen von dem Zimmer, in dem sie übernachtet hatte, hatte sie das Obergeschoss immer noch nicht inspiziert. »Du weißt, wo es hier was zu futtern gibt, und wenn ich das richtig deute, möchtest du einen Snack von mir«, redete sie weiter.

Als würde er jedes ihrer Worte verstehen, bellte er zustimmend, und Liv musste lachen. Sie mochte Hunde, und dieses Exemplar war richtig süß. Angst brauchte man vor ihm bestimmt nicht zu haben.

»Na, okay. Schauen wir mal nach, ob wir was finden. Aber mach dir keine allzu großen Hoffnungen. Ich bin gerade erst angekommen und hab noch keine Vorräte angelegt.«

Als sie auf ihn zukam, richtete er sich begeistert auf. Doch wie vorausgesehen herrschte in dem Schrank gähnende Leere.

»Sorry, mein Guter, aber da ist überhaupt nix drin.«

Er legte den Kopf schief und sah sie an. Sie zuckte mit den Schultern. Der Hund machte ein paar Schritte seitwärts und stupste mit der Schnauze gegen einen bunt karierten Vorhang, der auf Kniehöhe hing.

»Da soll ich gucken?«, fragte Liv und schob den Stoff beiseite. Zwei Regalbretter kamen zum Vorschein, die mit einer

Packung Mülltüten, Kehrschaufel mit Besen, einer Gießkanne und zwei Blumentöpfen bestückt waren. Außerdem fand sie einen Napf und eine halbleere Packung Hundetrockenfutter vor.

»Pha. Na da brat mir doch einer ’nen Storch.« Staunend zog sie die Tüte heraus. »Und du wusstest davon?«

»Wuff.« Er warf den Kopf in den Nacken.

Lachend kraulte sie ihn. »Demnach ist das dann wohl deins?«

Statt einer Antwort stupste er sie am Arm, und sie servierte ihrem vierbeinigen Gast den bestellten Imbiss. Ihr Magen erinnerte sie dabei, dass sie selbst noch nicht gefrühstückt hatte, doch sie bezweifelte, dass er mit Hundefutter einverstanden wäre. Ihr Besucher hingegen stürzte sich geradezu auf die Schale. Liv rutschte auf einen Küchenstuhl und schaute ihm dabei zu, wie er es sich schmecken ließ.

Wenn ihre Kombinationsgabe stimmte, war er wohl ein alter Freund ihrer verstorbenen Schwiegermutter gewesen. Denn soweit sie wusste, hatte Andrea nie einen Hund besessen, aber augenscheinlich Futter im Schrank parat. Ob er den Nachbarn gehörte? Sie schielte auf seinen Hals. Er trug kein Halsband und somit auch keine Marke. War er vielleicht ein Streuner? Immerhin fraß er sich gerade bei ihr durch. Aber gab es auf Norderney überhaupt herrenlose Hunde? Es handelte sich schließlich um eine Insel, die vom Tourismus lebte. Gerade einmal sechstausend Einwohner kamen auf sechshunderttausend Urlauber im Jahr, hatte sie gelesen. Wären da nicht streunende Hunde ein Problem? Außerdem sah er recht gepflegt aus, überhaupt nicht verfilzt oder verdreckt, besaß aber eindeutig einen gesunden Appetit.

Er fraß bis zum letzten Krümel auf, dann kam er zu ihr, leckte ihr zum Dankeschön die Hände und ließ sich noch ein wenig kraulen, bevor er sich auf dem gleichen Weg, wie er hereingekommen war, wieder verdrückte.

Auch jetzt war draußen niemand zu sehen, der wie ein

suchendes Herrchen wirkte. Dafür war der Hund verschwunden, als Liv wieder nach ihm schaute. Kopfschüttelnd ging sie zurück ins Haus und schlüpfte in ihre Stiefel. Der Wolken-Sonne-Mix und die frische salzige Meerluft riefen geradezu nach ihrem ersten Strandspaziergang. Also stülpte sie sich Mütze, Schal und Jacke über, stopfte ihr Handy sowie einen Jutebeutel in die Handtasche und marschierte aufs Geratewohl los.

IHR INSTINKT WAR GUT. Nur fünf Minuten später stieß sie auf den Strand. Ein Pfad führte durch grünbewachsene Dünen hindurch und wurde schließlich von einem herrlich breiten Sandstrand abgelöst. Als sie bei jedem Schritt mit den Füßen leicht darin versank und dem Meer immer näher kam, juchzte Liv laut auf. Ein paar Möwen antworteten mit ihren Schreien, und die Sonne kam, wie auf Zuruf, hinter den Wolken wieder hervor. Es schien, als wollte Norderney sie auf seine ganz persönliche Art willkommen heißen.

Das rhythmische Geräusch der Brandung nahm Liv ganz und gar ein. Sie eilte bis zur Wasserkante und schaute wie gebannt auf die Nordsee. Vom gestrigen Sturm war heute nichts mehr zu spüren. Gemächlich rollten die Wellen heran und liefen am Ufer aus, bis nur Gischtspuren übrig blieben, die gleich darauf von den nächsten Wogen überspült wurden. Eine kleine Ewigkeit stand sie da und betrachtete die Schönheit der Natur, bis sie sich irgendwann bückte und ihre Fingerspitzen ins Salzwasser steckte.

Puh! Ziemlich frisch.

Grisus Frage kam ihr in den Sinn, ob sie baden gehen würde. Na ja, wenn, dann käme es ihrer Auffassung vom Eisbaden ziemlich nahe. Allein bei dem Gedanken fröstelte sie es. Sie setzte sich in Bewegung und spazierte am Strand entlang. Das hingegen konnte sie problemlos stundenlang tun. Frohgemut machte sie einen Schritt vor den anderen und sog die gute Meerluft in sich auf, bis sie ihr Pflichtgefühl einholte.

Sie steuerte eine Bank an, setzte sich, angelte nach ihrem Handy und warf einen ernsthaften Blick auf die Vielzahl an Nachrichten. Plötzlich kam es ihr so vor, als wäre das kleine Gerät glühend heiß, und sie könnte sich die Finger daran verbrennen. Fast hätte sie es fallen lassen, die Menge an Mitteilungen erdrückte sie schier.

Da war natürlich Jan, der auf ihren Anruf wartete. Ihn musste sie zuallererst kontaktieren. Dann hatten sich ihre Eltern gemeldet, ebenso wie Scarlett, Izzy und Tammy. Wie es schien, hatte Jan sich bei allen nach Livs Verbleib erkundigt, was eine Flut von Nachfragen bei ihr ausgelöst hatte. Fassungslos starrte sie auf die Nordsee. Dass er so was tun würde, hatte sie nicht erwartet. Normalerweise war Jan eher der zurückhaltende Typ. Besonders in letzter Zeit machte er das, was ihn umtrieb, gerne mit sich allein aus. Wieso kam er also gerade jetzt auf die Idee, die ganze Welt in Aufruhr zu versetzen? Liv war schließlich eine erwachsene eigenverantwortliche Frau und kein Teenager, der mal eben ausgebüxt war. Dank ihm musste sie jetzt allen gegenüber eine Erklärung abgeben. Obwohl sie selbstredend diese Menschen liebte, kam Liv der Gedanke daran in diesem Augenblick einer Mammutaufgabe gleich. Sie war eigentlich hergekommen, um abzuschalten, nicht um telefonisch Rede und Antwort zu stehen … Unvermittelt musste sie an das lockere Wortgeplänkel mit *Grisu* denken. Seltsamerweise war er der Einzige, bei dem sie sich bisher gemeldet hatte, der annähernd wusste, wo sie war. Sie spürte, wie ihre Wangen zu brennen begannen, und hielt ihr Gesicht in den kühlen Luftstrom, der vom Meer herüberwehte. Weil das nicht ausreichte, zupfte sie sich die Mütze vom Kopf und ließ ihr Haar vom Wind zerzausen.

Herrlich! Die Last auf ihren Schultern wurde Stück für Stück weggeblasen, der Blick auf die heranrollenden Wellen tat sein

Übriges, bis sie sich irgendwann bereit fühlte, sich der Sache anzunehmen. Je eher sie sich darum kümmerte, desto eher hatte sie den Kopf frei.

Also teilte sie fix ihren Freundinnen über den Gruppenchat mit, wo sie war. Was für eine tolle Sache, so konnte sie gleich allen dreien Bescheid geben und wählte anschließend Jans Nummer. Schon nach dem ersten Klingelton ging er ran.

»Liv! Herrgott, wo bist du? Geht´s dir gut?« Sein Tonfall war eine Mischung aus Sorge und Verärgerung.

»Hey du. Alles bestens bei mir. Und bei dir?«, fragte sie bemüht fröhlich zurück.

»Pha, wenn man mal davon absieht, dass meine Frau auf und davon ist, meinst du?«, antwortete er bissig. Aber das überraschte sie nicht.

»Stimmt. Du hast mir zahlreiche nette Nachrichten geschickt.« ›Zornige‹ wäre wohl die treffendere Beschreibung.

Sie hörte ihn knurren. »Das war reine Höflichkeit. Könntest du auch mal versuchen.«

Liv lächelte. Auch wenn er sie anschnauzte, war es doch allemal besser als dieses Herumgedruckse und gleichgültige Verhalten, das sie in den vergangenen Wochen im Umgang miteinander an den Tag gelegt hatten. Obendrein mochte sie Wortspiele, aber ob Jan sich in diesem Moment über die Widersprüchlichkeit seiner Aussage im Klaren war? Immerhin forderte er sie praktisch dazu auf, zurückzufauchen.

Sie tat es nicht. Sie fühlte sich auch gar nicht dazu in der Position. Stattdessen stellte sie ihn sich vor, wie er an seinem Schreibtisch saß und sich das aschblonde Haar raufte, bis es nach allen Seiten stand. Sie liebte es, wenn er so verstrubbelt aussah. Das verlieh ihm einen gewissen ungezähmten Touch. Dann funkelten seine Augen auf diese besondere Weise, und sie hatte das Gefühl, er würde gleich aufspringen und sich in ein wildes Abenteuer stürzen.

»Weißt du, ich wollte einfach auch mal was Verrücktes machen«, hörte sie sich sagen.

»Das ist interessant und trifft es ziemlich genau. Ich finde es jedenfalls total verrückt, dass du dich einfach aus dem Staub machst! Ohne Absprache und mit mir vorher darüber zu reden.« Seine Worte hingen für einen Moment wie ein Damoklesschwert in der Leitung. Reden! Wenn das denn so leicht wäre, wäre es zu diesem Schritt doch überhaupt nicht gekommen … »Was ist los, Liv? Du brauchst Urlaub? Bitte. Ich hätte dich bestimmt nicht davon abgehalten.«

»Hm. Wohl kaum.« Nur, dass sie, seitdem sie ein Paar waren, noch niemals getrennt voneinander weggefahren waren. Zumindest wenn man mal davon absah, dass … »Du amüsierst dich schließlich immer häufiger auf Geschäftsreisen. Ich dachte eben, das probiere ich auch mal so in der Art.«

»Ich amüsiere mich?« Jan verstand die Welt nicht mehr. Mit schielenden Augen starrte er auf das Handy, als würde es grüne, blaue und lila Dampfschwaden von sich geben. Aber vermutlich kamen die aus seinem Kopf.

Seitdem er vergangenen Abend Livs Notiz am Küchentisch gefunden hatte, war er aus dem Takt gekommen. Zuerst war er völlig verblüfft gewesen, als er las, sie nehme sich eine Auszeit. Denn so eine übereilte Handlung war überhaupt nicht ihre Art. Nachdem sich die Botschaft dann gesetzt hatte, war er für eine kurze Weile sogar recht zufrieden gewesen mit dem Ausblick auf die nächsten Tage allein. Auch wenn er es ungern zugab, hatte sich regelrecht eine gewisse Entspannung in ihm breitgemacht. Ihr Miteinander war zunehmend zu einem Eiertanz geworden. Egal was er oder sie sagte, es kam beim jeweils anderen zumeist falsch an. Aber als sie weder auf seinen Anruf noch seine Nachrichten antwortete, hatte er begonnen, sich Sorgen um sie zu machen.

Je mehr Zeit verstrich, desto mehr trieb es ihn um. Weshalb er sich schließlich überwunden hatte, Livs Eltern sowie ihre Freundinnen zu kontaktieren.

Es hatte sich schon irgendwie demütigend angefühlt, nachzufragen, ob einer von ihnen wisse, wo seine Frau steckte! Allein bei der Erinnerung daran spürte er wieder diesen riesigen Stein im Magen … Doch niemand hatte ihm weiterhelfen können, und letztlich war es noch darauf hinausgelaufen, dass er die von ihm heraufbeschworenen Ängste seiner jeweiligen Gesprächspartner zerstreuen musste, was ihm gar nicht gefallen hatte. Stand doch die unausgesprochene Frage, ob sie ihn ›verlassen‹ hatte, schwerfällig im Raum. Sie hatte sich wie eine Eisenkette um sein Herz gelegt, aber keiner hatte auch nur eine Minute daran gedacht, wie er sich fühlen könnte.

Wahrscheinlich war das der Auslöser für seine ›netten‹ Nachrichten an Liv gewesen, die er ihr anschließend geschickt hatte. Na, wenigstens machte sie ihm keine Vorwürfe deswegen.

Dass sie allerdings die Meinung vertrat, er würde sich bei seinen Dienstreisen amüsieren, wurmte ihn erneut.

»Sag mal, du glaubst doch nicht, dass ich eine Affäre habe«, blaffte er los. Der Gedanke war plötzlich da, und er sprach ihn aus, noch ehe er sich dessen bewusst war. Es wäre immerhin eine Erklärung, da Livs momentanes Verhalten gar nicht zu ihrem Wesen passte.

»Was?« Sie schnappte hörbar nach Luft, und Jan ärgerte sich über sich selbst.

Als ob sie nicht schon genug Probleme hätten, musste er jetzt auch noch so was Absurdes ins Spiel bringen.

»Hast du?«, hauchte sie leise.

Er hätte sich ohrfeigen können. »Das ist doch lächerlich! Natürlich nicht!«

Schweigen machte sich breit. Jan ließ den Druckknopf an seinem Kuli klicken, wie immer, wenn ihn etwas fuchste. Dann drang ein krächzendes Geräusch zu ihm durch den Hörer, das ihn sofort an einen Vogel erinnerte.

»War das eine Möwe? Du hast mir immer noch nicht gesagt, wo du bist«, fiel es ihm ein.

»Ähm, richtig.« Sie räusperte sich. »Ich bin auf Norderney«, glaubte er sie sagen zu hören, doch ein Rauschen verzerrte ihre Stimme.

»Du bist wo?«, fragte er deshalb nach.

»Auf Norderney«, antwortete sie klar und deutlich. »Kannst du mich jetzt besser verstehen? Der Wind pfeift zwischendurch ganz ordentlich. Aber die Sonne scheint, und das Meer ist sagenhaft schön.«

Auch wenn er Liv nicht sah, wusste er, dass sie lächelte. Eine Sekunde freute er sich für sie. Dann wurde ihm bewusst, wo sie war.

6

Bis zur Strandpromenade war es nicht weit. Liv schlenderte auf ihr entlang, ihr Blick aufs Meer entrückt.

Das Gespräch mit Jan hätte schlechter aber auch besser laufen können. Nachdem sie ihm gesagt hatte, dass sie sich auf Norderney befand, war er sprachlos gewesen, und sie hatte die Gelegenheit genutzt, das Telefonat schnell zu beenden. Er wusste ja jetzt, wo sie war. Fürs Erste genügte das, fand sie. Um Diskussionen am Handy zu führen, war sie schließlich nicht hergekommen. Das Gegenteil war der Fall.

Sie konzentrierte sich auf die Nordsee. Diese endlose Weite!

Wieder einmal fragte sie sich, was für ein Problem Jan mit der Insel hatte. Das Ferienhaus war wirklich schön. Wie oft hätten sie hier schon ein paar Tage Urlaub machen und die Seele baumeln lassen können … Liv fand das Klima angenehm. Sicherlich war es etwas frisch, aber das war es zu dieser Jahreszeit in Bamberg auch. Kalt und nass. Hier gab es Meeresrauschen, schreiende Möwen und einen blau-grauen Himmel, dessen Grautöne ganz anders schienen als zuhause – irgendwie nicht so beklemmend. Aber vielleicht empfand sie das auch nur so. Im Urlaub fühlte man sich schließlich immer freier.

Sie sog zur Bestätigung tief die Salzluft in sich auf und spazierte weiter. Es waren nur wenige Touristen unterwegs. Im November waren Reisen an die Nordsee nicht ganz so begehrt wie während der Sommermonate. Ihr war es nur recht. Immerhin waren noch genug Leute hier, damit sie sich nicht einsam fühlte.

Unweit von ihr warf eine Frau zur Freude ihres Hundes einen Stock – vielleicht Treibholz? Kläffend und mit wehenden Ohren rannte er über den breiten Strand, um ihn zu holen. Die Frau lächelte, als er ihn ihr wiederbrachte. Es war ein Bild von Freiheit und Glück. Prompt fiel Liv ihr Besucher vom frühen Vormittag ein. Wohin er wohl verschwunden war?

Der Wind frischte auf, und sie entschied, sich ein *Spätstück* in der Milchbar zu genehmigen. Wie es schien, hatte sie gerade erst geöffnet, trotzdem roch es bereits verführerisch nach Kaffee und – Liv schnupperte – Rosmarin?

Sie suchte sich einen Fensterplatz und studierte die Karte. Frühstück wurde hier nicht angeboten, aber es war inzwischen auch schon fast Mittagszeit. Also bestellte sie sich, inspiriert vom Geruch, Rosmarinkartoffeln mit Sauerrahm und Krabben. Ihr Magen grunzte zustimmend.

Während sie auf ihre Bestellung wartete, schrieb sie *Grisu* eine Nachricht.

›Meerblick! Sitze in der ersten Reihe. Gleich kommt mein Essen.‹

Hinter ihr klapperte es, Liv schaute über die Schulter. Eine junge Frau in Jeans und Troyer hatte eine Stehleiter aufgestellt und zog aus dem Karton neben sich am Tisch eine künstliche Tannenbaumgirlande heraus. Sie schimmerte dunkelgrün und silbrig. Hier und da war sie mit roten Kügelchen versehen.

Richtig! Die Weihnachtszeit stand vor der Tür, fiel es Liv

siedendheiß ein. Das hätte sie fast vergessen bei ihrer derzeitigen Lebenslage und dem ungewohnten Nordseefeeling.

Die Frau stieg auf die Leiter, ein junger Mann trat an ihre Seite und reichte ihr etwas, womit sie die Girlande über dem Tresen an der Decke befestigen konnte.

Die Hintergrundmusik wurde gewechselt, und leise erklang ein modernes Weihnachtslied. Liv lächelte. Inspiration gehörte eben dazu.

›Freust du dich schon auf die Weihnachtszeit oder bist du mehr der Grinch?‹, richtete sie ihre spontane Frage an *Grisu*.

Sie guckte auf ihren kleinen Bildschirm, aber er antwortete nicht. Wahrscheinlich musste er arbeiten.

Gerade als sie das Gerät in die Tasche schieben wollte, klingelte es.

»Ich glaub es nicht! Du bist auf Norderney?«, rief Scarlett zur Begrüßung.

Liv lachte. »Dir auch hallo.«

»Wie? Ach so. Ja, hi. Also, du hast dir meinen Ratschlag tatsächlich zu Herzen genommen?«

»Sieht so aus.« Sie blickte durch die weitläufige Glasfront nach draußen und freute sich da zu sein.

»Das ist … echt irre! Livy! Ich hätte nie gedacht, dass du das machst –«

»Was? Auf dich hören?«

»Jaaa, das auch …«

Beide Freundinnen kicherten.

»Aber ernsthaft. Liv, ich bin stolz auf dich. Ich finde es gut, dass du dich getraut hast«, erklärte Scarlett, und Livs Handy meldete eine Nachricht von *Grisu*. Unvermittelt wurde ihr Grinsen noch breiter.

»Soll ich dir was sagen, ich auch. Und ich habe sogar noch

mehr gewagt, als du denkst«, gestand sie und erzählte ihrer Freundin von *grisu78*.

»Waas? Du hast dir jemanden im Internet geangelt? Echt jetzt?«

So wie Scarlett das sagte, wurde Liv prompt mulmig.

»Quatsch. So ist das nicht«, wischte sie das Gefühl weg. »Ich hab eben einen Brieffreund. Das ist alles.«

»Brieffreund, *tsss*. Gibt's so was überhaupt noch?«

»In moderner Form, ja. Wir schreiben eben über den Messengerdienst. Es ist kurz und knapp und geht schnell.«

»Aha. Die einzelnen Nachrichten vermutlich schon, aber wie oft geht das hin und her?« Manchmal viel zu oft, dachte Liv, und Scarlett meinte zu Recht: »Da fliegt die Zeit auch dahin.«

»Und wenn schon. Ich hab momentan sowieso nicht viel zu tun, und es ist irgendwie … schön. Weißt du, wir verstehen uns richtig gut. Er besitzt Humor und bringt mich zum Schmunzeln.«

»Hm-hm. Und was ist mit Jan?«

»Was soll schon mit ihm sein? Scarlett, es ist doch nicht so, als hätte ich eine Affäre. *Grisu* und ich unterhalten uns doch nur. Ich kenn ihn nicht persönlich. Aber weißt du was? Vielleicht hat Jan ja eine«, schoss es Liv durch den Kopf.

»Eine was?«, fragte Scarlett begriffsstutzig.

»Eine Affäre«, flüsterte Liv zurück.

»Jan?? Wie kommst du denn darauf? Bist du deshalb nach Norderney geflohen?« Die Freundin klang jetzt alarmiert.

»Ach, keine Ahnung.« Sie hätte das Thema nicht anschneiden sollen. »Im Grunde war er es selbst, der mich auf den Gedanken gebracht hat. Vorhin am Telefon. Als seine häufigen Geschäftsreisen der letzten Wochen zur Sprache kamen.«

»Da hat er dir gestanden, dass er eine andere hat?« Scarlett klang fassungslos. »Oh Liv, das ist ja schrecklich!«

»Nein.« Vehement schüttelte sie den Kopf, was die Freundin

allerdings nicht sehen konnte. »Er hat gefragt, ob ich wohl glauben würde, dass er eine Affäre hat, es abgestritten und mich für verrückt erklärt.« Ja, so ungefähr hatte es sich zugetragen. »Aber Scarlett, bevor er damit angefangen hat, hab ich nicht mal im Traum über diese Möglichkeit nachgedacht. Ich hab ihm immer vertraut, auch in den schwierigen Zeiten. Doch jetzt … ich meine …«

»Du denkst, er handelt nach dem Motto *Angriff ist die beste Verteidigung*?«

»So was in der Art. Vielleicht hat er ein schlechtes Gewissen? Vielleicht glaubt er, dass ich was spitzbekommen habe und deshalb fort bin. Vielleicht wollte er die Lage sondieren und herausfinden, ob und was ich weiß …«

»Das sind ziemlich viele ›Vielleichts‹.«

»Hmm. Vielleicht ist ja auch gar nichts dran, und ich reagiere nur über.«

»Möglich. Vielleicht, weil du selbst mit einem anderen turtelst?«

Livs Augen weiteten sich.

»Ich glaube, das waren jetzt genug ›Vielleichts‹«, fand sie und war dankbar, dass die Bedienung mit einem dampfenden Teller auf sie zukam. »Du, mein Essen wird grad serviert. Ich melde mich wieder, ja?«, beendete sie das Telefonat und schielte auf ihr Gericht.

Für den Moment war ihr der Appetit vergangen. Das passierte ihr seit geraumer Zeit öfter. Ihre Sorgen und Probleme schlugen ihr schnell auf den Magen.

Doch der Rosmarin duftete köstlich, und die hübsch drapierten Krabben sorgten für Meeresflair am Teller. Es war ihre erste richtige Mahlzeit auf Norderney. Sie würde es sich schmecken lassen und den herrlichen Ausblick auf die Nordsee dazu genießen.

Norderney Stadt bot wirklich alles, was man sich wünschen konnte. Neben Boutiquen entdeckte Liv kleine Läden mit Dekoartikeln, ebenso wie gutsortierte Supermärkte. Es gab Restaurants und Bars und sogar ein Kino. Man konnte zahlreiche weiße Villen in stilvoller Bäderarchitektur bewundern. Besonders stach das *Conversationshaus* mit seinen Säulen und Türmchen am Kurplatz heraus. Es war so etwas wie ein Treffpunkt für jedermann. Denn in dem Gebäude war nicht nur der *Meine Insel Laden* zu finden, es besaß auch eine Orangerie mit Sitzgelegenheiten zum Schnacken und beherbergte eine Bibliothek sowie einen Leseraum, der sogar einen Kamin für die kalten Tage enthielt.

Die Räume und das gesamte Bauwerk versprühten einen ganz besonderen Charme, fand Liv. Obendrein jetzt, da auch hier überall fleißig für die nahende Weihnachtszeit geschmückt wurde. Der Duft von frischem Tannengrün lag in der Luft, und in manchen Ecken glitzerten bereits verheißungsvoll Christbaumkugeln. Liv war gespannt, wie die Anlage in einigen Tagen aussehen würde, wenn alles fertig dekoriert war. Nun, sie würde es sich ansehen, ganz gewiss, denn sie verspürte hier eine wunderbare Ruhe und einen Hauch von Glücksgefühl, das sie unbedingt öfters erleben wollte.

Sie knipste einige Fotos und schickte ein paar davon ihren Eltern, damit sie sich keine Sorgen um sie machten. Anrufen würde sie sie später daheim.

Daheim, was für ein Wort. Sie war noch keine vierundzwanzig Stunden da, sich aber bereits sicher, dass sie hier nicht so schnell verschwinden würde. Es gefiel ihr schon jetzt ausnehmend gut, und tief in ihrem Inneren wusste sie, dass die Zeit auf Norderney vermutlich ihr Leben verändern würde. Doch darüber wollte sie momentan nicht philosophieren.

Sie betrat den nächstgelegenen Supermarkt, um ein gewisses Grundsortiment einzukaufen.

Der Kassierer schob ihre Waren über den Scanner, sodass ein rhythmisches Piepsen Liv geradezu einlullte. Viel zu spät holte sie ihren Jutebeutel aus der Tasche, um die Dinge darin zu verstauen.

»Das macht siebenundachtzig Euro und dreiundzwanzig Cent, bitte«, sagte er, und Liv hielt inne. Was um Himmels willen hatte sie denn alles eingekauft?

Ihr Blick fiel auf die Getränkeflaschen. Ein Sechserpack Wasser, zweimal Rotwein und zweimal Orangensaft. Nudeln und Reis, Tomatenpüree, zwei Dosen mit Champignons, Salat. Toastbrot, Butter, Wurst, Käse, Honig. Schokoladenkugeln und Erdnussberge …

»Zahlen Sie bar oder mit Karte?«, wollte der Kassierer wissen und erinnerte sie, dass hinter ihr noch weitere Kunden in der Schlange standen.

»Mit Karte bitte«, krächzte sie, während sie sich fragte, wie sie ihre Einkäufe nach Hause bringen sollte. Das war viel zu viel, um es tragen zu können.

Sie schob das Plastikteil durch den Schlitz und beugte sich zum Kassierer.

»Ähm, Entschuldigung, ich hab da ein kleines Problem«, raunte sie ihm zu.

»Haben Sie nicht genug Geld?«, folgerte er prompt so laut, dass vermutlich selbst die Leute in den hintersten Ecken ihn verstehen konnten.

»Nein, das ist es nicht«, stammelte Liv und wurde dennoch rot.

Der Kassierer schaute sie aufmerksam an.

»Kann ich irgendwie helfen?«, hörte sie da eine Stimme fragen, die ihr bekannt vorkam.

Bis sie aufblickte, hatte sich der Mann von gestern Abend an der Warteschlange vorbeigeschoben. Der von der Bushaltestelle. Wie hieß er noch?

Ihr fiel sein Name nicht ein. Da gefühlt aller Augen auf ihr ruhten, war ihr Kopf im Moment absolut leer.

Nun stand er neben ihr. »Wo drückt denn der Schuh?«

»Welcher Schuh?«, antwortete sie blöde.

Er lachte und legte für eine Sekunde seine Hand auf ihren Oberarm. Obwohl Liv in ihrer dicken beigen Winterjacke steckte, löste die Berührung ein Kribbeln in ihr aus.

»Wenn Sie bitte noch Ihre Geheimzahl eingeben würden?«, fuhr der Kassierer dazwischen.

Sie versuchte, sich zu konzentrieren. Doch besser nicht! Die letzten Male, als sie sich ihre Geheimzahl konkret ins Gedächtnis hatte rufen wollen, hatte sie sie plötzlich nicht mehr gewusst.

Ohne nachzudenken also, tippte sie die vier Ziffern in das Kästchen ein. Es ratterte, und der Beleg wurde ausgespuckt. Gott sei Dank!

Zusammen mit ihr atmeten sämtliche Anwesenden auf, was ihren Retter in spe auflachen ließ. Sanft schob er sie und ihren Einkaufswagen Richtung Ausgang.

Die frische Luft hauchte Liv wieder Leben ein. Statt dem erneuten Bitzeln in ihr nachzuspüren, stopfte sie eilig so viel Ware wie möglich in ihren Jutesack, aber der reichte selbstverständlich nicht aus.

»Hier.« Ihr Bekannter gab ihr zwei leere Tüten.

»Malte! Stimmt's?«, rief sie erleichtert, als ihr sein Name einfiel.

»Der bin ich.«

»Allerdings.« Sie packte die Plastikbeutel voll.

»Wie ich sehe, versuchen Sie sich gerade einzuleben«, meinte er und beäugte sie dabei. »Also, im Supermarkt kennt man Sie schon mal«, fügte er dann glucksend hinzu.

»Hmpf. So was Dummes aber auch. Ich hab den Wagen vollgestopft, als wäre ich mit dem Auto da. Das war ein Reflex. Wissen Sie, zuhause fahre ich immer mit dem Auto zum Einkaufen. Ich hab überhaupt nicht daran gedacht, wie ich das alles zu Fuß tragen soll.« Unwillkürlich richtete sie sich auf und schaute die Straße entlang. Sie wusste nicht einmal, wie weit ihr Weg sein würde. Aber klar war, dass sie mindestens zweimal laufen musste. »Wissen Sie zufällig, ob es in dem Laden einen Abstellraum gibt, wo ich die Hälfte meiner Einkäufe kurz lagern könnte? Das war es, was ich nämlich eigentlich fragen wollte. Doch der Kassierer dachte sofort, ich wolle die Zeche prellen.« Zumindest kam es ihr so vor.

»Na, ich glaube, ganz so war es nicht. Aber verständlich, dass Sie es so gewertet haben. Peinlichkeiten zu erleben, lässt die Empfindsamkeit gerne in die Höhe schnellen.«

Sie guckte ihn an. »Aha, richtig. Sie sind ja ein Nachkomme von Doktor Freud.«

»Ich bin immer noch Koch«, meinte er amüsiert. »Nur eben mit gewissen –«

»Vorzügen?«, beendete sie seinen Satz und schalt sich im gleichen Moment selbst. Warum war ihr das nur herausgerutscht?

»Das wollte ich eigentlich nicht sagen. Aber ... wenn Sie möchten ...« Interessiert guckte er sie an, und aus seinen braunen Augen blitzte der Schalk.

Liv merkte, wie sie zu schwitzen begann. Erst das Debakel in dem warmen Laden und jetzt dieses Wortgeplänkel. Sie zerrte an den obersten Knöpfen ihrer Jacke und riss den Reißverschluss bis Bauchnabelhöhe auf. Ihr erdbeerroter Pulli war geradezu ein Farbfeuerwerk in dem inzwischen tristen Grau des Tages und machte ihren Busen, der nun zum Vorschein kam, regelrecht zum Hingucker. Natürlich zog er Maltes Blick auf sich.

Livs Miene entglitt ihr. Was musste dieser Mann bloß von ihr denken? Da deklarierte sie ihn als Bekannten mit gewissen Vorzügen, und anschließend reckte sie ihm ihre Oberweite entgegen? Das ließ doch wohl nur eine einzige Schlussfolgerung zu!

Am liebsten wäre sie im Boden versunken – oder halt, nein.

Sie war ja an der Nordsee. Hier konnte sie auch einfach ins Wasser gehen.

Sie rief sich zur Räson, und in ihrem Hirn ratterte es. Sie musste etwas sagen, um zu retten, was zu retten war. Am besten was Witziges, um der Situation den Ernst zu nehmen. Sie dachte an Izzy, die nie um einen flotten Spruch verlegen war.

»O-kay. Dann nehm ich Sie beim Wort«, erklärte sie prompt, und Maltes Brauen wanderten verdattert in die Höhe, was Liv zum Grinsen brachte. »Unter ›gewisse Vorzüge‹ fällt auch das Tragen von Einkaufstaschen, oder? Außerdem haben Sie doch gestern Abend angeboten, mir etwas von der Insel zu zeigen. Fürs Erste würde es mir schon genügen, wenn Sie mich zu meinem Haus führen.«

Er nickte lachend. »Gut. Deal. Aber nur unter einer Bedingung.«

»Und die wäre?«

»Wir lassen das dämliche ›Sie‹«, forderte er und reichte ihr seine Hand. »Malte.«

»Liv«, sagte sie und schlug ein.

DIE STRECKE WAR DOCH LÄNGER, als Liv vermutet hatte. Unterwegs zeigte ihr Malte das kaiserliche Postamt. Das ansehnliche Gebäude war über einhundertvierzig Jahre alt und laut ihrem Tourguide ein beliebtes Fotomotiv. Kurz darauf kamen sie am Wasserturm vorbei, den Liv dank seiner immensen Höhe bereits von Weitem entdeckt und sich bis dato gefragt hatte, was wohl sein Zweck war. Malte erklärte ihr, dass er unter Denkmalschutz stand, aber auch heute noch Wasser speicherte.

Liv nutzte die Gelegenheit, um kurz zu pausieren. Sie stellte ihre Tüten ab und blickte an dem Backsteinbau hinauf. Wenn man direkt davor stand, wirkte er, als würde er endlos in den

Himmel ragen. Wolkenformationen zogen in schwindelerregenden Höhen über die Spitze hinweg.

Als Malte seinen Arm um sie legte, zuckte sie zusammen.

»Nicht, dass du noch umfällst. Du hast ganz schön geschwankt«, erklärte er ihr.

»Wirklich? Das hab ich überhaupt nicht gemerkt.« Sie lächelte ihn an.

Er nickte und setzte dazu an, sie loszulassen.

Sie wollte sich um eine halbe Umdrehung von ihm entfernen.

Doch sie verharrten beide einen Moment länger als nötig.

Ein verloren geglaubtes Gefühl kroch in Liv empor, als sie sich in die Augen schauten.

Für eine Sekunde dachte sie, sein Gesicht käme näher. Schnell trat sie einen Schritt nach vorn, aber sicherlich hatte sie sich das nur eingebildet.

Sie raffte die Tüten wieder an sich, und Malte nahm die Flaschenpakete hoch.

Sie setzten ihren Weg fort und kamen unübersehbar an einem Supermarkt vorüber, doch keiner von ihnen sagte ein Wort.

»Ist es noch weit?«, fragte Liv nach einigen weiteren Metern. Ihre Arme wurden lang und länger.

»Circa nochmal die Strecke, die wir bereits gelaufen sind.«

»Pha! Ich bin doch echt ein Schaf. Ich hätte genauso gut da vorn einkaufen können. Dann wäre der Weg nur halb so weit gewesen.«

Er grinste. »Ich schätze, da hast du recht.«

»Super!« Sie schüttelte über sich selbst den Kopf. »Vielen Dank, dass du mir tragen hilfst.«

»Da nich für. Ist gut für die Muckis.« Er zwinkerte ihr zu und hob spielerisch die zwölf Liter Wasser in die Höhe, die er schleppte.

7

Die Zeit verging wie im Flug. Hatte Liv zu Beginn noch befürchtet, ihr könnte langweilig werden und sie sich einsam fühlen, wurde sie eines Besseren belehrt. Nach und nach befreite sie alle Räume von Staub und Dreck. Das laufende Radio sorgte dabei für Unterhaltung. Die Moderatoren brachten sie immer mal wieder zum Lachen, und die Musik ließ sie beschwingt durchs Haus fegen. Dabei war sie im Grunde keine Putzfee, also Putzen war nicht ihre Berufung schlechthin. Sie konnte durchaus gut mit ein paar Krümeln in der Wohnung leben, ohne sofort das Gefühl zu bekommen, aktiv werden zu müssen. Aber hier im Ferienhaus hatte sie damit eine Aufgabe, und es machte ihr wirklich Spaß. Sie wienerte Böden wie Schränke und reinigte sogar nach und nach sämtliche Fenster, bis alles strahlte und ein angenehmer Zitrusduft in der Luft lag. Wenn sie genug hatte, gestattete sie es sich, am Sofa auszuruhen, ein Nickerchen zu machen oder das Buch zu lesen, das sie mitgebracht hatte. Und natürlich war sie mindestens drei Stunden täglich draußen.

Inzwischen war sie schon bis zum Weststrand gelaufen, und den Nordstrand hatte sie auch bereits ein Stück weit erkundet.

Heute hatte sie dort im Surfcafé das Langschläferfrühstück entdeckt, das man bis dreizehn Uhr bestellen konnte, und sofort zugeschlagen. Die Location gefiel ihr ausnehmend gut. Schade nur, dass es zu kalt war, um die schöne Sonnenterrasse zu nutzen. Aber auch so hatte sie einen tollen Blick auf die Nordsee, die ihr fast angeberisch große Wellen präsentierte.

Liv stellte sich vor, wie vom Frühjahr bis in den Herbst die Surfer auf ihnen ritten. Wenn man dann hier im Café saß, gab es bestimmt immer was zu sehen. Ihre Gedanken schweiften sogar so weit ab, dass sie sich überlegte, wie es wäre, es selbst einmal auszuprobieren.

Ihr innerer Schweinehund schüttelte sofort den Kopf. ›Sie und Surfen! Das wäre ja ganz was Neues‹, meinte er und erinnerte sie daran, dass das im Winter sowieso nicht möglich war.

Ja, ihr Schweinehund und sie siezten sich. Das förderte einen respektvollen Umgang miteinander.

Als hätte ihr Begleiter – so von Schweinehund zu Hund – die Aussage gehört, vernahm Liv ein zustimmendes »Wuff.« Sie schaute zu ihren Füßen, wo Streuner lag, wie sie ihn einfachheitshalber getauft hatte. Er besuchte sie seit ihrer Ankunft nun jeden Tag und blieb von Mal zu Mal länger. Somit war sie gar nicht ganz allein. Heute hatte er zum ersten Mal beschlossen, sie auf ihrem Spaziergang zu begleiten. Mit treuen Augen guckte er sie jetzt von unten herauf an.

»Du denkst also auch, dass ich kein Surftalent besitze?«, fragte sie ihn.

Er schob seine rechte Pfote vor die Augen, was wohl alles sagte.

Schmunzelnd erhob sie sich, und Streuner sprang sofort schwanzwedelnd auf.

»Du meinst, wir sollten beim Spazierengehen bleiben? Wahrscheinlich hast du recht. Das können wir wenigstens zusammen machen.«

Er legte den Kopf schief und schaute sie an.

Sie winkte der Bedienung zum Abschied, und es schien, als wollte die junge Frau etwas zu ihr sagen, doch da kamen neue Gäste ins Café. Bis Liv nach draußen trat, war der Hund durch die Tür geeilt und verschwunden.

Sie blickte sich nach ihm um und rief nach ihm. Aber da sie seinen echten Namen nicht kannte, war es unwahrscheinlich, dass er auf ›Streuner‹ hören würde. Und so lief sie etwas bekümmert ohne ihn zurück.

Ein Paar mit Kinderwagen kam ihr entgegen. Liv musterte sie und grüßte mit einem Lächeln auf den Lippen, als sie an ihnen vorbeiging. Erst drei Schritte später wurde ihr das bewusst, und sie drehte sich noch einmal nach ihnen um.

Einträchtig spazierten die Eltern die Strandpromenade entlang, und Liv stellte fest, dass sie zwar einen Hauch Wehmut verspürte, wenn sie an deren süßes Baby dachte, aber die tiefe Traurigkeit der letzten Monate war verschwunden.

Sie horchte in sich hinein. Die Tatsache, dass sie wohl nie ein Kind bekommen würde, hatte sie akzeptiert. Eine Familie konnten sie vielleicht dennoch gründen, immerhin gab es dafür auch andere Wege, wie eine Adoption zum Beispiel. Doch so weit, um ernsthaft darüber nachzudenken, war sie längst noch nicht.

Viel mehr setzte ihr jetzt der Anblick der trauten Zweisamkeit des Pärchens zu. Wie lange war es her, dass Jan und sie so vertraut miteinander gewirkt hatten?

Seit ihrem Telefonat war der Kontakt ausgeblieben. Schmollte Jan etwa? Weil sie sich Zeit für sich nahm oder weil sie in dem Haus auf Norderney wohnte? Sie hatte keine Ahnung, was in ihm vorging. Der Gedanke schmerzte. Sie vermisste die Zeiten, zu denen sie auch ohne Worte gewusst hatten, was der andere dachte.

Dafür hörte sie mehrfach von *Grisu*. Sie schrieben sich

täglich. Neuerdings unterhielten sie sich über Musik. Sie hatten den gleichen breit gefächerten Geschmack.

›Ist ja irre, dass du auch so unterschiedliche Stilrichtungen magst. Ich war mal auf einem Konzert von David Garrett. Das war klasse. Die Kombi von Pop und Klassik, echt toll‹, hatte er ihr gestern Abend anvertraut, woraufhin sie ihm verraten hatte:

›Mein Highlight war der Besuch eines P!nk-Konzerts vor einigen Jahren. Open Air an einem Sommerabend. Das ist mir bis heute unvergesslich!‹

Und dann hatte er nach einer kurzen Pause geantwortet: ›Ja, die finde ich auch klasse. Sie kommt nächstes Jahr wieder nach Deutschland, weißt du das? Müssten wir mal gemeinsam hin.‹

Im ersten Moment hatte sich ein warmes Gefühl in ihrem Bauch ausgebreitet. Im zweiten hatte sie sich gefragt, ob er es ernst meinte oder nur mit ihr schäkerte. Dann hatte sie das Handy beiseitegelegt und war schlafen gegangen.

Wie sie damit umgehen sollte, wusste sie selbst heute nicht.

Ein Weihnachtslied drang etwas blechern an ihr Ohr. Inzwischen in der Innenstadt angekommen, schaute Liv sich um, und da entdeckte sie ihn. Ein Mann mit einer dunkelroten altertümlichen Drehorgel stand an der Seite der Fußgängerzone. Beglückt ging sie auf ihn zu. Sie liebte nostalgische Dinge!

»Darf ich ein Foto von Ihnen machen?«, fragte sie und zückte bereits die Kamera.

»Aber klar.« Der Mann lächelte.

Sie drückte auf den Auslöser, schmiss ihm ein paar Münzen in seinen Hut und schickte das Bild, ohne zu überlegen, *Grisu*.

›Guck mal, auf was ich eben gestoßen bin. Er spielt *Santa Clause is coming to town*‹, tippte sie dazu und fügte einen Smiley bei.

Zufrieden bummelte sie weiter. Damit hatte sie nicht nur ihr freudiges Erlebnis teilen können, sie hatten auch ein neues Thema. Dass er sie letzte Nacht mehr oder weniger zu einem

Konzert eingeladen hatte, war ihm bestimmt nur so rausgerutscht. Sicherlich war er im Nachhinein ebenso erstaunt darüber gewesen wie sie.

Sie schob das komische Gefühl beiseite und konzentrierte sich auf ihre Umgebung. Norderney Stadt hatte sich in den vergangenen Tagen richtig herausgeputzt. Nordseeinsel hin oder her, man kam nicht umhin, auch hier die nahende Weihnachtszeit zu bemerken. Überall in den Läden glänzte die Deko zum frohen Fest. Geschmückte Tannenbäume säumten Schaufenster und Eingänge. Von irgendwo wehte ein würzig-süßer Geruch zu ihr herüber. Sie tippte auf Glühwein oder etwas Ähnliches. In ihrer Manteltasche vibrierte ihr Handy.

›Das ist ja grandios. Eine echte alte Drehorgel‹, hatte *Grisu* geantwortet. ›Scheint, als hättest du ein schönes Fleckchen gefunden. Genießt du deinen Urlaub?‹

›Ja, ich denke schon. Ich mache genau das, wofür ich hergekommen bin, und fühle mich so entspannt wie lange nicht mehr‹, schrieb sie lächelnd zurück, denn es war die Wahrheit.

›Das ist großartig. Du, was ich dich fragen wollte. Du bist doch bestimmt ein Ass im Plätzchenbacken. Ich wollte es dieses Jahr auch mal ausprobieren. Hast du vielleicht ein Rezept für mich? Mit Geschmacksgarantie? Ich bin da absoluter Neuling **grins*.‹

›Klar, ich schicke es dir später‹, versprach sie, und ihr Blick fiel auf einen Supermarkt etwas weiter hinten in der Straße.

Plötzlich wusste sie, was sie mit dem Rest des Tages anfangen würde. Sie würde Vanillekipferl backen. Die waren ihre Spezialität! Denn dass sie keine gute Köchin war, hieß schließlich nicht, dass sie auch nicht backen konnte. Es waren zwei verschiedene Bereiche, und Livs Kuchen, Torten und Plätzchen waren allseits beliebt. Also kaufte sie die nötigen Zutaten und machte sich ans Werk. Der Vorteil an der Zubereitung der Kipferl war, dass sie dafür keine Förmchen oder sonstigen Utensilien benötigte. Die halbrunde Form der Teilchen, die sie über die Jahre perfektioniert hatte, entstand einzig aus ihrer Fingerfertigkeit.

Bald duftete es herrlich im ganzen Haus und machte es richtig heimelig. Da es ihr aber wie immer erging, wenn sie so viel mit süßem Teig werkelte, verlangte ihr Magen nach getaner Arbeit nach etwas Herzhaftem. Deshalb fand sie sich zum Abendessen im *Küstenglück* wieder.

Maltes Restaurant hatte sie schon zweimal besucht. Auf der Karte war für jeden etwas dabei, und die Gerichte, die sie probiert hatte, waren fantastisch.

Gesehen hatte sie den Koch seit seiner Hilfsaktion aber nicht mehr. Und so ging sie auch an diesem Abend kaum davon aus, ihn zu treffen. Umso verblüffter war sie, als er urplötzlich an ihren Tisch trat.

»Na, hat´s geschmeckt?«, fragte er und guckte sie aufmerksam an.

Fast hätte sie ihr Glas umgestoßen, derart überrascht war sie, angesprochen zu werden.

»So schlimm?«, setzte er belustigt nach, und seine Augen sprühten Funken.

Liv betete, dass sie nicht rot wurde, und räusperte sich. »Auf jeden Fall. Es ist dermaßen schrecklich, dass ich bereits den dritten Tag in Folge hier bin.«

Mit ihrem Konter zufrieden schenkte sie ihm einen gekonnten Augenaufschlag.

Malte grinste und rutschte ihr gegenüber auf die kleine Eckbank, die ihren Tisch umgab.

»Das hab ich bemerkt. Deshalb dachte ich, heute muss ich unbedingt mal Hallo sagen.«

»Okay, dann … Hallo.« Er hatte sie gesehen?

»Schön, dass du da bist. Schon wieder.«

Mit leicht schief gelegtem Kopf schaute sie ihn an. War das nun so was wie ein Kompliment oder mehr das Gegenteil?

»Ach«, sie ließ den Stiel ihres Weinglases zwischen den Fingern kreisen, »dein Lokal liegt recht praktisch von meinem Haus aus«, erklärte sie, was glatt gelogen war. Vermutlich wanderten Maltes Brauen deshalb etwas in die Höhe. Doch als ihr einfiel, dass er ja besser als sie selbst wusste, wo sie auf Norderney wohnte, war es schon ausgesprochen.

»Stimmt. Ist nur zwei, drei, vier oder fünf Ecken entfernt«, ging er feixend darauf ein. Neben seinem Mund bildete sich ein kleines Grübchen, wenn er grinste. Sein Haar wirkte etwas verstrubbelt. Vermutlich trug er während des Kochens eine Mütze, die er sich vom Kopf gezogen hatte, bevor er zu ihr gekommen war.

»Also, du hast mich heimlich beobachtet? Hast du in deiner Küche zu wenig zu tun?«, wollte sie wissen. Es ließ ihr einfach keine Ruhe.

Er zuckte mit den Achseln. »Weißt du, ich gehöre zu den Chefs, die ihre Angestellten gerne rumkommandieren und alles besser wissen.«

Sie schüttelte den Kopf. »Das glaube ich dir nicht.«

»Nein?«

»Nein. Dafür bist du viel zu nett.«

Ihre Blicke trafen sich, und in Livs Nacken kribbelte es. Schnell trank sie ihr Glas aus.

»Danke schön«, sagte er, gab der Bedienung ein Zeichen, und ehe Liv sich versah, standen zwei neue Gläser Weißwein am Tisch. »Darauf möchte ich mit dir anstoßen. Auf den nettesten Chef der Welt.«

»Ha, jetzt übertreibst du aber ganz bestimmt.«

»Hm. Schon möglich. Willst du es herausfinden?«

Liv blinzelte. »Soll das eine subtile Art der Personalsuche

sein? Da muss ich dich leider enttäuschen. Abgesehen davon, dass ich hier Urlaub mache, bin ich eine miserable Köchin.«

Sehr zum Leidwesen meines Mannes, fügte sie in Gedanken noch hinzu, sprach es aber – warum auch immer – nicht aus.

»Hey, das ist doch perfekt!« Seltsamerweise war er erfreut.

Liv runzelte die Stirn. »Das ist wohl Ansichtssache. Wobei … Aus deiner Sicht magst du recht haben. Immerhin verdienst du deswegen ein kleines Vermögen mit mir.«

Sie zwinkerte ihm zu.

»Ist das jetzt *deine* subtile Art, um einen Wochenrabatt herauszuhandeln?«

Liv verschluckte sich an ihrem Wein.

»Daran habe ich überhaupt nicht gedacht. Aber da du es schon ansprichst …«, röchelte sie.

»Ach, ich glaube, wir haben ein gutes Preisleistungsverhältnis. Wenn du mal sehen willst, wie gut, dann komm doch in meinen Kochkurs.«

»Du bietest Kurse an?«, echote sie erstaunt.

»Hm-hm. Wir Norderneyer sind stets bemüht, den Touristen Freizeitaktivitäten anzubieten. Von Ende November bis Weihnachten ist bei uns die ›stade Zeit‹, wie ihr in Bayern, glaub ich, sagt. Es sind also nicht ganz so viel Urlauber da, und hier ist dann auch weniger los.« Er machte eine allumfassende Handbewegung. »Deshalb habe ich mich dazu überreden lassen, dieses Jahr mal einen Kochkurs anzubieten.«

»Oh, wow.«

»Tja, na ja. Mal sehen, wie es wird. Bisher haben sich drei Einheimische angemeldet und zwei Touristen. Mit dir wären wir dann zu sechst. Was meinst du? Ich kann mir zwar nicht vorstellen, dass du wirklich so schlecht kochst, wie du sagst, aber falls doch, wäre es die perfekte Möglichkeit, daran etwas zu ändern.«

Irritiert hing Liv an Maltes Lippen. Sie hörte zwar seine

Worte, und die ergaben auch durchaus Sinn, aber … Sie sollte bei ihm Unterricht nehmen? Sie, die keinerlei Talent besaß?

»Komm schon. Sag Ja.« Erwartungsvoll schaute er sie an. Schließlich griff er nach ihrer Hand. »Du wärst der Glanz in meiner bescheidenen Küche.«

Ein Bitzeln kroch ihr von den Fingerspitzen den Arm hinauf.

»Hui, das ist mal was anderes«, hauchte sie.

»Du bist also dabei? Klasse! Jetzt freue ich mich richtig auf die Stunden«, jubelte er, während Liv baff blinzelte.

Wann hatte sie zugestimmt? Malte hatte da wohl was falsch verstanden. Sie kochte ungern und schon gar nicht unter Aufsicht. Unwillkürlich dachte sie an die Lehrproben zu Schulzeiten. Sie hatte es gehasst, wenn ihr jemand über die Schulter sah und sie mit gutgemeinten Verbesserungsvorschlägen überschüttete. Und jetzt würde das Malte sein?

Sie schaute ihn an. Breit grinsend saß er da und … ›flirtet mit dir‹, drängte sich ihr Unterbewusstsein in ihre Gedanken.

Tat er das? Vermutlich schon.

Erneut ließ er die Gläser klingen. »Okay, nächste Woche geht es los. Du brauchst nichts mitzubringen. Sei nur pünktlich da. Warte, ich trag dich gleich ein und hol dir einen Flyer. Da stehen alle Termine drauf.«

Sie sah ihm nach, wie er mit Elan davonspurtete. Es war zu spät, um Nein zu sagen. Sie würde sich lächerlich machen, das war ihr klar. Andererseits hatte sie nichts Wichtiges zu tun. Warum also nicht mit Malte in der Küche stehen? Er war ein ziemlich netter Kerl, und sie war gern in seiner Gesellschaft.

Zugegeben, seine Antworten waren total unvorhersehbar. Aber vermutlich machte ihn gerade das so interessant. Ein Teil seiner Persönlichkeit schien der kleine Junge in ihm zu sein, der nie richtig erwachsen geworden war. Ein bisschen beneidete Liv ihn deswegen. Es verlieh ihm eine lustige Note, obwohl sie sich sicher war, dass er sein Restaurant bestens im Griff hatte.

Unvermittelt sah sie sich um. Das Lokal besaß schätzungsweise vierzig Tische, von denen selbst jetzt im November etwa drei Viertel besetzt waren. Hinzu kam noch der Gästewechsel. Manche gingen, und neue kamen. Man konnte also durchaus sagen, dass das *Küstenglück* gut besucht war. Was aber nach Livs Meinung auch kein Wunder war. Neben dem tollen Essen war es wirklich hübsch eingerichtet. Mit maritimen Stücken, die wohl teils aus dem Dekoladen stammten, teils aber auch echt alt aussahen und vermutlich sogar Originale waren. Wie zum Beispiel das Steuerrad, das schräg im Eck in der Decke verankert war.

Der große Raum war künstlich in unterschiedliche Nischen abgetrennt worden, indem man Regale aus antiken Holzkisten hochgezogen oder eine Stellwand aus Treibholz eingefügt hatte. Während über dem Paravent ein altes Fischernetz drapiert worden war, lehnten in den Kisten unzählige Bücher, dazwischen hatten Minileuchttürme, Seesterne und randvoll mit Muscheln gefüllte Gläser ihren Platz gefunden, ebenso wie Grünpflanzen, die hier und dort das Ambiente auflockerten. Als Tribut an die Weihnachtszeit sorgten momentan zusätzlich Lichterketten, Tannenzweige und einige weiße und blaue Kugeln für die passende Atmosphäre.

Darüber hinaus standen auf den Tischen kleine Laternen, in denen Kerzen flackerten. Der Gastraum hatte sich deutlich geleert. Es war spät geworden. Liv überlegte, ob sie ebenfalls schnell gehen sollte. Wenn sie nicht mehr hier war, wenn Malte zurückkam, hätte sich das mit dem Kurs vermutlich erledigt. Aber sie hatte noch nicht bezahlt, und die Flucht anzutreten, war nicht ihre Art. Außerdem käme sie dann in Erklärungsnot, wenn sie ihm das nächste Mal über den Weg lief. Und das würde sicherlich geschehen. So groß war Norderney nun auch wieder nicht, zumal ihr das Essen im *Küstenglück* echt schmeckte und er obendrein wusste, wo sie wohnte.

Während sie noch mit sich rang, stand er wieder vor ihr.

»Hier, bitte schön.« Er überreichte ihr ein Blatt Papier. »Ich muss jetzt leider zurück an die Arbeit. Aber wir sehen uns ja morgen.«

›Jetzt hab ich mich im Urlaub doch tatsächlich dazu überreden lassen, einen Kurs zu besuchen‹, schrieb Liv *Grisu.*

Sie lümmelte auf der Couch vor dem Fernseher herum, konnte sich aber auf keine Sendung so recht konzentrieren.

›Was? Du bist ja lustig‹, kam prompt die Rückmeldung. ›Ist dir nach einer Woche schon so langweilig?‹

›Eigentlich nicht.‹

Erst vorhin, als sie zurückgekehrt war, hatte sie sich überlegt, morgen ein paar dekorative Weihnachtsaccessoires zu besorgen. Sie liebte es, alljährlich das Haus zu schmücken. Es bereitete ihr immer Vergnügen und versetzte sie in diese spezielle Stimmung, die mit etwas Glück die ganze Weihnachtszeit über anhielt. Nur weil sie dieses Jahr nicht daheim war, musste das nicht bedeuten, dass sie heuer darauf verzichten sollte. Immerhin gehörte ihr das Ferienhaus auf Norderney. Na ja, zumindest fast. Doch diese Kleinigkeit würde sie nicht davon abhalten können. Plätzchen hatte sie schließlich auch schon hier gebacken. Der Duft lag noch immer in der Luft und hatte sie vorhin auf den Gedanken gebracht.

›Wie lange bleibst du denn überhaupt?‹, fragte *Grisu.*

›Weiß nicht genau. Noch länger.‹

›Tja, dann. Warum nicht? Was willst du denn lernen? Lass mich raten. Du machst einen Tanzkurs? Heiße Sambarhythmen vielleicht?‹

Liv gluckste. Er dachte vermutlich, sie wäre irgendwo im sonnenverwöhnten Süden, um der kalten Jahreszeit zu entgehen.

Aber wenn es so war, ließ sie ihn in dem Glauben. Sie hatten von Anfang an vereinbart, über keine persönlichen Details zu reden, und ihr Aufenthaltsort gehörte für sie dazu.

›Das wäre auch eine Idee, aber nein. Ich habe mich für einen Kochkurs eingeschrieben.‹

Wobei … Tatsächlich hatte Malte sie in die Liste eingetragen … Das Bild des attraktiven Kochs blitzte vor ihrem inneren Auge auf. Wie *Grisu* wohl aussah?

›Oh, das klingt interessant. Bei so einem Starkoch?‹

Liv wurde gleichzeitig heiß und kalt. War Malte berühmt? Es wäre ja superpeinlich, wenn sie ihn in diesem Fall nicht erkannt hätte! Aber da Kochen nun mal nicht ihr Ding war, schaute sie auch keine der unzähligen Kochsendungen, die im Fernsehen liefen.

›Ich hoffe nicht‹, schrieb sie wahrheitsgemäß zurück. ›Kennst du dich da aus?‹

Während die drei Punkte, die ihr mitteilten, dass er eine Antwort tippte, munter auf und ab hüpften, klingelte plötzlich ihr Handy.

Izzy rief an.

»Hallöchen, du Ausreißerin! Wie geht´s dir denn? Jetzt sitzt du schon eine Woche allein auf Norderney und findest keine Zeit, mal bei mir durchzuklingeln. Scarletts Rat hast du dir also zu Herzen genommen. Und was ist mit meinem? Erzähl doch mal, ich bin gespannt wie ein Flitzebogen«, bretterte sie los, kaum dass Liv den Anruf angenommen hatte.

Liv lachte. »Hi Izzy. Mir geht´s gut, und Norderney ist fantastisch. Das Meer, der Strand, soo toll! Und das Haus, das Jan geerbt hat, ist richtig heimelig. Nicht zu groß und nicht zu klein. Morgen will ich es weihnachtlich dekorieren und –«

»Süße, das ist klasse«, grätschte Izzy dazwischen. »Aber das ist doch erst mal zweitrangig. Mich interessiert, ob du dein Flirtverhalten schon ein bisschen hast auffrischen können?« Wie immer war die Freundin ziemlich direkt. Wenn sie etwas wissen wollte, kam sie gleich zum Punkt.

»Ja, ich weiß nicht. Vielleicht … wahrscheinlich … irgendwie schon«, entgegnete Liv nachdenklich. Zeitgleich trudelte *Grisus* Antwort ein.

»Was denn nun?«

»Na ja, obwohl ich anfangs nicht vorhatte, mich in dieser Facebook-Gruppe einzubringen oder mit irgendwem abzugeben –«

»Hast du es doch getan?«, fragte Izzy aufgekratzt.

Liv spitzte die Lippen. »Ja. Ich hab mich mit einer Marie über herbstliche Tischdeko ausgetauscht.«

»Wie bitte?! Livy, du hast mich offenbar falsch verstanden. Der Zweck der Übung war doch nicht, dass du dir neue Freundinnen suchst. Ich meine, das ist okay, aber ich hatte da doch mehr an männlichen Kontakt gedacht …« Sie klang eindeutig geknickt. Ziel erreicht.

»Erwischt!« Liv kicherte.

»Du hast mich reingelegt?«

Sie hörte, wie die Freundin nach Luft schnappte.

»Tut mir leid. Es war einfach zu verlockend«, gestand sie.

»Dann hast du also jetzt einen Facebook-Freund?«

»Jap. Obwohl ich das gar nicht forciert habe.«

»Soso. Und wie ist er?«

»Nett.« Der Gedanke an *Grisu* entlockte ihr ein Lächeln.

»Nett? Das klingt ja wenig aufregend«, grummelte Izzy. »Du solltest deine Flirtkenntnisse entrosten.«

»Tu ich. Sogar live und in Farbe«, hielt Liv dagegen, und plötzlich erschien Malte vor ihrem inneren Auge, wie er ihre Hand genommen hatte. Selbst bei der Erinnerung kribbelte die Stelle, wo er sie berührt hatte.

»Jetzt komm ich nicht mehr mit. Du sprichst in Rätseln«, erklärte Izzy zu Recht, und Liv berichtete von ihrer zufälligen Urlaubsbekanntschaft.

»Puh! Das kommt jetzt echt überraschend. Du hast also einen Typen kennengelernt, der schamlos mit dir flirtet und dich derart umgarnt, dass du sogar seinetwegen einen Kochkurs belegst?« Die Zusammenfassung aus Izzys Mund hörte sich irgendwie unmoralisch an, wenn man berücksichtigte, dass sie eine verheiratete Frau war. »Ich meine, du und kochen. Darum geht´s dir doch gar nicht, oder? So wie ich dich kenne – und das tu ich seit Ewigkeiten! –, kann ich mir nicht vorstellen, dass du auf einmal darauf brennst, dich diesbezüglich ernsthaft verbessern zu wollen.«

Da war was dran und leugnen zwecklos. »Mag schon sein. Ich hab mich halt überreden lassen, deshalb werde ich bestimmt nicht plötzlich eine Sterneköchin. Der Vorschlag kam eben so unerwartet, ich habe keinen Weg gefunden, mich rauszureden …«

»Wirklich? Oder hast du es gar nicht erst versucht?«

Liv nagte an ihrer Unterlippe. Verdammt gute Freundinnen zu haben war manchmal ein Graus. Sie hielten einem den Spiegel vors Gesicht, ob man wollte oder nicht.

Izzy redete unerbittlich weiter. »Vielleicht hat dieser Malte etwas an sich, was dich anzieht. Vielleicht ist es aber auch nur der Reiz des Verbotenen. Liv, du hast immerhin einen Ehemann!«

»Daran brauchst du mich nicht zu erinnern. Das weiß ich selbst!«

»Gut. Also, wenn du meine Meinung hören willst, das ist ein Spiel mit dem Feuer!«

8

Den gesamten Vormittag verfolgte Liv Izzys Mahnung, obwohl sie versuchte, sich wie geplant der häuslichen Weihnachtsdekoration zu widmen. Im Schrank hatte sie ein paar Kerzen gefunden. Das war ein Anfang. Ob Andrea auch irgendwo Weihnachtsschmuck liegen hatte? Das sollte sie prüfen, bevor sie shoppen ging. Einen Tannenkranz, den sie an die Haustür hängen konnte, wollte sie in jedem Fall besorgen.

Nachdenklich schob sie sich ein Vanillekipferl in den Mund. Für sich allein hatte sie viel zu viele gebacken. Wenn sie die alle verputzte, müsste sie bald auch neue Hosen kaufen gehen. Sie guckte an sich herunter. Na ja, vielleicht auch nicht. Die kuscheligen Winterpullis verbargen so einiges. Außerdem hatte sie durch ihre Schwermut der letzten Monate ein paar Pfund verloren. Wenn sie die wieder aufholte, sollte es ihr recht sein. Ob sie die Gerichte, die sie in dem Kochkurs lernten, anschließend auch aßen, kam es ihr in den Sinn. Prompt kräuselte sie die Nase. Sie war sich relativ sicher, dass ihr selbstfabriziertes Essen nicht annähernd so gut schmecken würde wie das, was ihr Malte im

Restaurant servierte. Wenn sie nur an die hervorragende Kutterscholle vom Vorabend dachte …

Ihr Magen knurrte zustimmend. Er bevorzugte zweifelsohne fremde Küche. Schnell stellte sie ihn mit einem weiteren Kipferl ruhig. Doch Malte spukte ihr weiter im Kopf herum. Diese wachen, kecken Augen hatten es ihr irgendwie angetan, und dass sie nie wusste, was er als Nächstes vorbrachte, übte einen gewissen Reiz auf sie aus.

Und prompt klang ihr wieder Izzy in den Ohren. ›Du spielst mit dem Feuer!‹, hatte ihre Freundin gesagt. Doch Liv fand das etwas übertrieben. Was tat sie denn schon? Ein bisschen texten und einen Kochkurs besuchen. Jan würde sich über hinzugekommene Fähigkeiten diesbezüglich sicherlich freuen. Vielleicht war das ja der Schlüssel zu einem neuen Eheglück? ›Liebe geht durch den Magen‹, hieß es doch so schön. Sie würde es auf jeden Fall ausprobieren.

Beschwingt von dem Gedanken rief sie ihn an.

»Hey du. Alles okay daheim?«

»Ja durchaus. Und bei dir? Wann kommst du zurück?« Er klang aufrichtig erfreut. Ihr Herz weitete sich.

»Bei mir ist auch alles gut. Es ist so schön hier. Strandspaziergänge stehen an der Tagesordnung, und am Kap war ich auch schon. Die Aussicht von dort über das Meer, die Dünen und die Stadt ist sensationell. Wusstest du, dass das umgedrehte Dreieck ein Hinweis für die Seefahrer war, damit sie die Insel Norderney identifizieren konnten?«, erzählte sie beglückt.

»Ja, ich glaub, davon hab ich schon mal was gehört. Wie lange bleibst du noch?«

»Oh, also eigentlich schon ein wenig länger. Die Insel wird gerade weihnachtlich geschmückt. Das ist echt zauberhaft. Es hat mich dazu inspiriert, Plätzchen zu backen.«

»Vanillekipferl?«

»Klar, was sonst.« Sie kicherte.

»Oh lecker und ich bekomm keine ab«, grummelte er.

»Tja.« Ihr lag auf der Zunge zu erwähnen, dass er eben herkommen müsste, sie hielt sich aber zurück. Schließlich kannte sie seine zwiegespaltene Meinung zu Norderney. Außerdem genoss sie die Zeit für sich. »Kannst du mir zufällig sagen, ob deine Mutter hier im Haus einen Karton mit Weihnachtsschmuck herumstehen hat?«, fragte sie stattdessen.

»Woher soll ich das wissen«, schnauzte er prompt.

Die Stimmung war eindeutig gekippt. Betrübt schaute sie durch das Fenster nach draußen. Am kahlen Baum saß ein Vogel.

»Egal.«

»Seh ich auch so.«

»Okay, also dann …« Eigentlich wollte sie ihm noch so viel berichten. Von ihrem neuen Freund Streuner, der vor ihren Füßen zusammengerollt auf dem Küchenläufer lag. Es war inzwischen zu einem Vormittagsritual geworden. Davon, dass sie den Kochkurs besuchen würde. Darüber würde er sich sicherlich königlich amüsieren, was ihr aber nichts ausmachen würde, da sie gerne mal über sich selbst lachte. Doch die Luft war raus, auf einmal hatte sie Hemmungen.

Jan erging es wohl ähnlich.

»Ja, tschüss dann«, brummte er nur.

»Tschüss.« Eine Sekunde herrschte ätzendes Schweigen, dann legte sie auf.

Wenn er wollte, dass sie nach Hause kam, warum sagte er es nicht einfach? Oder ging es ihm lediglich um den Ort, an dem sie sich aufhielt? Sie schaute sich um und grübelte wieder einmal, welches Problem Jan mit diesem Haus auf Norderney hatte.

Nachdenklich beugte sie sich hinab und streichelte Streuner übers Fell. Sein Atem war entspannt. In regelmäßigen Abständen hob und senkte sich sein Bauch. Als sie ihn berührte, öffnete er flüchtig die Augen.

»Und zu wem gehörst du nun eigentlich?«, fragte sie ihn,

doch er schlief schon weiter. »Geheimnisse über Geheimnisse«, murmelte sie und kraulte ihn noch etwas. Die positive Energie von ihm ging auf sie über. Als sie sich erhob, lächelte sie wieder und hatte einen Plan.

Sie würde jetzt den Dachboden erobern und mit etwas Glück Weihnachtsschmuck erbeuten.

Der Spitzboden war nicht sonderlich geräumig und von Spinnweben gesäumt. Aber in gebückter Haltung konnte man ihn ablaufen. Die Lagerfläche war nicht besonders groß, weshalb sie ziemlich vollgestopft wirkte. Mehrere Kartons standen nahe der Scherentreppe, die Liv ausklappen musste, um überhaupt in den Speicher zu kommen. Weiter hinten entdeckte sie ein paar Gartenstühle und einen zugehörigen Tisch. Ob das alles noch zu gebrauchen war? Doch das war zu dieser Jahreszeit irrelevant. Also nahm sie sich die Kisten vor. Sie öffnete sie nacheinander und lugte hinein.

In den ersten beiden lag allerlei Krimskrams. Zwei leere Blechdosen, ein Zuckerschälchen aus den Siebzigern, Topflappen und so weiter. Sie zog die Blechbüchsen heraus und stellte sie direkt neben die Treppe. Darin konnte sie wunderbar ihre Kipferl verwahren.

Voller Entdeckerfreude hob sie den Deckel der nächsten Box. Die Pappe war merkbar in die Jahre gekommen, und der Karton fühlte sich etwas klamm an. Das Dach war nicht sonderlich gut isoliert. Es war frisch hier oben. Eine Spinnwebe verfing sich an ihrer Hand. Unwillkürlich schüttelte sie sich und hätte den Deckel beinahe wieder zurückfallen lassen. Doch da traf ihr Blick auf Fotoalben. Sie legte die Abdeckung beiseite und nahm neugierig ein Buch heraus. Es musste Jahrzehnte alt sein, das sah man sofort. Liv schlug es auf, doch hier oben war es zu düster. Also legte sie das Album zurück und schob die Kiste ebenfalls zum Aufstieg. Das würde sie sich später mit einer schönen heißen Tasse Tee in Ruhe ansehen.

Von irgendwoher kam ein kalter Luftzug, und der Nordseewind rüttelte am Dach. Liv fröstelte. Angetrieben legte sie einen Zahn zu und überprüfte fix die restlichen Kisten. In der vorletzten wurde sie fündig. Sie war randvoll gefüllt mit weihnachtlichem Dekokram. Ansonsten hatte sie nichts weiter Interessantes entdeckt.

Da der Wind zwischen den Ziegeln mittlerweile geradezu heulte, beeilte sie sich, alles schleunigst nach unten zu tragen, und wäre dabei fast über Streuner gestolpert, der sich am Treppenaufgang postiert hatte und nun zu allem Überfluss voller Inbrunst mitzuheulen begann.

Es waren seltsame Klänge, die sie da umgaben, und wäre es stockdunkel gewesen, sicherlich beängstigend. Aber glücklicherweise war es heller Tag, und Liv wusste, wie sie dem Spuk ein Ende bereiten konnte. Als sie die Luke zum Dachboden schloss, wurde es wieder heimelig im Haus.

Beschwingt trug sie die Sachen in die Küche und stöberte in der Weihnachtskiste herum. Sie fand einen kleinen Plastikkranz mit grünem Blattwerk und roten Hagebutten, der für gewöhnlich um eine dicke Kerze gelegt wurde. Übermütig vom Dachbodenspektakel setzte sie ihm Streuner aufs Haupt. Mit hochgezogenen Augen versuchte er zu erörtern, was ihn da verzierte. Liv lachte und knipste einige Fotos, bevor sie den Rest von Andreas Weihnachtsschmuck durchwühlte. Mit großer Freude nahm sie eine Pyramide heraus. Die besaß hellblaue Rundbögen, und auf den zwei Tellern in der Mitte tummelten sich drollige pausbäckige Engelchen. Liv fand sie herzallerliebst. Leider waren ein Teil eines Bogens sowie zwei Flügel angekokelt. Sie würde erst überprüfen müssen, ob sie sich noch drehte. Aber sie wollte auf jeden Fall passende Kerzen dafür kaufen.

Ansonsten entdeckte sie noch einige Figuren, die allerdings

nicht so ganz nach Livs Geschmack waren. Fröhlich sah anders aus, fand sie, weshalb sie beschloss, sich selbst ein paar zu besorgen.

Sie notierte sich eine kleine Einkaufsliste, da blinkte ihr Handy auf.

›Hallo Morticia. Du wolltest mir das Plätzchenrezept schicken. Ich bin fest entschlossen, mir dieses Jahr selbst welche zu backen‹, hatte *Grisu* geschrieben.

›Ach ja richtig‹, fiel es ihr siedendheiß ein. Flugs fasste sie das Rezept aus dem Kopf zusammen und sendete es ihm. ›Kannst du damit was anfangen?‹, fragte sie.

›Wird sich herausstellen **smiley*. Es ist mein erstes Mal. Aber verrat´s keinem **zwinker*.‹

Sie kicherte. ›Oho. Du bist also noch Jungfrau?‹

›In dieser Sache schon. Aber heißt das Neudeutsch nicht Jungmann? So gendermäßig?‹

›Das hört sich ja mal so richtig komisch an.‹

›Find ich auch. Da bleib ich lieber bei Jung-Frau. Bringt auch meine weibliche Seite besser zum Klingen.‹

Liv lachte und schickte ihm einen *Daumen hoch*. Wenigstens war *Grisu* gutgelaunt. Nach dem Telefonat mit Jan konnte sie die Aufmunterung gebrauchen.

›Hey, das sind ja Vanillekipferl. Lecker. Meine Lieblingssorte‹, freute er sich.

›Siehst du mal, wie gut ich dich kenne‹, tippte sie zurück, was natürlich nicht stimmte. Dass sie ihm ausgerechnet das Rezept seiner Favoritenplätzchen gegeben hatte, war purer Zufall. Es war das einzige, das sie auswendig kannte, und ihre Spezialität eben.

›Du meinst, wir sind so was wie seelenverwandt?‹

Glaubte sie das? Liv überlegte. Dass sie zufällig den gleichen Geschmack hatten … was sagte das aus?

›Vielleicht?‹, antwortete sie vorsichtig. Schließlich war alles möglich. Sie fühlte sich jedenfalls auf eine ganz besondere Art sehr wohl, wenn sie mit ihm in Kontakt stand oder an ihn dachte.

›Also, ich gebe zu, darüber habe ich bisher noch nicht nachgedacht. Aber ich freue mich immer, von dir zu lesen. Mit dir zu schreiben fühlt sich so vertraut an, als ob wir uns schon ewig kennen würden‹, brachte er ihre Gedanken auf den Punkt.

›Geht mir auch so‹, gestand sie.

Es dauerte eine kleine Weile, bis er antwortete. Sie dachte schon, er hätte es für heute gut sein lassen. Sie schenkte sich den restlichen Kaffee aus der Kanne in ihre Tasse, und gerade als sie daran nippte, trudelte dann doch noch eine Rückmeldung von ihm ein.

›Vielleicht sollten wir uns echt mal treffen?‹, stand da.

Sie verschluckte sich an dem schwarzen Gebräu, prustete und starrte überwältigt auf *Grisus* Frage.

Treffen?!? Persönlich? Im echten Leben?

Ohne nachzudenken, drehte sie das Handy um, legte es mit dem Display nach unten auf die Tischplatte und sprang auf.

»Komm, Streuner, wir gehen jetzt shoppen«, rief sie und schlüpfte in ihre Daunenjacke.

»HALLO? Entschuldigung?«

Liv, die dabei war, ihren Weihnachtskranz an der Tür zu befestigen, drehte sich um.

Neugierig trat eine Frau um die sechzig durch das Gartentor einen Schritt auf sie zu. »Sind Sie die neue Besitzerin von dem Haus?«

»Ähm, ja«, antwortete sie zögernd.

»Oh! Dann sind Sie Andreas …« Die Frau guckte sie auffordernd an.

»Schwiegertochter?«

»Ach wie schön, Sie endlich mal kennenzulernen! Ich bin Helga«, flötete die Frau, als würde das alles erklären.

Liv musterte die Fremde. Sie trug eine magentafarbene Softshelljacke und Jeans. Ihr Gesicht war freundlich. Unter ihrer Mütze spitzten ein paar braungraue Haarsträhnen hervor. In der Hand hielt sie einen grünen synthetischen Einkaufskorb mit Reißverschlussdeckel.

»Ich war eine gute Bekannte Ihrer Schwiegermutter und habe ihr während ihrer Zeit auf Norderney etwas geholfen, wenn es nötig war. Ab und zu komme ich noch vorbei und schau nach dem Rechten, solange das Haus leer steht«, gab Helga ihr Auskunft.

»Das ist ja nett«, sagte Liv. Sie hatte keine Ahnung, wie Jan alles organisiert hatte, um nicht selbst vor Ort sein zu müssen. Dass er sich gekümmert hatte, das wusste sie natürlich. Zu Arztbesuchen am Festland hatte er seine Mutter des Öfteren selbst begleitet. Mehr aber auch nicht.

»Dann haben Sie das Haus nach Andreas Tod insoweit aufgeräumt, wie ich es vorgefunden habe?«

Helga nickte. »Ja, wir haben ein bisschen sauber gemacht, damit sich kein Ungeziefer einnistet. Die Kleidung haben wir auch entsorgt.«

»Das war sehr freundlich von Ihnen.« Plötzlich fühlte Liv sich unwohl. Dass fremde Leute so etwas tun mussten, weil die eigenen Angehörigen sich dessen nicht annehmen wollten, hatte sie schon zu Andreas Beerdigung gestört. Aber Jan hatte sich nicht davon abbringen lassen, und letztlich war es seine Entscheidung gewesen. Sie selbst könnte sich niemals vorstellen, dass ihr eigenes Elternhaus irgendwann einmal von Nachbarn oder gar einer Firma ausgeräumt werden sollte.

»So viel Aufwand war es ja nicht.« Helga riss sie aus ihren Überlegungen und lächelte sie an.

Das ungute Gefühl flachte ab. Dankbar lächelte Liv zurück.

»Ich finde es auf jeden Fall schön, dass endlich wieder ein bisschen Leben in die Bude hier kommt. Bleiben Sie länger, ähm …«

»Liv. Eigentlich Olivia, aber so nennt mich kaum einer.«

Helga reichte ihr die Hand. »Wie schön, Sie kennenzulernen, Liv.«

Sie hatte einen angenehmen warmen Händedruck.

»Finde ich auch. Möchten Sie vielleicht auf eine Tasse Kaffee oder Tee reinkommen?«

»Grundsätzlich gern, aber ich werde jede Minute abgeholt.« Wie zum Beweis hob sie ihren Korb etwas an. Im selben Moment fuhr ein Wagen rechts an den Bordstein. »Da ist er ja schon. Tut mir leid, ich muss los. Wir sehen uns bestimmt ein andermal«, rief Helga und eilte winkend davon.

Liv schaute ihr nach. Ein bisschen mit der Frau zu plaudern hätte ihrem Sozialleben gutgetan, und nebenbei hätte ihr Andreas Bekannte sicherlich einiges erzählen können. Über das Inselleben natürlich, denn dass sie eine echte Insulanerin war, daran bestand für Liv kein Zweifel. Aber vermutlich würde Helga auch so manches über ihre Schwiegermutter berichten können, vielleicht wusste sie sogar etwas über Jans gespaltenes Verhältnis zu Norderney? Ob die beiden sich persönlich kannten?

Doch um diesen Fragen nachgehen zu können, musste sich Liv in Geduld üben. Denn sie wusste weder Helgas Nachnamen, noch wo sie wohnte.

Inspiriert von dem Gespräch schlüpfte sie ins Haus, brühte sich eine schöne Tasse schwarzen Tee auf und nahm sich die Fotoalben vor, die sie gefunden hatte.

Fast ehrfürchtig blätterte sie sie durch.

Der Großteil der Bilder stammte sichtlich aus den Siebziger-, Achtziger- und Neunzigerjahren. Sie waren allesamt hier auf Norderney aufgenommen worden. Liv wusste, dass zu jener Zeit die Insel bevorzugt von Leuten aus dem Ruhrgebiet als Feriendomizil entdeckt worden war. Selbst heute traf man noch besonders häufig Urlaubsgäste aus Nordrhein-Westfalen. Nun, das passte. Andrea stammte immerhin aus Duisburg. Dort war Jan aufgewachsen. Bis er für sein IT-Studium nach Berlin gezogen war.

War er das da, auf dem Foto? Als kleiner Junge? Links im Bild saß eindeutig Andrea im Sand, mittig der Sprössling vor einer halbfertigen Sandburg und rechts von ihm hielt ein Mann eine kleine Schaufel in der Hand, der Jan durchaus ähnlich sah.

Liv schaute genauer hin. Es war zweifelsohne ein Familienfoto der Kramers.

Entzückt über den kleinen Jan und neugierig auf seinen Vater zugleich betrachtete sie die Gesichtszüge eingehend. Sie hatte noch nie ein Kinderfoto von ihrem Mann gesehen – weil er keine besaß. Er lege keinen Wert darauf, hatte er ihr einst gesagt. Weshalb ihr auch sein Vater völlig unbekannt war. Er hatte sich von Frau und Kind getrennt, als Jan noch klein gewesen war, und war zurück nach Holland gegangen. Viel mehr als diese spärlichen Informationen hatten sowohl Jan als auch seine Mutter nie von sich preisgegeben. Nur, dass der Vater Niederländer sei, die Ehe scheiterte und seitdem keinerlei Kontakt mehr bestehe.

Liv, die ein inniges Verhältnis zu ihren Eltern hatte, fand das unverständlich und schade. Sie hätte schon zu ihren Kennenlernzeiten gerne mehr darüber erfahren, hatte aber schnell gemerkt, dass dieses Thema tabu war. Also hatte sie sich damit abgefunden und sich schließlich darüber gefreut, dass Jan – vielleicht sogar deswegen – ebenso gern Zeit mit Livs Familie verbrachte wie sie.

Doch jetzt, da sie in die glücklichen Gesichter der Kramers blicken konnte, kam sie nicht umhin, sich zu fragen, was geschehen war.

Sie blätterte weiter und entdeckte viele Bilder aus schönen Tagen auf Norderney. Die Jahreszeiten variierten. Mal war es Frühling, Sommer, Herbst oder Winter. Das Ferienhaus wurde damals offenbar das ganze Jahr in jeder freien Minute genutzt. Dann hörte die Fotoreihe plötzlich auf. Entweder hatte man keine Lust mehr gehabt, Urlaubsfotos zu knipsen, oder aber – und davon ging Liv auf Grund ihres spärlichen Wissens eher aus – das Leben der Kramers hatte sich essentiell geändert.

Sie klappte das Album zu und griff nach dem letzten Band. Hierin befanden sich vereinzelte Schnappschüsse aus den folgenden Jahrzehnten. Aber darauf abgebildet war immer nur Andrea, allein oder mit Menschen, die Liv nicht kannte.

Mit einem schalen Geschmack im Mund legte sie die Bücher zurück in die Kiste und stellte diese in die Wohnzimmerecke. Zwischen dem Buffet und der Wand war gerade genug Platz, um den Karton zu verstauen.

Für wenige Minuten war sie versucht, Jan anzurufen, ihm von ihrem Fund zu berichten und ihn zu bitten, ihr etwas aus seiner Kindheit zu erzählen. Doch das würde kaum passieren, zumal ihr Verhältnis sowieso schon angespannt war. Dazu noch am Telefon? Nein, das konnte sie sich aus dem Kopf schlagen.

9

»So und nachdem ich euch jetzt genug mit Nahrungsmittelkunde zugetextet habe, testen wir mal eure Fingerfertigkeiten.« Malte klatschte gutgelaunt in die Hände.

Es war die erste Stunde ihres Kochkurses, und neben Liv hatten sich noch acht weitere Interessierte in der Küche des *Küstenglücks* eingefunden. Mehr als zehn Mann sollten es auch nicht sein, hatte Malte ihr verraten. Sonst würden sie sich gegenseitig auf die Füße treten.

»Da ihr nun über frische, qualitative und artgerecht gelegte Eier bestens informiert seid«, er deutete auf den Stapel Hühnereier vor ihnen auf dem Tisch, »und es noch früher Vormittag ist, dachte ich, wir fangen mit etwas Einfachem an. Pfannkuchen.«

»Och, wirklich?«, murrte Alex, eine durchgestylte Enddreißigerin. Sie war der Typ Powerfrau. Sicherlich führte sie irgendein erfolgreiches Unternehmen oder mischte zumindest in den oberen Etagen mit, überlegte Liv. »Ich dachte, wir lernen hier Haute Cuisine. Olle Pfannkuchen werde ich sicherlich keinem servieren«, bestätigte sie den Eindruck.

»Was heißt hier ›olle Pfannkuchen‹?«, hielt Herrmann, ein

beleibter Kerl mit bereits lichtem Haar, erfreut dagegen. »Die Dinger sind superlecker. Wenn sie richtig gemacht sind! Fluffig und –«

»So wie Sie?«, warf Alex mit gerunzelter Stirn ein, bevor sie sich über ihre schmale Taille strich.

Irritiert hielt Herrmann inne, und Liv lachte in sich hinein. Da waren ja zwei aufeinandergetroffen.

»Also, ich bin der Meinung, dass Pfannkuchen durchaus ein hungriges Herz höherschlagen lassen können«, übernahm Malte wieder das Wort. »Sie sind süß fantastisch.« Er blickte Liv geradewegs in die Augen, und ihr Magen schlug einen Purzelbaum, dann wandte er sich ab und schaute reihum die anderen Teilnehmer an. »Aber man kann sie natürlich auch herzhaft bestücken. Dabei sind der Kreativität keine Grenzen gesetzt. Mit Schnittlauch, Schinken und Käse, oder aber mit Krabben und Dillspitzen. Es gibt endlos Variationen, da ist für jeden was dabei. Die Hauptsache aber ist, dass das Grundrezept stimmt. Der Teig muss luftig angerührt werden, und das Herausbacken in der Pfanne ist eine Kunst für sich. Ihr hört schon, so einfach, wie es klingt, ist es nicht. Deshalb ran an die Arbeit. Ich verspreche euch, ihr werdet staunen, welche Kniffe und Tricks es gibt.« Seine Brauen wippten aufmüpfig, und seine Augen sprühten voller Tatendrang.

»Da hast du recht, Malte. So gut wie deine bringe ich meine daheim nie zustande«, sagte eine Rentnerin und tätschelte den Koch vertraut am Arm. Sie war offenbar eine der Einheimischen, von denen Malte gesprochen hatte, die bei ihm noch lernen wollten.

»Klingt vielversprechend. Aber machen wir auch noch ein paar typische Inselgerichte? Eigentlich bin ich deshalb da«, fragte eine Touristin mit hessischem Spracheinschlag.

»Natürlich. Wir steigern uns. Heute kochen wir uns nur warm«, witzelte Malte.

Die Frau nickte zufrieden, während Liv unruhig wurde. Pfannkuchenteig anzurühren war nicht allzu schwer. Das ging in Richtung Backen, und davon verstand sie was. Sie war mit Maltes Auswahl des Tages mehr als glücklich. Spezialitäten zu kochen, jagte ihr dagegen eine Heidenangst ein.

»Na, bist du schon hibbelig?« Dass Malte plötzlich neben ihr stand, hatte sie überhaupt nicht mitbekommen. Ebenso wenig wie die Zutatenliste, die er der versammelten Mannschaft aufgezählt hatte. Ihr wurde klar, dass sie keine Ahnung hatte, was sie machen musste.

»Es ist wirklich nicht schwer. Hol dir, was du brauchst.« Er deutete auf ihre Nachbarin, die bereits alles vor sich stehen hatte. Erleichtert atmete Liv auf. Sie musste nur abgucken. Wie früher in der Schule. Ein Glucksen entschwand ihrer Kehle.

Malte kicherte leise. »Ich komm dann nochmal vorbei.«

Lächelnd schaute sie ihm nach. Dafür, dass sie sich erst kennengelernt hatten, konnte er ihre Vorbehalte offenbar schon ziemlich gut einschätzen. Ihr Blick blieb an seinem Po hängen, der in der perfekt sitzenden Jeans ansehnlich zur Geltung kam. Schnell wandte sie sich ab und guckte auf einen Korb frischer Tomaten. Ob sein Po auch so knackig wäre, wenn sie ihn berührte?

Was dachte sie denn da?! Blinzelnd rief sie sich zur Ordnung, doch die Tomaten konnte sie jetzt nicht mehr ansehen, ohne selbst rot zu werden. Himmel nochmal! Mit gesenktem Blick hechtete sie los, um sich endlich ihre benötigten Sachen zusammenzusuchen – die Ersten schlugen bereits Eier auf –, und prallte prompt in Maltes Rücken. Wo kam der denn jetzt so plötzlich her?

Sein Körper war fest und muskulös. Das Haar roch frisch gewaschen. Eine angenehme Wärme ging von ihm aus. Für den Bruchteil einer Sekunde musste Liv sich zusammennehmen, damit sie sich nicht an ihn kuschelte. Es war schon viel zu lange her, dass sie mal jemand vertrauensvoll in den Arm genommen hatte.

Ha!, rebellierten ihre Hormone. *Von wegen vertrauensvoll. Wir sind zu ganz anderen Schandtaten bereit,* riefen sie. Ihre bereits geröteten Wangen glühten spürbar.

»Hoppla!« Maltes Stimme brachte sie wieder ins Hier und Jetzt. Mit diesem Ausruf hatte ihr Gespräch bei ihrer ersten Begegnung begonnen …

Er drehte sich um und stand viel zu nahe vor ihr.

»Bitte entschuldige«, stammelte sie, sich der Blicke der anderen im Rücken bewusst. »Ich wollte nur eben …« Sie deutete wahllos auf die Lebensmittel hinter ihm.

»Mir tut´s leid. Ich bin dir einfach in den Weg gelaufen. Ich sollte mich etwas vorsehen. Üblicherweise sind wir in der Küche ein eingespieltes Team.« Er schaute in die Gruppe. »Also, Leute, habt bitte etwas Nachsicht mit mir. Es ist mein erster Kurs, den ich gebe.«

»Wir sind also deine Versuchskaninchen?«, fragte Alex interessiert.

»Könnte man so sagen.«

»Okay, Herr Chefkoch. Dann würde ich vorschlagen, wenn ich es nicht hinbekomme, meinem Besuch übernächste Woche etwas Grandioses vorzusetzen, bist du mein Notfallkontakt, der einspringen muss.« Auffordernd guckte sie ihn an.

Malte reagierte relaxt. »Klar. Das ist nur fair. Aber ich garantiere dir, so weit wird es nicht kommen. Du kriegst das selber hin.«

»Schon möglich. Doch wenn nicht, rufe ich dich an. Tag oder Nacht.« Zuckersüß lächelte sie ihn an. In ihren Augen blitzte es.

Liv fragte sich, ob das eine Drohung oder ein Versprechen war. Vermutlich beides gleichermaßen. Und sie war sich sicher, dass es dabei nicht unbedingt ums Essen ging. Alex hatte ein

Auge auf Malte geworfen und scheute sich nicht, das deutlich zu machen.

Für einen Moment war es mucksmäuschenstill, bis Herrmann mit seinem Schneebesen zu rühren begann. Metall klirrte auf Metall, als er gegen die Ränder der Schüssel traf. Gleich darauf war wieder Leben in der Küche. Überall rumorte es, und Liv gelang es, einen fluffigen Teig mit kleinen Luftblasen herzustellen.

Dann kam der Moment, in dem sie einen Teil davon in die Pfanne füllte. So weit, so gut, dachte sie und freute sich, dass sie in wenigen Minuten ihre erste Aufgabe mit Bravour erledigt haben würde.

Doch wie hieß es so schön, man sollte den Tag nicht vor dem Abend loben. Denn blöderweise kam Malte nun auf die Idee, dass sie alle ihre Pfannkuchen wenden sollten, indem sie sie in der Luft drehten. Gekonnt machte er es ihnen vor. Liv wurde allein beim Zuschauen bang.

Während ihre Mitstreiter nach und nach – mal besser, mal schlechter – ihr Glück versuchten, grübelte sie über die Deckenhöhe nach. War der Abstand groß genug, damit der goldgelbe Fladen nicht dort oben kleben blieb?

»Liv, du auch. Betest du etwa?«, feixte Malte und schlängelte sich zu ihr durch.

Sah es etwa so aus? Wobei … Ein Stoßgebet wäre vermutlich angebracht gewesen.

Sie nahm einen tiefen Atemzug und legte ihre Finger um den Pfannengriff.

»Schau mal, so macht man das«, hörte sie Malte auf einmal nahe an ihrem Ohr.

Er hatte sich hinter ihr postiert und schob seinen Arm parallel neben ihrem nach vorn, dann schloss sich seine Hand um ihre.

Sie spürte ein Kribbeln an der Stelle, wo er sie berührte, seine

Wärme und den leichten Druck. Wie ein Flächenbrand breitete sich das Bitzeln in ihr aus, bis es schließlich ihren Brustkorb erreichte. Es fühlte sich an wie eine Reihe kleiner elektrischer Schläge. Als sein Atem dann noch an ihrem Hals kitzelte, winkelte sie unvermittelt den Unterarm an. Die Pfanne hob sich in die Gerade, und der Eierkuchen klatschte ungebremst auf Maltes Kopf.

Bedröppelt stand er da und wischte sich die Teigränder aus den Augen, um etwas sehen können.

Geschockt schlug sich Liv die Hand vor den Mund. Um sie herum brachen alle in schallendes Gelächter aus.

›Heute hab ich jemanden mit einem Pfannkuchen beworfen. Natürlich nicht absichtlich! Es war superpeinlich! Wenn ich nur daran denke, wird mir immer noch ganz anders‹, schilderte sie *Grisu* ihr Missgeschick, kaum dass sie zuhause war.

Erst als sie die Nachricht abgeschickt hatte, merkte sie, dass sie ihm wie selbstverständlich berichtete. Früher hätte sie Jan sofort davon erzählt. Wann war *Grisu* zum Mann ihres Vertrauens geworden?

Es dauerte nicht lange, da kam schon seine Antwort.

Ein dicker Lach-Smiley mit der Frage: ›Was hat er dir denn angetan?‹

›Nichts, womit er das verdient hätte.‹

Zumindest, wenn man mal davon absah, dass er ihren Gefühlshaushalt durcheinandergewirbelt hatte. ›Ich bin jetzt jedenfalls zur absoluten Niete abgestempelt. Hab ich dir erzählt, dass ich einen Kochkurs mache? Dabei ist es passiert. Ich hab mich erschrocken und zack!‹

Nun ja, ›erschrocken‹ war womöglich nicht das richtige Wort, aber so verrückt, dass sie bei einem Mann von ihrem

Gefühlstohuwabohu bezüglich eines anderen redete, war sie nun auch nicht.

Sie sollte ihre Erlebnisse vermutlich lieber mit Scarlett, Izzy oder Tammy besprechen. Wozu hatte sie denn gute Freundinnen? Warum sie das nicht gleich gemacht hatte, wusste sie selbst nicht. Mit *Grisu* zu schreiben, war wohl schon zu einer richtigen Gewohnheit geworden.

›Na, dann war es vermutlich echt lustig‹, kommentierte er gerade. ›Mach dir nix draus. Humor ist, wenn man über sich selbst lachen kann.‹

›Stimmt. Den Spruch kenne ich zwar etwas anders, aber in diesem Fall passt er so besser.‹

Ihr schoss durch den Kopf, dass sie neulich über Seelenverwandtschaft gesprochen hatten. In diesem Moment verspürte sie sie tatsächlich. Etwas Wohligwarmes breitete sich in ihr aus, und sie hatte das Bedürfnis, sich in seine Arme zu werfen. Auch wenn sie ihm noch nie begegnet war und keine Vorstellung hatte, wie er aussah, war sie sich sicher, dass er ihr auch im echten Leben gefallen würde.

›Bist du noch da?‹, fragte *Grisu*.

Liv blinzelte. Sie fühlte sich zu ihm hingezogen! Herrjemine!

Die Erkenntnis setzte sich in ihr fest und breitete sich aus. Hatte sie sich etwa in ihn verliebt?

Sie betrachtete das Handy, als würde es Feuer spucken.

›Ja, klar. Aber ich muss jetzt los. Termine!‹, tippte sie eilig, dann ließ sie es fallen, als hätte sie sich daran die Finger verbrannt.

DIE KLARE NORDSEELUFT brachte Livs aufgewühltes Gemüt wieder halbwegs zur Ruhe. Im Einklang mit der Natur, ging es ihr durch den Kopf, während sie den *Zuckerpad* entlanglief. Der schneckenförmige Holzweg durch die Dünen war eine wahre

Augenweide. Er erinnerte sie an Stege, die ins Meer oder durch Moore führten. Allein der Anblick hatte etwas Friedvolles. Hinzu kam die Stille, die nur durch die natürliche Umwelt selbst unterbrochen wurde. Hier und da kreischte eine Möwe, der Wind brauste an ihren Ohren vorbei, und in der Ferne rauschte das Meer. Aber das konnte auch täuschen, verfingen sich doch immer wieder Luftströme in ihrer Kapuze, was ein ganz eigenes Geräusch verursachte. Ab und zu fühlte Liv sich geradezu durchgeschüttelt, was aber nicht schadete. Von den Elementen wachgerüttelt zu werden, war vielleicht genau das, was sie brauchte. Ihr Leben befand sich in einem einzigen Widerspruch.

Einerseits war sie auf Norderney gekommen, um zu sich selbst zu finden. Allein!

Andererseits hatte sie einen Mann getroffen, der mit seinem Lächeln und seinen Aussagen Gefühle in ihr weckte, die sie seit Jugendzeiten nicht mehr so empfunden hatte. Maltes Art, mit ihr umzugehen, versetzte sie in jene Zeit zurück, als sie mit Jan angebändelt hatte. Als alles noch aufregend und neu zwischen ihnen gewesen war. War es also das, was sie so verwirrte? Die Traurigkeit darüber, dass Jan und sie irgendwie den Zugang zueinander verloren zu haben schienen? Oder war da doch mehr, wenn sie an Malte dachte? Immerhin mogelte sich, allein bei dem Gedanken an ihn, ein verstohlenes Lächeln auf ihr Gesicht. Unvermittelt rief sie sich zur Räson.

Grisu schob sich ihr in den Sinn. Noch ein Mann, der sie emotional durcheinanderbrachte. Mit seinem humorvollen Wesen und diesem unglaublichen Verständnis, das er ihren Sichtweisen gegenüber zeigte, hatte er sich klammheimlich einen Platz in ihrem Herzen erobert. Das war ihr vorhin bewusst geworden. Und würde er sie noch einmal fragen, ob sie sich treffen wollten, wäre sie ehrlich versucht zuzustimmen. Schon wenn sie daran dachte, überfiel sie ein aufregendes Kribbeln.

Aber was sagte das über ihre Ehe aus?

›Du spielst mit dem Feuer!‹, hatte Izzy prophezeit. Liv kaute auf ihrer Unterlippe und erreichte die Thalasso-Plattformen. Sie waren herrlich anzuschauen und keine der anderen gleich. Ein bisschen so wie die drei Männer in ihrem Leben, waberte es durch ihren Kopf.

Helles Holz hob sich von der sandig grünen Umgebung ab. Sitzbänke luden zum Verweilen ein, ebenso wie Kokons aus Korbgeflecht, in denen man etwas vor dem Wetter geschützt war.

Sie suchte sich einen aus, und gerade, als sie darin Platz nahm, drängte sich die Sonne an den Wolken vorbei und versetzte alles um sie herum in goldenes Abendlicht. Liv schloss die Augen und genoss die angenehme Wärme.

Es würde sich alles finden – auf die eine oder andere Weise, sagte die Stimme ihres Unterbewusstseins. Dass der Wunsch nach einem eigenen Baby vermutlich unerfüllt bleiben würde, hatte sie schließlich auch irgendwie verwunden.

Warum sie jetzt daran dachte? Vielleicht erinnerte sie die Geborgenheit des Kokons, in dem sie saß, daran. Vielleicht war es aber auch das Wissen, dass damit ihre Beziehungsprobleme begonnen hatten.

Doch was sollte sie mit dieser Erkenntnis anfangen?

Egal wie Liv es drehte und wendete, sie kam nicht weiter.

Während sie den Blick auf die heute ruhige Nordsee genoss, wählte sie Tammys Nummer.

»Hey du, stör ich dich gerade?«

»Nein, gar nicht. Ich male – was sonst?« Tammy lachte. »Hinter mir im Kamin knistert das Feuer, und ich wollte mir eben eine Tasse Tee aufbrühen. Du rufst also zum richtigen Zeitpunkt an. Und du hast dich auch ins Inselleben gestürzt? Norderney soll richtig schön sein, aber Usedom hier ist nun mal die Sonneninsel.«

»Also, momentan scheint sie bei mir, und das tut richtig gut!«, schwärmte Liv und reckte ihre Nase in die Höhe, sodass sie blinzeln musste.

»Freut mich. Hast du dich schon ein wenig erholen können? Wie lange bleibst du? Mit dem eigenen Haus bist du da ja völlig unabhängig. Aber dass du so Knall auf Fall abgereist bist, war schon ein bisschen heavy. Jan war total überfordert damit. Dass er sich bei uns allen nach dir erkundigt hat, weißt du bestimmt.«

Liv seufzte. »Ja, das war nicht unbedingt eine meiner Sternstunden. Aber wenn ich nicht sofort aufgebrochen wäre, hätte ich es wahrscheinlich nicht durchgezogen. Du kennst doch Jans Einstellung zu Norderney. Er hätte es mir ganz bestimmt ausgeredet.«

»Hm. Vermutlich.«

»Ich bereue es jedenfalls nicht.« Sie blickte über die Dünen hinab auf die Nordsee. Das Wasser glitzerte am Horizont im Sonnenlicht. »Na ja, zumindest nicht, dass ich nach Norderney gekommen bin.«

»Aha? Was genau meinst du damit?«

»Tammy, es ist alles so verflixt kompliziert. Deshalb rufe ich an. Ich brauche dringend deinen Rat.«

»Na dann, was ist los?«

»Ach, mit Jan läuft es seit geraumer Zeit ja nicht mehr so rund. Die Sache mit dem Baby hat das, was wir hatten, irgendwie zerstört. Wir reden kaum noch, und wenn, dann wirkt jeder Satz so angestrengt. Deshalb hat Scarlett mich auf die Idee gebracht, ich solle mir doch mal eine Auszeit nehmen. Das würde uns beiden guttun, hat sie gemeint.« Liv lachte bitter auf. »Nur, dass ich ausgerechnet auf Norderney sitze, hat es für Jan wohl nicht besser gemacht. Aber wir haben so viel Geld in die Behandlungen gesteckt, dass ich gedacht habe, hier brauche ich wenigstens keine große Reisekasse. Verstehst du, was ich meine?«

»Klar.«

»Tja, Jan hat daran vermutlich keinen Gedanken verschwendet. Stattdessen habe ich ihn wohl mit seinen Altlasten konfrontiert. Was immer er da unaufgearbeitet mit sich herumschleppt, zu unseren Problemen habe ich das nun noch obendrauf gepackt. Und als wäre das nicht schon genug, hab ich hier auch noch jemanden kennengelernt, der mir seit Langem mal wieder das Gefühl gibt, begehrt zu sein.«

»Begehrt?« Tammy kicherte. »Livy, wir leben im einundzwanzigsten Jahrhundert.«

»*Grr.* Du weißt, was ich sagen will. In Maltes Gegenwart habe ich Schmetterlinge im Bauch. Und das im Winter!«

»Hm. Sind das denn so was wie Eintagsfliegen? Dann brauchst du dir keine Sorgen zu machen. Hin und wieder zu flirten ist doch ganz normal.«

»Das klingt zu einfach, um wahr zu sein«, gestand Liv.

»Keine Ahnung, das musst du herausfinden.«

»Oh Mann, Tammy! Das ist keine große Hilfe.« Trotzdem wusste sie, dass ihre Freundin recht hatte. »Aber es gibt ja noch mehr«, fiel ihr ein. »Dank Izzy habe ich jetzt auch einen Freund im Internet.«

»Wieso denn das?«

»Tja, sie meinte – ebenso wie du gerade –, dass es mir nicht schaden würde, ein bisschen zu flirten. Und damit ich etwas in Übung komme, hat sie mich im Internet angemeldet –«

»Was? Sie hat dich bei einem Datingportal registriert? Also, damit schießt sie ja wohl den Vogel ab! Und wie funktioniert das? Suchst du dir da einen Typen aus und legst ihn dir in den Warenkorb?«

Schlagartig musste Liv kichern. »Nein, Quatsch.«

Doch die Vorstellung, wie sie Kerle shoppen ging, hatte sich in ihrem Kopf festgesetzt.

»Stell dir das mal bildlich vor, wie du mit deinem Einkaufswagen durch die Regale fährst, während gutaussehende, muskulöse, braungebrannte Männer in deinem Wagen sitzen und ihre Beine rausbaumeln lassen«, keuchte sie. Tammy prustete nun ebenfalls los, und sie lachten, bis ihnen die Tränen kamen.

»Aber im Ernst«, nahm Liv das Gespräch wieder auf, nachdem sie sich endlich beruhigt hatten. »So ist es nicht. Izzy hat mich nur in eine Facebook-Gruppe ›geschubst‹, und da habe ich wirklich jemanden getroffen, mit dem ich seither hin und her schreibe.«

»Oft?«

»Viel zu oft. Manchmal glaube ich, *Grisu* kann meine Gedanken lesen.«

»Oh-oh. Liv, das hört sich gar nicht gut an.«

»Iwo.« Sie winkte automatisch ab. Doch dann fiel ihr ein, dass sie Tammy ja angerufen hatte, um ein wenig Ordnung in ihr Gefühlschaos zu bringen. Somit musste sie ehrlich sein. »Okay, du hast recht. Ich fürchte auch, dass das irgendwie bedenklich ist. Letztens hat er vorgeschlagen, dass wir uns mal persönlich treffen sollten.«

»Er wollte ein Date?«

Liv überlegte. »Man könnte es wahrscheinlich so ausdrücken …«

»Ja und? Hast du zugesagt?«

»Ich war total überrascht und hab überhaupt nicht darauf geantwortet. Nur …«

»Was?«

»Ich glaube, wenn er noch einmal fragt …«

»Würdest du hingehen. Verstehe.«

Ein sich wiederholendes Klirren drang aus dem Hörer an Livs Ohr. Vermutlich rührte Tammy wild in ihrer Teetasse herum.

»Na ja«, begann die Freundin schließlich. »Du solltest dir dringend über deine Gefühle klar werden. Ist das mit diesem Malte und *Grisu* womöglich nur ein bisschen Spaß, oder geht einer der Herren dir tiefer unter die Haut? Und was ist mit Jan? Du solltest ihn keinesfalls außen vor lassen. Eine Chance hat er definitiv verdient, nach allem, was ihr miteinander durchgemacht habt. Rede mit ihm. Finde heraus, wie ihr wirklich zueinander steht.«

Liv nickte. »Ob er tatsächlich eine Affäre hat …«

»Wie bitte? Das wird ja immer schöner. Jan hat –?«

»Nein, um Himmels willen. Ich weiß es nicht. Es war nur so ein blöder Spruch, der mich darauf gebracht hat.«

»Nun, wenn es so ist, ändert das vielleicht manches«, stellte Tammy fest. »Aber nichtsdestotrotz musst du letztlich eine Entscheidung treffen.«

Liv hatte keine Ahnung, worauf sich dieser Satz genau bezog. Sie wollte jedoch nicht nachfragen. Allein die Vorstellung, sich von Jan scheiden zu lassen, schnürte ihr die Kehle zu.

10

Die folgenden Tage plätscherten dahin. Nicht nur im sprichwörtlichen Sinn. Draußen regnete es – mal mehr, mal weniger.

Was die Männer in ihrem derzeitigen Leben betraf, war Liv sich nach wie vor genauso unschlüssig wie zu dem Zeitpunkt, als sie mit Tammy geredet hatte.

Wenn sie mit *Grisu* schrieb, fühlte sie sich einfach wohl. Weshalb es ihr auch nicht gelang, die Abstinenz, die sie sich für das Texten eigentlich auferlegt hatte, durchzuhalten.

Neuerdings diskutierten sie über den Krimi, den Liv las. Sie hatte sich in der Buchhandlung Lesestoff mit Nordseefeeling geholt. *Inselmotiv mit Herz* von Rita Roth spielte sogar auf Norderney, und für Spannung sorgte *Mord und Flut* von Katharina Drüppel. Als sie *Grisu* ein wenig davon berichtete, hatte er sich den Nordseekrimi ebenfalls gekauft, und jetzt fieberten und rätselten sie gemeinsam mit der Ermittlerin Tönnens dem Ende entgegen. Das machte richtig Spaß.

Von Jan hingegen hatte sie schon länger nichts gehört. Zuletzt hatte sie am Abend nach ihrem Telefonat mit Tammy mit ihm gesprochen. Aber nur kurz. Er müsse noch etwas durchlesen, hatte er gemeint. Ob sie sich in ihrem eigenen kleinen Heim wohlfühle, hatte er mit einem pampigen Unterton gefragt, und auf ihren Bericht, wie sie das Haus weihnachtlich dekoriert hatte, hatte er nur etwas Unverständliches gegrummelt. Als bei ihr im Hintergrund dann noch das Lied *Coming home for Christmas* ertönte, war das Gespräch völlig zum Erliegen gekommen.

Gänzlich aus dem Konzept brachte sie allerdings Malte. In seiner Anwesenheit verwandelte Liv sich zunehmend entweder zu einem nervösen Teenager oder einer absoluten Unheilbringerin, was in der Küche wenig Zuspruch fand. Wenn er sie anlächelte, vergaß sie regelmäßig den nächsten Arbeitsschritt, und eine zufällige Berührung reichte aus, dass ihr Herz so laut klopfte, dass ihr das Blut in den Ohren rauschte. Das wiederum hatte leider zur Folge, dass sie kein Wort von dem verstand, was er sagte. Ja, man konnte mit Fug und Recht behaupten, dass sich ihr ›Zustand‹ in seiner Gegenwart deutlich verschlechtert hatte. Nur warum?

War sie tatsächlich in ihn verschossen? Oder redete sie es sich mit ihren kreisenden Gedanken bloß ein und benahm sich deshalb derart unmöglich?

Wenigsten schob Malte ihr Verhalten auf ihre zwei linken Hände, was das Kochen betraf.

»Also, was deine Fertigkeiten angeht, hast du wohl doch nicht übertrieben«, hatte er vor Kurzem zu ihr gesagt. Ihr dabei aber aufmunternd zugezwinkert und das scharfe Küchenmesser aus der Hand genommen, mit dem sie den Fisch filetieren sollte. Okay, der Fisch hatte unter ihrer Bearbeitung eine frappierende Ähnlichkeit mit Hackfleisch angenommen. Vermutlich hatte Malte Sorge gehabt, dass sie sich noch einen Finger absäbeln könnte. Aber mal ehrlich, gegarter Fisch war viel leichter zu entgräten!

Jedenfalls bezeichneten sie auch die anderen Teilnehmer inzwischen als ›wandelnde Küchenkatastrophe‹ und nahmen, so gut es ging, Abstand von ihr. Denn mal ehrlich, niemand wollte gern von oben bis unten mit Sahne besprenkelt werden, nur weil Liv das Rührgerät aus der Schüssel nahm, ohne es vorher abzuschalten!

Aber dass Malte dennoch immer so herzlich mit ihr umging, ließ sie geradezu dahinschmelzen. Ihre Überlegung, den Kurs einfach sausen zu lassen – zum Wohle aller! –, hatte er strikt abgelehnt.

»Auch du kannst kochen!«, hatte er beteuert. Doch Liv zweifelte mehr denn je. Zwar war sie keine ganz so miserable Köchin, wie sie sich präsentierte, aber mit Malte in einem Raum ging auch wirklich alles schief.

Summa summarum wusste sie nur eins mit Bestimmtheit: Ihr aktueller Herzbube war eindeutig Streuner. Von Tag zu Tag verliebte sie sich mehr in diesen Hund. Und ihm erging es vielleicht ähnlich? Zumindest blieb er von Mal zu Mal etwas länger, ehe er wieder verschwand. Mehrmals hatte sie schon versucht, ihm zu folgen, doch der kleine Kerl war gewitzt und hatte sie immer abgeschüttelt. Natürlich lag das auch daran, dass er durch schmale Ecken schlüpfen konnte, die Liv umgehen musste. Bis sie dann die andere Seite des Gebüschs oder Gebäudes erreichte, war er entwischt.

Immerhin hatte sie so herausgefunden, dass er jedes Mal Richtung Westen davonlief. Doch damit konnte sie nicht groß etwas anfangen.

WIDERWILLIG LEGTE sie ihren Krimi beiseite, schlüpfte in ihre Stiefel und schaute durchs Fenster. Der Himmel bestand aus einer einzigen grauen Wolkendecke, und es nieselte. Mit etwas Glück käme sie wenigstens nicht klatschnass im *Küstenglück* an. Heute stand die vierte Kurseinheit an, und Liv hatte so was von keine Lust, sich schon wieder dem Gespött der anderen auszusetzen. Der einzige Grund, trotzdem hinzugehen, war Malte. Was grundsätzlich im krassen Widerspruch stand. War doch er der Auslöser für ihr chaotisches Verhalten, wobei sie ihn gleichzeitig nicht hängenlassen wollte. Er hatte ihren Austritt nicht akzeptiert, und Liv fühlte sich nicht wohl, einfach fernzubleiben. Da kam wahrscheinlich die Rechtsanwaltsfachangestellte in ihr durch, die nach Recht und Ordnung strebte und sich an Regeln hielt. Dass sie sich immer freute, ihn zu sehen, spielte dabei selbstverständlich keine Rolle! Wie konnte sein Kurs denn erfolgreich bestehen, wenn alle einfach nicht mehr kamen?

Zwiegespalten setzte Liv sich ihre Mütze auf, schob die Kapuze darüber und schloss ihre Jacke. Streuner war von seinem angestammten Platz am Küchenläufer aufgesprungen und stand schwanzwedelnd neben ihr.

»Na, hast du auch noch anderweitige Verpflichtungen?«, fragte sie ihn und erntete ein »Wuff«. Gemeinsam verließen sie das Haus. Ein Stückchen lief der Hund wohlerzogen bei Fuß neben ihr. Doch nachdem Liv kurz stehen geblieben war, um sich in einem der Schaufenster eine weihnachtlich gedeckte Tafel anzusehen und sich ein paar Dekotipps abzugucken, war er verschwunden.

Aber beim Kochkurs konnte sie sowieso kaum mit Hund aufkreuzen.

Dennoch ein wenig enttäuscht ging sie weiter. Sie hätte ihn zu gern dauerhaft um sich. Als sie an dem Laden für Tierbedarf vorbeikam, überlegte sie sich, ob Streuner vielleicht bestechlich war. Wenn sie ihm Leckerlis und Spielzeug kaufte, wäre er dann eher geneigt, bei ihr zu bleiben?

Sie würde darüber nachdenken, jetzt hatte sie sowieso keine Zeit hineinzugehen. Die Küche rief!

Die Regentropfen prasselten in gleichmäßigem Rhythmus auf das Autodach. Über die Windschutzscheibe floss fortlaufend ein dünner Wasserfilm herab. Es war kein Unwetter, das Jan im hohen Norden Deutschlands empfing, aber es war auch nicht sonderlich gemütlich. Die Heizung in seinem Wagen brummte, während er darauf wartete, auf die Fähre rollen zu dürfen.

Dann war es so weit. Der Klumpen in seinem Magen wurde größer. Er hatte sich geschworen, nie mehr einen Fuß auf Norderney zu setzen. Dass er jetzt dennoch im Begriff dazu war, hatte er einzig Liv zu verdanken.

Warum musste sie auch ausgerechnet hierher fliehen, um sich *diese Auszeit* zu nehmen? Es gab so viele Orte auf der Welt. Aber nein, seine Frau – wie immer die Vernunft in Person – musste auf ihre Finanzen achten. Weshalb das leerstehende Haus auf Norderney natürlich am preisgünstigsten für ihren Trip auf unbegrenzte Zeit war. Dabei sah es auf ihren Konten doch recht passabel aus. Natürlich, die In-vitro-Behandlungen hatten ihre Ersparnisse zusammenschrumpfen lassen, doch er verdiente ziemlich gut. IT-ler waren gefragte Leute, und er hatte sich mit seinem Wissen einen Ruf erarbeitet, sodass Aufträge in Schlange anstanden. Es würde nicht lange dauern, dann hätten sie wieder ein gutes Polster im Rücken. Da war er sich sicher. Wieso wollte Liv das nur nicht sehen?

Vielleicht, weil sie aktuell nicht mehr die Vernünftige war, die er gekannt hatte? Denn die schien irgendwie verschwunden zu sein. Die Olivia, die er geheiratet hatte, wäre niemals Hals über Kopf abgereist. Mitten in der Nacht. Ohne es mit ihm vorher abzusprechen. Nur diesen lächerlichen Zettel hinterlassend, der gar nichts erklärte.

Der Einweiser auf der Fähre winkte ihn auf einen Parkplatz. Übellaunig stellte er den Motor ab. Ob er hier einfach während der Überfahrt sitzen bleiben sollte? Dann bliebe er wenigstens von dem Ausblick verschont. Er wollte weder die Nordsee sehen, noch die nahende Insel.

Wie lange war es her, dass er zuletzt da gewesen war? Etwas mehr als fünfundzwanzig Jahre, überschlug er im Kopf. Er war ein angehender Teenager gewesen, und bis dahin hatte er mit seiner Familie so gut wie alle Ferien auf Norderney verbracht.

Als er noch ein Kleinkind war, hatten seine Großeltern deshalb sogar das Haus hier gekauft. Damit sie zu jeder Zeit herkommen konnten. Einen großen Teil seiner Kindheit war er zwischen den riesigen Sandhaufen, die man als Dünen bezeichnete, und dem gigantischen Pool mit Wellenbad, genannt Meer, aufgewachsen.

Bei dem Gedanken an die Beschreibung der Insellandschaft, die ihm einst sein Opa so erklärt hatte, stahl sich ein Lächeln auf sein Gesicht. Doch es verschwand postwendend, als sich jäh die Erinnerung an seinen letzten Aufenthalt in dem Haus auf Norderney in den Vordergrund drängte. Er hatte den großen Knall, den ausufernden Streit nie vergessen. Danach war alles anders.

Plötzlich bekam Jan keine Luft mehr. Das Wageninnere war auf einmal viel zu eng. Er riss die Fahrertür auf und sprang hinaus. Erst da merkte er, wie nahe das Auto neben ihm geparkt war. Zum Glück hatte er seinem Nachbarn keine Delle in die Karosserie verpasst. So ein Ärgernis hätte ihm gerade noch gefehlt. Seine Nerven waren ohnehin schon zum Zerreißen gespannt. Und schuld daran war Liv!

Sie trieb ihn dazu, dass er sich den Dämonen seiner Vergangenheit stellen musste, weil es ja nicht ausreichte, dass sie sich eine Pause von ihm gönnte. Zur Weihnachtszeit, der Zeit der Liebe und Familie! Nein, sie musste sich obendrein gleich noch irgendeinem Kerl an den Hals werfen.

Seiner Kehle entwich ein abschätziger Laut, während er sich durch die Blechkarawane Richtung Oberdeck schlängelte.

Eins musste er seiner Frau lassen: Wenn sie schon dabei war, ihre Ehe zu zerstören, dann offenbar richtig. Zumindest, wenn er Tammys Worten Glauben schenken durfte.

Aber er kannte Livs Freundinnen gut. Wenn eine von ihnen mit so was Alarm schlug, sollte man die Warnung nicht unterschätzen. Die Mädels hielten zusammen, doch keine würde jemals einer anderen etwas Schlechtes wollen. Weshalb Jan auch klar geworden war, dass er jetzt dringend handeln musste, wenn er mit Liv eine gemeinsame Zukunft plante.

»Es ist nicht der Zeitpunkt, etwas auszusitzen, Jan!«, hatte Tammy ihm eindringlich am Telefon gesagt. »Wenn du sie noch liebst, solltest du ihr das zeigen und um sie kämpfen.«

»Natürlich bedeutet sie mir noch was!«, hatte er beteuert. »Und was meinst du mit ›um sie kämpfen‹? Sie nimmt sich eine Auszeit. Das ist alles und ihr gutes Recht. Nach den letzten Monaten braucht sie das vermutlich und ich wahrscheinlich ebenso.«

»Also, tut mir leid, aber zwischen ›dass sie dir etwas bedeutet‹ und sie zu *lieben,* da besteht doch ein kleiner Unterschied, findest du nicht? Vielleicht solltest du darüber mal nachdenken. Denn Liebe heißt neben dem platonischen Füreinanderdasein, dass man sich zueinander hingezogen fühlt, auf diese eine ganz spezielle Weise. Und das empfindet Liv momentan für jemand anderes, wenn ich das richtig verstanden habe.«

»Willst du damit andeuten, dass Liv einen anderen hat?«

»Na ja, noch nicht. Aber es gibt da eben einen, der sie durcheinanderbringt. Deshalb rufe ich dich an. Wenn du weitere Komplikationen in eurer Ehe vermeiden willst …«, hatte Tammy es wohlformuliert ausgedrückt, bevor sie zum Schlag ausholte. »Aber vielleicht hält sich dein Interesse diesbezüglich ja auch in Grenzen. Zumindest wenn es stimmt, dass du selbst eine kleine Affäre hast.«

Jan lehnte sich gegen die Reling und rieb sich über die

Wange. Selbst jetzt, im Nachhinein, war dieses Gespräch noch genauso verstörend wie in jenem Augenblick, als sie es geführt hatten. Uneins mit sich selbst starrte er auf die schiffserzeugten Wellen, die sich in der Nordsee verflüchtigten.

~

»So, ihr Lieben. Heute machen wir wie versprochen ein traditionelles Fischgericht«, verkündete Malte. »Pantji-Fisk, schon mal davon gehört oder hier auf der Insel probiert?«

Die drei Insulanerinnen nickten natürlich.

Das Ehepaar aus Dortmund hob die Hand. »Klar. Steht ja auch auf der Karte vom *Küstenglück*.«

»Wir machen aber nicht die Arbeit, und du verkaufst heute Abend alles an deine Gäste«, witzelte Herrmann und klopfte sich dabei auf den eigenen Bauch.

Malte lachte. »Keine Sorge. Es läuft wie immer. Ihr esst, was ihr kocht.«

Liv verzog leicht die Mundwinkel. Dank ihrer Unaufmerksamkeiten hatte sie bereits Zucker mit Salz verwechselt. Daraufhin hatte ihre Eierpunschsahne für das Dessert letzte Woche wie Meeresschaum aus der Nordsee geschmeckt. Nicht, dass sie den jemals schon freiwillig probiert hätte. Aber geschmacklich stellte sie sich ihn so vor …

»Okay, wir brauchen dazu Fischfilet. Ich habe dafür frischen Kabeljau besorgt. Wie man es filetiert, wisst ihr bereits. Danach bitte in Streifen schneiden. Ich hab hier schon mal eines vorbereitet. So soll es aussehen.« Er drehte sich einmal im Halbkreis, um es allen zu zeigen. Synchrones Nicken folgte. »Dann mal los, Leute«, forderte Malte die Anwesenden auf und wandte sich anschließend Liv zu. »Hier, du kannst das gleich verwenden«, bot er ihr an.

Sie war nicht sicher, ob sie deswegen dankbar oder beleidigt sein sollte, entschied sich aber für Ersteres.

»Während die anderen noch beschäftigt sind, könntest du schon mal Kartoffeln für alle kochen«, wies er sie an.

Liv musterte ihn von der Seite. Dafür war sie seiner Meinung also kompetent genug? Ach, wem machte sie da was vor? Sie war nun mal eine absolute Niete, und beim Kartoffelnkochen konnte man wohl wirklich kaum was falsch machen.

Also nahm sie es ihm nicht übel und stimmte lächelnd zu.

»Super«, meinte Malte erfreut und legte ihr flüchtig seine Hand auf den Rücken.

Die Stelle, wo er sie berührte, bitzelte. Ihre Lider flatterten. Warum übte dieser Mann nur so eine Wirkung auf sie aus?

Glücklicherweise waren alle beschäftigt, und Malte wandte sich ab, bevor er ihre Reaktion wahrnehmen konnte.

Während er der Gruppe erklärte, wie genau das Gericht im weiteren Verlauf zubereitet wurde, musste Liv sich – wie so oft – erst einmal kurz sammeln. Sie hörte nur entfernt etwas von Eiern, Zwiebeln, Gewürzgurken und Roter Beete – konnte das sein? –, weil sie im Geiste ständig das Wort ›Kartoffeln‹ wiederholte, damit sie nicht vergaß, was sie zu tun hatte.

Es kam, wie es kommen musste.

Statt wie alle anderen briet sie in ihrer Pfanne nicht nur die Pellkartoffeln mit Zwiebeln an, sie schnippelte als Einzige auch gleich die Gürkchen ein, ebenso wie die Rote Beete. Als sie den seltsam anmutenden Geruch erschnupperte, wusste sie bereits, dass etwas nicht stimmte. Um ihr Malheur zu verbergen, fügte sie schnell die Eier dazu. Dass sie diese vorher mit dem Senf hätte verquirlen sollen, war ihr natürlich auch entgangen. Also tupfte sie kleine Häufchen zwischen die Eier.

»Interessante Kreation«, bemerkte Malte, der bei seinem Rundgang neben ihr stehen blieb, als die Masse gerade zu stocken begann.

Liv grinste blöde und guckte in die Pfannen ihrer Mitstreiter. Deren Inhalt sah verblüffend gleich aus. Nur Livs Gericht hatte diesen unverwechselbaren Rotschimmer, der sich mit den senfgelben Tupfen biss.

»Was ist denn das?«, fragte Alex und zog angewidert die Nase kraus.

»Mensch, Kindchen, hätten Sie doch was gesagt. Ich hätte Ihnen geholfen«, meinte hingegen Frieda, eine der ortsansässigen Frauen.

»Und was ist mit dem Fisch?« Herrmann deutete auf die Filets, die unberührt auf dem Brett lagen, so wie Malte sie ihr anfangs überreicht hatte.

Am liebsten wäre Liv im Boden versunken. Da das aber nicht ging, entschied sie sich für das Nächstmögliche. Davonlaufen.

Beherrscht legte sie ihre Schürze ab und hängte sie ordentlich an den vorgesehenen Haken. Dann wandte sie sich an ihre Mitstreiter.

»Ihr entschuldigt mich bitte. Ich habe einen dringenden Termin«, sagte sie mit letzter Kraft, bevor sie sich umdrehte und einfach ging. Mit jedem Schritt wurde sie etwas schneller, bis sie in einen leichten Dauerlauf verfiel. Erst am Strand, als ihre Fußspitzen Gefahr liefen, die Nordsee zu küssen, blieb sie stehen.

Der Wind fuhr ihr ins Haar und wirbelte es durcheinander. Sie zog ihre Mütze aus der Innentasche und stülpte sie sich über.

Tammy hatte recht. Sie musste endlich erkunden, woher diese plötzlichen Gefühle kamen, und sie in den Griff kriegen.

Sie war mit Jan nun schon so viele Jahre zusammen und hatte seitdem keinen Mann mehr als möglichen Partner wahrgenommen. Kein einziges Mal hatte sie während dieser Zeit etwas für einen anderen verspürt. Bis jetzt!

Wie konnte es dann nur geschehen, dass sie sich nun sogar gleich zu zwei Männern hingezogen fühlte?

Malte brachte mit seiner charmanten Art, diesem gewinnenden Lächeln und seinen zufälligen Berührungen zweifellos ihren Hormonhaushalt durcheinander. Was Liv ehrlicherweise verblüffte. Nach den vielen In-vitro-Behandlungen hätte sie erwartet, dass ihre Hormone nun eine Regenerationspause brauchten. Doch in Maltes Gegenwart waren sie geradezu außer Rand und Band.

Sie dachte an den Moment, als er sie vor dem Wasserturm gehalten hatte. Sie müsste lügen, wenn sie behauptete, seither nicht darüber nachgegrübelt zu haben, wie es wohl gewesen wäre, ihn zu küssen.

Unwirsch kickte sie mit der Fußspitze einen kleinen Stein aus dem Sand ins Wasser.

Grisu hingegen kannte sie nicht einmal persönlich und fühlte sich mit ihm trotzdem einfach pudelwohl. Er war so witzig und unkompliziert. Das Wort ›Seelenverwandter‹ blinkte unvermittelt erneut in ihrem Kopf auf. Sie versuchte, es zu verdrängen, doch es gelang ihr nicht gänzlich. Die Vorstellung, mit ihm nächtelang zu reden oder ausgedehnte Spaziergänge zu unternehmen, mit ihm zu lachen und nichts weiter als glücklich zu sein, nahm einen solchen Raum in ihr ein, dass sie schier nach Atem rang.

Sie füllte ihre Lungen mit der frischen salzigen Seeluft, und ihr fiel auf, dass früher einmal Jan diese beiden Aspekte in sich vereint hatte. Er hatte problemlos dieses erotische Knistern in ihr ausgelöst und ihr gleichzeitig das Gefühl gegeben, sich an ihm anlehnen zu können und geborgen zu sein. Wie hatten sie es nur so weit kommen lassen können, dass von alledem nichts mehr übrig zu sein schien?

VOM WIND DURCHGEPUSTET, entschied sich Liv wenig später daheim, ein schönes heißes Bad zu nehmen. Das wollte sie schon lange machen. Sie hatte sich dafür extra einen Badeschaum passend zur Jahreszeit besorgt. ›Seelenwärmer‹ nannte er sich, und als durch das heiße Wasser Spiegel und Fenster beschlugen, erfüllte den ganzen Raum das Aroma von Lebkuchen und Gewürzen.

Da es draußen schon dämmerte, stellte sie Kerzen auf den Wannenrand und das Waschbecken. Dann suchte sie einen Radiosender mit Weihnachtsmusik und stieg in die ›Fluten‹.

Das warme Wasser umfing sie, und die duftenden Schaumkronen schmiegten sich an sie. Sie glitt tiefer hinein, bis nur noch ihr Kopf ausschaute. Herrlich!

Dean Martin sang *Baby, it's cold outside*, und der Wind pfiff zustimmend ums Haus. Sie dachte an ihre Freundinnen, mit denen sie bei Pyjamapartys nur allzu gern die alten romantischen Komödien aus den Sechzigerjahren guckte.

Ein Hauch von Heimweh erfasste sie. Weihnachten stand vor der Tür. Sie sollte überlegen, demnächst nach Hause zu fahren. Nicht nur Jan, auch ihre Eltern warteten auf sie. An den Feiertagen waren sie abwechselnd bei ihnen und sich. Nur Tabea fiel als Gastgeberin aus. Weil a) ihre Wohnung in München lag und sie b) nicht annähernd der Typ zum Ausrichten von Familienfeierlichkeiten war. Deshalb schloss sich ihre kleine Schwester nur regelmäßig an. Doch damit alles schön wurde, mussten Vorbereitungen getroffen werden. Weshalb es sicherlich das Beste für alle war, wenn Liv baldmöglichst nach Hause zurückkehrte. Hierherzukommen, war eine Schnapsidee gewesen. Statt sich zu finden, hatte sie damit ihr ganzes Leben in Frage gestellt.

Vielleicht war Jans Abneigung gegen Norderney ja irgendwie gerechtfertigt. So herrlich die Insel auch sein mochte, für ihn war sie mit Unglück behaftet. Womöglich war das so was wie ein Familienfluch, der sich durch ihre Heirat auch auf Liv übertragen hatte?

Immerhin war ihre Situation seit ihrer Ankunft vertrackter als zuvor. Andererseits hatte sie *Grisu* schon zuhause in Bamberg kennengelernt …

Sie hielt den Atem an und tauchte mit dem Kopf unter Wasser.

Sie sollte Jan und ihrer Ehe lieber noch eine Chance geben, statt sich hier auf Norderney Flausen im Kopf zusammenzuspinnen. Langsam ließ sie die Luft aus und betrachtete die kleinen Blubberbläschen, die sich bildeten. Sie hatten etwas Fröhliches und Hoffnungsvolles, fand Liv und tauchte grinsend wieder auf.

Doch das Lächeln verging ihr, als ein knackendes, dann ein krachendes Geräusch an ihr Ohr drang. War da jemand? Sie starrte auf die geschlossene Tür.

Draußen sang der Wind. Sie ließ ihren Blick zum Fenster gleiten. Vermutlich war er es nur gewesen, der diese Geräusche verursacht hatte.

Entspannt lehnte sie sich zurück und wischte sich den Schaum vom Gesicht.

11

Wie zur Salzsäule erstarrt stand Jan vor dem Ferienhaus und stierte auf die Haustür. Erinnerungsfetzen überschlugen sich in seinem Kopf. Doch sie lösten einander so schnell ab, dass wenigstens keine davon richtig in sein Bewusstsein vordrang. Aber es reichte aus, dass er sich so unwohl fühlte wie noch nie zuvor in seinem Leben. Gänsehaut überlief ihn.

Dann setzte endlich sein Verstand ein. Das Haus war überraschend gut erhalten, und an der Eingangstür hing sogar ein Weihnachtskranz. Dass es ihn schauderte, lag einzig am Wetter!

Die Hand, mit der er den Schlüsselbund gezückt hatte, war inzwischen eiskalt, weil er so reglos verharrt war. Der Wind, vermischt mit Regentropfen, peitschte ihm ins Gesicht.

Er musste nur hineingehen, dann wäre der Spuk zu Ende. Doch was war mit den Geistern der Vergangenheit, die dort drin auf ihn warteten?

Als ihm diese Gedanken bewusst wurden, schüttelte er den Kopf über sich selbst. Was war er? Ein Mann oder eine Memme? Jan bevorzugte Ersteres. Was sollte schon passieren? Da drinnen wartete seine Frau auf ihn. Na ja, mehr oder weniger. Schließlich wusste sie nicht, dass er kam. Aber wenn sie es wüsste, würde sie sich sicherlich schon auf ihn freuen. Wobei …

Eine Bö erfasste ihn hinterrücks und schob ihn voran. Getrieben steckte er den Schlüssel ins Schloss, und die Tür sprang auf. Heimelige Wärme empfing ihn und der Geruch von Vanille.

Froh, dem Schmuddelwetter zu entkommen, betrat Jan das Ferienhaus, knipste das Licht an und stellte seinen Koffer ab. Der kleine Flur war freundlich gestaltet. Das Weiß der Wände zog sich über das Treppengeländer hinweg, das in den oberen Stock führte. Der dunkelblaue Handlauf sowie die dunkelblau gestrichenen Trittflächen der Stufen sorgten für maritimes Flair. An der Wand hing ein großer Spiegel, daneben befand sich die Garderobe. Er hängte seinen Parka auf und schaute auf den Druck eines Gemäldes, das einen Leuchtturm nahe den Klippen zeigte. Nichts von alledem wirkte mehr wie damals, als er zuletzt hier gewesen war. Erleichtert atmete er auf und öffnete die Tür zu seiner Rechten, die in die Küche führte. Auch dieser Raum lag in schläfriger Dunkelheit.

Als das Deckenlicht ansprang, blinzelte er. Die Einrichtung hier hatte sich nicht ganz so sehr verändert. Die Küchenschränke waren offenbar immer noch dieselben wie früher. Nur dass sie in der Zwischenzeit jemand abgeschliffen und neu gestrichen hatte. Auch sie strahlten in hellem Weiß. Der bunte ovale Läufer bildete einen fröhlichen Kontrast, ebenso wie die kleinen Vorhänge, die hier und da die tristen Regalbretter dahinter verbargen. Daran konnte er sich noch erinnern. Der hölzerne Esstisch samt Eckbank hingegen war offenbar irgendwann ersetzt worden. Jetzt befand sich ein Tisch mit vier Stühlen an dessen Stelle, ebenfalls in Weiß, und die Sitzkissen in Azurblau. Mittig auf der Platte stand eine alte Metalldose. Jan erkannte sie sofort. Sie hatte einmal ihm gehört. Als kleiner Junge hatte er darin seine Schätze versteckt. Muscheln, die eine außergewöhnliche Form aufwiesen. Ein Stück Treibholz, das so verwaschen gewesen war, dass man es als solches kaum mehr erkannt und die Gestalt eines Fisches angenommen hatte. Und die kleine Schnapsflasche, die er am Strand gefunden hatte. Vermutlich war sie nur von jemandem unachtsam weggeworfen worden, aber Jan war fest davon überzeugt gewesen, dass es sich dabei einmal um Flaschenpost gehandelt haben musste. Sein Großvater hatte ihn darin bestärkt und aus heutiger Sicht Seemannsgarn mit ihm gesponnen, indem er etwas von Geheimbotschaften erzählt hatte, die damit verschickt worden seien. Nachrichten, die so geheim waren, dass man sie mit bloßem Auge nicht sehen konnte.

Jan merkte, dass er lächelte. Diese schönen Kindheitserinnerungen hatte er längst vergessen geglaubt. Neugierig trat er näher, um nachzusehen, ob noch etwas von diesem Sammelsurium in der Dose lag. Doch zu seiner Überraschung befanden sich stattdessen haufenweise Vanillekipferl darin.

Begeistert griff er zu, dann schlenderte er zurück über den Flur ins Wohnzimmer. Es war ebenfalls verlassen. Offenbar war Liv unterwegs.

Jan sah sich um. Bis auf das Buffet hatte man hier alles ausgetauscht. Natürlich. Seine Mutter hatte bei ihrer Duisburger Wohnungsauflösung ihre Polstermöbel nach Norderney bringen lassen. Er erinnerte sich noch allzu gut, wie oft er deswegen mit der Spedition hatte telefonieren müssen. Jetzt standen sie da, als hätten sie nie woanders hingehört. Der blaue Stoffbezug passte perfekt zum Stil der Hauseinrichtung.

Überhaupt wirkte alles ordentlich, gemütlich und bewohnt.

Auf dem Sofa lag eine samtig rote Kuscheldecke, die auf der Unterseite mit Teddyfutter bezogen war, dazu zwei Kissen im selben Farbton. Am Couchtisch entdeckte er neben dem Weihnachtsgesteck ein Buch, das wohl Liv gehörte.

Jan schaute genauer hin. Ein Liebesroman, der auf Norderney spielte. Pha! Sofort kam sein Unmut wieder an die Oberfläche.

Ob sie davon inspiriert gleich selbst eine Romanze nachspielte? Laut Tammy war seine Frau ja gerade dabei, sich mit irgendeinem windigen Kerl zu amüsieren. Abschätzig verzog er die Mundwinkel.

Wie zum Hohn an seine Gedanken rüttelte eine Böe am Fenster. Unwillkürlich schüttelte es ihn. Vielleicht sollte er erst einmal das Nötigste auspacken. Viel hatte er sowieso nicht dabei. Schließlich wollte er nicht lange bleiben. Im Grunde wollte er sich nur Liv schnappen und zurück nach Bamberg bringen. Er nickte sich im Geiste selbst zu. Ja, das war sein Plan, und da er jetzt wusste, in welch hervorragendem Zustand das Ferienhaus war, konnte er sich anschließend gleich mit dem Verkauf auseinandersetzen. Oder war es besser, sich einen Makler hier vor Ort zu suchen, wo er denn nun gezwungenermaßen schon mal da war?

Nachdenklich stieg er die Treppen empor und rempelte dabei gedankenverloren mit dem Koffereck gegen die Wand. So ein Mist! Er bückte sich und besah sich die Stelle am Mauerwerk. Hoffentlich hatte er keine Delle hinterlassen.

Während er den Putz inspizierte, hörte er plötzlich eine leise Melodie. Moderne Weihnachtssongs, um genau zu sein. Verwirrt schaute er auf, über den Treppenabsatz hinweg, in den Flur im Obergeschoss. Unter einer der Türen schimmerte Licht hervor.

Liv war also doch da!

Aus einem Impuls heraus sprang er die übrigen Stufen hoch und riss die Tür auf.

Unmittelbar erfolgte ein markerschütternder Schrei, sodass ihm die Ohren klangen.

Selber erschrocken, schrie er ebenfalls kurz auf, erhaschte dabei einen Blick auf seine Frau, die in der Badewanne saß, bevor er eilig das Türblatt vor seiner Nase wieder zuschlug.

Wie ein zappelnder Fisch wand sich Liv im Badewasser und tauchte wieder auf. Prustend und keuchend wischte sie sich den Schaum aus den Augen. Es war eindeutig keine gute Idee, wild schreiend den Kopf unter Wasser zu stecken. Sie hatte vermutlich den halben Wanneninhalt verschluckt. Doch das war zweitrangig. Zögernd schielte sie zur Tür. War ihr da eben Jan erschienen oder war ihr Kopf von den Aromadüften des Badezusatzes vernebelt? Aber sie war sich sicher, dass da gerade jemand gestanden hatte!

In der ersten Schrecksekunde hatte sie geglaubt, dass ein Irrer eingebrochen war und sie überfallen wollte. Daraufhin hatte die Musik der Duschszene aus *Psycho* ihr gesamtes Denken lahmgelegt. Schon komisch, wie das Gehirn in Extremsituationen reagierte … Immerhin hatte es ihr befohlen abzutauchen, dabei jedoch vergessen zu erwähnen, dass sie erst den Mund schließen sollte.

Sie hustete weiter, sodass die Kerzen am Wannenrand schaurig flackerten und schließlich erloschen. Gänsehaut überlief sie. Plötzlich fühlte sich das Wasser um sie herum kalt an. Bibbernd stieg sie aus der Wanne und wickelte sich in einem großen Frotteehandtuch ein. Nicht jedoch, ohne die Tür nur für eine Sekunde aus den Augen zu lassen. Die fröhliche und entspannte Weihnachtsmusik, die sie vorhin noch genossen hatte, machte sie jetzt kirre. Fahrig stellte sie sie ab. Wasserperlen tropften aus ihrem nassen Haar. Also griff sie ein weiteres Handtuch und begann sich trocken zu reiben.

Unterdessen ging sie die Szene der letzten Minuten wiederholt im Geiste durch. Je öfter sie das tat, desto sicherer wurde sie, dass tatsächlich Jan derjenige gewesen war, der sie so in Panik versetzt hatte. Auch wenn es bloß Sekunden gewesen waren, ihren Mann würde sie überall und zu jeder Tages- oder Nachtzeit erkennen.

Nur, was tat er hier? Wann war er gekommen? Und weshalb,

verdammt noch mal, musste er ihr einen derartigen Schreck einjagen?!

Die Augen in ihrem Spiegelbild sprühten zornige Funken. Erbost rubbelte sie ihr nasses Haar. Dann fiel ihr etwas Besseres ein. Warum sollte sie ihre Wut nicht einfach an deren Verursacher auslassen?

Geschwind türmte sie das Handtuch auf dem Kopf, schlüpfte in ihren Bademantel und rauschte aus dem Zimmer.

SIE FAND Jan in der Küche, wo er sämtliche Schränke durchstöberte.

»Gibt´s in dem Haus auch was zu trinken?«, fragte er, als er sie kommen sah. »Was Starkes wäre jetzt echt gut.«

Ihre Brauen verengten sich. »Du hast mich zu Tode erschreckt!«

»Ha. Ja. Dito. Dass du dich derart freust, mich zu sehen, und deshalb gleich die ganze Insel zusammenbrüllst, hab ich nicht erwartet. Ein Wunder, dass keine Nachbarn geklingelt haben.«

Sie funkelte ihn an. »Hm. Liegt vermutlich daran, dass viele der Häuser gerade leer stehen.«

»Na, da hast du ja Glück gehabt«, knurrte er.

»Toll! Ich bin nur knapp einem Herzinfarkt entgangen.« Sie zerrte an ihrem Gürtel und setzte den Knoten viel zu fest.

»Tja, dann hast du wenigstens einen Eindruck davon, wie es mir ergangen ist. Ich wusste gar nicht, dass du derart laut schreien kannst.«

Ihre Mundwinkel hoben sich.

»Ich glaube, es gibt so einiges, das du nicht über mich weißt«, erklärte sie zuckersüß. Dabei müsste es wohl eher lauten: was er offenbar im Laufe der Jahre vergessen hatte. Aber sei´s drum. So wie sie es formuliert hatte, klang es besser.

Es verfehlte seine Wirkung nicht. Jan erstarrte und schaute sie an.

Doch dann sagte er etwas, womit sie überhaupt nicht gerechnet hatte.

»Da stimme ich dir voll und ganz zu. Um das zu ändern, bin ich hier. Fangen wir doch damit an, dass du mir verrätst, für wen du dich gerade aufhübschst?«

Er deutete mit dem Zeigefinger auf ihre Füße und ließ ihn bis zum Kopf hinaufwandern.

Liv blinzelte verdattert. Was bitte schön wollte er damit andeuten? Als ob sie sich für ein Date ausgehfertig machen würde. Mitnichten! Sie hatte sich entspannen wollen, doch davon war nichts mehr übrig.

»Du spinnst ja!«, setzte sie an, im Begriff, ihm genau das entgegenzuschleudern, doch sie hielt unvermittelt inne. Denn wie von Zauberhand ploppten plötzlich Maltes Gesicht und *Grisus* Chatverlauf vor ihrem inneren Auge auf. Ein Hauch von Scham überfiel sie, gefolgt von dem Gefühl, keine Luft mehr zu bekommen.

Sie rang nach Atem und spürte, wie ihre Bauchdecke gegen den dicken Knoten des Frotteegürtels drückte. *Okay, Entwarnung!*, dachte sie erleichtert. Es war nicht das schlechte Gewissen, was ihr zu schaffen machte, sondern die Schlinge um ihre Taille. Verärgert über sich selbst nestelte sie daran herum, während sie erneut zum Angriff überging.

»Warum zum Teufel hast du mich nicht informiert, dass du kommst?«

»Ach. Ich muss mich anmelden, wenn ich mein eigenes Haus betreten will?!«, konterte er prompt.

~

»Himmel, nein!« Liv warf die Hände in die Höhe. »Aber dann wäre dein Eintreffen höchstwahrscheinlich etwas zivilisierter abgelaufen.«

Da hatte sie nicht unrecht, dachte Jan und fuhr sich unwirsch übers Kinn. Dass er hier der Böse sein sollte, gefiel ihm nicht, und weshalb er sie nicht über sein Kommen in Kenntnis gesetzt hatte, war schwer in Worte zu fassen.

Er hatte sie überraschen wollen. Vielleicht im Guten wie im Schlechten? Nach Tammys Hinweis war er auf alles gefasst gewesen – na, wahrscheinlich auch nicht. Wie er reagiert hätte, wenn er Liv in flagranti erwischt hätte, konnte er nicht sagen. Jedoch, dass er froh war, dass sich seine schlimmsten Befürchtungen – wie erhofft – nicht bestätigt hatten. Davon würde er ihr allerdings bestimmt nichts erzählen.

Zum einen fühlte er sich wegen dieser Unterstellung eh schon mies und zerrissen, zum anderen durfte er Tammy nicht in Misskredit bringen. Livs Freundin hatte es mit ihrer Warnung nur gutgemeint, und er würde sie bestimmt nicht verpetzen und damit vielleicht einen Keil zwischen die Frauen treiben. Dass Tammy im Zweifel immer auf Livs Seite stehen würde, war logisch. Aber damit konnte er leben. Er war sogar froh, dass seine Frau so innige Freundschaften besaß. Nie würde er wollen, dass die vier einander verloren!

Doch wenn er all dies für sich behielt, wie sollte er ihr dann sein plötzliches Auftauchen erklären? Diese Frage hatte er sich gestellt, seitdem er zuhause losgefahren war. Wusste Liv doch nur allzu gut, dass er sich strikt weigerte, einen Fuß auf Norderney zu setzen. Trotzdem stand er jetzt hier. Genau vor ihr. Und hatte ihr mit seinem Erscheinen einen Mordsschrecken eingejagt. Das tat ihm unendlich leid! Wenngleich sich dadurch wenigstens die Begrüßung erledigt hatte.

Denn um ehrlich zu sein, hatte er nicht gewusst, was er bei ihrem Aufeinandertreffen hätte sagen wollen. Hätte Liv nicht bei seinem Anblick sofort wie am Spieß losgeschrien, was hätte er dann von sich gegeben? ›Hi, ich bin da‹? Unmöglich.

Trotzdem hatte er sich so eine Begrüßung nicht vorgestellt!

Entsprechend knurrig antwortete er jetzt auch.

»Bist du dir sicher, dass du mich freundlicher empfangen hättest, wenn ich vorher angerufen hätte? Unsere Telefonate waren nicht sonderlich prickelnd.«

»Das lag aber doch nicht an mir!«, ereiferte sich Liv prompt.

»Ach, dann an mir?«

Wie zwei Kampfhähne standen sie sich gegenüber. Wenn Blicke töten könnten, dachte Jan, wären sie jetzt wohl beide tot. Ein Grinsen stahl sich auf sein Gesicht.

Leider deutete es Liv falsch.

»Warum rede ich überhaupt noch mit dir? Offenbar sind wir gar nicht mehr auf einer Wellenlänge.«

Jan gluckste. »Na ja, jetzt, da ich hier bin, könnten wir versuchen, etwas daran zu ändern. Zumal wir auf einer Nordseeinsel sind. Wellen gibt es hier rundherum.«

Sie starrte ihn an. Er konnte sehen, wie ihr kluges Köpfen die Anspielung verarbeitete. Genauso wie er besaß sie einen Sinn für Wortspiele, ebenso wie für schwarzen Humor.

Da! Ihre Mundwinkel zuckten, doch sie brachte sie sofort wieder unter Kontrolle und stemmte stattdessen die Hände in die Hüften.

»Was mich zu der Frage bring, was dich dazu getrieben hat, auf Norderney zu kommen.«

Er zuckte mit den Schultern. »Na du. Aber wenn ich mir diese Tragödie so ansehe, die sich da gerade zwischen uns abspielt«, er gab einen abschätzigen Laut von sich, »komme ich allmählich zu der Meinung, dass du absichtlich hierher geflohen bist. Weil du mich nicht um dich haben willst. Du wolltest auf Nummer sicher gehen und hast deshalb Norderney gewählt.«

Die Worte saßen. Liv klappte der Kiefer herab. Doch auch in

ihm selbst hallten sie bitter nach. Weil es vielleicht die Wahrheit war?

»Also, wenn das so ist«, meinte Liv gefährlich leise, »dann raus hier! Verschwinde!«, zischte sie und zeigte ruckartig auf die Tür.

Jan runzelte die Stirn. Sie schmiss ihn raus?!

Es war wie eine Klatsche, und er musste sich bemühen, sich nicht über die vermeintlich brennende Wange zu streichen. Das hatte er ja großartig hinbekommen!

»Aber das ist mein Haus!«, fiel ihm dann ein.

~

Liv schlüpfte in ihren Jogginganzug. Die feuchten Haarsträhnen flogen ihr aufgebracht um den Kopf.

Jan war da! Hier im Haus auf Norderney!

Und sie hatte ihm glatt die Tür gewiesen. Bei der Erinnerung daran schloss sie unwillkürlich die Augen. Wie hatte sie das nur tun können? Er war ihr Ehemann! So was war ihr noch nie zuvor auch nur ansatzweise über die Lippen gekommen, in keinem ihrer Streite.

Was war bloß los mit ihr? Norderney hatte sie eindeutig verändert.

Wenn sie gedacht hatte, etwas Abstand würde ihrer Ehe guttun, dann hatte sie sich offenbar geirrt. Statt liebevoll aufeinander zuzugehen, hatten sie sich ziemlich gezofft.

Allerdings ... wenn sie tief in sich hineinhörte, fühlte sie sich trotzdem nicht annähernd so mies, wie sie es vermutlich tun sollte. Ja, wenn sie darüber nachdachte, war der Krach deutlich besser als dieses gegenseitige Anschweigen, wie sie es die letzten Wochen getan hatten. Das hatte sie wie einen viel zu engen Käfig empfunden. Den Emotionen mal ihren Lauf zu lassen, war dagegen geradezu befreiend.

Und Jan hatte schließlich auch kein Blatt vor den Mund genommen.

Sie konnte also beruhigt sein, keiner von ihnen beiden ließ sich die sprichwörtliche Butter vom Brot nehmen.

Ein Lächeln schob sich auf ihr Gesicht. Jan mal wieder ›in Aktion‹ zu erleben, war auf eine schräge Weise richtig schön gewesen. Zu Beginn ihrer Beziehung – nachdem die anfangs übliche rosarote Brille langsam verschwunden war – hatte es öfters mal kleine Reibereien zwischen ihnen gegeben, bevor sie sich langfristig gefunden hatten. Und das war auch gut so gewesen. Denn nur so konnten sie sich sicher sein, dass sie auch wirklich zueinanderpassten und sich nicht für den anderen andauernd zurücknahmen. Liv wollte immer eine Partnerschaft auf Augenhöhe und nicht wie ein rohes Ei behandelt werden! Weshalb ihr dieser Eiertanz, den sie seit Monaten aufführten, ziemlich viel Energie geraubt hatte. Es war anstrengend gewesen, das spürte sie in diesem Moment deutlich.

Womöglich war die Pause, die sie eingelegt hatte, also doch kein so dummer Einfall gewesen. Denn ohne den Abstand wäre ihr das vermutlich so gar nicht bewusst geworden. Und Jan hatte dadurch, wie es schien, seine Hemmungen verloren, die er ihr gegenüber seit einiger Zeit entwickelt hatte.

Wo er jetzt wohl steckte? Gegangen war er jedenfalls nicht. Vermutlich also in einem der Räume nebenan.

Livs Lächeln wurde breiter. Auch das war neu, dass er sein eigenes Zimmer bezog. Sie dachte daran, wie er geguckt hatte, als sie ihm unmissverständlich zu verstehen gegeben hatte, dass sie nicht gewillt war, ihres mit ihm zu teilen. Wenn er schon die Beziehungspause mit dieser Hau-Ruck-Aktion für beendet erklärte, wollte sie doch wenigstens diesbezüglich noch ein Wörtchen mitreden.

Denn eins hatte sie ebenfalls erkannt, sie konnten nicht dort weitermachen, wo sie aufgehört hatten.

Ein seltsames Ziehen legte sich auf ihre Brust, und Liv starrte auf die Wand, als ob sie Jan dadurch sehen könnte. In dem warmen Küchenlicht vorhin hatte sein Schopf einen Tick blonder als üblich geschimmert, und neu an ihm war der Dreitagebart in seinem Gesicht. Normalerweise rasierte Jan sich täglich, was ihn optisch jung hielt. Aber der etwas raue Touch stand ihm und passte hervorragend zum winterlichen Nordseewetter.

Dass er überhaupt auf der Insel war … Sie konnte es noch immer kaum glauben.

Hatte ihre Anwesenheit ihn tatsächlich hergelockt? Oder gab es einen anderen, viel dringenderen Grund? Die unterschwellige Anspielung bezüglich einer Affäre fiel ihr wieder ein. War er vielleicht gekommen, um ihr reinen Wein einzuschenken?

Liv schüttelte den Kopf, was sie an ihr feuchtes Haar erinnerte. Sie blickte sich suchend nach dem Handtuch um und zog es vom Bett. Aber sie sollte es lieber im Badezimmer trockenföhnen. Auf dem Weg dorthin stolperte sie über Jans Schuhe, die mitten am Gang standen. Sie merkte, wie ihre Stimmung erneut kippte.

Grantig stieg sie darüber hinweg. Im Bad fiel ihr Blick auf die Kerzen, die vorhin auf Grund des Schreckens, den er ihr eingejagt hatte, schaurig flackernd erloschen waren.

Als die Türklingel schellte, zuckte sie jäh zusammen. Wer kam denn jetzt noch? Seit ihrer Ankunft auf Norderney hatte sie nie Besuch gehabt.

Eilig formte sie das Handtuch wieder zu einem Turm auf ihrem Kopf und hüpfte die Treppen hinunter.

Nur Sekunden später spähte sie durch einen Spalt nach draußen und konnte ihren Augen kaum trauen.

MALTE STAND LEICHT VERLEGEN DA und hielt etwas Silbriges in

den Händen. Liv zog das Türblatt weiter auf, und ein kalter Luftzug wehte herein.

»Hallo«, sagte er lächelnd.

Etwas verblüfft erwiderte sie den Gruß.

»Ich wollte bloß nachsehen, wie es dir geht. Du bist heute so schnell weg gewesen«, meinte er, was eine nette Umschreibung für ›davongelaufen‹ war. Aber dass er ihr das nicht derart unter die Nase rieb, ließ Livs Herz höherschlagen.

»Oh, das ist aber lieb. Danke der Nachfrage. Bei mir ist alles okay.« Jedenfalls wenn man von dem Umstand absah, dass sie vor kaum einer Stunde knapp einem Herzinfarkt entronnen war. Sie schob den unwilligen Gedanken beiseite.

»Schön zu hören. Ich hab dir was zu essen mitgebracht. Als kleine Wiedergutmachung, weil du hungrig gehen musstest.« Er hob das silbrige Etwas an, und sie erkannte, was es war. Eine Auflaufform mit Alufolie abgedeckt.

»Was? Das wäre doch nicht nötig gewesen!«, rief sie erfreut. »Was ist es denn?«

Neugierig zupfte sie an der Folie und schnupperte. Hmm.

»Nur Lasagne«, tat er es ab.

»Was heißt denn hier ›nur‹?!« Sie zerrte etwas mehr an der Abdeckung, um einen Blick darauf werfen zu können. Dabei löste sich ihr Turban und zog ihren Kopf nach unten, bevor das Handtuch direkt auf die Schale plumpste.

»Huch!« Wie ungeschickt von ihr!

Sie wollte es wegziehen und stieß dabei mit ihren Fingern an Maltes. Als sich ihre Hände berührten, schaute sie hoch und stieß beinahe mit seinem Kopf zusammen. Glücklicherweise reagierte er sofort und ging leicht in die Knie, um die Auflaufform mit dem zusätzlichen Gewicht abzufedern, weshalb er nun auf Augenhöhe mit ihr war. Unvermittelt schauten sie einander an. Ihre Nasenspitzen berührten sich fast. Mit einem Schlag war Livs Gehirn wie leergefegt, und plötzlich waren seine Lippen nur noch Millimeter von ihren entfernt. Sie spürte seinen warmen Atem und öffnete leicht den Mund. Ihre Lider flatterten.

Hinter ihr im Haus rumpelte etwas.

Sie stoben auseinander und fuhren kerzengerade in die Höhe.

»Hast du Besuch?«, wollte Malte wissen und lugte über ihre Schulter hinweg.

»Was? Ähm, nein.« Als solchen konnte man Jan nun wirklich nicht bezeichnen.

Ach du großer Gott! Jan war ja da! Und sie stand im Hauseingang und hätte um Haaresbreite einen anderen geküsst! Wie hatte es nur so weit kommen können?! Sie spürte, wie sie zitterte.

Malte strich ihr eine der feuchten Strähnen aus dem Gesicht.

»Du frierst. Du solltest lieber wieder reingehen«, meinte er und drückte ihr die Lasagneform in die Hand.

»Ja. Möchtest du mitessen?«, fragte sie und hätte sich im gleichen Moment am liebsten auf die Zunge gebissen. Wie konnte sie das auch nur in Erwägung ziehen? Es war egal, was der Anstand gebot! Malte, Jan und sie an einem Tisch, nach dem, was gerade fast geschehen wäre? Das wäre die Hölle!

»Nein, danke. Vielleicht ein andermal. Ich muss zurück ins Restaurant. Die vermissen mich sicherlich schon. Ich hab mich nur kurz weggeschlichen für dich.« Er zwinkerte verschmitzt, dann wandte er sich um. »Lass es dir schmecken. Die Schale kannst du beim nächsten Mal zurückbringen«, rief er ihr zu, winkte mit erhobener Hand, dann war er ums Eck verschwunden.

Mit dem Fuß schob Liv das Türblatt ins Schloss und ging in die Küche. Hatte Jan vorhin nicht nach einem Drink gesucht? Nun, spätestens jetzt könnte auch sie einen gebrauchen.

Jan schaute sich um. Das Zimmer, in dem er stand, war dasjenige, in welchem er als Kind mit seinen Eltern immer geschlafen hatte. Im Gegensatz zu den unteren Räumen hatte es sich nicht verändert. Ein Doppelbett, ein Einzelbett und der breite Schrank aus schwerem Holz von anno dazumal. Nur die Vorhänge waren ausgetauscht worden. Jetzt hingen mittelblaue Gardinen an den Stangen, ebenso wie in dem Schlafzimmer, das seine Mutter nach ihrem Einzug vor zwei Jahren dauerhaft für sich beansprucht haben musste. Da er nie hier gewesen war, konnte er es nur vermuten. Aber die Bilder auf der Kommode und das Schmuckkästchen deuteten darauf hin. Er hatte es nicht über sich gebracht, sich dort eingehend umzusehen, weil ihn Schuldgefühle beim bloßen Anblick überkommen hatten. Was war er nur für ein Sohn gewesen, dass er sie in ihren letzten Monaten kein einziges Mal hier besucht hatte?

Doch er beruhigte sich mit dem Wissen, dass sie es nicht nur akzeptiert, sondern auch verstanden hatte. Außerdem hatten sie sich jenseits der Fluten am Festland ab und zu gesehen. Wenn er sie zu einem ihrer Arzttermine gefahren hatte. Es war also nicht so gewesen, dass er sich nicht gekümmert hätte!

Trotzdem war es keine Option, dass er in ihrem Zimmer schlief. Aber das hier war auch nicht besser, holte es doch alte Erinnerungen hervor.

Warum musste Liv nur so starrsinnig sein? Sie hatte den einzigen übrigen Raum bezogen. Den, in dem Jan sich am wohlsten gefühlt hätte. Doch seine reizende Ehefrau bestand auf getrennten Betten. Klasse! So weit waren sie also schon.

Seit wann war sie eigentlich so emotional? Meistens gab sie sich beherrscht. Selbst während ihrer Hormonschwankungen durch die Therapie war sie selten so aus der Haut gefahren. So gekracht hatte es zwischen ihnen schon ewig nicht mehr. Genauer gesagt seit sie über die ersten gemeinsamen Jahre hinaus waren.

Jan erinnerte sich, dass sie anfangs durchaus ihre Differenzen gehabt hatten und danach … himmlischen Versöhnungssex. Bei dem Gedanken daran regte sich etwas in seinem Unterleib, und ein kleiner seufzender Laut entschwand seiner Kehle.

Unwillkürlich fiel ihm ein, wie sie vorhin die Arme händeringend in die Luft geworfen hatte. Dabei war ihr Bademantel verrutscht und hatte eine verführerische Aussicht auf ihr Dekolletee freigegeben. Ob Liv wusste, wie sexy sie immer noch war?

Doch das war es nicht allein, was sie so anziehend hatte wirken lassen. Es war auch dieses Blitzen in ihren Augen gewesen. Sie war wirklich süß, wenn sie sauer war!

Noch eine schöne Erkenntnis, die er scheinbar vergessen hatte. Seine Reise nach Norderney steckte offensichtlich voller Überraschungen. Er war gespannt, was als Nächstes kam.

Auf leisen Sohlen lief Jan die Treppe hinab, als er Liv mit jemandem reden hörte. Zuerst dachte er, sie würde telefonieren, doch dann erklang eine Männerstimme. In Socken, die Schuhe in der Hand, bremste er ab und lugte über das Geländer.

Da stand tatsächlich jemand in der Tür. Jan lehnte sich weiter vor. Ein Mann, größer als sie, braunes Haar und ungefähr in Livs Alter, so genau konnte er ihn in dem dämmrigen Licht nicht erkennen. Dafür aber umso besser hören.

»Ich wollte bloß nachsehen, wie es dir geht. Du bist heute so schnell weg gewesen«, sagte er gerade, und Jans Augen wurden groß.

»Oh, das ist aber lieb«, säuselte Liv daraufhin doch glatt.

Baff lehnte er sich einige Millimeter weiter vornüber. Dann hatte Tammy also nicht gelogen. Olivia hatte tatsächlich was am Laufen! Ein Teil von ihm hatte ja geglaubt, dass die Freundin ihm nur ein bisschen Feuer unterm Hintern hatte machen wollen. Damit sie zu Weihnachten in trauter Seligkeit unter dem

Baum sitzen konnten. Doch diese Hoffnung war soeben verpufft.

Oh, das ist aber lieb!, äffte er sie tonlos nach, während er weiterhin zum Hauseingang starrte. Was sie gerade sprachen, bekam er kaum mit. In ihm steppte der Bär. Sollte er runtergehen und dem Typ Einhalt gebieten? Aber sich als jähzorniger Ehemann zu präsentieren, war nicht seine Art. Außerdem würde es die Sache vermutlich nicht besser machen, warnte ihn sein Verstand.

Sein Blick wurde wieder klarer. Oder vielleicht doch nicht? Waren die zwei etwa im Begriff, sich zu küssen?!

In seinem Kopf wirbelte ein rotes Alarmsignal. Er blinzelte verwirrt und rutschte mit dem rechten Fuß auf der Stufe aus. Im letzten Moment konnte er sich an dem Geländer festkrallen, bevor er endgültig den Halt verlor und mit dem Rücken auf dem Treppevorsprung aufschlug. So kam er lediglich unsanft mit dem Hintern darauf zum Sitzen.

Als er den Kopf durch die Gitterstäbe steckte, verpasste Liv gerade der Haustür einen Tritt. Jan atmete aus. Der Kerl war verschwunden. Gott sei Dank!

Langsam rappelte er sich auf. Sein erster Impuls war, nach unten zu laufen und Liv damit zu konfrontieren. Doch etwas ließ ihn zögern. Vielleicht waren es sein schmerzendes Hinterteil und die urplötzliche Erinnerung an früher?

Mit neun Jahren hatte ihm sein Großvater einen unsanften Klaps auf den Hosenboden verpasst, weil er ein Mädchen aus dem Strandkorb nebenan so lange getriezt hatte, bis es weinen musste.

›Egal, wie sehr du die Kleine magst, das ist der falsche Weg, es ihr zu zeigen!‹, hatte er geschimpft.

›Tu ich gar nicht!‹, hatte Jan postwendend behauptet und sich den Allerwertesten gerieben.

›Klar.‹ Sein Opa hatte genickt, aber es war ihm anzusehen

gewesen, dass er Jan nicht glaubte. Aus heutiger Sicht war es wohl die Weisheit des Erwachsenseins, dass er es besser gewusst hatte. Und letztlich hatte es ja auch gestimmt. Jan war gerne in der Nähe des Mädchens mit den langen blonden Zöpfen und den Sommersprossen auf der Nase gewesen.

Warum mussten Jungs in diesem Alter die Mädchen, die sie mochten, nur andauernd ärgern? Und war das im Erwachsenenalter noch immer so?

Jan furchte die Stirn. Wenn er jetzt zu Liv ging und ihr entgegenschleuderte, dass er sie *gesehen* hatte, würde es die Situation höchstwahrscheinlich nur verschlimmern. Sie könnte ihm vorwerfen, dass er sie bespitzelte, und er sie damit noch weiter in die Arme dieses Typen treiben. Nein, es war sinnvoller, Ruhe zu bewahren und die Lage erst mal richtig zu sondieren. So schwer es ihm auch fiel, er ging auf sein Zimmer zurück.

WIE IN TRANCE stellte Liv die Lasagneschale am Küchentisch ab. Was war da gerade passiert? Und das, wo Jan doch im Haus war! Himmel, sie hatte ihn für den Augenblick vollkommen vergessen!

Hatte er diesen Krach gemacht? Weil er sie gesehen hatte? Oder war er, ebenso wie sie vorhin, über seine eigenen Schuhe gestolpert? Bei dem Gedanken breitete sich ein wenig Schadenfreude in ihr aus. Doch sie wurde schnell wieder ernst. Ob sie mal nach ihm sehen sollte? Vielleicht hatte er sich ja ernstlich verletzt? Andererseits … aufschreien hatte sie ihn nicht gehört.

Sie hob ein Stück der Alufolie an. Die Lasagne sah lecker aus, so richtig Hunger verspürte sie allerdings keinen. Die Geschehnisse des Tages beschäftigten sie viel zu sehr. Aber sie duftete so wunderbar! Liv suchte nach einer Gabel und warf einen Blick zur Decke. Wenn Jan nicht runterkam, war er selbst schuld. Dann naschte sie eben allein ein wenig davon. Holen würde sie ihn nicht. Vielleicht war er ja auch noch sauer, und auf weitere Diskussionen hatte sie echt keine Lust. Dafür hatte sie heute zu vieles erlebt.

Also stocherte sie in der Lasagne herum – die wirklich göttlich schmeckte! – und meldete sich währenddessen lieber bei *Grisu*. Um ihr Buch weiterzulesen, war sie zu aufgewühlt.

›Bin ich froh, dass es Abend ist! Kennst du diese Tage, an denen sich ein Ereignis an das andere reiht?‹, fragte sie ihn.

›Hey, dasselbe wollte ich dir auch gerade schreiben. Was war denn bei dir los?‹, kam sofort die Antwort.

›Zuerst bin ich in der Küche etwas zu kreativ geworden.‹

So ungefähr hatte Malte es freundlicherweise ausgedrückt, erinnerte sie sich und verharrte mit dem Finger über der Tastatur, während sie überlegte, ob sie ihm davon berichten sollte, dass sie daraufhin wie ein kleines Mädchen die Flucht ergriffen hatte.

Grisu schickte unterdessen einen Lach-Smiley. ›Klingt doch interessant.‹

›Du meinst eher amüsant! Hab ich recht?‹ Als er zögerte, tippte sie lächelnd: ›Schon gut. War es vermutlich auch.‹

Für die anderen ganz bestimmt!, dachte sie und merkte, dass sie diese Geschichte am liebsten vergessen wollte. Also ging sie zum nächsten Ereignis über. ›Dann hat es überraschend an der Tür geklingelt.‹

Aber halt, Jan hatte überhaupt nicht geklingelt, fiel ihr ein, das war Malte gewesen. Jan war ihr wie ein Poltergeist im Bad erschienen. Tja und gepoltert hatte es dann zwischen ihnen auch …

Nachdenklich leckte sie die Gabel ab. Sie wusste überhaupt nicht mehr, wo vorne und hinten war, und jetzt zog sie auch noch *Grisu* mit hinein.

›Ach, weißt du was? Lass uns von was anderem reden‹, bat sie und fragte ihn nach seinem turbulenten Tag.

›Ich war stundenlang im Auto unterwegs, ewig im Stau gestanden, woraufhin ich in Zeitnot kam, und vorhin bin ich dann obendrein in einen Streit geraten, an dem ich wohl nicht ganz unschuldig war‹, hatte er ihr gestanden.

›Oh je!‹

›Ja. Aber du hast recht, lass uns von etwas Schönerem sprechen. Bist du im Krimi weitergekommen? Ich bin bei der Stelle stecken geblieben, wo …‹

Und so schrieben sie noch ein wenig hin und her, über angenehme Dinge und ließen die Alltagssorgen außen vor.

Als Liv schließlich ins Bett ging, trug sie ein Lächeln auf dem Gesicht. Die Anspannung in ihr hatte spürbar nachgelassen.

12

Zum ersten Mal, seit Liv auf Norderney war, hatte sie schlecht geschlafen. Zwischen Wachphasen hatte sie von einer Hütchenspielerin geträumt, die Izzy verblüffend ähnlich gesehen hatte. Nur, dass sie statt Hütchen drei Spielkarten mischte, auf denen Jan, Malte und *Grisu* abgebildet waren. Daran, wie *Grisu* ausgesehen hatte, erinnerte Liv sich nicht. Doch das war auch nebensächlich. Andauernd hatte sie der Izzy-Verschnitt aufgefordert, eine Karte zu wählen, und selbstverständlich wollte Liv jedes Mal Jans Bild herausziehen, aber es gelang ihr einfach nicht. Sodass sie das Spiel wieder und wieder spielten, bis Liv in den frühen Morgenstunden schweißnass aufgewacht war. Danach hatte sie nur noch vor sich hingedöst.

Gegen halb sieben hatte sie den Kampf aufgegeben und sich gerädert aus dem Bett geschält. Unter der dampfenden Dusche waren ihre Lebensgeister zumindest halbwegs erwacht, doch Izzys Ermahnungen spukten ihr weiterhin im Kopf herum. ›Du spielst mit dem Feuer!‹, hatte ihre Freundin schon vor Tagen vorausgesagt, und der gestrige Abend war der Beweis.

Sie konnte immer noch nicht glauben, dass sie Malte beinahe

geküsst hätte. Und doch wäre es vermutlich geschehen, hätte ihnen der plötzliche Krawall nicht Einhalt geboten.

Aber was für Liv fast noch schlimmer war, sie konnte beim besten Willen nicht sagen, ob der Impuls von Malte oder ihr ausgegangen war.

Himmel noch mal! Was für ein Desaster. Und das, wo Jan doch gerade aufgetaucht war! Ob er etwas davon mitbekommen hatte, fragte sie sich erneut.

Blicken lassen hatte er sich jedenfalls nicht mehr, letzte Nacht. Vielleicht hatte ihm die lange Anreise ebenso in den Gliedern gesteckt wie ihr selbst bei der Ankunft?

Sie zog sich an und überlegte, was sie in den frühen Morgenstunden anfangen konnte. Da Jan noch schlief, musste sie leise sein. Sie beschloss, einen ausgedehnten Strandspaziergang zu unternehmen.

Außer ihr war so früh niemand unterwegs. Die Morgendämmerung hatte gerade eingesetzt, und das Meeresrauschen klang lauter als üblich. Vermutlich weil sie nichts außer Natur pur umgab. Liv stapfte durch den Sand bis zur Wasserkante. Das Schauspiel, wie die Wellen heranrollten, ausliefen und entschwanden, beruhigte ihr aufgewühltes Inneres. Eine Weile stand sie da und schaute nur zu. Irgendwann fiel ihr auf, dass sich das Wasser zurückzog. Die Ebbe nahte, bald war Niedrigwasser.

Am Horizont verdrängte das Morgenrot allmählich den grauen Nachthimmel. Sie lief den Strand entlang Richtung Osten, in der Hoffnung, den Sonnenaufgang im Blick zu haben, und genoss die Ruhe, die sie umgab, ebenso wie die frische Luft.

Als ein Hund bellte, fuhr sie kurz zusammen. Bis sie sich von ihrem Schrecken erholt hatte, tauchte plötzlich Streuner an ihrer Seite auf.

Schwanzwedelnd begrüßte er sie und sprang an ihren Beinen hoch.

»Na du! Auch so früh unterwegs?«, fragte sie ihn und durchwuschelte das krause Fell an seinem Kopf.

»Wuff!«

Liv schaute sich um. Vielleicht würde sie jetzt endlich sein Herrchen oder Frauchen entdecken? Aber außer ihr war nach wie vor keine Menschenseele an diesem Abschnitt zu sehen.

»Also, jetzt erzähl mal, wohin gehörst du? Und warum bist du immer allein unterwegs?«

Gemeinsam mit ihrem vierbeinigen Freund ging sie weiter. Als ihr die Bezeichnung bewusst wurde, lachte sie auf.

»Du bist ja auch ein neuer Kerl in meinem Leben. Wenn ich das Izzy, Scarlett und Tammy erzähle …« Aufmerksam schaute er zu ihr hoch. »Weißt du, das sind meine Freundinnen, die denken, dass ich gerade ein bisschen neben der Spur bin«, erklärte sie ihm und kam dabei wie zum Beweis aus dem Tritt, fuhr mit der Stiefelspitze etwas zu tief in den Sand und stolperte.

Streuner kläffte und rannte im Kreis um sie herum. Er hielt es offenbar für ein Spiel.

»Du bist so süß!« Sie ging in die Hocke, um ihn zu knuddeln. Er ließ es sich gerne gefallen. Sie spürte, wie sein Herz klopfte, und genoss die Berührung seines flauschig warmen Fells. Für einen Moment senkte er den Kopf und drückte ihn gegen ihre Achsel. Livs Herz weitete sich vor Glück. »Soll das so was wie eine Liebesbezeugung sein?«

Kaum hatte sie es ausgesprochen, befreite er sich und rannte los. Ein Stück weiter vorn blieb er stehen und drehte sich wartend nach ihr um.

»Komme schon!« Liv setzte sich in Bewegung und beeilte sich aufzuholen.

»Also, was dich betrifft, sollte meine Männerwahl weder Scarlett noch Izzy noch Tammy stören«, überlegte sie laut. »Es ist schon komisch. Die eine, Izzy, hat mich zu so einer Art Light-Version des Onlinedatings gedrängt. Weil sie glaubte, wenn ich ein bisschen Flirten übe, läuft es in meiner Ehe wieder besser. Na, das hat ja gut geklappt. Denn als ich das sogar von Angesicht zu Angesicht getan habe – ich hab nämlich hier auf der Insel einen ziemlich charmanten Mann kennengelernt –, flippte sie deswegen beinahe aus. Und mit Jan habe ich mich gezofft. Von wegen flirten …!

Meine andere Freundin Scarlett hingegen findet es höchst bedenklich, dass ich täglich mit jemandem aus dem Internet schreibe. Sie hat es sogar mit einer heimlichen Affäre in Verbindung gebracht. Das musst du dir mal vorstellen!« Liv schüttelte den Kopf. »Na gut, wir necken uns manchmal, und ich fühle mich wohl dabei, mit ihm über Gott und die Welt zu reden, so wie gestern Nacht. Aber deswegen ist das doch noch kein Seitensprung. Oder was meinst du?« Sie blieb stehen und guckte Streuner fragend an.

Er hielt ebenfalls inne und legte den Kopf schief, abwechselnd von rechts nach links.

Liv atmete tief ein und runzelte die Stirn. »Du weißt es nicht? Jetzt hör aber auf! Ich dachte, wenigstens du verstehst mich. Tammy meint, ich müsse mir meiner Gefühle klar werden. Nun, mit Sicherheit kann ich sagen, dass ich wieder etwas Freude im Leben haben möchte. Die letzten Monate waren nicht leicht.«

Sie dachte an das Kinderzimmer in ihrem Haus in Bamberg, das verwaist bleiben würde.

Ein leises Winseln entschwand Streuners Kehle. Treuherzig schaute er sie an.

»Ach keine Sorge, das hab ich inzwischen recht gut verarbeitet. Momentan belasten mich vielmehr meine Eheprobleme.« Dass sie wirklich welche hatte, dessen war sie sich erst seit gestern Abend sicher …

Liv stapfte weiter, und Streuner folgte ihr bei Fuß. »Jan war meine große Liebe, und irgendwie ist jetzt alles anders …«, verriet sie ihm. »Und Izzy und Scarlett mit ihren Ratschlägen haben mir auch nicht weitergeholfen. Dank ihrer Tipps herrscht in mir das reinste Tohuwabohu, also gefühlsmäßig und so …«

Sie schloss für eine Sekunde die Augen und nahm einen tiefen Atemzug der herrlich frischen Meeresluft. »Du hast recht. Ich sollte das alles nicht so hoch hängen. Ich habe schließlich nichts Verbotenes getan. Nur weil man ein bisschen flirtet, heißt das noch lange nichts! Wie rechtfertigt ihr Männer euch so gern? Appetit darf man sich holen, aber gegessen wird zuhause. Eben. Das Gleiche gilt dann doch wohl auch für uns Frauen. Hab ich recht?«

Dass sie Malte fast geküsst hätte, unterschlug sie lieber. Überhaupt war sie sich heute, bei Sonnenaufgang, dessen gar nicht mehr so sicher. Vielleicht hatte sie in die Situation auch viel mehr hineininterpretiert, als es Grund dazu gab? Immerhin hatte sie sich kurz vorher heftig erschrocken und mit Jan gezofft.

Streuner rannte ins Wasser, und Liv überlegte, ob er ihr damit etwas sagen wollte. Dann kam er zurück und schüttelte sich direkt vor ihr. Salzige Tropfen flogen in alle Richtungen, wobei Liv das untrügliche Gefühl beschlich, dass sie die meisten davon abbekam. In Windeseile war sie von oben bis unten nassgespritzt. Mit den Händen wischte sie sich übers Gesicht.

»Okay, ich glaube, ich hab verstanden. Du hast genug gehört. Tja, willkommen in meinem Leben«, murmelte sie und sah sich zum ersten Mal richtig um. »Wo sind wir überhaupt?«

Der Sand unter ihren Füßen war schneeweiß. Hatte es geschneit? Es war immerhin Anfang Dezember. Sie ließ ihren Blick über die Dünen schweifen. Nichts deutete auf einen Wintereinbruch hin. Die Strandgräser waren braungrün.

Sie warf einen Blick auf ihr Handy, um zu erörtern, wo sie sich befand. In der *Weißen Düne*, gab es ihr Auskunft. Ha, deshalb also der unglaublich helle Sand.

Mit diesmal offenen Augen für die herrliche Umgebung spazierte sie voran und stieß kurz darauf auf das gleichnamige

Restaurant. Natürlich hatte es noch geschlossen. Doch die hübsche Weihnachtsdeko war auch durch die Scheiben von außen zu bewundern. Darüber hinaus hatte man neben der Eingangstür einen Tannenbaum platziert und unter dem Dachvorsprung eine Girlande aufgehängt. Der Kontrast vom Holzhaus zu dem weißen Sand war fantastisch.

Und dann ging die Sonne auf. Liv setzte sich auf eine der Bänke und genoss das Farbenspiel am Himmel, das sich im Wasser brach. Die reine Luft und das Wellenrauschen dazu ließen sie alles um sie herum vergessen. Fast ehrfürchtig kostete sie jede Minute des Schauspiels aus. Erst als die allerletzten Rottöne verschwunden waren, rappelte sie sich auf. Ihr Magen quengelte. So laut, dass sogar Streuner es hörte und leise zurückknurrte. Lachend guckte sie auf ihre Armbanduhr. Es war inzwischen kurz vor neun. So lange war sie schon unterwegs?

»Was hältst du von einem guten Frühstück?«, fragte sie ihren Kumpan.

Der stimmte sofort kläffend zu, und gemeinsam traten sie den Rückweg an.

~

FRISCH GEDUSCHT TROCKNETE Jan sich ab und betrachtete sich im Spiegel. Er müsste sich mal wieder rasieren. Aber er verspürte nicht die geringste Lust dazu. Dabei hatte er mehr als genügend Zeit. Immerhin saß er auf einer Insel, auf der er nicht sein wollte.

Grimmig schlurfte er in sein Zimmer zurück und stieg in seine Jeans. Herzufahren war die reinste Schnapsidee gewesen. Statt ihm Willkommensfreude entgegenzubringen, hatte Liv ihn beinahe abserviert! Und das, obwohl er sich allein ihretwegen überwunden hatte, Norderney zu betreten. Ein Zischen entwich seiner Kehle. Dass er in dem ehemaligen Familienzimmer schlafen musste, beflügelte ihn ebenfalls nicht. Zu viele Kindheitserinnerungen stürmten auf ihn ein.

So wie jetzt, da er den dunkelroten Kapuzenpulli aus dem wuchtigen Schrank zog. Er bot reichlich Platz, so viel, dass er sich als Junge gerne darin versteckt hatte. Als er klein war, hatte sein Vater ihn immer zuerst vorgeblich gesucht, bevor er die Tür aufriss und Jan seinerseits mit einem *Waaahh* erschreckte. Jedes Mal war er zusammengezuckt, obwohl das Spiel schon zu einem kleinen Ritual geworden war. Dann hatten sie beide losgelacht, sein Vater hatte ihn herausgehoben, aufs Bett geworfen und durchgekitzelt, bis Jan vor Lachen der Bauch wehgetan hatte.

Jan fuhr sich über die Augen. Das waren die schönen Erinnerung, leider gab es auch schlechte – die alles überschatteten. Wie damals in ihrem letzten Sommer auf Norderney.

Jan war zum angehenden Teenager herangewachsen und hatte sich seit Langem nicht mehr aus Jux und Tollerei im Schrank versteckt, nur noch, wenn er einen Rückzugspunkt brauchte. Allein zu sein, war in dem kleinen Haus mit Eltern und Großeltern schwer. An jenem Tag seiner Erinnerung hatte er sich mit seiner Oma überworfen, weil er ihr nicht so gehorcht hatte, wie sie es wollte. Die üblichen Reibereien eben, die man in dem Alter mit Erwachsenen hatte. Jeder Handgriff war für den Jugendlichen eine Mühe gewesen, dafür war er nicht um schnippische Antworten verlegen gewesen. Als sie schließlich aneinandergeraten waren, hatte er Zuflucht in seinem alten Versteck gesucht. Dann waren seine Eltern ins Zimmer gekommen und hatten einen fürchterlichen Streit gehabt. Sie hätten dieses Gespräch nie in Jans Anwesenheit ausgefochten, da war er sich sicher. Doch sie wussten ja nicht, dass er im Schrank saß. Aber letztlich war er dadurch wenigstens nicht ganz so überrascht gewesen, als ihnen wenig später das heile Familienleben um die Ohren flog …

Jan sog scharf Luft ein. Wie lange war es her, dass er zuletzt an seinen Vater gedacht hatte? Ewig! Stand es doch in unmittelbarer Verknüpfung mit jenen schicksalhaften Ereignissen. Verdrossen warf er die Schranktür zu, sodass es schepperte.

Allein der Anblick des dicken, massiven Holzes drückte sich wie eine zentnerschwere Last auf sein Gemüt. Eilig verließ er den Raum, noch während er sich den Pulli überstreifte.

Verführerischer Kaffeeduft wehte ihm schon auf der Treppe entgegen. Schnuppernd folgte er ihm in die Küche und blieb wie angewurzelt stehen.

Der Tisch war hübsch gedeckt. Marmelade, Honig und Butter standen aufgereiht neben Orangensaft, und in einem Korb lagen frische Brötchen. Sogar einen Adventskranz hatte Liv besorgt. Die erste Kerze flackerte, und aus ihrer Musikbox dudelten leise Weihnachtslieder. Seine Frau stand an der Anrichte und hantierte an der Kaffeemaschine herum. Sie trug ihren dunkelblau melierten Oversizepullover, der ihre engsitzenden Jeans zur Geltung brachte. Ihre Haare standen frech in verschiedene Richtungen. Es war ein Bild von liebevoller Harmonie, das sich ihm da bot.

Ein warmes Gefühl breitete sich in ihm aus. Liv wollte mit ihm frühstücken, sie hatte extra auf ihn gewartet. Also war sie doch froh, dass er gekommen war, und nicht mehr sauer auf ihn. Es tat ihm schrecklich leid, dass er sie gestern derart überfallen hatte. Er hätte wirklich vorher anrufen sollen.

Spontan wollte er hinter sie treten und ihr einen Guten-Morgen-Kuss in den Nacken geben. Im letzten Moment sah er aus den Augenwinkeln, dass etwas vor ihm am Boden lag, und er hielt an, bevor er darüber stolpern konnte.

Da lag ein Hund, eingerollt und an die Form des oval geringelten Läufers angepasst. Jan blinzelte, und als er die Lider wieder öffnete, brach schallend Gebell über ihn herein. Der Hund hatte sich in dieser Millisekunde erhoben und direkt vor ihm postiert.

Obwohl er keine Anstalten machte, auf Jan loszugehen, hob er instinktiv die Hände und trat einen Schritt zurück. Der Köter blieb, wo er war, bellte aber wie verrückt.

»Streuner!« Liv drehte sich abrupt um. »Was soll denn das?«

Der Vierbeiner wandte ihr den Kopf zu und verstummte.

»Was … ist … das?!«, knurrte dafür Jan und deutete mit dem Finger auf ihn.

»Ein Hund.«

»Das sehe ich.« Hielt sie ihn für bescheuert? »Und was macht er hier?«

»Wie es aussieht, verteidigt er mich.«

»Vor deinem eigenen Ehemann? Hast du das nötig?«

»Wer weiß?« Liv zuckte mit den Schultern. »Bisher war ich allein im Haus …«

Ihr spitzer Schrei in der Badewanne kam ihm in den Sinn.

»Gestern Nacht war er aber nicht da.« Es war eine Feststellung, keine Frage. Und Jan dankte Gott dafür.

Statt einer Antwort kniff Liv die Augen leicht zusammen. Sie dachte wohl ebenfalls daran. Oh Mann, er hätte das Thema besser nicht anschneiden sollen.

Sie nahm die Kanne und ging zum Tisch.

Jan wollte es ihr nachtun, doch er hatte sich kaum bewegt, da schlug der Hund schon wieder an und rückte nach links, sodass sich Liv hinter ihm befand.

Frustriert stemmte Jan die Hände in die Seiten.

»Kannst du der Töle mal mitteilen, dass ich ein Recht habe, hier zu sein?«

Liv lächelte. Die Vorstellung, dass sie einen Beschützer hatte, schien ihr zu gefallen.

»Wenn du schön Bitte sagst«, meinte sie dann zuckersüß.

»Also das ist ja wohl die Höhe!«, ereiferte er sich.

»Überhaupt nicht. Und wenn du schon dabei bist, kannst du dich gleich entschuldigen.« Für gestern Abend – natürlich. Doch sie überraschte ihn. Es ging ihr gar nicht um ihr Streitgespräch. »Das ist weder ein Köter noch eine Töle. Sondern ein süßer, lieber kleiner Hund. Stimmt´s?« Sie beugte sich zu dem Tier hinunter und nahm sein Gesicht in beide Hände. »Ja, das bist du!« Fehlte nur noch, dass sie ihm ein Küsschen aufdrückte.

Jan verzog das Gesicht. Sie sollte lieber ihn küssen und sich mit ihm versöhnen!

»Du machst das mit Absicht«, grollte er.

»Nein. Ich habe mich in den süßen Kerl einfach verliebt.« Sie schaute ihn über den Hundekopf hinweg an.

»*Pff* ...« ›Und wer war dann der Typ gestern an der Haustür?‹, lag es ihm auf der Zunge. Doch er konnte sich gerade noch zurückhalten, es laut auszusprechen. Wenn er nicht wie ein eifersüchtiger Volltrottel dastehen wollte, musste er diesbezüglich subtiler vorgehen, um an Infos zu kommen.

Jan wagte einen Schritt Richtung Tisch.

Der Hund zuckte, doch Liv hielt ihn fest. »Ist schon gut, Streuner. Der gehört zu mir.«

»Toll. Das klingt, als wäre ich ein lästiges Anhängsel«, murrte er und sank auf den Stuhl.

»Hm. Da hat wohl jemand seinen Kaffee noch nicht gehabt?«

Liv gesellte sich zu ihm und schenkte ihm ungefragt ein, während der Hund zwar ruhig blieb, ihn aber nicht aus den Augen ließ.

Unter strengster Beobachtung trank er einen Schluck. Tat das gut!

»Also, wer ist er, wo kommt er her, und wie lange bleibt er?«, fragte er und griff nach einem Brötchen.

»Oh, das ist Streuner. Also, so habe ich ihn getauft. Wem er gehört, weiß ich nicht. Er kommt und geht, wie er will«, flötete Liv und schaute strahlend auf das Tier hinab.

»Und das auf Norderney? Gibt es hier nicht Leinenpflicht?« Jan schielte ebenfalls über die Schulter zu ihm hinunter. Der Hund bemerkte es sofort, und sie lieferten sich ein Blickduell.

»Wirklich? Keine Ahnung. Streuner hat nicht mal ein Halsband.«

»Das heißt, du beherbergst einen Flohbus, ohne dir darüber auch nur annähernd Gedanken zu machen?«

Als hätte der Hund ihn verstanden, wurde sein Blick einen Tick intensiver. Jan hielt ihm weiter stand, schluckte jedoch. Er würde ihn doch nicht anspringen? Aber sein Maul war weiterhin verschlossen. Er zeigte ihm weder die Zähne, noch ließ er ein Knurren von sich hören. Es bestand also vermutlich kein Grund, sich Sorgen zu machen.

Überhaupt, wenn Jan ihn sich so ansah, war er doch recht putzig. Denn grundsätzlich mochte er Hunde. Nur keine, die ihn in seinem eigenen Haus bedrohten! Als Junge wollte er immer einen besitzen, aber in der Etagenwohnung hatte es zu wenig Platz gegeben, außerdem waren seitens des Vermieters keine erlaubt.

Für eine Sekunde fragte er sich, ob der Groll gegen seinen Vater, nachdem der damals verschwunden war, heute nicht so stark ausgeprägt wäre, wenn er zu jener Zeit tatsächlich einen vierbeinigen Freund bekommen hätte.

Jan blinzelte. Darüber nachzugrübeln, war sinnlos. Dann merkte er, dass er den Blickkontakt unterbrochen hatte. Mist! Einem Hund musste man zeigen, wer der Boss war.

Doch erfreulicherweise schien Streuner zufrieden mit seinem Erfolg. Gemächlich marschierte er zurück auf den Läufer und rollte sich für ein weiteres Schläfchen zusammen.

Jan atmete auf und widmete sich seinem Brötchen.

Liv ging zum Kühlschrank und wühlte darin herum. Jan entdeckte über die Ferne eine Auflaufform.

»Hast du gekocht?«, fragte er mampfend.

»Ich??«

Unvermittelt musste er grinsen. Fürs Kochen war seine Frau einfach nicht geschaffen. Leider! Aber er beschwerte sich nicht. Wer im Glashaus saß, sollte schließlich nicht mit Steinen werfen. Er selbst hatte daran auch nur selten Interesse.

»Und was ist das da im oberen Fach?«, hakte er nach.

»Hm? Oh, die Lasagne hat mir ein Bekannter gebracht«, murmelte sie und schloss die Tür.

Hmpf. Der Bissen blieb Jan im Hals stecken. Sie sprach vermutlich von dem Typ gestern Abend. Eilig trank er einen Schluck Kaffee.

Liv kam mit Schinken und Käse an den Tisch.

»Und wieso wirst du von fremden Leuten mit Essen versorgt?«, presste Jan hervor. ›Männern‹, genauer gesagt, die sie anbaggerten! Was seine Frage im Grunde schon beantwortete. Doch er war gespannt, was Liv dazu sagte.

Abwartend fixierte er sie. Für einen Moment glaubte er, sie hätte ihn nicht gehört. Aber das konnte nicht sein. Er merkte, wie langsam Wut durch seine Adern kroch.

»Ach, ich mache einen Kochkurs –«, begann sie dann endlich.

Jetzt war Jan baff. »Du auch?«

»Wieso? Wer denn noch?« Interessiert schaute Liv auf.

»Oh, nur eine Bekannte.«

Livs Brauen wanderten in die Höhe.

»Von der Arbeit«, beeilte er sich deshalb hinzuzufügen und vollführte eine wegwerfende Handbewegung. »Scheint momentan im Trend zu liegen.«

LIV MUSTERTE JAN EINGEHEND. »Sag mal. Hast du eine Affäre?«

Stocksteif starrte er sie an. »Wie kommst du denn darauf?«

Sie zuckte mit den Achseln, aber ihr Herz klopfte wild. »Im Grunde hast *du* mich neulich am Telefon darauf gebracht. Also hab ich nachgedacht. Deine immer häufiger werdenden Geschäftsreisen sprechen dafür. Du verbringst viel Zeit in deinem Büro. Auch abends. Ich hab keine Ahnung, mit wem du da –«

»Jetzt hör aber auf!«, fiel er ihr ungnädig ins Wort. »Das ist ja wohl kaum zu glauben. Und das von der Frau, die einfach abhaut und beschließt, auf Norderney ihre eigene kleine Weihnachtsromanze zu kreieren?!«

»Wie bitte?« Liv wich das Blut aus dem Gesicht. Hatte Jan sie doch mit Malte gesehen? Die Lasagne, von der sie nachts noch gegessen hatte, stieß ihr plötzlich säuerlich auf. Dann stoben *Grisus* Nachrichten wie ein D-Zug durch ihren Kopf.

Sie war es, die sich ungebührlich verhalten hatte! Sie hätte Jan nicht dasselbe unterstellen sollen. Aber zu ihrer Verteidigung konnte sie immerhin vorbringen, dass weder mit dem einen noch mit dem anderen Mann irgendwas Unziemliches geschehen war. Konnte Jan das auch von sich behaupten? Er war nächtelang unterwegs, in verschiedenen Hotelzimmern. Allein oder zusammen mit wem auch immer?

Ja, wahrscheinlich war der Zeitpunkt genauso gut wie jeder andere gewesen, um das heikle Thema anzusprechen. *Und besser früher als später!*, sagte sie sich. Außerdem war es nun eh nicht mehr zu ändern.

»Du hast mich schon verstanden! Ich denke, dass da zwischen dir und dem Essenslieferanten was läuft«, blaffte Jan und zog damit wieder ihre Aufmerksamkeit auf sich.

»Das ist kein Essenslieferant, sondern ein Koch. Bei dem ich, wie bereits erwähnt, meine Kenntnisse verbessern möchte.«

»Pha! In was?«

»In der Küche natürlich«, knurrte sie. »Wo sonst?«

Jans Brauen zogen sich zu einem Strich zusammen, und ihr

wurde deutlich, dass sich diese Aussage mindestens ebenso verfänglich anhörte, wenn man denn unbedingt etwas hineininterpretieren wollte.

»Ich hab gestern im Kurs meinen Pantji-Fisk vermasselt und bin sozusagen unverrichteter Dinge heim.«

Jan lachte höhnisch. »Und? Ich hab nichts anderes von dir erwartet.«

Liv biss die Zähne zusammen. Manchmal konnte er ein echter Mistkerl sein!

»Weshalb bist du überhaupt hergekommen? Um mich mit deiner Schadenfreude zu beglücken?«

»Nein. Ich kann mich auch zuhause freuen«, antwortete er doch glatt.

Mit verschränkten Armen saß er da, als ob er erwartete, dass sie gleich in Tränen ausbrach.

Stattdessen platzte so was wie ein Knoten in Liv, der in den letzten Monaten in ihr herangewachsen war.

»Weißt du was? Ich hab keine Ahnung, was mit uns passiert ist. Aber offensichtlich sind wir nicht mehr in der Lage, miteinander klarzukommen.«

Plötzlich wurde es so kalt im Raum wie bei einer Schneeballschlacht. Und in vergleichbarer Weise warfen sie sich ebenso mit ihren Schlagbällen ab.

»Was soll das heißen?«

»Der Wunsch, ein Kind zu bekommen, hat uns scheinbar total voneinander entfernt.«

»Du hast recht. Aber das ist doch nicht allein meine Schuld!« Er guckte sie vorwurfsvoll an.

Da war er wieder, dieser Blick! Liv konnte ihn nicht mehr ertragen. Er drückte Jans Schmerz aus, dass er nie Vater werden würde, und auch wenn er es nie ausgesprochen hatte, machte er sie dafür verantwortlich. Weil sie es nicht geschafft hatte, ein Baby bei sich zu behalten und auszutragen. Doch das quälte sie mindestens ebenso sehr wie ihn! Trotzdem hatte sie einen Weg gefunden, damit umzugehen. Er nicht!

»Hab ich nie behauptet. Aber vielleicht solltest du einmal darüber nachdenken, ob es eine Ablauffrist für Selbstmitleid gibt«, stichelte sie.

»Tja, dir scheint das ja bestens gelungen zu sein. Ersatzweise amüsierst du dich jetzt auf Norderney.«

»Vielleicht? Ist das nicht auch egal?«

»Was willst du damit sagen?«

»Dass wir uns fragen sollten, wie es mit uns weitergehen soll.«

»Du denkst an Trennung?!« Jan sprang auf. Streuner ebenfalls und schlug sofort an.

»Womöglich? Besser ein Ende mit Schrecken als ein Schrecken ohne Ende. Oder nicht?«, erwiderte Liv. Ihre Worte gingen im Hundegebell fast unter. Doch es milderte die Tragweite ihrer Aussage keineswegs ab. Sie war schockiert über sich selbst. Sie hatte das nicht kommen sehen. Das musste sie erst einmal verarbeiten. Also schnappte sie sich Streuner und lief mit ihm nach draußen.

13

Blind vor Tränen stolperte Liv wie ferngesteuert zum Strand. Das Meer zog sie geradezu magisch an.

Da die schwerfälligen Regenwolken der letzten Tage sich endlich verzogen hatten, war die Uferpromenade recht belebt. Doch Liv hatte keinen Sinn für die lächelnden und fröhlichen Gesichter der Passanten. Das juchzende Kindergeschrei verursachte ihr Beklemmungen. Schnell lief sie weiter, bis sie etwas ab vom Schuss die Ruhe fand, die sie suchte. Erst als sie ein Plätzchen entdeckte, wo sie niedersinken konnte, bemerkte sie, dass Streuner sie irgendwo unterwegs verlassen hatte. Traurig wischte sie sich über die feuchten Augen. Sie hätte ihn jetzt gerne geknuddelt.

Aber wenigstens war die Nordsee da! Liv stierte über den Sand hinweg auf die Wassermassen, nahm den Gesang der Wellen in sich auf und hörte das Geschrei der Möwen. Nach einigen Minuten ging es ihr besser. Die Macht des Meeres übte eine Wirkung auf sie aus wie nichts anderes auf dieser Welt, sinnierte sie und lächelte ansatzweise. Allmählich wurde sie wieder klarer und ging gedanklich zurück zu ihrem Gespräch mit Jan. Wie hatte es nur so ausufern können?

Da, wo sie sich einst nahe waren, herrschte nun Misstrauen und Unverständnis zwischen ihnen. Das war unverkennbar. Aber war es vor ihrer Abreise nach Norderney auch schon so gewesen? Hatte sich das durch ihre Auszeit nur herauskristallisiert oder hatte es damit erst angefangen? Sie konnte es nicht sagen. Liv schwirrte der Kopf. Sie schaute zum Horizont, der heute nur verschwommen erkennbar war. Oder war ihr Blick vom Weinen immer noch verschleiert? Sie blinzelte, bis sie eine dumpfe Erkenntnis innehalten ließ. Die Nähe, die einst Jan und sie verbunden hatte, verspürte sie jetzt bei *Grisu*. Sie sog tief den Atem ein. Dachte sie das im Ernst? Und was bedeutete das dann?

Vermutlich, dass es keine Rolle spielte, ob Jan eine Affäre hatte oder nicht. Sie hatte bisher jedenfalls keine gehabt. Doch das konnte sich ändern.

Aus einem Impuls heraus kramte sie ihr Handy hervor, tippte eine Nachricht und schickte sie ab, bevor sie es sich anders überlegen konnte.

›Hallo Grisu. Ich könnte momentan einen Feuerwehrmann gebrauchen. Mein Leben entwickelt sich gerade zunehmend zu einem Flächenbrand. Vielleicht kannst du mir beim Löschen helfen? Steht dein Angebot noch, dass wir uns mal treffen?‹

Kaum hatte sie auf *Senden* gedrückt, wurde ihr gleichzeitig heiß und kalt. Zum ersten Mal versuchte sie, sich ernsthaft vorzustellen, wie der Mann wohl aussah, dem sie so viel Zuneigung entgegenbrachte. Doch das einzige Bild, das ihr in den Sinn kam, war das vom kleinen grünen Drachen aus der Zeichentrickserie der Siebzigerjahre. Oh je! Das konnte ja heiter werden.

Abgelenkt hätte sie beinahe die eingehende Antwort übersehen.

›Hallo Morticia, was für eine Frage. Wenn ich dir irgendwie helfen kann, mache ich das gerne. Ich weiß ja nicht, wo du wohnst. Ich bin gerade im Norden Deutschlands unterwegs und könnte dir gleich morgen in Hamburg oder Bremen anbieten.‹

Liv schluckte. Morgen schon?! Sie befragte den Routenplaner, wie weit es bis zu den Städten war. Zu weit!

›Jetzt hast du mich ehrlich überrascht‹, gestand sie. ›Aber das ist leider zu weit entfernt von mir, obwohl ich ebenfalls in Norddeutschland bin‹, schrieb sie fast ein wenig erleichtert.

›Was liegt denn näher?‹, wollte er jedoch wissen.

›Emden?‹

Die drei kleinen Punkte hüpften auf und ab, während er eine Antwort tippte.

Wie paralysiert schaute Liv ihnen zu. Plötzlich ging alles so rasend schnell.

›Das geht auch. Wann und wo?‹

Ihr Herz setzte einen Schlag aus. Sie merkte, wie sie kalte Füße bekam.

›Keine Ahnung. Ich kenne mich dort nicht aus. Ich war noch nie in Emden‹, erklärte sie und hoffte, damit die Sache vielleicht noch abzuwenden.

›Okay, ich such ein schönes Restaurant und schick dir die Adresse.‹

Liv nagte an ihrer Unterlippe. Wieso hatte sie ihn nur gefragt? Wollte sie ihn ernsthaft sehen? Damit würde sich alles erst recht verändern …

›Also dann morgen? Sechster Dezember um achtzehn Uhr?‹, wollte er wissen.

›Am Nikolaustag?‹, fragte sie in einem letzten kläglichen Versuch, es nach weiter hinten zu verschieben.

Grisu schickte einen Lach-Smiley. ›Warum nicht? Du hast doch keine Kinder, dass es eine Rolle spielen würde?‹

›Nein. Das passt‹, antwortete sie mit zittrigen Fingern.

Wie vom Donner gerührt schaute Jan Liv zu, wie sie das Haus verließ. Sie floh geradezu vor ihm! Begleitet von ihrem neuen Beschützer.

Wenn es denn nur allein um den Hund ginge! Aber so wie die Dinge zwischen ihnen standen …

Liv schien total verändert. Hatte er nun recht, dass sie ein Techtelmechtel mit diesem Koch hatte? Sie hatte sich dazu nicht konkret geäußert. Er traute ihr allerdings durchaus zu, dass sie schlichtweg zu stolz war, um es zugegeben oder abzustreiten. Andererseits hatte er selbst die gleiche Frage ebenso wenig beantwortet. Somit hatten sie immerhin das gemein, und keiner von ihnen beiden war diesbezüglich schlauer als vorher.

Dass es dennoch so dramatisch geendet hatte, war fast schon ein bisschen grotesk.

Er jedenfalls hatte keine Affäre. Er hatte sich einzig in seine Arbeit vergraben, weil es in ihrer Ehe so anstrengend geworden war. Doch das war sicherlich nicht die Lösung gewesen, wie ihm jetzt deutlich wurde. Dass Liv wegen seiner häufigen Reisen den Verdacht hegte, er würde sie betrügen, konnte er ihr nicht verübeln. Daran war er selbst schuld, zumal er sie auf die Idee – laut ihrer eigenen Aussage – überhaupt erst gebracht hatte. Warum musste er auch so provozierend sein, wenn er grollte? Das machte ein vernünftiges Gespräch so gut wie unmöglich, das hatte sich eben erst bewiesen.

Er war gekommen, um seine Ehe zu kitten. Seit Liv weg gewesen war, war kein Tag vergangen, an dem er nicht an sie gedacht hatte. Morgens wie abends hatte er das gerahmte Bild von ihr auf seinem Nachttisch angeschaut. Sie mochten nur wenig Kontakt gehabt haben, aber er hatte ihr die Zeit geben wollen, die sie brauchte. Bis Tammy angerufen hatte …

Kurz darauf war er in seinen Wagen gesprungen und losgefahren, um ihr persönlich zu sagen, wie sehr er sie vermisste. Stattdessen hatte er es auf ganzer Linie vermasselt.

Fahrig zerzauste er sich das Haar.

Es lag an Norderney! Die Geschichte wiederholte sich! Diese Insel, das Haus – er ließ den Blick schweifen – hier gab es kein gutes Karma. Nicht, dass er großmächtig an so was glaubte. Er war Realist. Aber in diesem speziellen Fall machte er eine Ausnahme. Plötzlich schienen ihn die Wände in diesem Raum geradezu zu erdrücken. Jan rang nach Luft. Schnappte er jetzt völlig über?

Der Eingangston einer Nachricht auf seinem Handy brachte ihn wieder auf den Boden zurück. Einige Kunden warteten sicherlich auf seine Rückmeldung. Er sollte sich lieber vor sein Notebook setzen und arbeiten, statt sich weiter den Kopf über seine Ehe zu zerbrechen. Er zog sein Smartphone hervor und warf einen prüfenden Blick auf die erhaltene Mitteilung. Sein Gesicht hellte sich auf.

~

Als Liv die Tür aufsperrte, lief Jan ihr geradewegs in die Arme. In der Hand hielt er die kleine Reisetasche, die er immer nutzte, wenn er ein oder zwei Nächte auswärts verbrachte.

»Nanu? Willst du abreisen?«, fragte sie leise.

»Ja. Nein. Ich muss nach … Kiel. Zu einem Kunden. Da es praktisch um die Ecke liegt, erledige ich das gleich persönlich vor Ort.« Liv schaute auf die Tasche. »Aber weil es doch ein Stück entfernt ist, werde ich dort übernachten.«

»Aha.« Was quasselte er denn da?

»Deshalb fahre ich heute auch schon hin, damit ich morgen früh gleich durchstarten kann.« Er strich sich durchs Haar. Fühlte er sich unwohl? Bestimmt. Sie ja auch. »Aber ich komme wieder. Übermorgen.«

»Ist das eine Drohung oder ein Versprechen?«

Jan lächelte schief. »Beides. Vermutlich.«

Für einen Moment sahen sie sich schweigend in die Augen, und Liv verspürte ein Wirrwarr der unterschiedlichsten Gefühle. Da war immer noch Liebe und Zuneigung, aber auch Traurigkeit und Skepsis.

Dann lief Jan an ihr vorbei und zog hinter sich die Tür ins Schloss.

Sie war wieder allein.

~

Liv stand vor dem Spiegel und warf einen letzten Blick hinein. Ja, sie konnte sich wirklich sehen lassen.

Nachdem sie gestern, auf der Suche nach einem passenden Outfit, ihren Kleiderschrank durchstöbert und festgestellt hatte, dass nichts dabei war, was ihr für das Treffen mit *Grisu* gefiel, war sie schließlich shoppen gegangen. Als sie das hellblaue Wollkleid entdeckt hatte, war sie sofort hin und weg gewesen. An der Kasse hatte sie dann das schlechte Gewissen gedrückt, weil sie für diesen besonderen Zweck Geld ausgab. Sie war immerhin verheiratet! Zuhause in Bamberg hätte sie bestimmt etwas in den Untiefen ihres Schrankes gefunden. Doch als Reisegepäck hatte sie eben nur Wohlfühlklamotten mitgenommen. Sie hatte ja nicht ahnen können, dass …

Himmel! Sie hatte tatsächlich ein Date!

Allein bei dem Gedanken wurde sie nervös. Das letzte Mal war so lange her … Erinnerungsfetzen, wie sie Jan damals begegnet war, flackerten vor ihrem inneren Auge auf, doch Liv schob sie rigoros beiseite. Dafür war jetzt absolut nicht der richtige Zeitpunkt. Sie war ja schon froh, dass er gestern nicht da gewesen war, um mitzubekommen, wie sie sämtliche Klamotten aus dem Schrank geholt, angezogen und auf den aussortierten Stapel aufs Bett geworfen hatte. Er hätte sicherlich nachgefragt, was die Aktion sollte. Was hätte sie ihm dann antworten sollen?

Wieder überkamen sie Zweifel, ob sie wirklich mit der Fähre aufs Festland übersetzen wollte, um mit dem Zug nach Emden zu reisen.

Aber etwas in ihr sagte, dass sie es einfach tun musste. Wie oft im Leben kam es vor, dass man jemanden kennenlernte, der einem seelenverwandt schien? Sie würde es sich nie verzeihen, wenn sie sich diese Chance entgehen ließe. Und vielleicht unterlag ihr Gefühl ja auch einem Trugschluss, und *Grisu* war in Wirklichkeit gar kein so wunderbarer Mensch, wie er sich per Textnachricht gab? Ein Teil von ihr hoffte sogar darauf, doch der Rest wünschte sich, dass er genauso war, wie sie ihn sich vorstellte. Und nachdem ihre Ehe sowieso schon in Schieflage geraten war – schiefer ging es kaum mehr –, hatte sie im Grunde doch nichts zu verlieren. Oder?

Wo Jan wohl steckte? Was er gerade machte? Hatte er ihr die Wahrheit gesagt, bezüglich seines Jobs in Kiel? Oder war es nur eine Ausrede gewesen, um von ihr wegzukommen? Damit er sich sammeln konnte, bevor sie erneut aneinandergerieten? Hatte sich jetzt er eine kurze Auszeit genommen, unter dem Vorwand arbeiten zu müssen? Oder hatte er tatsächlich ein Verhältnis und sich entschlossen, lieber seine neue Flamme zu treffen, anstatt sich weiter mit seiner Frau zu streiten?

Fragen über Fragen, dachte Liv bedrückt. Und das alles vor Weihnachten! Ihre Mutter hatte sie auch schon wieder kontaktiert, wegen der Planung zum großen Familienfest. Aber Liv hatte bisher nicht geantwortet. Sie wusste doch selbst nicht, wie es weitergehen sollte.

Die Uhr im Wohnzimmer schlug zur vollen Stunde. Liv erstarrte. Wenn sie sich nicht beeilte, würde sie noch die Fähre verpassen.

Jan traute seinen Augen nicht. Blinzelnd stand er schräg hinter einem Betonpfeiler und starrte zu dem Zweiertisch, an den sich soeben eine Frau setzte, die unübersehbar einen großen Schoko-Nikolaus vor sich auf dem Tisch platzierte. Das war ihr Erkennungsmerkmal, passend zum sechsten Dezember, weil ihnen nichts Besseres eingefallen war. Nur, dass es nicht irgendeine Frau war – es war *seine* Frau!

Er schüttelte den Kopf. Vielleicht bildete er es sich auch bloß ein, weil ihn das Gewissen drückte und *Morticia* Liv rein zufällig nur ähnlich sah?

Immerhin schlenderte er seit einer kleinen Ewigkeit schon im *DollartCenter* herum. Es war das größte Shoppingcenter Ostfrieslands und bot alles an, was das Herz begehrte. Neben zahlreichen Geschäften gab es hier einen Chinesen mit recht schönem Ambiente und Buffet. Da er noch nie ein Blind Date gehabt hatte und sich nicht sicher war, wie es verlaufen würde, hatte er absichtlich ein Restaurant in der Öffentlichkeit ausgewählt. Hier konnte man sich beschnuppern, etwas essen und trinken, und wenn es passte, anschließend noch woanders hingehen. Sollte es ein Reinfall werden, hatte er sich überlegt, wäre man schnell in der Lage, in der Besuchermenge unterzutauchen. Jan hatte wirklich geglaubt, damit alle Eventualitäten berücksichtigt zu haben. Doch mit so was hatte er nicht gerechnet. Wie auch?

Oder spielte ihm sein Gewissen doch nur einen bösen Streich?

Jan schlich von seinem Sichtschutz weg zum Centermarkt-Christbaum. Er war wuchtig, mit silbernen wie goldenen Kugeln geschmückt und ausladend genug, um sich dahinter zu verstecken, stand allerdings etwas näher zum besagten Tisch. Die Sicht war perfekt, aber an seinem ersten Eindruck änderte sich nichts.

Es war eindeutig Liv, die da saß und sich wartend umblickte. Als sie den Kopf in seine Richtung wandte, zog er sich schnell hinter dem Tannengrün zurück. Plötzlich raste sein Puls. Er atmete dreimal tief durch, bevor er erneut um die Ecke lugte.

Sie war richtig hübsch. Das hellblaue Wollkleid kannte er gar nicht, aber es stand ihr hervorragend. Ihr dunkelbraunes Haar mit dem frechen Schnitt bildete einen tollen Kontrast. Sie hatte sogar Lippenstift aufgelegt, sodass ihr süßer Mund reizvoll leuchtete. Das tat sie nur selten. Warum eigentlich?

Ja, wenn er sie so betrachtete, kam er nur zu einem Schluss: Sie war ein verdammt heißer Feger. Etwas wie Besitzerstolz machte sich in ihm breit. Das war seine Frau!

Sie hatte sich damals für ihn entschieden, und er hatte sich oft gefragt, womit er sie von sich hatte überzeugen können.

Doch dann fiel ihm ein, dass sie jetzt hier war, um einen anderen kennenzulernen. Um sein Herz zog sich eine Schlinge. Liv war wirklich bereit, ihr Leben in neue Gewässer zu lenken. Mürrisch guckte er zu ihr hinüber. Hoffentlich spürte sie seinen Unmut!

Jemand rempelte ihn versehentlich an. Der flüchtige Stoß erinnerte ihn an seine Anwesenheit. Sein Blick schwenkte erneut zu Liv. Wer war er, dass er ihr daraus einen Vorwurf machte? Schließlich war er selbst gerade dabei, neue Wege zu beschreiten. Und anders als Liv hatte er dafür sogar gelogen. Er hatte ihr erzählt, er wäre in Kiel bei einem Kunden. Stattdessen war er schnurstracks nach Emden gefahren, kaum dass sie das Date vereinbart hatten. Er hatte sich umsehen wollen, um einen Ort für ihr Treffen zu finden. Dass er somit ganz nebenbei etwas Abstand zwischen sich und seine vermutlich zu Recht wütende Ehefrau bringen konnte, war ein hübsches Nebenprodukt gewesen. Zumal er dadurch obendrein von der Insel runterkam.

Am Festland hatte Jan sich sofort um einige Nuancen entspannt und sich wieder mal gedacht, dass diese Insel einfach mit lebensverändernden Umständen behaftet war. Dann hatte er

Liv und ihre Eheprobleme aus seinem Kopf verbannt und sich nur noch auf sein Date mit *Morticia* konzentriert.

Morticia, er wusste gar nicht, dass Liv sich auf Facebook so nannte. Wie sie wohl gerade auf diesen Namen kam? Jan schätzte, dass sicherlich ihre Freundinnen irgendwas damit zu tun hatten.

Er selbst hatte sich für *Grisu* entschieden, weil er die Zeichentrickserie in seiner Kindheit so geliebt hatte und zufällig im Netz darüber gestolpert war, als er sich gerade bei Facebook registrieren wollte. Das war erst vor wenigen Wochen gewesen. Als ihn die zunehmende Stille daheim zu erdrücken schien und er sich mehr und mehr in den Job gestürzt hatte. Bei einem besonders kniffligen Fall hatte er an seinen Studienkollegen Tommy denken müssen, der seinen Abschluss noch einen Tick besser als Jan hingelegt hatte. Tommy war ein erstklassiger IT-ler gewesen, und Jan hatte sich plötzlich gefragt, was sein alter Kumpel heute so trieb. Also hatte er versucht, ihn über Facebook ausfindig zu machen. Vielleicht konnte er ihm bei seinem aktuellen Softwareproblem sogar helfen, hatte Jan gedacht. Doch die Annahme, Tommy im Netz gefunden zu haben, hatte sich als Fehlinterpretation entpuppt. Nur deswegen war er in diesem Gruppenchat gelandet. Dann war auf einmal *Morticia25* aufgetaucht, und irgendetwas hatte ihn dazu verleitet, ihr zu schreiben …

Jan schloss für einen Moment die Augen. Er konnte es immer noch nicht glauben – dass Liv *Morticia* war! Vermutlich hatten sie sich geschrieben, während sie miteinander am Sofa gesessen hatten. Unwillkürlich musste er schmunzeln, und da merkte er, dass er sich über die verblüffende Wendung freute.

Als er die Lider wieder öffnete, schaute er unvermittelt in eine Weihnachtskugel, und sein eigenes verzerrtes, unförmiges Gesicht blickte ihm entgegen. Plötzlich musste er an eine Glaskugel denken, dazu diese surreale Situation, in der er sich befand – hatte das alles einen höheren Sinn?

Jan glaubte zwar nicht an Schicksal und Vorhersehung, aber mal ehrlich, die Chance, dass er im World wide Web ausgerechnet mit seiner eigenen Frau anbandelte, war eins zu einer Milliarde oder so!

Vielleicht gab es also doch so was wie einen göttlichen Plan?

Er dachte an ihr Eheversprechen. ›In guten wie in schlechten Zeiten‹, hatten sie sich einst geschworen. Aber obwohl sie sich beide Mühe gegeben hatten, hatten sie es trotzdem in den vergangenen Monaten nicht geschafft, die vom Leben auferlegten Bürden gemeinsam zu meistern.

War das also jetzt die Chance, es doch noch zu schaffen? Seine Gelegenheit, Liv zurückzuerobern? In ihrem Nachrichten-Chat hatten sie sich so blendend verstanden wie früher. Es war also noch da – das gewisse Etwas zwischen ihnen.

Aber wie sollte er die Möglichkeit nutzen?

Wenn er jetzt einfach zu ihr ging, würde er damit kaum verlorenen Boden gutmachen, so wie sie gerade zueinander standen. Falls sie ihm auf Grund dessen überhaupt glaubte, dass er *Grisu* war. Nein, das musste er anders angehen.

Aber so einfach sitzen lassen wollte er sie auch nicht. Sie schaute sich bereits nervös um. Was nicht verwunderlich war. Er war bereits fünf Minuten zu spät!

Ebenfalls unruhig trat er von einem Bein aufs andere. Immerhin brachte ihr der Kellner etwas zu trinken und räumte ihm damit noch eine Galgenfrist ein.

In einiger Entfernung hinter ihm bimmelte ein Nikolaus mit einer Glocke. Sämtliche Kinder liefen mit erwartungsvollen Gesichtern auf ihn zu. Und da kam Jan eine Idee.

14

Liv schaute sich suchend um. Außer an ihrem Tisch stand nirgends ein Schoko-Nikolaus. Sie warf einen Blick auf die Uhr. *Grisu* war bereits zwanzig Minuten zu spät. Sie nippte erneut an ihrer Cola. Ihr Herz flatterte, aber das hatte nichts mit dem Koffein zu tun. Ob er Probleme hatte, einen Parkplatz zu ergattern? Quatsch! Sie befanden sich in einem Einkaufszentrum, das haufenweise Stellflächen bot. Aber warum war er dann nicht da? Vielleicht wurde er aufgehalten? Vom Feierabendverkehr oder dem Job? Ja, so was in etwa musste es sein.

Aber dann hätte er dir doch wenigstens eine Nachricht schicken können, sinnierte ihre innere Stimme.

Liv beugte sich vor und drehte den Nikolaus im glänzenden Alupapier spielerisch von einer zur anderen Seite. Die dumpfe Ahnung, dass er es sich anders überlegt haben könnte, gewann in ihr allmählich die Oberhand. Unter ihren Fingern spürte sie, wie ein Schokoladenstück einbrach. Jetzt hatte der Schoko-Weihnachtsmann eine unschöne Delle am Hintern.

Liv grunzte leise. Enttäuschung machte sich in ihr breit.

Vermutlich ist es besser so, erklärte ihre Vernunft pragmatisch. *Du bist gebunden und solltest überhaupt kein Date haben!*

Sie lugte auf ihren Ehering. Ihn abzunehmen, daran hatte sie gar nicht gedacht. Das sagte doch einiges über sie aus. Oder etwa nicht? Nur was, davon hatte Liv selbst keinen blassen Schimmer, denn sie saß ja trotzdem hier …

Grübelnd starrte sie vor sich hin. Aus den Augenwinkeln nahm sie eine Gestalt wahr, die auf sie zukam. Aber sie beachtete sie nicht. Die Person war wuchtig und viel zu rot angezogen, als dass es *Grisu* hätte sein können. Dessen war sie sich, auch ohne direkt hinzusehen, sicher. Erst als sie an ihrem Tisch stehen blieb, schaute Liv auf und blinzelte völlig überrascht.

Neben ihr stand niemand anders als der Nikolaus persönlich. Na ja, zumindest einer seiner Doppelgänger.

»Entschuldigung. Morticia, nicht wahr?«, raunte er, und Liv klappte der Kiefer hinab.

Er wusste, wer sie war? Mit aufgerissenen Augen guckte sie ihn an.

Er war dick, aber man konnte deutlich erkennen, dass er sich behelfsmäßig etwas unters Kostüm geschoben hatte. Vielleicht ein Kissen? Der Bauch wirkte an manchen Stellen fast eckig. Sein Gesicht war kaum zu erkennen. Der weiße Bart war derart großzügig aufgeklebt, dass er kaum Fläche frei ließ. Und die rote Bommelmütze tat ihr Übriges. Sie war bestimmt zwei Nummern zu groß, sodass ihm der weiße Kunstpelzsaum fast bis in die Augen hing.

Auf einmal musste sie lachen. Zuerst gickelte sie nur, aber je länger sie ihn betrachtete, desto weniger konnte sie an sich halten. Denn irgendwie war er süß und urkomisch, der Nikolaus, der sich Mühe gab, einer zu sein, und doch so offensichtlich versagte. Er wirkte wie eine witzige Karikatur, die zum Leben erwacht war.

Beschämt schlug sie sich die Hand vor den Mund. Sie wollte

ihm schließlich nicht das Gefühl geben, ausgelacht zu werden. Was sie auch nicht tat.

»Sie sind also Morticia?«, fragte er nochmal. Sein übermäßiger Bart hob sich, weshalb sie davon ausging, dass er selbst zu lächeln schien.

»Ja.« Immer noch kichernd nickte sie und überlegte, was jetzt wohl folgte. Der Nikolaus war seit ihrer Kindheit nicht mehr zu ihr gekommen.

»Ich soll Ihnen eine Nachricht überbringen«, meinte er, und Liv erstarrte.

»Sie gehören aber nicht zu diesen Kerlen, die singende Telegramme überbringen?«

»Wie meinen?«

»Na, Sie wissen schon. Jemand, der Botschaften in Reimversen überbringt und dazu singt und tanzt. Ich hab das gestern erst wieder in einem Film gesehen.« Und diese Szenen waren immer superpeinlich für den Adressaten, aber das behielt sie anstandsweise lieber für sich. Unwillkürlich schaute Liv sich um. Das Restaurant hatte sich gefüllt. Wenn der Nikolaus jetzt zu grölen anfing, wäre sie hundertpro der Hingucker des Tages.

Der Mann in Rot sah sie verdutzt an. »Ähm, wir sind hier nicht in Hollywood, Lady.«

»Gott sei Dank! Sie glauben gar nicht, wie froh ich im Moment darüber bin.«

»Hm.« Er begann etwas umständlich, in seinem Sack zu wühlen, der Liv bis dahin gar nicht aufgefallen war. Plötzlich hielt er inne und guckte zu ihr auf. »Aber wenn Sie das möchten, kann ich bestimmt improvisieren«, bot er ihr an.

Liv gluckste. »Nein danke, bemühen Sie sich nicht. Welche Nachricht haben Sie denn nun für mich?«

Er zog ein Stofftier aus dem Sack.

»Sind Sie sicher, dass Sie zu mir wollen?«, erkundigte sich Liv, als sie es erkannte.

»Also, wenn Sie Morticia sind, dann bin ich richtig«, antwortete er und stellte vor ihr die Plüschfigur auf den Tisch.

Aber nicht irgendeine, es handelte sich um den kleinen Drachen Grisu, der einen Feuerwehrschlauch in der Hand hielt.

»Was? Wie? Warum …?«, stammelte sie.

»Ich soll Ihnen ausrichten, dass es ihm leidtut, weil er nicht kommen kann. Er erklärt es Ihnen später. Bis dahin möchte er sich damit bei Ihnen entschuldigen, für den Aufwand, den Sie hatten herzukommen. Er hofft, Sie essen trotzdem etwas. Die Rechnung ist bereits für Sie bezahlt«, krächzte der Nikolaus. Er klang irgendwie heiser, wahrscheinlich hatte er schon den ganzen Tag Kinder bespaßt.

Aber Liv nahm das nur am Rande wahr. Sie war zu sehr damit beschäftigt, das Gehörte zu verarbeiten.

Als der Nikolaus sagte, »Dann schönen Abend noch«, und sich zum Gehen wandte, nickte sie nur und murmelte: »Danke, Ihnen auch.«

Erst als er bereits fast völlig aus ihrem Sichtfeld verschwunden war, schaute sie ihm nach. Doch da war es zu spät, um ihm den alten Hausmittel-Tipp – eine schöne Tasse Salbeitee mit Honig für seine malträtierte Stimme – mit auf den Weg zu geben.

»Liv?« Jan blieb vor ihr stehen, als sie gerade vom Buffet zurückkam.

Die Überraschung war ihr anzusehen. Um Haaresbreite hätte sie ihren vollbeladenen Teller fallen lassen.

»Jan«, hauchte sie. »Was machst du denn hier?«

»Ich, ähm, hatte einen Kundentermin und wollte noch was essen gehen.«

»So?« Sie runzelte die Stirn. »Ich dachte, der wäre in Kiel gewesen. Dafür liegt Emden ziemlich weit entfernt.«

»Stimmt.« Er lächelte schief. Dass er seine Anwesenheit erklären musste, war ihm natürlich bewusst gewesen. Aber um sich vorzubereiten, hatte ihm die Zeit gefehlt. Doch im Improvisieren war er seit jeher ein Ass. »Dort war ich auch, doch dann hat sich hier noch jemand gemeldet. Also hab ich das eben gleich mit reingeschoben. Wenn ich schon mal in der Gegend bin.«

»Ah ja.« Sie stellte ihren Teller ab.

»Darf ich mich zu dir setzen?« Er deutete auf den Platz ihr gegenüber. »Oder erwartest du noch jemanden?«

Für den Bruchteil einer Sekunde wurde sie bleich. »Nein, nein«, beeilte sie sich dann zu sagen. »Wer sollte denn kommen? Ich kenn doch hier niemanden.«

Jan grinste in sich hinein. Sie tat ihm fast ein bisschen leid. Aber ganz so einfach wollte er es ihr auch nicht machen.

»Richtig.« Er rutschte auf den freien Stuhl. »Was führt dich eigentlich nach Emden?«

»Och.« Sie legte sich ihre Serviette auf den Schoß und zupfte sie lange zurecht. »Weihnachten naht, und ich dachte, ich sehe mich mal nach Geschenken um.«

»Hm. Und? Hast du was gefunden?«

Sie schaute auf ihre Shopperbag, er folgte ihrem Blick. Die Tasche wirkte nicht aufgebläht, und Einkaufstüten hatte sie ebenfalls keine dabei. Vermutlich war das einzig Neue darin der kleine Plüsch-Grisu, den er im Vorbeilaufen in der Spielwarenabteilung entdeckt hatte. Zufälle gab es manchmal! Jan hatte sein Glück kaum fassen können und eilig einen davon gegriffen, während er zur Kasse gehetzt war, um das Nikolauskostüm zu bezahlen.

»Nein, irgendwie nicht«, gestand Liv und wandte sich wieder ihrem Teller zu.

Jan biss sich auf die Zunge, um sich nichts anmerken zu

lassen. Diese Scharade aufrechtzuerhalten, war deutlich schwerer, als er gedacht hatte.

»Sag mal, bist du hergejoggt? Du siehst verschwitzt aus«, stellte Liv jetzt obendrein fest.

»Was? Ähm, nein. Ich bin mit dem Wagen da«, stammelte er und überlegte hastig, welche Erklärung er dafür abgeben könnte. In dem Kostüm und dem dicken Bart, den er sich überstürzt so ins Gesicht gepappt hatte, dass Liv ihn hoffentlich nicht erkennen konnte, war ihm wirklich der Schweiß ausgebrochen. Das dicke Kissen, das er sich vor den Bauch gestopft hatte, hatte sein Übriges beigetragen. Ebenso wie die Sorge, dass sie ihn trotzdem in der Aufmachung entlarven würde.

Hinter ihm nieste jemand, und da fiel ihm die passende Ausrede ein.

»Aber seitdem ich im Einkaufscenter bin, ist mir tatsächlich heiß geworden«, sagte er, was ja auch der Wahrheit entsprach. »Vielleicht hab ich mich erkältet? Die Nordseeluft ist ganz schön kalt, das bin ich – sind wir – nicht gewöhnt.« Er schaute sie liebevoll an. Seitdem er wusste, dass sie als *Morticia* Gefallen an ihm fand … Oder umgedreht, dass er sie als *Grisu* derart beeindruckt hatte, dass sie sogar zu einem Date mit ihm bereit war, hatte sich in ihm etwas verändert. Er konnte sie immer noch zum Plaudern und zum Lachen bringen! Ja, wenn er daran dachte, wie wenig sie seit ihrer Abreise miteinander gesprochen und es als *Morticia* und *Grisu* dennoch getan hatten – mehrmals täglich sogar! –, breitete sich ein unbeschreibliches Glücksgefühl in ihm aus.

»… lange Spaziergänge unternommen, und mir fehlt nichts«, hörte er sie sagen. Er riss sich zusammen und konzentrierte sich wieder auf Liv.

»Das ist schön. Wo warst du denn schon überall? Am Leuchtturm? Bei dem Wrack am Ostende? Am Astrolehrpfad?«

Liv, die gerade eine vollbeladene Gabel in den Mund stecken wollte, hielt in der Bewegung inne.

»Also, um ehrlich zu sein, noch nirgendwo davon.«

»Was?« Ungläubig lehnte Jan sich zurück.

»Ich bin oft an der Strandpromenade spazieren gegangen, bis hin zur weißen Düne. Und auf der Thalasso-Plattform am Zuckerpad war ich auch schon.«

»Oh, die kenne ich gar nicht.«

»Dafür aber scheinbar all die anderen sehenswerten Stellen auf Norderney.«

Jan zuckte mit den Schultern. »Als Kind war ich praktisch jede freie Minute auf der Insel. Natürlich haben meine Eltern und Großeltern mit mir was unternommen. Weißt du, so ein Wrack ist für einen Sechsjährigen ziemlich cool. In dem Alter stehen Piraten hoch im Kurs.«

Er zwinkerte ihr verschwörerisch zu.

Liv grinste. »Kann ich mir vorstellen.«

»Der Astrolehrpfad wurde dann später interessant. Denn nachdem meine Begeisterung für Piraten abgeflaut war, hab ich *Star Trek* entdeckt. Du weißt schon, eine Reise in ungeahnte, fremde Galaxien.« Er hob grinsend die Hand und ließ sie symbolisch in die Ferne gleiten.

Jetzt lachte Liv auf. »Und wohin hat dich deine Reise geführt? Nach Bamberg.«

»Tja, das war bis dahin auch eine fremde Galaxie für mich als Nordrhein-Westfale.«

»Stimmt. Ich erinnere mich noch gut, wie skeptisch du das Rauchbier im *Schlenkerla* betrachtet hast.«

»Siehst du? Apropos. Ich werde jetzt auch mal eben in eine ferne Galaxie abschweifen und mir schnell was zum Essen holen.«

Liv schaute ihm über die Schulter hinweg nach. Fast beschwingt lief er zum Buffet. So gutgelaunt hatte sie Jan schon lange nicht mehr erlebt. Ob er bei seinem Termin erfolgreich einen neuen Kunden für sich hatte gewinnen können? Oder freute er sich einfach, von Norderney weggekommen zu sein?

Dass er überhaupt auf die Insel gefahren war … Nur wegen ihr! Sie bedeutete ihm immer noch was. Das wurde ihr erst jetzt richtig bewusst.

Was für ein Zufall, dass sie sich nun hier begegneten! Und was für ein Glück, dass *Grisu* verhindert war! Sie wollte sich gar nicht ausmalen, was passiert wäre, wenn die beiden aufeinandergetroffen wären …

Trotzdem verspürte sie einen Hauch von Traurigkeit, dass ihr Treffen mit dem Mann aus dem Internet nicht stattfand. Nachdem sie sich dazu entschlossen hatte, war sie doch gespannt, wie er im echten Leben war. Na, immerhin hatte er sie nicht einfach versetzt, sondern sich mit seiner Entschuldigung wirklich Mühe gegeben.

»Was grinst du denn so?«, wollte Jan wissen und sank auf seinen Stuhl.

Liv hatte ihn gar nicht kommen gehört, ebenso wenig wie sie bemerkt hatte, dass sie offenbar lächelte.

»Och, ich hab nur an den Nikolaus gedacht, der mich vorhin, ähm … angesprochen hat«, gab sie zu.

»Ach wirklich? Und was war an dem so komisch?«

»Du hättest ihn sehen sollen.« Unvermittelt kicherte sie wieder. »Sein Kostüm war mindestens zwei Nummern zu groß. Seine Mütze ist ihm bis über die Ohren gerutscht, sodass er kaum aus den Augen schauen konnte. Und obendrein war er noch heiser, der arme Kerl.«

Jan gluckste. »Er scheint dich ja echt beeindruckt zu haben.«

»›Amüsiert‹ trifft es besser.«

»Das merke ich. Und was wollte er von dir?« Aufmerksam sah Jan sie an.

Plötzlich wurde Liv flau. Es war so natürlich, dass sie ihm von ihren Erlebnissen erzählte, weshalb sie es auch jetzt getan hatte. Doch den wahren Grund des Nikolausbesuchs konnte sie ihm unmöglich sagen!

»Öhm, nichts eigentlich. Ich hab ihm vermutlich leidgetan, weil ich alleine dasaß. Deshalb hat er mir einen seiner Schokokumpels geschenkt.« Zum Beweis hielt sie schnell den Nikolaus im Alupapier hoch.

»Das ist ja wirklich nett. Und interessant. Du lässt dich also von dicken Männern mit weißem Bart anreden, die mit Geschenken wedeln?«

»Nur wenn sie ein Faible für Rot haben und einzig am sechsten Dezember.«

»Na, dann bin ich ja beruhigt.«

Belustigt sahen sie einander an.

Dann stopfte sich Jan eine Garnele in den Mund.

»Hey, wo hast du die denn gefunden?«, fragte Liv.

»Da hinten.« Er deutete mit der Gabel zum Ende des Buffets. Oder dem Anfang, je nachdem, wie man es betrachtete.

»Oh, die Schale war vorhin leer.«

»Wenn du magst, nimm dir welche von mir«, bot er an.

Als sie zögerte, spießte er eine weitere auf und hielt sie ihr unter die Nase. Liv überlegte kurz, bevor sie sie sich schnappte.

Jan spitzte die Lippen und schaute ihr zu, wie sie den Happen genoss. Es war schon ewig her, dass er sie gefüttert hatte, in aller Öffentlichkeit. Vielleicht ging Liebe ja doch durch den Magen? Es fühlte sich jedenfalls gut an. So vertraut, irgendwie …

Da Liv ihre Portion inzwischen ratzeputz aufgegessen hatte, lehnte sie sich pappsatt zurück und schaute Jan beim Schlemmen zu.

»Wie willst du heute Nacht eigentlich noch zurückkommen?«, fiel ihm ein. »Die letzte Fähre nach Norderney ist schon lange weg.«

»Gar nicht. Ich hab mir in Emden ein Zimmer für die Nacht genommen.«

Liv kaute nervös an ihrer Unterlippe. Natürlich würde er jetzt fragen, warum sie nicht frühmorgens ihren Ausflug gestartet hatte, um die letzte Überfahrt nutzen zu können. Das war von Anfang an der Haken bei der Sache mit ihrem heimlichen Date gewesen. Vor allem wenn man eine Nuance weiterdachte. Ein Date und ein Hotelzimmer! Da lag die Schlussfolgerung auf der Hand. Doch so war es keinesfalls von ihr geplant gewesen! Selbst wenn sie *Grisu* getroffen hätte, hätte sie niemals diesen Schritt getan. Da war sie sich sicher. Das Zimmer war einzig der Umstände geschuldet, dass sie nun mal nachts nicht auf die Insel zurückkehren konnte. Weshalb sie mehr als froh gewesen war, dass Jan ebenfalls unterwegs war. Sie hätte nicht gewusst, wie sie ihm das hätte verkaufen sollen. Und daran hatte sich auch jetzt nichts geändert.

Aber überraschenderweise ließ Jan es dabei. Er guckte nur kurz komisch, aber das konnte auch reine Einbildung sein.

»Und du? Fährst du noch nach Kiel zurück?« Das wäre ein ziemlich weiter Weg, nur um ein Bett zum Schlafen zu haben.

»Nein, ich hab mir auch was vor Ort gesucht.«

»Du kannst doch bei mir schlafen«, sagte sie aus einem Impuls heraus.

Ihre Blicke trafen sich. Er war ihr Ehemann. Natürlich konnte er das. Oder nicht?

Liv dachte an ihren Streit und daran, wie die Dinge zwischen ihnen standen. Sie war in Emden, um einen anderen zu sehen. Und Jan? Er war womöglich bereits auf der Suche nach einer Frau, die ihm das Kind schenken konnte, das er sich so sehr wünschte …

»Was denkst du?« Sie wollte wissen, ob ihm Ähnliches durch den Kopf ging.

Er verharrte einen Augenblick. War jetzt der Punkt gekommen, an dem sie die Karten auf den Tisch legten?

»Ich denke … ich hab Hunger«, meinte er jedoch nur und machte sich erneut über seinen noch halbvollen Teller her.

Liv atmete aus. Sie hatte gar nicht bemerkt, dass sie die Luft angehalten hatte. Das plötzliche Schweigen zwischen ihnen schien sich auszubreiten, also sprang sie auf, um sich gebackene Banane mit Vanilleeis zum Nachtisch zu holen. Dabei hatte sie momentan gar keinen Appetit. Aber so konnte sie der seltsam anmutenden Situation entfliehen.

Wie schnell sich manchmal doch alles ändern konnte, dachte sie, während sie sich am Buffet bediente. Eben saßen sie noch einträchtig zusammen, und in der nächsten Minute holten sie ihre Probleme ein.

Als sie zurückkam, schob sich Jan gerade den letzten Bissen in den Mund.

»Oh, das sieht lecker aus. Da hol ich mir auch gleich was.« Schon sprang er auf.

Liv setzte sich. Ihm erging es offenbar ebenso wie ihr. Plötzlich wussten sie sich nichts mehr zu sagen …

Doch als er wieder da war, plapperte Jan, als wäre die peinliche Stille zwischen ihnen nie eingetreten. War sie also vielleicht zu kritisch und ihr schlechtes Gewissen so groß, dass sie etwas hineininterpretierte, das gar nicht vorhanden war?

Sie entspannte sich jedenfalls zunehmend, und als Jan sie mit einer Anekdote aus seinem Studentenleben zum Lachen brachte, hatte sie den kleinen Zwischenfall so gut wie vergessen.

»… ja-ja, Tommy, der alte Haudegen, hatte es wirklich faustdick hinter den Ohren. In mehrerlei Hinsicht.« Jan zwinkerte ihr vielsagend zu. »Echt schade, dass der Kontakt abgebrochen ist.

Vor ein paar Wochen habe ich versucht, ihn ausfindig zu machen.«

»Die Geschichten kannte ich noch gar nicht.«

»Tja, es gibt noch so einiges von mir, was du nicht weißt.«

»Das merke ich. Und wieso?«

Er schnalzte belustigt mit der Zunge. »Sagen wir mal so: Wenn du meine Geheimnisse kennen würdest, müsste ich dich leider töten.«

»Ach ja? Willst du damit andeuten, dass du ein Geheimagent bist, und immer wenn du auf Geschäftsreise gehst, eben mal schnell die Welt rettest?«

Seine Brauen hoben sich, und in seinen Augen blitzte der Schalk. »Darauf verweigere ich die Aussage. Nur so viel: In letzter Zeit überschlägt sich das Weltgeschehen, findest du nicht auch?«

»Ja, das ist nicht von der Hand zu weisen. Aber vielleicht bindest du mir gerade auch nur einen Bären auf. Ich glaube vielmehr, du bist einer der meistgesuchten Hacker. Deshalb sitzt du so viel im Büro. Vor allem nachts, wenn alle schlafen.« Sie funkelte ihn an.

»Das wäre auch eine Möglichkeit. Aber wie erwähnt, ich darf mich dazu leider nicht äußern. Zu deiner eigenen Sicherheit.«

Sie lachte auf. »Dann werde ich besser mal nicht weiter nachfragen, oder?«

Er nickte. »Aber … du könntest mir einen Gefallen tun.«

»Und welchen?« Jetzt war sie echt gespannt.

»Geh mit mir noch in eine Bar was trinken. Das wäre super für meine Tarnung«, behauptete er.

»Soso. Das heißt, du bist nicht zufällig in Emden?«

Jan räusperte sich, als fühlte er sich tatsächlich ertappt.

»Nein, ich hatte einen triftigen Grund herzufahren. Also gut, ich verrate es dir.« Er beugte sich über den Tisch näher zu ihr. »In Emden gibt´s doch das *Otto Huus*. Wir vermuten, dass es die

Hauptzentrale der Komiker-Mafiosi ist. Ihr Ziel ist es, mit ihren Witzen die Glückshormone der Menschheit dauerhaft zu aktivieren, damit sie überhaupt nicht mitbekommen, wie die heimlich die Weltmacht übernehmen«, flüsterte er.

Liv japste los, doch Jan hielt sich sofort den Zeigefinger vor den Mund.

»Sch... Nicht so laut. Das ist topsecret.«

Liv biss sich auf die Lippe. »Klar. Natürlich.«

»Also bist du dabei? Begleitest du mich noch auf einen Drink, um meine Mission nicht zu gefährden?«

»Da kann ich wohl schlecht Nein sagen.«

»Super. Ich geh nur schnell die Rechnung begleichen, dann können wir los.«

»Oh, mein Essen ist schon bezahlt. Ich ähm ... hab das im Voraus erledigt«, stammelte sie. Ob er ihr das abnehmen würde?

Jan schaute verdutzt, nickte aber nur.

15

Jan fühlte sich wie zu Studienzeiten. Als ihm als junger Erwachsener noch alle Türen offenstanden, er voller Elan war und das Leben einfach nur genossen hatte. Vielleicht hatte er deshalb auch von Tommy erzählt. Es wäre wirklich schön, ihn doch noch ausfindig zu machen. Aber viel mehr lag ihm gerade an den Stunden mit Liv.

Ihr Geplänkel, mit dieser Portion Übermut, mit dem sie fantasierten, war so herrlich spaßig. Und so unerwartet! Ein bisschen so, als würden sie sich eben erst kennenlernen. Dass so was noch möglich war nach der langen gemeinsamen Zeit, hätte er nie für denkbar gehalten.

Eventuell lag es an seiner Rolle als *Grisu*, die er seit der Erkenntnis, dass Liv *Morticia* war, in ihrer Gegenwart irgendwie nicht abstreifen konnte. Aber wie sich zeigte, schadete das nicht. Im Gegenteil. Er betrachtete sie dadurch unvoreingenommen, mit neuem Blick. Und das, was er sah, gefiel ihm äußerst gut. Sie war nicht nur hübsch, sondern auch klug und besaß Humor. Natürlich wusste er das längst, aber derart deutlich wurde es ihm erst jetzt wieder.

Allerdings musste er aufpassen, dass er sich nicht verriet. So wie vorhin, als sie ihm mitgeteilt hatte, dass ihre Rechnung beim Chinesen bereits beglichen war. Da hätte er um Haaresbreite gesagt: ›Das weiß ich doch.‹ In letzter Minute hatte er sich zurückhalten können. Glücklicherweise hatte Liv seine Miene als Erstaunen aufgefasst.

Aber ihr erging es bestimmt nicht anders. Als sie ihm erzählt hatte, dass sie Besuch vom Nikolaus bekommen hatte, war sie kurz um eine Erklärung verlegen gewesen.

Unvermittelt schmunzelte er in sich hinein.

»Wirkt der Cocktail schon?«, fragte Liv, die sich rasch frischgemacht hatte und sich wieder auf den Barhocker neben ihm schob.

»Scheint so. Dieser *Snowstorm Punch* ist echt lecker.« Er prostete ihr zu.

»Ja, mein *Santas Lady Wintercocktail* schmeckt auch verführerisch gut.«

»So?« Er schenkte ihr einen schmeichelnden Blick. Ihre roten Lippen umschlangen den Strohhalm, und ihr Wollkleid schmiegte sich wie eine flauschige zweite Haut um ihren sexy Körper. Oh ja, ›verführerisch‹ traf es ziemlich gut. In seinem Unterleib regte sich etwas.

Dann wurden ihm seine Gedanken bewusst. Puh! Was so ein einziges Wort auslösen konnte … Doch er würde das zarte Pflänzchen, das zwischen ihnen gerade heranwuchs, mit Sicherheit nicht mit derartigen Banalitäten zerstören.

»Du siehst sehr hübsch aus. Hab ich dir das schon gesagt?«, meinte er stattdessen.

»Nein, aber danke schön.« Liv lächelte verlegen. »Das Kleid hab ich gestern im Schaufenster gesehen und musste es einfach haben.« Nun, das entsprach nicht ganz der Wahrheit, doch so genau wollte sie es heute damit nicht nehmen. So wohl hatte sie sich in Jans Gegenwart schon länger nicht mehr gefühlt. Wenn sie ihm von dem eigentlichen Grund ihrer Anwesenheit in Emden berichtete, würde das nur alles kaputtmachen. Und hatte Jan vorhin nicht selbst zugegeben, dass auch er Geheimnisse hatte? Okay, er hatte im Zuge dessen angedeutet, dass er sich für James Bond hielt … Aber hey, dieser Abend schien irgendwie verrückt zu sein, und sie wollte dieses Gefühl einfach nur genießen.

»Du hast es auf Norderney gekauft?«

»Ja, es gibt da einige tolle Boutiquen.«

»Offenbar. Vielleicht hast du ja Lust, mit mir zusammen dort ein paar Läden unsicher zu machen? Wenn ich länger bleibe, habe ich bald nichts mehr zum Anziehen.«

Sie schaute ihn verwundert an. »Du hast nicht vor, bald wieder abzureisen?«

»Allein? Ohne dich? Ich glaube nicht«, äußerte er und wirkte dabei ziemlich relaxt.

Liv blinzelte. »Jetzt bin ich wirklich baff. Ich dachte, du hast was gegen die Insel. Dass du überhaupt gekommen bist, hat mich schon verblüfft …«

»Freut mich, wenn ich dich noch überraschen kann.«

Ihre Blicke trafen sich, und plötzlich lag ein Knistern in der Luft. Seine Hand, die neben ihrer am Tisch lag, überwand die letzten Zentimeter und schob sich auf Livs.

»Möchten Sie noch einen?«, unterbrach der Barkeeper den Moment und hielt fragend die leeren Gläser hoch.

Jan zog ruckartig seine Hand zurück, als hätte er etwas Verbotenes getan. Liv kicherte in sich hinein. Sie waren immerhin verheiratet und keine Teenager mehr. Trotzdem fand sie seine Reaktion süß.

»Ja, gern«, antwortete sie. Sie wollte nicht, dass der Abend schon endete.

»Kommt sofort.«

»Also, wo waren wir? Ach ja, Norderney. Du möchtest wirklich bleiben?«

»Na ja, mit meinem Notebook kann ich von überall aus arbeiten, und zuhause wartet ja niemand. Du bist schließlich da. Und wenn ich das richtig sehe, willst du gerne noch bleiben. Oder?«

»Wenn ich ehrlich bin, schon noch ein bisschen. Allerdings müsste ich daheim die Weihnachtsvorbereitungen in Angriff nehmen. Meine Mutter hat bereits nach mir gefragt ...«

»Na, wenn es weiter nichts ist. Du bist doch ein Organisationstalent. Das bekommst du in Kürze gebacken. Wenn es dir in dem Ferienhaus gefällt, dann genieß noch ein paar Tage.«

»Du meinst das im Ernst?« Argwöhnisch sah sie ihn an.

»Ja, durchaus.«

Sie verengte ihre Augen zu Schlitzen. »Wer sind Sie? Und was haben Sie mit meinem Mann gemacht?«

Jan prustete los.

»Das ist Geheimsache. Schon vergessen?«, witzelte er, und Liv stimmte in sein Lachen mit ein.

Als der Barmann ihnen die neu gefüllten Gläser hinschob, stießen sie miteinander an.

»Weißt du was, du hast recht. Im Job bin ich auf unbestimmte Zeit freigestellt. Warum eigentlich nicht noch länger bleiben«, meinte Liv dann.

»Wieso eigentlich?«, fragte Jan zu Recht. Durch ihre selbstauferlegte Redeabstinenz hatte sie ihm nie davon erzählt. Jetzt holte sie es nach. Natürlich ließ sie den Teil mit dem Ansturm an Nachrichten auf Facebook aus, die sie Izzy zu verdanken hatte. Sie begann lieber gleich an dem Punkt, als ihre Chefin es fälschlicherweise so aufgefasst hatte, dass ihre Schwiegermutter erst kürzlich verstorben sei und Liv deshalb einiges zu erledigen habe.

Für eine Sekunde war Liv besorgt, ihr flapsiges Miteinander würde nun kippen, da sie den Tod seiner Mutter zur Sprache brachte. Weshalb sie schnell weiterredete und von Babette berichtete, sowie ihren Befürchtungen, die junge Französin könnte ihr den Job dauerhaft streitig machen.

Aber Jan wischte ihre Bedenken mit seiner souveränen durchdachten Art weg. »Also, mir hat sie im Sommer erzählt, dass sie sich verstärkt im internationalen Recht auskennen möchte. Deshalb hat sie geplant, sich im kommenden Jahr in Italien ein Volontariat zu suchen.«

»Oh, das hat sie gesagt?«

»Ja. Sie ist sehr ambitioniert. Ich kann mir gut vorstellen, dass sie mal eine der führenden Anwältinnen auf diesem Gebiet wird. Du musst dir also deswegen überhaupt keine Sorgen machen. Genieß einfach die Zeit, die dir dank ihr geschenkt wird.«

Liv lächelte erleichtert. Sie spürte, wie ihr ein Stein vom Herzen fiel. Warum hatte sie nur nicht gleich mit Jan darüber gesprochen? So wie früher. Dann hätte sie sich einige bange Stunden erspart.

»Und außerdem bist du eine viel zu wertvolle Kraft für Dr. Eichmüller, als dass sie dich jemals freiwillig gehen lassen würde«, fügte Jan nun noch hinzu und drückte ihre Hand.

Da war es wieder, dieses Kribbeln, aber auch das Gefühl von tiefer Verbundenheit, das Liv bereits verloren geglaubt hatte.

Etwas überfordert damit kippte sie sich ihren Drink in den Rachen. Zu viele Eindrücke stürmten an diesem Tag auf sie ein. Die Fährüberfahrt und Zugreise nach Emden, das verkappte Blind Date mit *Grisu*, der urkomische Nikolaus und schließlich Jan – der komplett verändert wirkte!

»Hicks«, kam es aus ihrer Kehle. Sie hielt sich kichernd die Hand vor den Mund. »Ich glaube, mir reicht´s für heute.«

Jan schaute auf seine Armbanduhr. »Ist auch schon reichlich spät. Ich hab gar nicht gemerkt, wie die Zeit verstrichen ist.«

»Tja, in angenehmer Gesellschaft ist es immer schön. Oder so irgendwie heißt es doch.«

Er lachte. »Ja, so ähnlich. Ich glaube, ich bring dich besser in dein Hotel.«

»Würdest du das tun?« Sie schaute ihn von der Seite an und rutschte von ihrem Barhocker.

»Ehrensache«, beteuerte er und hielt ihr galant seinen Arm entgegen.

Sie hakte sich bei ihm unter.

Gute zehn Minuten später standen sie vor ihrem Hoteleingang.

»Danke, ohne dich hätte ich es wahrscheinlich nie gefunden«, gestand sie.

»Gern geschehen. Die Technik macht's möglich.« Er hielt sein Handy mit dem geöffneten Routenplaner hoch.

»So angeschickert wie ich bin, hätte mir das auch nicht geholfen.«

»Ach was. Soll ich dich morgen abholen, und wir fahren gemeinsam zurück?« Er machte keinerlei Anstalten, mit hochkommen zu wollen. Es war ein bisschen seltsam und aufregend zugleich.

»Das wäre toll.« Sie strahlte begeistert, und plötzlich zog er sie an sich.

»Finde ich auch«, murmelte er an ihrem Ohr.

In ihrem Nacken bitzelte es, und die kleinen Härchen stellten sich wohlig auf.

Liv wandte leicht den Kopf, dann spürte sie seine Lippen. Zuerst berührten sie sich nur ganz sanft und vorsichtig. Doch das reichte ihr nicht. Sie öffnete den Mund, und Jan folgte ihrem Beispiel. Sein warmer Atem umfing sie, dann trafen sich ihre Zungen. Er schmeckte verlockend nach Haselnuss, Kokos und

Rum. Sie konnte gar nicht genug davon bekommen. Ihre Hände schoben sich über seinen Rücken, während er sie mit seinen starken Armen nur festhielt. Ihr war gar nicht mehr bewusst gewesen, dass er so muskulös war. Sein regelmäßiges Training im Gym zahlte sich offenbar aus. Es fühlte sich toll an, so wie er sie hielt. In ihrem Unterleib zuckte es. Der Kuss wurde inniger, bis sie völlig außer Atem waren und nach Luft schnappten.

Jan lockerte seinen Griff, und Liv löste sich seufzend von ihm.

»Gute Nacht. Schlaf gut«, raunte er.

Sie zögerte. Überlegte, ihn zu fragen, ob er denn wirklich nicht mit auf ihr Zimmer kommen wolle. So wie sonst immer.

Doch etwas in seinem Blick hielt sie zurück. In dieser Nacht waren sie kein Ehepaar. Sie waren zwei Menschen, die sich zufällig getroffen und amüsiert hatten. Der romantische Abschiedskuss am Ende war der perfekte Abschluss.

»Gute Nacht. Bis morgen früh«, sagte sie und wandte sich ab.

Kurz vor der Eingangstür drehte sie sich nochmals um. »Vergiss mich nicht!«

»Das könnte ich nie, sosehr ich mich auch bemühe!«, rief er zurück.

Liv glaubte, ihn lächeln zu sehen, war sich wegen der dunklen Nacht aber nicht sicher. Dann schlüpfte sie ins Hotel.

Liv stand an der Reling. Die Nordsee war heute ruhig, aber es war so neblig, dass man in dem milchigtrüben Licht kaum zwei Meter weit sehen konnte. Doch wenn sie an der Außenwand der Fähre hinabschaute, konnte sie die Wellen dabei beobachten, wie sie gegen die Bordwand schlugen. Von irgendwoher kreischten Möwen. Liv fühlte sich wie in einem Kokon gefangen und wusste nicht, ob sie wach war oder träumte.

Der Abend mit Jan war richtig schön gewesen. So heiter und gelöst waren sie lange nicht mehr miteinander umgegangen. Es gefiel ihr, wenn er ihr aus seinem Leben vor ihrer Zeit erzählte, und wenn sie jetzt darüber nachdachte, fiel ihr auf, dass er zum ersten Mal entspannt über seine Erinnerungen auf Norderney gesprochen hatte. Darüber freute sie sich besonders um seinetwillen. Denn offenbar erinnerte er sich allmählich, dass nicht alles schlecht gewesen war. Das tat ihm gut! Und vielleicht würde er ihr irgendwann auch berichten, was damals so Schlimmes vorgefallen war. Aber drängen wollte sie ihn nicht. Sie genoss den zarten Neuanfang in ihrer Beziehung, fragte sich allerdings, ob es wirklich einer war oder nur der Zauber der Nikolausnacht, zu dem die Wintercocktails zweifellos ihren Teil beigetragen hatten. Ebenso, dass das Thema Familienplanung keine Sekunde Gesprächsgegenstand gewesen war. Ob sich das so weiterentwickeln konnte? Tief in sich drin hegte sie Zweifel. Denn realistisch gesehen würden sie ihre Alltagsprobleme zwangsläufig früher oder später einholen.

Aber für den Moment wollte sie es genießen. Denn auch heute Morgen hatten sie es geschafft, an die vergangene Nacht anzuknüpfen. Mit einem kecken Lächeln auf den Lippen hatte Jan sie abgeholt und dafür ein Begrüßungsküsschen auf die Wange von ihr erhalten. Unterwegs nach Norddeich hatten sie gemeinsam über die Radiomoderatoren geschmunzelt und über alles Mögliche geplaudert. Unverfänglich und ungezwungen.

Ja, in diesem Augenblick gestattete Liv sich, von einem guten und tollen neuen Jahr zu träumen, in dem sie mit Jan wieder glücklich war und mit neugewonnener Energie all die Dinge angehen würde, die sie noch auf ihrer Lebensagenda stehen hatte.

»Ihr Kaffee, Madame.« Jan riss sie aus ihren Neujahrsträumen. »Es hat ein bisschen länger gedauert, war ziemlich viel Andrang, aber es hat sich gelohnt. Riech mal, wie der duftet.«

Dankend nahm sie den Becher. »Hmm …«

Jan stieß mit ihr an.

»Das tut gut. So eine Portion *Hallo-wach* kann ich echt gebrauchen.«

»Steckt dir der gestrige Abend noch in den Knochen oder schlägt dir das Wetter aufs Gemüt?«, wollte er wissen und lehnte sich neben sie.

»Ich weiß nicht. Beides und nichts davon.« Sie lachte.

»Dann ist das der perfekte Tag, um am Sofa rumzulümmeln. Ich hab gesehen, du hast dir einen Inselroman gekauft. Den kannst du ja heute lesen«, schlug er vor.

»Ach, du meinst das *Inselmotiv mit Herz.* Ja, stimmt. Aber vorher muss ich noch herausfinden, wer in meinem Krimi der Täter ist.«

»Klar. Also, ich denke, es ist der …« Liv schaute in ihn an, und plötzlich geriet Jan ins Stocken. »Ähm, ich meine, es ist der perfekte Tag dafür.«

Sie runzelte die Stirn. »Das sagtest du schon.«

»Tja, eben.« Er zuckte mit den Schultern und lächelte schief. Liv wusste nicht, was sie davon halten sollte. Gab er sich Mühe im Umgang mit ihr und stieß nun an seine Grenzen? Das wäre echt schade …

»Wollen wir morgen einen Ausflug zum Wrack machen? Laut Wetterbericht soll es wieder schön werden. Das passt doch. Heute faulenzen und morgen wandern«, fuhr er fort, und Liv guckte überrascht.

»Du willst mit mir einen Streifzug über die Insel machen?«

»Ja, warum denn nicht?«

»Na, weil es sich um Norderney handelt. Ich dachte, du hast dich doch immer geweigert …« Es fiel ihr schwer, die richtigen Worte zu finden.

»Mag sein. Aber seit unserer Unterhaltung gestern beim

Essen hab ich wirklich Lust darauf bekommen, das alte Ding mal wiederzusehen.«

»O-kay, ich bin dabei.«

»Schön.« Jan grinste zufrieden.

Liv konnte es kaum glauben, es schien ihm tatsächlich ernst zu sein.

Einträchtig standen sie nebeneinander, schauten hinab ins Meer und tranken ihren Kaffee, bis sich Norderney aus den Nebelschwaden erhob.

~

Grisu hatte sich nicht gemeldet. Liv schob ihr Handy zurück auf den Couchtisch. Zusammen mit Tee, Plätzchen und ihrem Krimi hatte sie es sich auf dem Sofa mit der Kuscheldecke gemütlich gemacht. Auf dem Tisch flackerte eine Kerze, und neben ihr am Boden lag Streuner und schlief.

Es war, als hätte sie ein Rundum-Wohlfühl-Paket gebucht. Mehr brauchte sie nicht, um im Moment glücklich zu sein. Jan hatte sich in die Küche zurückgezogen und arbeitete an seinem Laptop. Somit hatte sie Raum für sich. Wenn sie nur ihr Gedankenkarussell abstellen könnte!

Denn dass Jan und sie eine neue Basis gefunden hatten, machte sie etwas stutzig. Es kam so plötzlich! Und die Sache mit *Grisu* spukte ihr auch immer mal wieder durch den Kopf. Seit sie Jan beim Chinesen begegnet war, hatte sie diese Episode aus ihrem Gehirn verbannt, doch jetzt, da sie Zeit für sich allein hatte …

Wieso hatte er ihr bisher noch keine Nachricht geschickt? Natürlich, im Hinblick darauf, dass ihre Ehe eine zweite Chance bekam, war es gut so, wie es gelaufen war. Doch *Grisus* Nichterscheinen wurmte sie trotzdem irgendwie. Er hatte nicht den Eindruck auf sie gemacht, als wäre er *so ein Typ*. Die Verbundenheit, die sie verspürt hatte, konnte sie sich doch nicht nur eingebildet haben. Und der Nikolaus als Nachrichtenüberbringer sprach ebenfalls dafür, dass *Grisu* sie nicht einfach vergessen hatte.

Zum x-ten Mal überlegte Liv, ihm selbst eine Nachricht zu schicken. Aber sie wollte sich nicht aufdrängen. Außerdem saß Jan nebenan. ›Du spielst mit dem Feuer‹, hatte Izzy gesagt. Es war wahrscheinlich der richtige Moment, diese Chat-Sache zu beenden. Sie sollte es auf sich beruhen lassen.

Streuner gab ein leises Knurren von sich. Sie schaute zu ihm nach unten. Er schlief weiterhin, wahrscheinlich träumte er irgendwas.

Liv lächelte. Jans Gesicht, als der Hund bei ihrer Ankunft vor der Haustür gesessen und auf sie gewartet hatte, war unbezahlbar gewesen. Während sie sich riesig darüber gefreut hatte, hatte er ausgesehen, als hätte er auf einmal Zahnschmerzen bekommen. Das hatte sich noch verstärkt, als Streuner Liv freudig begrüßt und Jan gleichzeitig kritisch beäugt hatte. Freunde waren die beiden eindeutig noch nicht geworden. Weshalb Jan auch dringend empfahl, dass sie den Vierbeiner mit zu sich ins Wohnzimmer nehmen solle. Unter Streuners misstrauischem Blick hätte Jan wahrscheinlich keine Minute arbeiten können.

Sie lehnte sich zurück und steckte ihre Nase wieder ins Buch. Als es zunehmend spannend wurde, stopfte sie sich zur Beruhigung ein Vanillekipferl in den Mund. Der Nebel vor dem Fenster wurde mit jeder Minute finsterer, weil die Abenddämmerung hereinbrach. *Mord und Flut*, schoss es ihr durch den Kopf. Das Ambiente draußen stimmte.

Pha, wie aufregend! Ob *Grisu* die Stelle schon gelesen hatte?

Das war ihre Möglichkeit, ihn nun doch anzuschreiben, ganz unverfänglich.

Jans Augen flimmerten. Hochkonzentriert starrte er auf seinen Bildschirm, oder versuchte es zumindest. Denn mit der Konzentration war das heute so eine Sache. Immer wieder schweiften seine Gedanken ab. Zu dem gestrigen Abend, an dem Liv so gelöst gewirkt hatte. Sie hatten so viel gelacht. Dann dieser unglaubliche Kuss. Obwohl sie schon so lange ein Paar waren, hatte er sich irgendwie gefühlt, als hätte er zum allerersten Mal ihre weichen verführerischen Lippen berühren dürfen. Wahrscheinlich war das auch der Grund gewesen, warum er diesen Morgen geradezu Schmetterlinge im Bauch hatte, als sie zu ihm in den Wagen gestiegen war. Er war so aufgeregt gewesen, als wäre er wieder neunzehn. Er wollte es nicht vermasseln und unbedingt an den Vorabend anknüpfen. Weshalb er es tunlichst vermied, während der Fahrt Themen anzuschneiden, die nur im Entferntesten zu Diskussionen hätten führen können.

Es hatte geklappt, und als sie später dann auf der Fähre, im Einklang, dicht beieinander, über die Reling gebeugt, das Meer betrachtet hatten, hatte er sich ihr so unglaublich nahe gefühlt. Nein, ihre gemeinsame Geschichte war noch lange nicht vorbei, das war ihm in diesem Moment klar geworden. Doch ob Liv ebenso empfand?

Sicherlich, sie war auf sein Geschäker eingegangen. Aber hatte sie das nur aus Gewohnheit getan oder mangels Alternativen? Immerhin war sie mit jemand anderem verabredet gewesen. Dass er *Grisu* war, wusste sie schließlich nicht. Und Jan müsste lügen, wenn er behaupten würde, dass diese Erkenntnis für ihn nicht mit ausschlaggebend gewesen war, um sein Bild von Liv und ihrer Ehe zu überdenken. Dadurch hatte sich dieser Knoten der Frustration in seiner Brust gelöst. Deshalb hatte er auch anders auf sie zugehen können. Nett und freundlich, aber mutig genug, um mit seiner eigenen Frau zu flirten. Wie schön und aufregend das war, hatte ihn selbst überrascht.

Bei der Erinnerung hoben sich lächelnd seine Mundwinkel.

Allerdings änderte das nichts daran, dass er sich ihrer Gefühle nicht sicher sein konnte …

Er stand auf, um sich eine weitere Tasse Tee aufzubrühen.

Für Liv war *Grisu* nach wie vor eine reale dritte Person. Ein Mann, der sie so beeindruckt hatte, dass sie ihn persönlich kennenlernen wollte.

Draußen wurde es langsam dunkel. Während Jan wartete, dass das Wasser kochte, öffnete er den Kühlschrank. War fürs Abendessen etwas im Haus?

Sein Blick fiel auf die abgedeckte Lasagneform. Jan starrte darauf. Diesen Koch, der sein eigenes Süppchen mit Liv brauen wollte, gab es ja auch noch!

Er hörte, wie seine Zähne knirschten. Wann war seine Frau zum Vamp mutiert?

Natürlich war ihm zu jeder Zeit bewusst gewesen, dass sie sowohl hübsch als auch sexy war. Und das nicht nur in körperlicher Form. Ihr Sinn für Humor, ihr Wesen, trug seinen Teil dazu bei.

Aber dass sie ihre Wirkung auf andere Männer nutzte und sich mit ihnen abgab, war ihm neu. Bisher hatte sie lediglich die Blicke der Typen auf sich gezogen, sie jedoch nicht weiter beachtet. War er also dabei, sie ernsthaft zu verlieren?

Der Gedanke verursachte ihm Bauchschmerzen. Er schlug die Kühlschranktür zu und brühte sich den Tee auf. Als er sich wieder setzte, ging gerade eine Nachricht von *Morticia* ein.

›Hey Grisu, ich bin eben bei einer total aufregenden Stelle in unserem Krimi angekommen. Hast du auch schon die Stelle gelesen, in der Veit Levke ein Foto eines Aktgemäldes aufs Handy geschickt hat?‹

Jan blinzelte. Na bitte, das war die Bestätigung! Liv machte diesem Kerl Avancen. Das war eindeutig! Oder warum schrieb sie ihm sonst so was? Und das, obwohl der Typ sie gestern versetzt hatte.

›Soll das eine unterschwellige Frage sein, ob ich gerne Fotos von dir hätte?‹, fragte er verkniffen zurück.

Die drei Pünktchen hüpften scheinbar endlos aufgeregt auf und ab. Jans Kiefer mahlte. Offenbar hatte *Morticia* – oder Liv! – dazu einiges zu sagen. Suchte sie etwa gleich passende Bilder heraus? Seit wann hatte sie überhaupt welche? *Er* hatte noch nie etwas Derartiges von ihr zu sehen bekommen.

Doch letztlich schickte sie ihm nur zwei Worte: ›Wie bitte???‹

Er starrte auf die drei Fragezeichen. Sollten sie Empörung ausdrücken?

Während er überlegte, was er antworten sollte, kam noch eine zweite Nachricht von ihr.

›Ich habe lediglich von dem Krimi gesprochen, über den wir uns regelmäßig austauschen. *Mord und Flut*, du erinnerst dich? Dass du daraus welch auch immer geartete Anzüglichkeiten folgerst, schockiert mich, um ehrlich zu sein. Ich weiß nicht, was los ist. Erst tauchst du zu unserem Treffen nicht auf und jetzt das …‹

Jans Brauen hoben sich. Sie schien echt sauer zu sein. In seinem Gehirn arbeitete es. Bis ihm bewusst wurde, dass er der größte Vollidiot auf dem Erdboden war. Er war auf sich selbst eifersüchtig gewesen! Er schlug sich mit der Hand gegen die Stirn. Er war wirklich ein Hornochse!

16

Die Sonne schien, aber der Wind pfiff ihnen um die Ohren, kaum dass sie das Haus verlassen hatten. Als wäre er mit einer Bö herbeigeweht worden, erschien plötzlich Streuner neben Liv.

»Hey, da bist du ja, mein Süßer.« Wie üblich kraulte sie ihn zur Begrüßung und drückte ihn kurz an sich. »Magst du mit uns kommen?«, fragte sie dann.

»Oh nein!« Jan schielte auf den Hund hinab.

»Warum denn nicht?«

»Weil er mich nicht mag.«

Mit schiefgelegtem Kopf schaute Streuner seinerseits Jan an.

»Stimmt doch gar nicht. Siehst du, wie er mit dem Schwanz wedelt?«

»Ja, er peitscht.«

»Quatsch, er freut sich auf den Spaziergang«, hielt Liv dagegen. »Das ist eine gute Gelegenheit, euch besser beschnuppern zu können.« Sie lachte über ihren eigenen Scherz und ging voran. Streuner folgte ihr auf dem Fuß.

Jan ergab sich seinem Schicksal. »Wir werden es wohl eh

kaum verhindern können«, murrte er. »Der macht sowieso, was er will.«

Prompt bellte der Hund zustimmend.

Liv grinste in sich hinein. Wo Jan recht hatte, hatte er recht. Sie jedenfalls freute sich, dass Streuner wieder da war. Sie hatte ihn schon vermisst, obwohl er gestern bis in die Nacht bei ihr geblieben war. Gemeinsam hatten sie den Krimi verschlungen, sodass Liv zusammen mit der Kommissarin Levke nun kurz vor Auflösung des Falls stand. Aber das große Finale musste bis zum Nachmittag warten.

Denn Jan meinte, sie müssten zeitig ihre Wanderung zum Wrack am Ostende starten, um das Niedrigwasser zu nutzen, weshalb sie bereits jetzt, am frühen Vormittag, aufbrachen.

»Der Weg ist tideabhängig«, dozierte er, während sie den Nordstrand betraten. »Wenn wir ins Hochwasser kommen, könnten wir in den Dünen stecken bleiben und müssten bis spät in die Nacht auf Ebbe warten.«

Liv fröstelte allein bei dem Gedanken. Es war schon frisch trotz strahlendem Sonnenschein. Sie wollte sich gar nicht ausmalen, wie kalt es mitten in der Nacht im Dunkeln sein würde.

Immerhin gefiel es offenbar Streuner. Bei Jan war sie sich nicht so sicher.

Obwohl der Ausflug seine Idee gewesen war, wirkte er verschlossen. Gestern Abend war er ihr geradezu übellaunig erschienen. Sie hatte keine Ahnung, welche Laus ihm über die Leber gelaufen war, vermutete aber Berufliches. Er hatte schließlich nach ihrer Rückkehr aus Emden ausnahmslos vor dem Rechner gesessen und gearbeitet. Bedauert hatte sie seine gekippte Laune dennoch. Aber es wäre wohl zu schön gewesen, wenn sie den Zauber ihrer gemeinsam erlebten Nikolausnacht hätten aufrechterhalten können. Also hatte Liv ihren Krimi weitergelesen, während Jan sich ziemlich schnell auf sein Zimmer verzogen hatte.

Wenigstens die Lektüre passte, dachte sie und warf Jan einen Schulterblick zu. Er stapfte mit undurchdringlicher Miene in einigem Abstand neben ihr her. Sie wollte sich gerne einreden, dass Streuner der Grund dafür war, doch etwas tief in ihr drin sagte ihr, dass es um was anderes ging. Nur worum, konnte sie beim besten Willen nicht erahnen. Warum redete er nicht einfach mit ihr?

Männer!, schoss es ihr grimmig durch den Kopf. Sie waren doch alle gleich. *Grisu* war auch keinen Deut besser. Anstatt ihr eine Erklärung zu liefern, weshalb er nicht aufgetaucht war, hatte er sie geradezu obszön von der Seite angesprochen. Er hatte sie praktisch gefragt, ob sie ihm ein Nacktfoto von sich schicken würde! Ging´s noch?! So was hätte sie nie von ihm erwartet, und doch war es so rübergekommen. Auch wenn er sich für seine ungeschickte Wortwahl später entschuldigt hatte, war die Verbindung, die Liv ihm gegenüber verspürt hatte, doch sehr ins Wanken gekommen.

Streuner sprang an ihr hoch, mit einem Stöckchen im Maul, das er wohl irgendwo gefunden hatte. Froh über die Ablenkung nahm sie es und warf es so weit voraus, wie es ihr möglich war. Sie sollte die Wanderung lieber genießen. Über das männliche Verhalten konnte sie bis zum Sankt-Nimmerleins-Tag philosophieren und würde vermutlich trotzdem nie schlau.

GEISTESABWESEND STIEFELTE Jan durch den Sand. Der Umgang mit Liv, der ihm in Emden so leichtgefallen war, schien ihm plötzlich nicht mehr gelingen zu wollen. Seit dem Fauxpas als *Grisu* gestern liefen seine Gedanken Amok.

Er wusste, dass er Liv wieder zurückerobern wollte! Das hatte er auf der gemeinsamen Fährüberfahrt beschlossen, und daran hatte sich auch nichts geändert. Aber dass sie gleichzeitig mit einem anderen flirtete, machte ihn kirre. Nun, von dieser Seite aus betrachtet war seine harsche und zotige Nachricht als *Grisu* wohl von Vorteil gewesen. Denn seither hatte sich das Verhältnis zwischen *Grisu* und *Morticia* deutlich abgekühlt. Was ihm als Jan gefiel, als *Grisu* hingegen fühlte er sich dennoch mies. Weshalb er sich als dieser auch bei ihr entschuldigt hatte. Im Anschluss war Jan nach oben gegangen, hatte sich ins Bett gelegt und gelesen. Ihre Buchbesprechung gefiel ihm nämlich durchaus.

Vor seinem Chat mit *Morticia* hatte er kaum ein Buch gelesen. Er war immer zu beschäftigt gewesen, hatte er jedenfalls behauptet. Doch die Frau aus dem Internet hatte ihn dazu gebracht, es einmal auszuprobieren. Weil er ihr imponieren wollte und besorgt gewesen war, dass ihnen der Gesprächsstoff ausgehen könnte. Überraschenderweise hatte er schnell Gefallen an dem Krimi gefunden, ebenso wie an ihrem regelmäßigen Austausch darüber.

Er schaute zu Liv hinüber, die ihrerseits ihren Gedanken nachhing. Wenn er gewusst hätte, dass es so einfach sein konnte, neue Gemeinsamkeiten und Interessen zu finden, hätte er sich vielleicht schon früher Mühe gegeben.

Aber wahrscheinlich machte er sich damit nur etwas vor. Hätte Liv ihm den Vorschlag unterbreitet, zusammen einen Roman zu lesen und darüber zu sprechen, hätte er vermutlich nur müde geblinzelt. Wohingegen er für eine fremde Frau nicht einmal mit der Wimper gezuckt hatte. Was sagte das aus?

Anscheinend war es das alte Lied, das es seit Beginn der Menschheit gab. Männer wollten jagen. Wenn sie ihre Beute erst mal hatten, wurden sie faul. Unwillkürlich zuckte er bei dem Gedanken zusammen, und prompt rumorte es in seinen Eingeweiden. Sein Ego wies diese Behauptung strikt von sich! Ein Geräusch zwischen Lachen und Knurren entschwand seiner Kehle.

»Hast du was gesagt?«, fragte Liv.

Er schüttelte den Kopf. »Nein.«

»Oh.« Sie wirkte enttäuscht.

Er sollte endlich ein Gespräch beginnen. Als schweigender Muffkopp würde er sie sicherlich nicht zurückerobern können. Angestrengt dachte er darüber nach, wie er sich am Nikolausabend verhalten hatte. Was hatte er da anders gemacht als sonst?

Sein Blick wanderte in die Ferne, und er glaubte, ein hölzernes Gebilde zu erspähen.

»Da vorne rechts von uns muss irgendwo die Möwendüne liegen«, erinnerte er sich plötzlich.

»Ach ja? Und die heißt so, weil da Tausende davon rumsitzen?«

Jan schaute verschmitzt auf seine Armbanduhr. »Na ja, jetzt wohl kaum. Es ist der Brutplatz im Sommer, von Silber-, Sturm- und Heringsmöwen.«

»Heringsmöwen? Mit denen, glaube ich, habe ich schon Bekanntschaft gemacht. Eine von denen hat mir doch glatt mein Fischbrötchen gemopst. Ist mir fies von hinten über die Schulter gestürzt, und bevor ich kapiert hab, was passiert, mit meinem Mittagessen abgehauen.«

Sie lachten, und auf einmal war der Zugang zueinander wieder da.

»Ja, da muss man aufpassen, das hab ich schon als Kind gelernt. Die Viecher haben sich darauf regelrecht spezialisiert.«

»Tja, auch sie wissen den Tourismus offenbar zu schätzen.« Liv kicherte.

»Aber es ist dir doch hoffentlich nichts geschehen?« Er trat auf sie zu.

»Du meinst, ob ich bleibende Schäden davongetragen habe? Nein. Meine Fehler hatte ich schon vorher.« Sie zwinkerte ihm keck zu.

»Also, für mich bist du perfekt«, sagte er und zog sie in seine Arme.

»Ha, seit wann?« In ihren Augen schimmerte das Meer.

»Schon immer. Ich hab es zwischendurch wahrscheinlich nur vergessen«, gestand er.

Liv sah ihn an, dann küsste sie ihn.

Jan schmeckte Verlust und Wiederkehr und wurde ganz taumelig. Streuners Gebell drang nur allmählich zu ihm durch. Als Liv sich von ihm zurückzog, fühlte es sich an, als würde aus ihm die Luft herausgelassen.

Bis er sich wieder gefangen hatte, hatte Liv Streuners Stöckchen bereits erneut geworfen.

Mit flatternden Ohren rannte der Hund schon wieder auf sie zu. Doch anders als erwartet, legte er sein Stöckchen diesmal vor ihm ab.

Überrascht blieb er stehen. »Ich soll werfen?«

»Wau!«

Er tat ihm den Gefallen und gleich darauf ein weiteres Mal.

»Hey, ich schätze, er sieht dich jetzt als Freund«, meinte Liv.

»Das ist deine Schuld«, stänkerte Jan scherzhaft.

Sie machte gespielt große Augen. »Meine?«

»Du hast mich geküsst. Deshalb denkt der Hund jetzt, dass ich okay bin.«

»Hm. Vielleicht hat er ja recht?«, rief sie und sauste voran.

~

»Glühweingrüße aus Bamberg«, sangen Scarlett, Tammy und Izzy im Chor und hielten lachend ihre Tassen in die Kamera.

»Hey ihr Süßen! Ihr seid am Weihnachtsmarkt?« Liv freute sich wahnsinnig, ihre Freundinnen mal wieder zu sehen, wenn auch nur per Live-Call.

»Logisch. Das ist doch Ritual! Nur du fehlst diesmal«, antwortete Scarlett.

»Es tut mir leid, dass ich noch nicht zurück bin«, meinte Liv ehrlich. Den alljährlichen gemeinsamen Bamberger Christkindelmarktbesuch zu verpassen schmerzte schon ein wenig.

»Na, dafür bist du am Meer. Auf Norderney gibt´s doch bestimmt auch einen Weihnachtsmarkt«, erkundigte sich Tammy.

»Also, wenn ich das richtig mitbekommen habe, findet hier der große Budenzauber erst nach den Feiertagen statt. Dafür dann aber wohl so richtig. Vom siebenundzwanzigsten Dezember bis Neujahr ist echt was los. Es wird ein volles Programm geboten. Konzerte, Lesungen, Tanzstunden, Magier, Vorträge und … ach was weiß ich noch alles.«

»Wow.« Scarlett guckte beeindruckt.

»Ja. Schade eigentlich, dass ich das nicht mehr mitbekommen werde. Nächste Woche werden wir voraussichtlich abreisen.«

»Wir? Dann ist Jan bei dir?«, fragte Tammy interessiert.

»Korrekt. Er stand urplötzlich vor der Tür. Na ja, eigentlich im Badezimmer.« Liv erzählte ihren Freundinnen, wie sie die Duschszene aus *Psycho* neu interpretiert hatten.

Alle lachten.

»Da hat er aber einen echt perfekten Auftritt hingelegt«, fand Izzy.

»Und? Wie läuft es mit euch beiden?«, wollte Tammy wissen.

»Also eigentlich, nach unseren anfänglichen Schwierigkeiten, ziemlich gut. Wisst ihr, es knistert sogar wieder zwischen uns. Ich hätte das nie für möglich gehalten.«

»Das klingt doch super«, frohlockte Scarlett.

»Wie kam es denn dazu?«, hakte Izzy nach.

»Na ja, eigentlich war es eine ganz seltsame Situation«, begann Liv und schielte zur Tür. Sie hatte sich für das Telefonat mit den Freundinnen extra auf ihr Zimmer verzogen, um ungestört reden zu können. Dabei saß Jan wie üblich in der Küche und arbeitete. Trotzdem wollte sie auf Nummer sicher gehen, dass er von ihrem Gespräch nichts mitbekam, und fuhr mit gesenkter Stimme fort. »Es begann alles damit, dass ich mich entschlossen hatte, mich mit *Grisu* zu treffen –«

Izzy unterbrach sie aufgeregt. »Was?! Du hast …?«

»Nein, letztlich nicht. Es war so …« Ausführlich berichtete Liv vom Nikolaustag, von *Grisus* Fernbleiben, dem skurrilen Weihnachtsmann-Besuch und dass ihr schließlich Jan über den Weg gelaufen war. »Ich weiß nicht, woran es lag, aber irgendwie war an diesem Abend alles anders zwischen uns als sonst. Es war ein bisschen, als wären wir uns neu begegnet.« Liv seufzte.

»Das klingt ja irre«, platzte Izzy heraus. »Und so cool!«

»Das war es auch«, gab Liv zu.

»Ihr habt also mal wieder miteinander geflirtet. Ich sagte doch, das ist der Schlüssel. Dann ist mein Plan doch aufgegangen.«

Scarlett schenkte Izzy einen verständnislosen Blick. »Dass man dafür Internetbekanntschaften machen muss, ist für mich nach wie vor verrückt.« Sie schaute wieder in die Kamera und wandte sich an Liv. »Ich hoffe doch, dass damit das Thema Chatten wenigstens erledigt ist.«

»Also. Im ersten Moment war es das schon. Er hat mir nämlich tags drauf eine echt blöde Nachricht geschickt. Aber ein paar Stunden später hat er sich dann dafür aufrichtig entschuldigt. Es war eben ein doofes Missverständnis. Seitdem schreiben wir hin und wieder und reden über den Krimi, den wir gemeinsam lesen.«

»Du hast das immer noch nicht beendet?!« Tammy klang fassungslos.

»Ich hab es reduziert. Und wir sprechen doch lediglich über ein

Buch«, verteidigte sich Liv. Na ja, manchmal kamen sie davon auch ab. Sie wusste selbst nicht, warum sie an *Grisu* weiterhin festhielt. Vielleicht lag es an dem Plüschtier, das er ihr hatte zukommen lassen. Er hatte sich mit dieser Aktion immerhin echt Mühe gegeben. Vielleicht aber auch einfach an seiner Art. Sein Blick auf viele Dinge hatte ihr von Anfang an gefallen. Und abgesehen von dem einmaligen Ausrutscher hatte er nie Anzüglichkeiten von sich gegeben. Er löste nach wie vor ein gewisses Maß an Wohlgefühl in ihr aus.

»Okay, lassen wir das mal so stehen«, übernahm Scarlett wieder das Wort. »Was ist jetzt mit Jan und dir. Schwebt ihr nun auf rosa Wolken?«

Livs Gesicht hellte sich auf. »Ich glaube … ein wenig schon. Er verhält sich wie ein Gentleman. Gestern hat er mich ins Kino eingeladen. Wisst ihr, hier gibt es eins wie aus längst vergangenen Zeiten, mit so einem plüschigen Charme. Ich hab mich ein bisschen selbst wie im Film gefühlt. Er hat mir die Tür aufgehalten, mit mir gescherzt und –«

»Während der Vorstellung habt ihr wie die Teenager wild rumgeknutscht?«, folgerte Izzy verzückt.

Liv spitzte die Lippen. »Vielleicht?«

»Willst du mir sagen, dass du nach all der langen Zeit, in der ihr zusammen seid, dabei bist, dich neu in ihn zu verlieben?«, fragte Scarlett baff.

»Darüber hab ich noch gar nicht nachgedacht. Aber das ist eine interessante Frage.«

»Glaubst du, das geht?«, mischte sich Tammy ein und guckte fragend in die Runde.

»Was siehst du mich an? Ich bin Single aus Leidenschaft. Schon vergessen?«, krähte Izzy prompt, und aller Augen richteten sich wieder auf den Bildschirm.

Sie warteten, dass Liv die Frage beantwortete.

Die zuckte mit den Schultern und dachte an das Kribbeln, das sie bei jeder seiner Berührungen, ob absichtlich oder zufällig, überkam.

»Womöglich. Ich glaube, dass ich tatsächlich dabei sein könnte, mich noch einmal in meinen Mann zu verlieben«, hörte sie sich sagen und war von der Erkenntnis regelrecht geflasht.

»Pah! Also darauf brauch ich jetzt noch einen Glühwein.« Izzy hielt ihre Tasse hoch.

»Stimmt. Das ist ein Grund zum Anstoßen«, bestätigte Tammy lächelnd, und Scarlett nickte erfreut.

Während Izzy verschwand, um Nachschub zu holen, berichtete Liv ihren Freundinnen von Streuner. Seitdem der Hund mit Jan Frieden geschlossen hatte, war er noch häufiger bei ihnen. Weshalb Jan sogar den Vorschlag gemacht hatte, ihm endlich ein Halsband und eine Leine zu besorgen, damit sie nicht doch irgendwann Ärger bekamen, weil der Hund ständig frei herumlief. Überraschenderweise ließ es sich Streuner auch gefallen, wenn er von ihnen angeleint wurde. Natürlich hatte Liv aber auch darauf geachtet, dass er eine von diesen Flexi-Leinen bekam, die bis zu fünf Meter ausziehbar waren, damit sich der arme Kerl nicht ganz so eingeengt fühlte.

»Och, das ist ja wirklich süß, wie Jan sich kümmert.« Tammys Augen leuchteten.

»Finde ich auch. Die Spaziergänge zu dritt sind wirklich herrlich.« Liv war jetzt schon traurig, wenn sie abreisen und Streuner nicht mehr wiedersehen würde.

»Dann scheint sich Jans Abneigung gegen Norderney gelegt zu haben?«, fragte Scarlett indes.

»Sieht ganz danach aus. Er erzählt mir sogar manchmal von seinen Kindheitserlebnissen auf der Insel. Aber was ihn letztlich hat so verbittert werden lassen, weiß ich immer noch nicht.«

»Na, vielleicht war der richtige Moment dafür einfach noch nicht da«, überlegte Tammy.

»Vermutlich. Ich möchte auch nicht nachfragen. Das, was

sich da gerade zwischen uns entwickelt, ist zu kostbar, um es mit bohrenden Äußerungen zu zerstören. Und ja, ihr habt echt recht. Das Zusammensein fühlt sich aufregend an, ich habe wirklich so was wie Schmetterlinge im Bauch, wenn wir aufeinandertreffen.«

»Oh, unsere Kleine ist verliebt!«, flötete Izzy und schob sich wieder ins Bild.

Sie kicherten los, und Liv merkte, dass sie ein wenig rot wurde. So was aber auch!

Ihre Freundinnen stießen derweil mit der nächsten Glühweinrunde an. Izzy hatte dazu Makronen mitgebracht.

»Dabei fällt mir ein, was ist eigentlich aus deinem Koch geworden?«, wollte sie wissen, während sie sich eine aus der Tüte angelte.

»Ach der?« Sofort kam Unruhe in Liv auf. Den Gedanken an Malte hatte sie in den letzten Tagen weitgehend verdrängt. Doch die abschließende Kurseinheit stand unmittelbar bevor, weshalb sie sich wohl oder übel damit beschäftigen musste, wie sie zu ihm stand.

Vielleicht war es ja nicht mal schlecht, mit ihren Mädels darüber zu reden.

»An dem Tag, als Jan ankam, stand er mit einer Lasagne vor meiner Tür. Da hätten wir uns um ein Haar geküsst. Jedenfalls dachte ich das. Aber rückblickend glaube ich, das hat sich nur in meiner Fantasie so abgespielt. Da ist also nichts weiter dran. Ich denke, seine Aufmerksamkeit hat meinem Selbstbewusstsein gutgetan. Doch da Jan mich mit jedem weiteren Tag wieder daran erinnert, warum ich mich damals in ihn verliebt habe, war das meinerseits wohl mehr so ein hormonelles Ding.«

Izzy gluckste. »Du meinst ein hormonell verirrter Zustand? Ja, so was kenn ich.«

»Klar.« Tammy lachte auf.

Scarlett hingegen wirkte skeptisch. »Na, dann hoffe ich mal für dich, dass es nur daran gelegen hat.«

Das hoffte Liv auch.

Der Tag der Wahrheit, was Livs Verhältnis zu Malte betraf, kam schneller, als Liv lieb war. Mit jedem Schritt, der sie näher an sein Restaurant brachte, wurde sie innerlich flattriger. Zudem hatte Jan auch nicht sonderlich erfreut gewirkt, als sie verkündete, dass sie nun zu ihrem Kochkurs ging. Erst als sie ihm von Herrmann, der selbstverliebten Alex, der Insulanerin Frieda und all den anderen Teilnehmern erzählt hatte, hatte er sie mit einem halbwegs freundlichen Gesicht gehen lassen.

Dabei müsste er doch entzückt sein, dass sie ihre Fähigkeiten am Herd auf Vordermann brachte. Doch als sie ihm das zwinkernd gesagt hatte, konnte Jan nur milde lächeln. Immerhin hatte er ihr am Ende doch noch scherzhaft ›Viel Erfolg‹ gewünscht. Aber Liv kannte ihn gut genug, als dass sie nicht bemerkt hätte, dass ihn etwas bedrückte.

Um sich darüber den Kopf zu zerbrechen, hatte sie jetzt jedoch keine Zeit. Schon war sie angekommen, sieben Minuten zu spät.

Schnell hängte sie ihre Jacke auf, band sich dafür die Schürze um und stellte sich an ihren Platz.

»Ah, wie schön, dass du doch noch gekommen bist, Liv.« Malte strahlte sie an. Ihr hingegen wäre es lieber gewesen, er hätte ihr Erscheinen nicht auch noch lauthals festgestellt. Nun guckten natürlich alle auf sie.

Einigen von ihren Mitstreitern konnte sie an der Nasenspitze ablesen, was sie dachten. Dass sie ihr Fernbleiben nicht bedauert hätten und was sie wohl heute wieder alles vermasseln würde. Livs Blick blieb an Alex hängen, die geradezu kleine Rauchwölkchen ausstieß. Ihr ging es gewiss nicht darum, wie dämlich Liv sich in der Küche anstellte. Die Frau hatte ein Problem damit, dass Malte ihr so viel Aufmerksamkeit schenkte. Aufmerksamkeit, die sie zu gerne für sich allein beansprucht hätte.

»So, da wir nun vollzählig sind, verrate ich euch nur allzu gern, was ich mir für die letzte Stunde habe einfallen lassen. Weil wir inzwischen Vor- und Hauptspeisen zubereitet haben, ebenso wie ein Dessert, und Weihnachten immer näher rückt, habe ich mir überlegt, dass wir zum Abschluss noch was Hochprozentiges kreieren werden. Ein kleiner Tipp, es ist gelb und zuckersüß«, verkündete Malte und schaute bei seinem letzten Wort Liv geradewegs in die Augen. Es fühlte sich an, als würde er sie mit seinem Blick liebkosen.

Unvermittelt hielt sie den Atem an, und ihr Herz machte einen Satz. Ihre Gedanken überschlugen sich. Aber das Schlimmste war, der Moment schien wie eingefroren. Es war so still, dass man eine Stecknadel hätte fallen hören können. Liv war unfähig, sich zu rühren oder etwas zu sagen. Aber sie vernahm ein leises Kichern neben sich. Oder kam ihr das nur so vor?

Als Alex sich lautstark räusperte, war Liv ihr zur Abwechslung richtiggehend dankbar. Malte wandte sich ab und rief: »Wir werden heute also das Kultgetränk der Nordsee zubereiten. Eiergrog!«, woraufhin Ohs und Ahs der Teilnehmer folgten.

Der Augenblick war vorbei, und Liv atmete erleichtert auf. Ihr Puls schlug immer noch einen Takt zu schnell, aber die Aussicht auf Alkohol wirkte geradezu beruhigend auf sie. Zumal sie glaubte, dass sie bei der Herstellung von Likör & Co. mal nicht versagen würde, das ging schließlich in Richtung Backen. Oder nicht?

»Ist das dann die viel zitierte ›Tote Tante‹?«, wollte Herrmann wissen.

»Nein, die wird aus Milch und Schokolade zubereitet«, antwortete Malte. »Wir machen Eiergrog, zum gleich Trinken. Und damit ihr auch was mit nach Hause nehmen könnt, stellen wir bei der Gelegenheit noch Eierlikör her.« Wieder folgte zustimmendes Gemurmel. Malte deutete auf den Tisch, an dem wie immer die Zutaten bereitlagen. »Eine dieser leeren Glasflaschen ist für jeden von euch. Darin könnt ihr euren fertigen Likör abfüllen. Zuerst müssen wir dazu die Eier trennen …«

Erfreut hörte Liv zu. Das war eine leichte Übung für sie. Mit geschickten Fingern schlug sie die Schale auf und ließ das Eiweiß von der einen Hälfte in die andere gleiten. Zwei-, dreimal hin und her und voilà! Sie hatte das Eigelb perfekt getrennt.

»Super«, lobte Malte und schaute über ihre Schulter hinweg anerkennend in die Schüssel. »Geradezu meisterhaft.« Liv grinste unsicher. War er derart überrascht, dass sie tatsächlich mal was konnte, oder war er nur aufs Flirten aus? Wie immer, wenn er ihr so nahe war, wurde sie nervös. Unvermittelt dachte sie an den Beinahe-Kuss, und ein kleiner Orkan fegte durch ihr Inneres. Hatte sie sich den also doch nicht eingebildet? Und warum reagierte ihr Körper schon wieder derart auf seine Gegenwart? Sie dachte, mit ihrer neu aufgeflammten Liebe zu Jan wäre das vorbei!

War sie demnach tief in sich drin also doch nicht überzeugt, dass Jan und sie das hinbekommen könnten? Na ja, ein bisschen waren diese Tage auf Norderney, mit ihm in dem Ferienhaus, schon wie aus einem rosaroten Traum und vermutlich nicht alltagstauglich …

Sie versuchte, sich auf die nächsten Arbeitsschritte zu konzentrieren, schlug das Eigelb mit dem Zucker schaumig und begann, die Masse im Wasserbad zu erhitzen. Während sie die Sahne zufügte, sah sie sich um. Sie war eine der Schnellsten.

Diesmal hatte Alex massive Probleme, Maltes Anweisungen auszuführen. Das Eiertrennen wollte ihr so gar nicht gelingen.

Sie zerquetschte die Eierschalen wiederholt, sodass sie unbrauchbar wurden. Liv konnte sich ein fieses Grinsen nicht verkneifen. Leider entging es der Powerfrau nicht.

»Was ist?«, zischte sie.

»Nichts. Kann ich dir vielleicht behilflich sein?«, fragte Liv überfreundlich.

»Du? Gott bewahre. Wer weiß, welches Gift dabei rauskommt? Ich bin alles andere als ein Heimchen am Herd, aber selbst ich schaffe es besser, mit einem Kochlöffel umzugehen, als du!«

Liv schnappte pikiert nach Luft. Was für eine Unverschämtheit! Wut stieg in ihr auf. Einige deftige Schimpfwörter stoben ihr durchs Hirn. Sie wollte den Mund aufmachen und dieser Schnepfe einen geeigneten Text an den Kopf werfen. Doch in letzter Sekunde überlegte sie es sich anders. Was sollte es bringen, eine Szene zu machen? Sie würde den übrigen Teilnehmern nur die letzte Stunde vermiesen. Sobald sie hier raus war, musste sie Alex nie wieder begegnen. Also biss sie die Zähne zusammen, griff nach dem Rum und ließ ihn in die Schüssel laufen. Dabei rührte sie wild mit dem Schneebesen.

»Kindchen, nicht so viel. Sie sollten den Alkohol vorher abmessen«, warnte Frieda neben ihr.

Abrupt riss Liv die Flasche hoch. Der Inhalt war beträchtlich geschrumpft. Sie rollte mit den Augen. Dass aber auch wirklich immer was falschlaufen musste bei ihr!

Mit verzagtem Lächeln schob sie ihrer Küchennachbarin die Flasche hin und rührte weiter, als wäre alles in bester Ordnung.

»Das sieht gut aus. Die Konsistenz scheint perfekt.« Liv zuckte zusammen, weil Malte wieder unbemerkt neben ihr stand.

»Super. Dann kann ich ihn abfüllen?«

»Ich denke schon.«

Sie ging zu der Ansammlung und nahm sich eine Flasche. Malte folgte ihr.

»Hast du übrigens die Auflaufform mitgebracht?«, fragte er sie leise.

»Oh, Mist! Die hab ich in der Eile zuhause stehen lassen.«

Er lächelte. »Okay, dann komm ich mal vorbei und hole sie ab.«

Seine Pupillen funkelten, und ihr Mund wurde trocken. Sogleich tauchte Jans Bild vor ihrem inneren Auge auf.

»Ähm, nein. Das ist nicht nötig. Ich bring sie dir vorbei, versprochen.«

Mit schiefgelegtem Kopf musterte er sie interessiert.

»Malte! Wie wäre es, wenn du mir mal hilfst, statt Kaffeeklatsch zu halten?«, zischte Alex von gegenüber.

Sie hielt frustriert die Hände hoch. Vielleicht lag es an den langen pink lackierten Fingernägeln, dass sie die Eier nicht trennen konnte, überlegte Liv.

Malte nickte und ging zu ihr.

»Sie gefallen ihm«, raunte Frieda Liv unterdessen zu.

Na bravo. Es fiel sogar den anderen Teilnehmern auf. Liv zuckte mit den Schultern.

»Unser Malte hatte schon immer ein Faible für Frauen. Aber kennen Sie das Sprichwort ›Bellende Hunde beißen nicht‹? Der Anschein trügt, ein richtiger Weiberheld ist er gar nicht. Das ist wohl das Problem von der da drüben.« Die ältere Dame deutete mit dem Kopf in Alex' Richtung. »Die hatte sich unter einer heißen Mahlzeit wohl was anderes vorgestellt. Stattdessen kocht sie schon, sobald sie Sie sieht.«

Liv blinzelte. Was wollte ihr die Insulanerin damit sagen? Dass Malte aufrichtig an ihr interessiert war? Oder einfach mit jeder Frau gern flirtete, mehr nicht?

Während sie den Eiergrog zubereiteten, schwirrten ihr tausend Gedanken durch den Kopf. Wenn Malte tatsächlich ernsthaftere Absichten hegte, fühlte sie sich natürlich geschmeichelt. Ihr Selbstbewusstsein wuchs um zwei, drei Zentimeter.

Andererseits würde sie nie im Leben jemandem Hoffnungen machen wollen, um ihn dann zu enttäuschen. Sie war immerhin gebunden. Sie dachte an Jan, und ihr wurde warm ums Herz. Hier auf Norderney, weit weg von daheim, hatte sich etwas Neues zwischen ihnen entwickelt. Sie konnte sich kaum erinnern, wann sie sich zuletzt so geküsst hatten, ohne dass es zu Weiterem geführt hatte. Was Liv auskostete. So toll der Sex mit Jan auch war, ohne ihn schien ihre Beziehung eine ganz andere Ebene erreicht zu haben. Statt Alltagsroutine redeten sie wieder richtig miteinander, lachten, und es lag eine Fröhlichkeit im Raum, wenn sie aufeinandertrafen, von der Liv nicht genug bekommen konnte. Sie fühlte sich richtiggehend wohl und genoss das Prickeln zwischen ihnen.

Der Gedanke entlockte ihr ein Lächeln.

»Was gibt´s da zu lachen?«, giftete Alex, die sich offenbar angesprochen fühlte.

Erst jetzt wurde Livs Blick klar, und sie nahm die Situation vor Ort in sich auf. Während alle Anwesenden ihren Grog in Tassen geschenkt hatten, stand die Powerfrau einen Schritt hinter Malte, der die Zubereitung von Alex' Teil übernommen hatte. Er wirbelte fix herum, um die Umstehenden nicht allzu lange warten zu lassen.

»Nur noch eine Minute, dann sind wir auch fertig. Nicht, dass euer Eiergrog noch kalt wird«, verkündete er nebenbei.

Schon füllte er seinen zubereiteten Likör ab und gleich darauf die zwei bereitgestellten Tassen voll. Dann erhob er sie, überreichte Alex eine breit lächelnd, bevor er allen zuprostete.

»Ich bedanke mich für euer Kommen und hoffe, ihr habt bei mir ein bisschen was dazulernen können. Das Wichtigste in der Küche ist der Spaß an der Arbeit, das dürft ihr nie vergessen. Ich wünsche euch noch einen schönen Aufenthalt auf Norderney und frohe Weihnachtstage!«

Sie nippten einträchtig an ihrem Eiergrog. Während um Liv

herum alle in Gespräche verfielen, kam Alex auf sie zu und blieb neben ihr stehen.

»Weißt du, meine Liebe, auch ich habe Maltes Helfersyndrom erkannt. Es war ziemlich schlau von dir, mit deiner Ungeschicklichkeit seine Aufmerksamkeit voll und ganz auf dich zu ziehen. Oder vielleicht bist du auch einfach wirklich so eine Katastrophe auf zwei Beinen. Wahrscheinlich sogar. Aber jetzt angel ich ihn mir. Denn dafür hast du dich ja auch zu dämlich angestellt. Ich werde mir dieses Sahneschnittchen jedenfalls nicht entgehen lassen. Ehrlich, kein Wunder, wenn die Männer vor dir weglaufen«, flüsterte sie ihr ins Ohr und ging weiter.

Liv starrte ihr hinterher. In ihrem Hals bildete sich ein Kloß. Auch wenn sie es besser wusste, das hatte gesessen! In diesem Moment wünschte sie, sie wäre Izzy, die wüsste, wie man darauf passend reagieren sollte. Wie oft hatte ihre Freundin von solchen Zicken erzählt, die sich gegenseitig die Augen auskratzten, um zum Ziel zu kommen. Aber Liv hatte immer gedacht, dass Derartiges vermutlich zur Modelbranche gehörte. Dass sie so was einmal am eigenen Leib erfahren würde, das hätte sie nie erwartet. Sie war Rechtsanwaltsfachangestellte, verheiratet und führte eher ein vorhersehbares Leben. Na gut, Letzteres war neuerdings weniger der Fall. Langweilig war es in den vergangenen Wochen ganz und gar nicht gewesen.

Trotzdem spürte sie in ihren Augenwinkeln Tränen aufsteigen. Bemüht, sie zu unterdrücken, kippte sie sich ihren Eiergrog in den Rachen. Dann griff sie ihre Flasche und sah zu, dass sie nach Hause kam.

17

Liv war total durch den Wind. Sie hatte versucht, Izzy zu erreichen. Mit ihr zu sprechen, hätte ihr wahrscheinlich geholfen. Aber es war nur die Mailbox rangegangen.

Wenigstens hatte Jan sich auf seinem Zimmer verbarrikadiert. Er hatte ihr bereits angekündigt, dass er heute wichtige Telefonate führen musste, und so war es ihr zumindest erspart geblieben, ihm in ihrem aufgelösten Zustand zu begegnen.

Sie hätte nicht gewusst, was sie ihm hätte sagen sollen. Dass sie von Alex kleingemacht worden war? Dass Liv ihr insgeheim vielleicht sogar recht gab? Dass Maltes Nähe jedes Mal eine gewisse ›Wirkung‹ auf sie ausübte? Dass sie aber dennoch glaubte, sich in ihn, Jan, neu verliebt zu haben? Pha! Ja, das wäre ein wunderbarer Gefühlseintopf, den sie ihm da servieren würde. Wobei sie ganz nebenbei wieder bei ihren unzulänglichen Kochkünsten angelangt wäre. Wenn sie ihm dann noch ihre Zuneigung zu ihrer Internetbekanntschaft auftischte, wäre der Pott perfekt, dachte sie, von sich selbst enttäuscht.

Sie füllte sich ein weiteres Schnapsgläschen mit ihrem selbstgemachten Eierlikör voll und schnupperte Richtung Ofen.

Aus purer Verzweiflung, oder aber weil sie sich selbst etwas beweisen wollte, hatte sie einen Gewürzkuchen zusammengerührt und in die Röhre geschoben. Es duftete eindeutig anders als sonst, aber das Rezept war auch nicht ihr übliches. Sie hatte es bei Pinterest gefunden, weil ihr Buch daheim in Bamberg lag.

Sie nippte an ihrem Likör und guckte dabei böse auf Maltes saubere Auflaufform, die darauf wartete abgegeben zu werden. Warum hatte sie sie nur stehen lassen! Jetzt musste sie doch noch einmal ins *Küstenglück*. Das Problem dabei war, dass sie sich inzwischen selbst nicht mehr traute.

Ob das vorherrschende Chaos in ihr an den Hormonen lag? Seit diesen Spritzen kämpfte ihr Körper immer noch mit Schwankungsbreiten. Liv blies die Backen auf und ließ langsam die Luft entweichen. Wie hatte ihr wohlstrukturiertes Leben nur derart aus den Fugen geraten können?

Als der Küchenwecker klirrte, schrak sie zusammen. Bereits beim Herausnehmen der Backform aus dem Ofen sah sie, dass mit dem Kuchen etwas nicht stimmte.

Gerade als sie ihn stürzte, kam Jan in die Küche.

»Du hast gebacken?«, rief er erfreut. Doch schon beim Nähertreten änderte sich sein Gesichtsausdruck. Er guckte genauer hin. »Soll der so sein?«

Liv starrte auf den Gugelhupf, der links doppelt so hoch war wie rechts. Wahrscheinlich hatte sie das Backpulver nicht gut genug verrührt. Zudem war Teigmasse in der Form kleben geblieben, sodass er nun Löcher wie ein Schweizer Käse aufwies. Sie schnalzte mit der Zunge und merkte dabei, dass ihr diese Bewegung schwerer fiel als sonst.

»Das ist eben ein Kuchen, der eine Identitätskrise hat«, brummte sie. »So wie ich.«

Jan schaute sie von der Seite aus an. »Was ist denn los?«

»Ach.« Sie machte eine laxe Handbewegung. »Es ist kompliziert.«

»Sind wir jetzt auf Facebook?«

»Hm?!« Liv zuckte unwillkürlich zusammen. Wusste Jan von *Grisu*? Wie hatte er es herausgefunden?

»Na, so lautet doch bei vielen der Status. ›Es ist kompliziert.‹«

»Ooooh, *das* meinst du.« Erleichtert ließ sie die Schultern sinken. Dabei fiel ihr Blick auf die Flasche Eierlikör.

Sie schenkte sich erneut ein. »Magst du auch einen?«, fragte sie. »Hab ich selbst gemacht.«

Ohne auf seine Antwort zu warten, holte sie ein weiteres Glas aus dem Schrank. Bis er sich äußern konnte, hielt sie es ihm gefüllt unter die Nase.

»Das brauch ich heut irgendwie.«

Jan schaute aus dem Fenster, dann auf die Uhr. Es war bereits Abend.

»Ich merk schon. Was ist denn vorgefallen?«

Statt zu antworten, stieß sie mit ihm an und trank ihres aus. Jan tat es ihr nach.

»Wow! Der hat aber Wums!«, keuchte er sogleich.

Sie zuckte mit den Achseln. »Es könnte sein, dass ich etwas zu viel Rum erwischt hab beim Anrühren.« Schon wanderten ihre Gedanken wieder zu Alex.

»Das wäre nicht auszuschließen«, bestätigte er.

»Wenn er dir nicht schmeckt, musst du ihn ja nicht trinken. Ich kann das auch allein.«

»Ganz bestimmt. Wie viel davon hast du denn schon ›allein‹ verputzt?«

Sie schielte auf die Flasche. »Na, sie war voll. Ist doch logisch. Oder glaubst du, ich bringe nur das bisschen mit?«

Jan schmunzelte. »Puh. Dann würde ich mal sagen, du bist heute Abend echt hochprozentig.«

Sie rümpfte die Nase.

»Daran ist nur diese Hexe Alex schuld«, murmelte sie.

»Wer?«

»Alex. Die war echt gemein zu mir.« Liv merkte selbst, wie jämmerlich sie klang.

Er lehnte sich relaxt gegen die Anrichte. »Du Arme. Was hat sie denn gesagt?«

Liv schaute ihn an. »Danke, ich brauche kein eierlikördurchtränktes Mitgefühl, das bring ich mir gerade selbst entgegen.«

Jan lachte auf. »Du bist echt süß, wenn du beschwipst bist.«

»Ach ja? So fühle ich mich aber gar nicht. Eigentlich ist mir mehr nach heulen zumute.« Sie trat einen Schritt vor und schwankte.

Jan legte seinen Arm um sie. Es fühlte sich gut an. Vertrauensvoll lehnte sie sich an ihn.

»Weißt du, eigentlich hab ich diesen blöden Kochkurs nur zum Zeitvertreib gemacht. Ich hab mich dazu überreden lassen. Und alles, was dabei herausgekommen ist, ist die Bestätigung, dass ich in der Küche einfach eine Niete bin. Ich werde es nie lernen! Und dabei geht Liebe doch durch den Magen.« Sie schaute sehnsüchtig in Jans Gesicht. »Wie soll ich da unsere Ehe retten, wenn ich kein vernünftiges Gericht auf den Tisch bringen kann? Ich kann dir doch schon das Wertvollste im Leben nicht geben, ein Kind. Da sollte ich doch zumindest kochen können«, nuschelte sie.

Jans Augen weiteten sich kurz, dann zog er sie enger an sich heran. »Das musst du doch gar nicht!«

»Echt? Ich denke, Alex hat da schon recht. Ich bin eine Katastrophe auf zwei Beinen, in jeglicher Hinsicht. Demnächst verliere ich noch meinen Job, und was Männer angeht, die rennen schreiend vor mir davon oder tauchen gar nicht erst auf. *Hicks.*« Eine Träne kullerte ihr über die Wange.

»Liv. Livy! Ich hab keine Ahnung, was heute passiert ist. Aber so schwarz, wie du die Welt gerade siehst, ist sie doch gar nicht.«

»Nein? Hast du mal aus dem Fenster geschaut? Da draußen ist es zappenduster.«

Jan kicherte. »Pass auf, ich bring dich jetzt ins Bett, und morgen früh scheint wieder die Sonne. Versprochen.«

Er schob sie sanft zur Treppe.

Auf dem halben Weg drehte sie sich zu ihm um. »Kannst du heute Nacht bei mir schlafen? Also neben mir.« Sie hob bedeutsam den Zeigefinger, was ihr nur mäßig gelang. »Ich glaube, dann würde ich besser träumen.«

LANGE LAG JAN WACH. Liv hatte sich eng an ihn geschmiegt. Ihr Kopf ruhte links auf seiner Brust, und er hörte sie leise atmen. Er fühlte eine tiefe Zufriedenheit in sich und strich ihr mit den Fingern wiederholt leicht über den Rücken.

Dass sie nackt war, hatte ihn nur anfangs kurz aus dem Takt gebracht. Wenn er es forciert hätte, hätten sie wahrscheinlich sogar miteinander geschlafen. Aber er wollte die Situation nicht ausnutzen. Liv war betrunken gewesen. Ziemlich sogar. Er wusste nicht, wann er sie derart knülle erlebt hatte. Vielleicht noch nie. Ein Lächeln legte sich auf seine Lippen. Wie viel Rum hatte sie nur in den Eierlikör geschüttet? Und dann kam es ja auch noch auf den Alkoholgehalt an. Es war ein Unterschied, ob sie vierzig oder siebenundfünfzig Prozent verwendet hatte. Aber seinem Geschmackssinn nach zu urteilen, war es der Hochprozentige gewesen. Klar, dass sie beschwipst war, sie hatte über die halbe Flasche allein geleert. Als würde sie ihm zustimmen, gab sie ein kleines Grunzen von sich.

Beruhigend streichelte er sie. Ihre Haut war warm und zart. Er steckte seine Nase in ihr Haar, das nach Gewürzkuchen duftete. Draußen zerrte der Wind an den Fensterläden. Jan kuschelte sich enger an Liv. Sie seufzte.

Wieder ging ihm ihr Geplapper durch den Kopf. Sie hatte wirres Zeug geredet, und er versuchte, daraus schlau zu werden. Soweit er verstanden hatte, hatte eine Frau namens Alex Liv verbal attackiert. Wie es dazu gekommen war, konnte er sich kaum vorstellen. Denn Liv war immer freundlich und beherrscht. Sie war der Typ Mensch, der zu jeder Zeit alles im Griff zu haben schien. Das hatte ihn von Anfang an an ihr fasziniert und beeindruckt.

Allerdings musste er einräumen, dass sie unter ihrer souveränen Schale durchaus Gefühle besaß, mit denen sie haderte. Das hatte er erst vor nicht allzu langer Zeit erkannt. Warum ihn das so überrascht hatte, wusste er selbst nicht. Liv war schließlich kein Roboter, natürlich hatte auch sie mit ihren Unzulänglichkeiten zu kämpfen. Das war menschlich und tat doch jeder. Es war demnach selbstverständlich, dass auch Liv hin und wieder mal eine Schulter brauchte, um sich auszuheulen und ein paar stärkende Worte abzuholen. Und er als ihr Mann war derjenige, der für diesen Part zuständig war. Oder zumindest sein sollte. Nur, dass er genau das im vergangenen Jahr nicht getan hatte. Er war nicht für sie da gewesen, weil er zu sehr mit sich selbst beschäftigt gewesen war. Er hatte sich in seinen eigenen Gefühlen verstrickt, die die Schwierigkeiten in ihrer Familienplanung in ihm hervorgerufen hatten, und sich darauf verlassen, dass Liv wie immer stark genug war, um sich um sich selbst zu kümmern.

Das war ein großer Fehler gewesen! Anstatt mit ihr zu reden und sich gegenseitig zu unterstützen in den schweren Zeiten, hatte jeder für sich gelitten. Einsam, statt gemeinsam. Dabei hätte er sie fast verloren. Das fiel ihm nun wie Schuppen von den Augen, und er wollte verdammt sein, wenn er das nicht sofort änderte!

Denn es war noch nicht zu spät. Liv hatte vorhin selbst gesagt, dass sie um ihre Ehe fürchtete, weil sie nicht kochen konnte. Erneut huschte ein Lächeln über sein Gesicht, und er fuhr ihr liebevoll übers Haar. Als ob er sich auf Grund dessen diese tolle Frau entgehen lassen würde! Aber dass sie sich deshalb solche Sorgen machte, zeigte ihm, dass auch sie an dem, was sie hatten, festhalten wollte. Und es lohnte sich mehr denn je! In den gemeinsamen Tagen hier auf Norderney hatten sie auf eine Weise wieder zueinandergefunden, die überhaupt nicht in Worte zu fassen war.

Wenn er sie sah, setzte sein Herz einen Schlag aus. Ihr Duft betörte ihn geradezu, sobald sie in seine Nähe kam. Als sie Hand in Hand am Strand spazieren gegangen waren, hatte er sie nie wieder loslassen wollen. Und auch körperlich wirkte sie unglaublich anziehend auf ihn. Natürlich war sie seit jeher eine schöne Frau, aber wenn er ganz ehrlich war: So wie er sie hier auf der Insel angeschaut hatte, hatte er in den letzten Jahren nur fremde Frauen taxiert.

Vielleicht war es der Lauf der Dinge, dass man das, was man direkt vor der Nase hatte, irgendwann nicht mehr wahrnahm. Also im übertragenen Sinne. Er rollte über sich selbst mit den Augen. Wie hatte er nur so werden können? Liv war das Beste, was ihm im Leben je passiert war. Trotz aller Widrigkeiten konnte er froh sein, dass ihm wenigstens jetzt die Erleuchtung gekommen war.

Er glaubte, eine Kirchturmglocke zur vollen Stunde schlagen zu hören. Bald war Weihnachten. Übermorgen wollten sie nach Bamberg zurückfahren. Und während er wegdämmerte, fiel ihm ein, womit er alles wieder ins Lot bringen könnte.

MÜHSAM HOB Liv erst ein Augenlid, dann das andere. Vereinzelte Sonnenstrahlen fielen durch die Ritzen des Rollos herein. Es war trotzdem viel zu hell. Sie griff mit der Hand auf die Betthälfte neben sich. Doch die war leer. Als sie den Kopf einige Zentimeter zur Seite wandte, verspürte sie einen stechenden Schmerz. Sie stöhnte, worauf ein Winseln wie ein Echo folgte. Sie schielte zum Boden. Auf dem Bettvorleger lag Streuner und guckte sie interessiert an.

»Hey, wie bist du denn hier reingekommen?«, fragte sie. Es war jedoch mehr ein Krächzen. Sie langte sich an die Kehle, die sich rau und trocken anfühlte.

Himmel! Wie viel hatte sie gestern denn getrunken? Sie war Alkohol echt nicht mehr gewöhnt. Andererseits erinnerte sie sich dunkel, dass sie schon gut getankt hatte. Zuerst der Eiergrog im *Küstenglück* und zuhause mehr als die halbe Flasche Likör. Und das, obwohl sie schon beim ersten Schluck herausgeschmeckt hatte, dass der Rumgehalt vermutlich doppelt so hoch war wie in Maltes Rezept vorgegeben.

Alex kam ihr in den Sinn. Daran, dass Liv vergessen hatte, auf das Mengenmaß zu achten, war nur die blöde Kuh schuld gewesen, und an ihrem späteren Saufgelage auch.

Oh Gott, warum hatte sie sich dazu nur hinreißen lassen? Das passte doch gar nicht zu ihr.

Livs Blick fiel auf den Nachttisch. Ein großes Glas Wasser und zwei Aspirin lagen dort bereit. Das musste Jan hingestellt haben, und bei der Gelegenheit war wohl Streuner mit ins Zimmer geschlüpft. Na, wenigstens konnte sie wieder halbwegs klar denken.

Dankbar wollte sie lächeln, doch jegliche Art von Mimik bestrafte ihr Gehirn mit unmittelbarem Schmerz. Dennoch nahm sie all ihre Kraft zusammen und rappelte sich so weit auf, dass sie die Tabletten schlucken konnte. Kaum getan sank sie zurück ins Kissen.

Weil es sie fröstelte, zog sie das Federbett hoch, dabei fiel ihr auf, dass sie nichts anhatte. Sie lugte unter die Decke. Sie trug nichts als ihr Höschen.

Baff ließ sie die Zudecke sinken und schaute auf den freien

Platz neben sich. Sie wusste noch, dass sie Jan gebeten hatte, die Nacht bei ihr zu verbringen. Aber nicht ›mit ihr‹. Wenn sie sich recht entsann, hatte sie das sogar betont. Oder glaubte sie das nur und hatte es in ihrem Zustand versäumt? Nachdenklich kaute sie auf ihrer Unterlippe. Hatten Jan und sie Sex gehabt?

Ein wohliger Schauer durchzuckte sie, und Liv erstarrte für den Moment. Doch sosehr sie sich auch bemühte, sie konnte sich an nichts erinnern. Sie schnalzte mit der Zunge. Also hatten sie oder hatten sie nicht? Aber wenn sie ›gehabt hätten‹, dann würde sie sich doch ein paar Kleinigkeiten ins Gedächtnis rufen können, oder? Jan war ein hervorragender Liebhaber! Jedenfalls vor der ganzen Babygeschichte, bis es sich zunehmend zu einem puren Pflichtakt entwickelt hatte.

Dass sie trunken, wie sie gewesen war, jegliche seiner Berührungen vergessen haben sollte, versetzte ihr einen Stich. Besonders, da sie ja gerade dabei waren, sich wiederzufinden, sollte eine gemeinsame Nacht doch eine gewisse Bedeutung haben.

Dann fiel ihr ein, dass sie wohl kaum ihr Höschen noch tragen würde, wären sie intim geworden.

Halb zufrieden, halb bedauernd döste sie wieder ein.

Das nächste Mal, als sie aufwachte, war es mäßig hell im Zimmer, und ihr Handy bimmelte gnadenlos.

Liv riss die Augen auf und tastete danach.

»Hallo.«

»Hey Schwesterchen«, flötete Tabea in ihr Ohr. So laut, dass Liv ihr Handy schnell einige Zentimeter von sich weghielt. Was auch besser war, denn es folgte ein schriller Pfeifton, der ihr auch ohne Kater in die Knochen gefahren wäre.

»Tabea? Kannst du mal bitte deine Lautstärke regulieren? Ich bin nicht taub, jedenfalls noch nicht«, jaulte Liv auf.

»Oh, das ist die Freisprechanlage. Ich bin im Auto unterwegs, und rate mal, wohin.« Die Stimme ihrer Schwester wurde annehmbarer.

»Keine Ahnung. Muss ich das wissen?«

»Na, ich dachte schon, dass es dich interessiert. Ich bin nämlich unterwegs zu euch.«

»Zu uns? Aber wir sind doch gar nicht da«, murmelte sie.

»Wieso? Wo seid ihr denn?«

»Auf Norderney.«

»Also doch.«

»Wie?« Liv setzte sich auf. Gespräche mit ihrer kleinen Schwester waren immer anstrengend, weil sie meist unterschiedlicher Meinung waren, oftmals aber auch aneinander vorbeiredeten, weshalb sie im Liegen einfach nicht mit ihr reden konnte.

»Ich hab von Mama und Paps gehört, dass ihr euch auf Norderney tummelt. Wollt ihr euer Eheleben auffrischen und macht einen auf ein bisschen Popeye und Olivia?«

Diese Anspielung war mal wieder typisch für Tabea. Auf was für Ideen ihre Schwester immer kam. Livs Gehirn fühlte sich zu einer Antwort darauf noch nicht fähig, doch Tabea erwartete auch keine.

»Jedenfalls hab ich gedacht, ich besuche euch mal. Ich wollte schon lange an die Nordsee, und das ist für mich doch die Gelegenheit. Ich brauche nicht mal was für die Unterkunft zu zahlen, wenn ich bei euch wohne.«

»Ach so?«

»Ja, oder nicht? Du wirst doch von deiner kleinen Schwester kein Geld verlangen, wo wir uns eh so wenig sehen.«

Liv starrte auf einen imaginären Punkt. Natürlich ging es ihr nicht darum. Vielmehr beschäftigte sie die Tatsache, dass ihr Schwesterchen die lange Reise von München hier herauf auf sich nahm. Denn ihr Verhältnis war alles andere als innig. Außerdem …

»Aber die Weihnachtsfeiertage stehen doch vor der Tür«, fiel

Liv ein. »Wir fahren morgen zurück. Warum fährst du nicht gleich nach Bamberg?«

Okay, die Frage erübrigte sich im Grunde. Denn Tabea kam, seitdem sie daheim ausgezogen war, immer erst pünktlich zum Vierundzwanzigsten, um auch ja nicht in die Vorbereitungsmaschinerie ihrer Mutter einbezogen zu werden. Was Liv noch mehr verdutzte, wenn sie plötzlich so frühzeitig anreisen wollte. Wobei … Sie wollte schließlich auf die Insel kommen … Livs Hirn schmerzte verwirrt, aber weit hinten schrillte irgendwo eine Alarmglocke. Doch bevor sie das genauer erörtern konnte, plapperte Tabea schon weiter.

»Warum reist ihr ab? Ich dachte, wir verbringen Weihnachten gemeinsam an der Nordsee.«

»Bitte? Wie kommst du denn darauf.«

»Also, mir wurde das so gesagt, und wenn alles klap… neh… … die letzt… Fähr… Du i… …. d… …erbindung … *Tu-tu-tu.*«

LIV SPRANG AUS DEM BETT. Um Haaresbreite wäre sie dabei auf Streuner gehüpft. Der Hund hob perplex den Kopf und eilte ihr hinterher.

Wie eine Sturmbö wirbelte sie in die Küche. Jan saß am Tisch, vertieft in seinen Laptop.

»Wir feiern Weihnachten hier«, keuchte sie. Es sollte eine Frage sein, klang aber nicht unbedingt so.

»Was? Damit wollte ich dich eigentlich überraschen. Schade, dass du jetzt selbst auf die Idee gekommen bist …«

»Tabea hat mich gerade angerufen. Sie ist schon unterwegs. Wenn ich das richtig verstanden habe, trifft sie heute Abend noch ein.«

»Hm? Nein-nein-nein-nein-nein. So war das nicht geplant!« Kopfschüttelnd ließ sich Jan auf seinen Stuhl zurückfallen.

»Moment, du hast davon gewusst?« Sie trat auf ihn zu.

»Dass deine Schwester heute kommt? Bestimmt nicht.«

Liv kniff fragend die Augen etwas zusammen. »Wie jetzt?«

»Na ich habe mir letzte Nacht überlegt, dass es dich vielleicht freuen würde, die Feiertage auf Norderney zu verbringen.« Er erhob sich und kam auf sie zu. »Es gefällt dir doch hier so gut. Und zu meiner Kindheit haben wir oft Weihnachten hier gefeiert …« Auf Armeslänge blieb er abrupt vor ihr stehen. »Sag mal, könntest du dir was anziehen? Um ehrlich zu sein, fällt mir das Denken schwer, wenn du hier fast nackt vor mir stehst …« Er starrte auf ihren Busen, und sie guckte an sich herab.

Erst jetzt wurde Liv bewusst, dass sie nichts anhatte. Sie war derart eilig aus dem Bett gesprungen, dass sie diese Kleinigkeit gar nicht bemerkt hatte.

»Hm. Da gibt es nichts, was du nicht schon mal gesehen hast«, beteuerte sie, was ja auch stimmte. Trotzdem löste sein Blick ein seltsames Gefühl in ihr aus. Ihre Nackenhaare vibrierten wohlig, und in ihrem Bauch formte sich ein kleiner Feuerball, der sich in Richtung ihres Höschens senkte. Gleichzeitig durchfuhr sie ein Schauer, der ihr Gänsehaut bereitete und ihre Brustwarzen sich aufstellen ließ.

Jans Brauen hoben sich entzückt.

»Du frierst«, raunte er.

»Nein, ich glaube nicht«, erwiderte sie murmelnd.

Ihre Blicke trafen sich. Dann ihre Münder. Fast sofort begannen ihre Zungen einen wilden Tanz, der heiß und feurig war. Er rief Urinstinkte wach, wie ein Ritualtanz von Eingeborenen, der zur Sünde anfeuerte. Sexuelle Energie und pure Lust beherrschten plötzlich den Raum. Sie verschlangen einander geradezu.

Seine Hände fuhren über ihren Rücken hinab bis zu ihrem Slip. Mit einem Finger strich er den schmalen Gummibund entlang. Sie spürte ein süßes Ziehen zwischen den Schenkeln und schnappte nach Luft.

»Du machst mich verrückt, wie am ersten Tag«, flüsterte er.

»Freut mich zu hören«, antwortete sie heiser und schob seinen Pulli hoch.

Als Jan die Arme hob, um ihn abzustreifen, sahen sie einander erneut in die Augen. Seine Iris funkelte lüstern. Doch es lag noch etwas anderes darin. Vertrautheit, Zuneigung und – Liebe! Livs Herz weitete sich. Sie begehrte ihn – mit Haut und Haar.

Doch ob das der richtige Schritt war? Sie hatten sich eben neu gefunden. Würde Sex nicht alles sofort wieder kaputtmachen und sie zurück in die altgewohnte Schiene katapultieren?

Der Pullover fiel zu Boden, und er küsste sie erneut. Ihr Hirn schaltete auf Standby, und ihre Gefühle übernahmen das Ruder. Sie nestelte an seinem Hosenknopf.

Als sie ihn geöffnet hatte, schlang er seine Arme um sie und hob sie hoch. Den Kopf halb in ihrer Halsbeuge vergraben, trug er sie nach nebenan ins Wohnzimmer. Sein Atem strich ihr warm übers Dekolletee und ihre Brüste und verfing sich schließlich in ihrem Bauchnabel, während er sie sanft am Sofa ablegte. Sie bäumte sich auf, riss ihm die Klamotten vom Leib und zog ihn zu sich herab.

Sein Gewicht auf sich zu spüren, war angenehm, aber als er seinen Oberschenkel zwischen ihre zwängte, stöhnte sie leise auf. Angestachelt verschloss er ihre Lippen mit einem weiteren intensiven Kuss …

18

Livs Körper vibrierte noch immer, als sie zum zweiten Mal am Tag die Treppe herunterkam, diesmal jedoch respektierlich angezogen. Bekleidet mit Jeans und dunkelgrünem Flauschpullover ging sie sich einen Kaffee holen. Wieder saß Jan am Küchentisch und arbeitete vertieft.

Sie schielte zu ihm hinüber. So tollen Sex hatten sie schon ewig nicht mehr gehabt. Sie wusste, dass er es genauso empfand, schließlich hatte er es ihr vorhin gesagt. Trotzdem fragte sie sich, ob es sich damit dann hatte. Waren die romantischen Stunden vorbei? Wich das erneute Wieder-Kennenlernen jetzt dem schnöden Alltag? Der hatte jedenfalls schon Einzug gehalten, wie man ja sah.

Emsig haute Jan in die Tasten. Liv seufzte in sich hinein. Natürlich musste das Leben weitergehen, aber warum so schnell? Die Zeit des aufregenden Kribbelns hatte ihnen so gutgetan! Würden diese wenigen Tage ausreichen, damit auch künftig alles im Lot blieb? Was passierte, wenn sie nach Hause kamen? Wenn sie sich in Bamberg wieder anschweigen würden? Sie glaubte nicht, dass ihre Ehe das überleben könnte. Und doch war das Risiko hoch. Zumal Jan sich noch immer nicht vollständig geöffnet hatte. Seine Dämonen der Vergangenheit, die mit diesem Haus auf Norderney zusammenhingen, kannte Liv nach wie vor nicht. Natürlich konnte man vorbringen, dass er sie diesbezüglich über die gesamten letzten Jahre nie einbezogen und ihre Beziehung dennoch Substanz gehabt hatte. Doch nach allem, was sie durchgemacht hatten, schien es ihr heute wichtig, keine Geheimnisse mehr voreinander zu haben. Für eine harmonische Partnerschaft brauchten sie eine stabile Grundlage.

Jan riss sie aus ihren Gedanken.

»Was hältst du von einem schönen Spaziergang?«, fragte er und klappte seinen Laptop zu.

Livs Blick fiel auf ein Buch, das dahinter am Tisch lag.

»Hey, wieso liegt mein Krimi da?« Sie hatte ihn doch am Nachttisch verwahrt.

»Dein Krimi? Das ist meiner.«

»Deiner? Seit wann liest du denn?«

Er zuckte mit den Achseln, erhob und streckte sich. »Ich dachte, ich probier´s mal. Also, wollen wir an den Strand gehen?«

JAN GRINSTE IN SICH HINEIN. Livs erstauntes Gesicht war herrlich gewesen, als sie den Krimi entdeckt und erfahren hatte, dass er ihn ebenfalls las.

Selbstredend hatte er das Buch absichtlich neben sich platziert, damit es ihr auffiel. Denn irgendwie musste er ja weiterkommen, wenn er das Kuddelmuddel mit *Grisu* ein für alle Mal beenden wollte. Wie genau er das anstellen wollte, wusste er noch nicht. Aber Liv zu zeigen, dass sie sich genauso gut mit ihm austauschen konnte, war schon mal ein Anfang. Denn die Textnachrichten zwischen *Grisu* und *Morticia* waren zwar weniger geworden, aber aufgehört hatten sie nicht.

Das war Punkt eins auf seinem Schlachtplan, um Liv dauerhaft zurückzugewinnen, den er sich während seiner Wachstunden in ihrem Bett überlegt hatte.

Punkt zwei betraf Weihnachten. Hier war allerdings bereits der Wurm drin, dank seiner aufgekratzten Schwägerin. Die Kleine war seit jeher eine Unruhestifterin und schaffte es, selbst in die entspanntesten Stunden Turbulenzen zu bringen. Warum hatte sie ausgerechnet jetzt Liv anrufen müssen, bevor er Zeit gehabt hatte, Liv mit seiner Planung zu überraschen? Die Schwestern hatten oft wochenlang keinen Kontakt.

Na, immerhin war es ihm gelungen, vom Thema abzuweichen, als Liv ihn darauf angesprochen hatte. Obwohl mit ihr zu schlafen gar nicht zu seinem Plan für heute gehört hatte. Das war eigentlich Punkt fünf gewesen. Vorher hatte er mit ihr noch einen schönen Baum für die Feiertage kaufen und schmücken wollen und geplant, mit ihr einen Ausflug zum Leuchtturm zu unternehmen, wo er vorhatte, ihr endlich von seinem Kindheitstrauma zu erzählen. Denn dafür fühlte er sich jetzt bereit.

Die Tage mit Liv auf Norderney waren wunderbar! Sie hatten ein neues Band zwischen sich geknüpft. Das hätten sie zuhause in Bamberg wahrscheinlich nie fertiggebracht. Der Kulissenwechsel und die Nordsee hatten ihren Teil dazu beigetragen. Das Meer, der Wind scheuchten alle trübsinnigen Gedanken fort, sodass wieder Licht in sein Herz fallen konnte. Ein Licht, das ihn selbst in seinen hintersten verborgenen Ecken erreicht hatte, sodass er erkennen konnte, dass die meisten Erinnerungen an seine Kindheit auf der Insel schön gewesen waren. Es war nur dieser eine Aufenthalt, der sich wie ein böser schwerer Schatten über alles andere gelegt hatte. Und Jan hatte ihn wie eine dicke Decke dort liegen lassen. Es war sein Schutzmantel gewesen, unter den er all die negativen Emotionen hatte schieben können. Denn irgendwem musste er doch schließlich die Schuld geben können!

Dabei hatte er dieser herrlichen Nordseeinsel unrecht getan. Sie war für nichts davon verantwortlich. Im Gegenteil, sie hatte ihm und Liv geholfen, sich wiederzufinden!

Lächelnd schaute er zu, wie sie mit Streuner den Strand entlangsprintete. Sonnenstrahlen brachen sich in ihrem Haar und ließen es braun glänzen. Als sie sich umdrehte, bemerkte er ihre geröteten Wangen. So hatte sie vorhin auf der Couch auch ausgesehen. Nur, dass sie da beide etwas verschwitzt gewesen waren, während sie jetzt vom Seewind durchgeblasen wurden. Ja, der Sex war nicht geplant gewesen, dafür aber umso unglaublicher. Ein wenig so, als wären sie zwei andere Menschen gewesen. Doch vielleicht waren sie das inzwischen auch? Sie hatten sich beide definitiv verändert. Jan freute sich schon darauf, noch mehr neue Dinge aneinander zu entdecken.

Und damit das auch in Zukunft möglich war, wollte er an seinem Punkte-Plan festhalten, statt wieder in alte Muster zurückzufallen. Dass sie Nummer fünf vorgezogen hatten, musste schließlich nichts bedeuten. Es war ein kleiner Bonus, dachte er grinsend und verfiel in einen Laufschritt, um Liv und Streuner einzuholen.

»Sieh mal, wer da kommt. Der alte Mann, der mit uns nicht mithalten kann«, rief Liv frech Streuner zu, als er bei den beiden ankam.

»Pha! Wen nennst du hier ›alt‹?« Schon schnappte er sie und wirbelte sie im Kreis herum, bis sie kichernd aufschrie.

Streuner hüpfte kläffend an seinen Beinen hoch. Zum Glück sah er ihn mittlerweile als Freund, dachte Jan, geriet aber dennoch aus dem Gleichgewicht. Zusammen fielen sie in den weißen Sand.

Liv lag schnaufend auf dem Rücken, Jan auf dem Bauch und Streuner quer über ihren Beinen. Für einen Augenblick genossen sie die Auszeit und hörten die Wellen rauschen. Es war der perfekte Moment!

Liv war glücklich! Jan, sie und Streuner. Mehr brauchte sie nicht. Obwohl … Meer war immer gut. Sie kicherte und schaute zu ihm hinüber.

»Heißt das nun, wir bleiben noch länger auf Norderney? Über Weihnachten?«

Er wischte sich spuckend über den Mund und hatte trotzdem noch Sand an den Lippen, als er sie ansah und antwortete.

»Wenn du willst, bleiben wir sogar über Silvester.«

»Ehrlich? Das wäre super! Zwischen den Jahren ist hier tolles Programm geboten.«

Er nickte grinsend. »Ich habe heute früh, als du noch geschlafen hast, mit deinen Eltern telefoniert. Sie sind einverstanden und würden die Feiertage gerne mit uns hier verbringen. Ich hoffe, das war in deinem Sinn.«

»Aber ja! Es ist so schön hier. Ich freue mich riesig über die Idee.« Sie rollte sich eine halbe Umdrehung an ihn heran und strich ihm mit dem Finger die Sandkörner von Wange und Lippen.

Er hielt ihre Hand fest. »Das ist alles, was ich wollte.«

»Ach ja? Mehr nicht?« Sie schaute ihm tief in die Augen und verspürte wieder dieses Kribbeln. Dann beugte sie sich zu ihm, und sie küssten sich.

Streuner unterbrach ihr Geplänkel. Bellend stupste er sie von der Seite an, bis sie sich voneinander lösten.

»Schon gut, mein Großer. Wir werden nicht zum öffentlichen Ärgernis«, meinte Jan lachend und wuschelte ihm übers Fell. »Aber dass Tabea heute schon eintrifft, war nicht mein Plan«, wandte er sich an Liv. »Ich dachte, wir hätten noch zwei Tage für uns.«

Sie stand bereits und klopfte sich ab. »Tja, nun. Daran ist

wohl nichts zu ändern. Sie ist ja schon unterwegs. Warum auch immer.«

»Hm. Das ging echt schnell. Sie muss, direkt nachdem deine Mutter sie informiert hat, ihre Sachen gepackt haben und losgeprescht sein.«

»So sieht´s aus. Nur, weshalb hat sie es so eilig?«, antwortete sie grimmig. Auch sie hätte gegen noch ein wenig mehr Zweisamkeit nichts einzuwenden gehabt.

Stirnrunzelnd sahen sie einander an.

»Sie hat bestimmt wieder irgendwelche Flausen im Gepäck«, überlegte Liv laut. »Dabei war Norderney mein Ruhepol!«, jammerte sie.

Streuner legte den Kopf schief und kläffte. Als sie zu ihm hinabblickte, glaubte sie, einen Vorwurf in seinen Augen zu entdecken.

Oh ja, sie hatte ihm neulich von *Grisu* und Malte erzählt. Hatte der Hund ihr etwa wirklich zugehört und verstanden, was sie ihm anvertraut hatte? Oder lag es an ihrem Gewissen, das sich soeben bei ihr meldete? Denn genau betrachtet war ihr Aufenthalt nicht immer ganz so ruhig und entspannt gewesen.

Sie stierte in Jans Rücken, der schon weiterging. Sie sollte es ihm beichten. Jetzt sofort. Schließlich hatte sie vor einer guten Stunde selbst noch gedacht, dass ihre Beziehung nur Bestand haben konnte, wenn sie keine Geheimnisse mehr voreinander hatten. Andererseits brauchte sie sich bei *Grisu* einfach nicht mehr zu melden, dann wäre die Sache erledigt. Und was Malte betraf, es war nie etwas zwischen ihnen passiert. Das, was gewesen war, konnte man höchstens als harmlosen Flirt bezeichnen – ohne ernsthaftes Interesse! Sollte er sich doch mit Alex vergnügen. Sie, Liv, war vergeben!

Weder das eine noch das andere war demnach vergleichbar mit etwas, das einen Menschen auf lange Sicht prägte – so wie Jan die Geschehnisse in seiner Kindheit.

Wollte sie also wirklich ihr neues Glück aufs Spiel setzen, indem sie ihn mit ihren verirrten Handlungen der letzten Wochen konfrontierte? Auch wenn nichts davon tragisch war, konnten Männer doch manchmal sehr eingeschnappt reagieren, wenn es um Nebenbuhler ging … Zumal ihre Sorge unbegründet schien, dass mit dem Sex am Vormittag das Gefühl der Verliebtheit verpufft sein könnte. Jan gab sich weiterhin zärtlich, humorvoll und einfühlsam. Das wollte sie nicht kaputtmachen, wo jetzt sogar ihre Familie anreisen würde.

Trotzdem!, schnappte ihr Gewissen. *Wenn du es ihm nicht sagst, schleppst du dieses Geheimnis ewig mit dir herum. Glaubst du wirklich, das macht dir nichts aus?*

Sie nickte. Es war der einzig richtige Weg! Aber wie sollte sie anfangen?

»Sag mal, der Krimi, den du liest. Dass du dir ausgerechnet *Mord und Flut* ausgesucht hast, ist echt ein Ding. Den hab ich am Nachttisch liegen und bin fast durch«, begann sie in einem kläglichen Versuch.

»Das ist wirklich Zufall, was? Aber das beweist, dass wir denselben Geschmack haben. Wie findest du es denn, dass die Opfer so aufgefunden werden wie auf diesen alten Gemälden dargestellt?«

»Ziemlich interessant. Es hat mich dazu gebracht, mich nebenbei etwas mit Kunst zu beschäftigen.«

»Geht mir auch so. Seitdem habe ich Lust, mal dem Louvre einen Besuch abzustatten.«

»Wirklich? Das habe ich mir auch schon überlegt.«

»Klasse. Dann stehen unsere Reisepläne fürs nächste Jahr schon mal fest. Paris!« Er schaute sie entwaffnend an.

»Die Stadt der Liebe?«

»Warum nicht?« Er legte einen Arm um sie, und Livs gute Vorsätze waren wie weggeblasen.

»Wow! Das ist ja die voll coole Unterkunft. Ein ganzes Haus, so schön eingerichtet! Und das lasst ihr permanent leerstehen? Das ist ja eine Schande.« Tabea lief mit Elan durch die Räume und stürmte die Treppe hoch.

Liv und Jan hatten Mühe, ihr hinterherzukommen. Liv fuchtelte verstohlen mit ihrer Hand vorm Gesicht herum, um Jan mitzuteilen, dass ihre Schwester mal wieder etwas übergeschnappt wirkte. Sie war seit jeher ein Energiebündel und verhielt sich trotz ihres Erwachsenenalters gerne mal wie eine Achtjährige, was sie aber auch liebenswert machte. Zudem kam ihr Wesen Tabea beruflich entgegen. Sie war im Marketing tätig, und dort waren unkonventionelle Ideen willkommen.

»Wisst ihr was?« Sie hielt abrupt inne und drehte sich zu ihnen um. »Ihr solltet das Ferienhaus seinem eigentlichen Zweck zuführen.« Aha, da kam es schon. Sicherlich hatte Tabea bereits eine Marketingstrategie zur Vermietung an Urlauber im Kopf. »Was haltet ihr davon, wenn ich hier vorübergehend einziehe?« Ihre Augen leuchteten.

»Wie bitte?« Jan runzelte prompt die Stirn.

»Du? Willst hier wohnen?«, fragte Liv überrascht. Das hatte sie jetzt überhaupt nicht kommen sehen. Sie spürte, wie sich etwas in ihr sträubte. Das war *ihr* Haus, ihr Heim, ihr Rückzugspunkt! Sie wollte nicht, dass Wirbelwind Tabea diese Perle an sich riss.

»Es wäre perfekt, bis ich mich neu organisiert habe.«

»Wie meinst du das?« Argwöhnisch betrachtete Liv ihre kleine Schwester.

»Na ja, ich musste kurzfristig aus der Wohnung raus. Deshalb bin ich auch gleich aufgebrochen, als ich von Mama hörte, wir feiern Weihnachten hier zusammen.«

Livs Brauen verengten sich. »Willst du sagen, du hast momentan kein Dach über dem Kopf?«

Dass Tabea gerne mal schnell ihre Jobs wechselte, war nicht neu, aber obdachlos war sie ihres Wissens bisher noch nie gewesen.

Tabea zuckte relaxt mit den Achseln. »Das ist nur vorübergehend. Linus und ich, es hat einfach nicht funktioniert. Er war viel zu anhänglich, zu … spießig. Er dachte, nur weil ich bei ihm eingezogen bin, würden bald die Hochzeitsglocken läuten und wir eine Familie gründen. Kannst du dir das vorstellen? Ich und ein Baby?«

Sie lachte laut auf.

Der Schraubstock um Livs Herz zog sich weiter zusammen. Dass die quirlige Tabea plötzlich ihren Traum vom Kinderglück leben sollte, war unvorstellbar. Aber dann wurden ihr die Worte ihrer Schwester klar. Für Tabea war das ebenfalls keine Option. Liv atmete auf – bis sie das Ausmaß dieser Erklärung begriff.

»Ihr habt euch deswegen also gestritten, und er hat dich rausgeschmissen?!« Was für ein Ekelpaket tat so was? Sofort stellte sich Mitgefühl in Liv ein. So eine Behandlung hatte ihre Schwester nicht verdient, nur weil sie ihre Meinung vertrat, die Liv zur Abwechslung sehr vernünftig fand. Vielleicht würde ihre kleine Schwester irgendwann einmal eine gute Mutter werden, aber derzeit war sie noch lange nicht so weit. Um für ein Kind Verantwortung zu übernehmen, musste sie erst mal lernen, langfristig zu denken. Was Tabea bis dato nicht tat. Sie flatterte mal hierhin, mal dahin. Das sah man an ihren ständig wechselnden Arbeitgebern.

»Nein, Linus hat mich doch nicht vor die Tür gesetzt. Das würde er niemals tun. Ich bin gegangen. Er hat mir angeboten, dass ich bleiben kann, bis ich wieder eine eigene Wohnung gefunden habe. Aber das wollte ich nicht. Wie sollte das funktionieren? Wenn wir die Weihnachtstage gemeinsam verbringen, glaubt er noch, mich bekehren zu können. Er kann nämlich echt lieb und aufmerksam sein. Ich wollte das Risiko nicht eingehen und mich womöglich doch noch von ihm einwickeln lassen. Also bin ich abgehauen.«

»Klingt mir eigentlich nach einem ganz anständigen Kerl«, murmelte Jan und fuhr sich über seine Bartstoppeln. »Etwas Stabilität hätte dir womöglich ganz gutgetan.«

Tabea starrte ihn an. »Willst du damit andeuten, ich hätte mein Leben nicht im Griff?«

Jan zuckte mit den Achseln.

»Damit ich das richtig verstehe. Du bist Hals über Kopf nach Norderney aufgebrochen?«, fragte Liv indes.

»Hm«, quiekte Tabea zustimmend.

»Das scheint dann wohl in der Familie zu liegen«, brummte Jan.

Liv warf ihm einen bösen Blick zu. Als sie nach Norderney aufgebrochen war, hatte sie ihre Gründe gehabt. Das waren doch zwei komplett unterschiedliche Sachlagen!

»Weiß Linus denn, wo du abgeblieben bist?«

»Nö. Wieso? Geht ihn doch nix an.«

Liv sah Jan voller Genugtuung an. Sie hatte ihm immerhin einen Zettel hinterlassen!

»Und was ist mit deiner Arbeit? Konntest du dir so kurzfristig freinehmen?«, fiel ihr dann ein. Dabei hatte sie überhaupt keine Ahnung, in welchem Unternehmen Tabea derzeit ihr Geld verdiente …

»Ach, ich hab gekündigt. Mich ständig mit Limonaden zu befassen, war eh nicht mein Ding. Ich trink weder Orangen- noch Zitronenlimo. Auf die Dauer war die Vermarktung ziemlich ermüdend.«

Liv wollte fragen, wie lange sie den Job denn überhaupt gemacht hatte, ließ es aber. Es spielte keine Rolle.

»Du bist demnach also obdach- und arbeitslos«, fasste sie zusammen.

»Supi«, meinte Jan sarkastisch.

»Für den Moment ja, aber das ändert sich bald wieder. Also, kann ich bis auf Weiteres hierbleiben, auch wenn ihr wieder abreist?« Tabea stapfte die restlichen Stufen hinauf.

»Nein«, sagte Jan laut und deutlich wie nachdrücklich.

Liv schmunzelte erleichtert. Natürlich würde sie ihre Schwester nie im Stich lassen. Doch das Haus auf Norderney war für sie etwas Besonderes. Sie wollte es nicht teilen. Es würde sich eine andere Lösung für Tabea finden. Ihre Eltern waren schließlich auch noch da. Liv war gespannt, wie sie zur neusten Lebenslage ihrer jüngsten Tochter stehen würden. Tabeas Nachrichten bargen in jedem Fall jede Menge Gesprächsstoff. Langweilig würde es über Weihnachten schon mal nicht werden. Aber … kam Zeit, kam Rat.

Bevor Tabea bezüglich Jans Entscheidung Einspruch einlegen konnte, deutete er auf die Tür vor ihnen.

»Das ist dein Zimmer für die Feiertage«, erklärte er.

Sie schaute hinein. »Hübsch. Und wo schlaft ihr?«

Jan und Liv wechselten einen Blick. Auch ohne Worte waren sie sich einig, keinesfalls zugeben zu wollen, dass sie im Moment jeder ihr eigenes Quartier hatten.

Liv vollführte eine Kopfbewegung nach rechts. »Wir sind da drüben, und den Raum links bekommen Mama und Paps.«

Über Jans Lippen huschte ein Lächeln. Unauffällig griff er ihre Hand und drückte sie.

»Okay, dann hol ich mal meine Sachen und richte mich ein. Über die Aufenthaltsdauer können wir ja später nochmal reden«, meinte Tabea und klimperte mit den Wimpern.

19

Der Christbaumkauf gestaltete sich nicht halb so romantisch, wie Jan es sich vorgestellt hatte. Dabei waren die Voraussetzungen dafür gegeben. Aus den Lautsprechern am Platz drang leise Musik, und einen Stand, an dem Glühwein wie Grog verkauft wurde, gab es auch. Doch während er versuchte, auf die weihnachtliche Stimmung einzugehen, drei Becher besorgte und mit Liv händchenhaltend die Bäume betrachten wollte, schüttete sich Tabea den Tasseninhalt praktisch in einem Zug in den Rachen und hüpfte von einer Tanne zur nächsten, um sie eingehend zu begutachten. Beim dritten Exemplar brach dem Verkäufer der Schweiß auf der Stirn aus, was etwas heißen sollte, denn der kalte Nordseewind pfiff ihnen heftig um die Ohren. Als sie auch am fünften Baum etwas auszusetzen hatte, wurde der Mann zunehmend rot im Gesicht. Jan war sich jedoch sicher, dass dies nicht der Kälte geschuldet war. Sein Ausdruck wurde immer grimmiger, sodass er es für besser hielt, Liv und sich in sicheren Abstand zu bringen.

»Deine Schwester kann echt anstrengend sein«, knurrte er und zog sie hinter ausreichend Tannengrün.

»Ich weiß. Aber ich kann sie doch nicht allein verhandeln

lassen«, wandte sie ein und lugte um die Ecke. Tabea gestikulierte wild, und der Mann sah immer verdrießlicher drein.

»Oh doch!«, antwortete Jan und schaute ebenfalls durch die Zweige. »Ich werde nicht zulassen, dass der Typ euch beide verprügelt.«

Liv kicherte. »Glaubst du, das macht er. Dafür ist er doch viel zu nett.«

»Mag sein, aber Tabea schafft es, in jedem eine Seite hervorzukitzeln, von der man selbst nicht mal gewusst hat. Siehst du, wie sie auf ihn einschwatzt? Die Leute im Norden mögen es eher ruhig. Pass auf, gleich brennt bei ihm eine Sicherung durch. Ich sehe schon Rauchwölkchen aus seinen Ohren kommen.«

Liv knuffte ihm lachend in die Seite.

»Du bist echt gemein. Das kannst du gar nicht sehen. Seine Mütze hat er tief ins Gesicht gezogen«, witzelte sie mit.

»Wahrscheinlich hofft er, Tabeas Geschnatter damit besser ausblenden zu können.«

»Jan! So schlimm ist sie auch wieder nicht.«

»Na, wenn sie sich was in den Kopf gesetzt hat … Jedes Mal denke ich mir, wie unterschiedlich ihr doch seid. Mit Tabea könnte ich nie zusammenleben.«

»Mit mir aber schon?« Sie schaute ihn schief von der Seite aus an.

Ihre Blicke trafen sich, und er zog sie zu sich herum.

»Ich möchte nichts lieber auf der Welt.«

»Das ist schön.« Sie strahlte ihn an, und dann küssten sie sich.

»Da seid ihr!« Tabea unterbrach sie rigoros. »Ihr könntet mir mal helfen, statt wie die Teenager rumzuknutschen. Seid ihr dafür nicht auch schon ein bisschen zu alt?« Mit hochgezogenen Brauen zerrte sie eine Nordmanntanne hinter sich her.

Jan löste sich seufzend von Liv und griff nach dem Baum.

»Dieser ist perfekt. Und hat kaum was gekostet. Der Verkäufer hat mir einen fetten Rabatt gegeben.«

»Ach ja?« *Wahrscheinlich, um diese schrecklich nervtötende Frau endlich loszuwerden*, dachte er bei sich.

»Ja-a. Er meinte, ich wäre so wunderbar redegewandt und besäße ein ausgesprochenes Maß an Zielstrebigkeit. Das müsse belohnt werden«, berichtete Tabea stolz.

Jan merkte, wie er leise zu prusten begann. Da hatte er wohl mit seiner Vermutung ins Schwarze getroffen. Liv warf ihm einen mahnenden Blick zu, doch auch ihr fiel es sichtlich schwer nicht loszulachen.

Gemeinsam schleppten sie die Tanne zum Auto.

»Habt ihr eigentlich Weihnachtsschmuck?«, wollte Tabea wissen und schaute sich schon nach einem passenden Laden um.

»Jede Menge. Viele alte Stücke. Es müsste eine große Kiste am Dachboden stehen«, erklärte Jan und dachte an die unzähligen Male, an denen er früher mit seiner Familie Weihnachten auf der Insel gefeiert hatte. Seltsamerweise bereitete ihm die Erinnerung keinerlei Bauchschmerzen mehr. Es hatte sich in ihm etwas verändert. Doch bevor er in sich gehen und darüber nachgrübeln konnte, schlug Liv vor, noch in der Milchbar vorbeizuschauen.

»Dort gibt´s den besten Milchreis überhaupt! Der ist hausgemacht und legendär. Außerdem haben sie eine atemberaubende Glasfassade, von der aus wir fantastisch den Sonnenuntergang beobachten können«, schwärmte sie und überzeugte damit ihre Schwester sofort.

»Hey, die suchen hier Personal für einen Job mit Meerblick«, bemerkte Tabea wenig später, als sie die Karte studierte. Mit blitzenden Augen schaute sie auf. »Das wäre doch was für mich. So vorübergehend, während ich mich nach einem neuen Arbeitsumfeld umschaue.«

»Du willst auf Norderney jobben?«, fragte Jan.

»Nur solange ich euer Haus auf der Insel hüte und wieder was Eigenes gefunden habe. Mal sehen, vielleicht ziehe ich ja nach Berlin oder Hamburg oder so. Da gibt´s bestimmt auch jede Menge freie Stellen. An München bin ich schließlich nicht gebunden. Ich muss dahin, wo es pulsiert …«

»Daran zweifle ich nicht«, gestand er aus tiefstem Herzen. »Aber in dem Ferienhaus kannst du nicht bleiben.«

»Nein? Wieso denn? Nach Weihnachten steht es doch eh leer. Oder hast du damit was anderes vor? Willst du etwa an Touris vermieten? Oder verkaufen?«

Das Klappern von Livs Tasse auf dem Unterteller lenkte Jans Aufmerksamkeit auf seine Frau. Mit aufgerissenen Augen starrte sie ihn an.

»Das hast du doch nicht vor?«, hauchte sie.

»Das kannst du nicht machen! Das wäre ja total bescheuert. Das Haus ist eine Goldgrube, wenn du es wochenweise vermietest«, platzte Tabea hervor. »Andererseits bekommst du bei einem Verkauf bestimmt einige Milliönchen. Hast du etwa Geldprobleme?«

»Was?!« Pikiert guckte Jan seine Schwägerin an und schüttelte den Kopf.

Liv legte ihre Hand auf seine. »Wir haben doch keine, oder?«

Jan wich das Blut aus dem Gesicht. »Natürlich nicht. Wie kommt ihr nur darauf? Meine Auftragslage ist besser denn je.«

»Aber warum kann ich dann nicht ein bisschen Inselhaushüterin spielen?« Tabea zog eine Schnute.

»Weil …« Er wusste es selbst nicht. Er wollte es einfach nicht. Seine Schwägerin war ihm nie richtig ans Herz gewachsen. Jedes Mal wenn er in den Genuss kam, sie zu ›erleben‹, war er dankbar dafür, ein Einzelkind zu sein. Was hatte Liv sich schon Sorgen um ihre kleine Schwester gemacht, versucht, ihre Eltern zu beschwichtigen und zwischen den dreien zu vermitteln. Anfangs hatte er noch gedacht, es läge am Alter. Tabea war immerhin acht Jahre jünger als Liv. Doch mit keinem neuen Jahr wurde es besser. Siehe die aktuelle Lage. Sie war immer noch der aufmüpfige Springkreisel, als den er sie damals kennengelernt hatte. Mit Rebellion hatte das nichts mehr zu tun. Es war wohl einfach ihr Wesen. Mit dem Haus verband er schon genügend beschwerliche Erinnerungen, neue brauchte er da wahrlich keine. Weiß Gott, was Tabea auf der Insel anstellen würde! Sie wäre garantiert in kürzester Zeit bekannt wie ein bunter Hund. Er wollte nicht herkommen und sich Geschichten über seine verrückte Schwägerin erzählen lassen.

Plötzlich verlor er den Faden. Er wollte wieder herkommen? Von dieser Überlegung war er selbst völlig überrascht. Aber die dunklen Schwaden der Vergangenheit lichteten sich, das merkte er schon. Wahrscheinlich, weil er Liv hier ›wiedergefunden‹ hatte …

Er schaute zu ihr hinüber. Fragend guckte sie ihn an. Sie wartete auf eine Antwort, eine Erklärung. Aber er wollte keinen seiner Gedanken laut aussprechen und damit einen Tumult vom Zaun brechen.

Erneut überlegte er. Er brauchte einen passablen Grund.

Er könnte sagen, dass Liv an dem Haus hing. Das war unübersehbar. Etwas in ihm regte sich. Sie war ein so freigiebiger Mensch, besonders in Bezug auf ihre Familie. Sie hatte Tabea zuliebe oft genug zurückgesteckt. Das Ferienhaus auf Norderney – diese Bastion – sollte ihre Schwester nicht für sich vereinnahmen. Doch auch das konnte er so schwerlich vorbringen.

Frustriert wandte er sich ab und schaute durch die Glasfront, über den Strand und die Passanten hinweg, aufs Meer hinaus. Da fiel sein Blick auf einen Mann. Das war doch dieser Koch, oder?

Jan war sich ziemlich sicher, auch wenn er ihn nur ein einziges Mal, zwischen den Geländerstäben vom Treppenabsatz aus, gesehen hatte.

Bei ihm hatte Liv den Kurs gemacht. Aber in seinem Restaurant waren sie nie essen gegangen, fiel es ihm auf einmal auf. Weshalb eigentlich? Was hatte Liv zu verbergen?

Ruckartig fuhr er zu ihr herum. Ihr Blick war nun kritisch, was ihn sofort wurmte. Sie hatte gefragt, ob er Geldprobleme hatte. Wie konnte sie nur? Als ob er über solch wichtige Angelegenheiten nicht offen mit ihr sprechen würde! Aber es war ja auch noch nicht allzu lange her, dass sie ihn einer Affäre bezichtigt hatte. Wieder spazierte der Koch von draußen durch seinen Kopf.

»Also, wenn es keinen Grund gibt, dann gibt´s auch nix, was dagegenspricht, dass ich bleibe«, hörte er Tabea frohlocken.

Jans Kopf schwenkte zu seiner Schwägerin. Was hatte er eben noch über sie gedacht? Dass sie weiß Gott was auf der Insel anrichten könnte? Nun schoss ihm die Frage durchs Hirn, was Liv hier womöglich alles angestellt hatte, bevor er aufgetaucht war. Vielleicht waren sich die Schwestern doch ähnlicher, als er immer gedacht hatte?

Alles in ihm schwirrte. Plötzlich war es viel zu warm hier drin. Er brauchte frische Luft.

Es war der einzige Gedanke, den er festhalten konnte. Also sprang er auf.

»Wenn ihr meint, mir auf der Nase rumtanzen zu können, dann irrt ihr euch gewaltig!«, schnappte er und stürmte aus der Milchbar.

~

»Was ist denn in den gefahren? War sein Milchreis sauer?«, kommentierte Tabea halb überrascht, halb amüsiert.

Liv zog die Stirn kraus und schaute ihm nachdenklich hinterher. War Jan womöglich von einem Flashback aus seinen Kindertagen auf Norderney heimgesucht worden? Anders konnte sie sich sein Verhalten nicht erklären. Zwischen ihnen war doch alles bestens. Daran konnte es also nicht liegen. Sie schaute zu Tabea. War sie der Auslöser für Jans Verhalten? Aber er selbst hatte ihre Familie doch eingeladen, über Weihnachten nach Norderney zu kommen.

Waren die letzten Tage womöglich gar nicht ›echt‹ gewesen? Ihre Verliebtheit nichts als ein schöner Trugschluss? Inseltagträume sozusagen? Und jetzt, mit der Ankunft ihrer Schwester, landeten sie auf dem Boden der Tatsachen? Schafften sie es also nicht, zurück in den Alltag mit all seinen Höhen und Tiefen zu finden?

»Bei euch läuft´s momentan nicht so toll. Hab ich recht?«, fragte nun Tabea auch noch direkt.

Liv schluckte. »Wie kommst du denn darauf?«

So dick waren sie beide nicht, als dass sie mit ihrer Schwester über ihre Eheprobleme sprach. Sie würde sie sowieso nicht verstehen. Dafür hatte Liv ihre Freundinnen.

»Na hör mal, ich bin doch nicht blöd. Und blind auch nicht. Ich hab durchaus mitbekommen, dass Jan seine Sachen aus dem Zimmer unserer Eltern geholt und in deines getragen hat.«

Auch das noch! Warum hatte Jan sich nur nicht mehr vorgesehen? Dass Tabea davon Wind bekam, war das Letzte, was sie gewollt hatte.

»Ach sooo, ja, das …«, versuchte sie, die Sache abzutun. »Wir dachten, wir probieren mal was Neues aus.« Was plapperte sie denn da?

Prompt hoben sich Tabeas Augenbrauen. »Was Neues? Ihr habt also so getan, als wärt ihr einander fremd? So was in der Art?«

Liv zuckte mit den Schultern. Sie hatte keine Ahnung, wie

sie darauf reagieren sollte. Kurz war sie versucht, Tabea an Jans Abneigung gegen die Insel zu erinnern und es auf die Dämonen seiner Vergangenheit zu schieben, ließ es dann aber. Wenn ihre Schwester zu viel Zeit hatte, wurde ihr schnell langweilig. Was in den kommenden Tagen durchaus der Fall sein könnte. Da käme ihr so ein Rätsel zu lösen gerade recht. Anders als Liv würde sie keine Ruhe geben und so lange nachbohren, bis der Familiensegen schief hing. Darauf hatte Liv wahrlich keine Lust. Es war Weihnachten, das Fest der Ruhe und des Friedens!

»Ja, so was in der Art«, stimmte sie deshalb einfach zu. »Wir sind praktisch ein altes Ehepaar. Da muss man was tun, um die Liebe hochzuhalten.« Etwas in ihr verknotete und schüttelte sich. Was für einen Unsinn sie da doch von sich gab!

»Oh, ihr spielt gern Spielchen?« Tabeas Augen leuchteten fasziniert. »Na dann.«

Liv presste die Lippen aufeinander. Wenn es nur so wäre …

Das Teufelchen in ihr lachte höhnisch und überrollte Liv mit dem Ballast ihrer ›alten‹ Beziehungsprobleme, in einer Wucht, die sie geradewegs zu erdrücken schien.

Tabea wechselte das Thema und erzählte munter von irgendwelchen Plänen, die sie über die Feiertage hatte. Doch Liv hörte nicht zu. Sie starrte nach draußen auf die Nordseewellen, die ihr nun höher schienen. Der Wind hatte aufgefrischt. Genauso wie in ihrer Ehe.

~

Mit der Ankunft ihrer Eltern rollten die Feiertage heran.

Jan hatte sich noch am selben Abend für seinen Ausbruch entschuldigt. Erklärt hatte er sich jedoch nicht. Es lief zwischen ihnen weiterhin harmonisch. Trotzdem war es nicht vergleichbar mit den Tagen zuvor. Wie auch? Da waren sie allein gewesen und hatten das neugewonnene Pflänzchen ihrer Gefühle hüten und ausbauen können. Mit Livs Familie im Nacken blieb dafür keine Zeit.

Tabea musste auf Trab gehalten werden, weshalb sie mit dem Schmücken des Baumes beauftragt worden war. Liv hatte ihr praktisch die Deko allein überlassen und nur den Handlanger gespielt, während sie die betagten Weihnachtskugeln bestaunt hatte. Jan waren bei dieser Gelegenheit die alten Fotoalben in den Schoß gefallen, als er auf dem Dachboden nach der Weihnachtskiste gesucht hatte, und er hatte sich damit ins Schlafzimmer verzogen. Liv hatte sich noch gefragt, ob das nun gut oder eher schlecht war. Doch als er später wieder aufgetaucht war, war ihm nicht anzusehen gewesen, was in ihm vorging. Dann war Streuner vor der Tür gestanden und hatte die Aufmerksamkeit auf sich gelenkt.

Als ihre Eltern Thea und Ingo schließlich da waren, drehte sich alles um die Vorbereitungen für Heilig Abend. Die Männer übernahmen die Einkäufe, und die Frauen backten nochmals eine Ladung Plätzchen. Tabea fand heraus, dass an Heilig Abend um siebzehn Uhr eine Christvesper in der Kirche stattfand. Die wollten sie besuchen. Und schließlich mussten auch noch Geschenke besorgt werden. Thea und Ingo hatten den Kofferraum voll damit, doch Liv und Tabea waren noch nicht so gut vorbereitet. Also waren die Schwestern losgezogen, und das Erste, was Liv erstanden hatte, war Hundespielzeug für Streuner gewesen.

Der kleine Kerl hatte auf die Anwesenheit der zusätzlichen Personen im Haus zunächst zurückhaltend reagiert, sich aber schnell damit arrangiert. Doch Liv war und blieb seine Bezugsperson, was sie überglücklich machte. Das Rätsel um den freilaufenden Hund wurde heiß diskutiert, ebenso beherrschendes Thema war Livs Kochkurs.

Während sich Tabea darüber lustig machte, wollte Livs Vater sie unterstützen und forderte, dass sie in diesem Jahr die Gans zubereitete. Der skeptische Blick ihrer Mutter war ihr dabei nicht entgangen, aber sie hatte kein Wort dagegen gesagt. Als Jan schließlich auch noch ins gleiche Horn wie ihr Vater geblasen hatte, war es beschlossene Sache gewesen. Liv war alles andere als erfreut.

Dann war er da gewesen, der vierundzwanzigste Dezember – und das Weihnachtsdesaster nahm seinen Lauf …

RÜCKBLICKEND HATTE es schon in dem kleinen Badezimmer angefangen, als sich Tabea – wie immer spät dran – noch kurz vor knapp die Beine hatte rasieren wollen. Warum sie das laufende Wasser in der Dusche nicht gehört hatte, wusste nur Gott allein. Aber laut ihrer Aussage hatte sie nichtsahnend den Vorhang zur Seite geschoben und Jan vorgefunden, nass und splitterfasernackt. Woraufhin er aufgeschrien hatte, dass die Wände erzittert waren, bevor er stinksauer und tropfnass das Weite gesucht hatte. Nur mit einem Handtuch um die Hüften gewickelt war er in ihr Schlafzimmer gestapft und hatte sich aufs Bett fallen lassen. Dass darauf Livs Wollkleid gelegen hatte, hatte er natürlich nicht bemerkt.

So kam es, dass sie zum Festgottesdienst in ihren üblichen Jeans gehen musste. Doch viel übler war das Gezanke auf dem Weg dorthin gewesen.

»Warum gibt es im Bad auch keinen Schlüssel? Hättest du abgesperrt, wäre es nie passiert!«, hatte Tabea zum x-ten Mal wiederholt.

Und Jan ebenso oft dagegengehalten: »Deshalb hängt das Schild an der Tür, das man umklappen kann – auf *frei* oder *besetzt*!«

»Toll.«

»Wer lesen kann, ist im Vorteil!«

»Pha. Ich hatte es eben eilig!«

»Das ist keine Entschuldigung!«

»Keine Angst, ich hab dir schon nichts weggeschaut.«

»*Gmpf.*«

»Also, wenn du das Haus vermieten oder verkaufen willst, brauchst du einen Schlüssel fürs Bad. Ohne geht da gar nix.«

»Du willst das Haus verkaufen?«, hatte Thea überrascht gefragt.

»Was?«

»Na, wohnen lassen will er mich da nicht. Welche anderen Gründe könnte es sonst geben?«, hatte Tabea zurückgeschnappt.

»Warum solltest du dort wohnen wollen?«, hatte Ingo daraufhin wissen wollen, und Tabea hatte Liv hilflos angeguckt.

Wie immer war sie in die Presche gesprungen. »Ruhe jetzt. Da vorne ist die Kirche. Könnten wir bitte wie alle anderen mit ein wenig Weihnachtsvorfreude in den Gottesdienst gehen?«

Das taten sie dann auch. Doch die Stimmung kippte erneut, als sie merkten, dass das Weihnachtsevangelium auf Plattdeutsch vorgetragen wurde. Nur Ingo hatte versucht, aufmerksam den Text zu ergründen. Tabea dagegen hatte an ihrem Handy gedaddelt, sehr zum Missfallen ihrer Mutter, was einen Flüsterstreit zur Folge hatte. Und Liv hatte derweil versucht, so zu tun, als würde sie nicht dazugehören, während Jan völlig in seine Gedanken abgedriftet schien.

Plötzlich war ihr die Zeit allein auf Norderney wie eine wunderschöne erholsame Blase vorgekommen, und ein Teil von ihr wünschte sich die Tage zurück, als sie mit *Grisu* geschrieben und mit Malte geflirtet hatte. Sie dachte an ihre Freundinnen und fragte sich, was sie im Moment machten. Woraufhin sie ebenfalls ihr Handy zückte und ihnen Weihnachtsgrüße schickte, und weil sie schon dabei war, *Grisu* ebenfalls. Als der Posaunenchor einsetzte, zuckte die ganze Familie zusammen. Das war wohl der Moment, an dem sie sich alle erinnerten, wo sie sich befanden.

Danach waren sie tatsächlich harmonisch miteinander umgegangen, und der Weihnachtsabend verlief doch noch recht lustig, nicht zuletzt dank des Eierlikörs, den Liv am Vortag ein weiteres Mal in Eigenregie angesetzt hatte.

Der erste Feiertag begann jedoch mit einem Reinfall. Liv, übermüdet und mit sicherlich noch Restalkohol im Blut, hatte sich extra in aller Herrgottsfrüh aus den Federn geschwungen, um sich um die Gans fürs Mittagessen zu kümmern. Aber Kochkurs hin oder her, der Vogel wollte erst nicht gar werden und war schließlich verkohlt. Die Soße war bitter und das Rotkraut weich wie Brei.

Mit langen Gesichtern stocherten sie allesamt in dem Essen herum. Die Stimmung sank minütlich. Liv war zerknirscht und sauer auf sich selbst. Warum hatte sie sich nur dazu überreden lassen, das Festmahl zu kochen? Und weshalb hatte ihre Mutter keinen Einspruch erhoben?

Mitten in ihrem Hadern ergriff Ingo das Wort. Da keiner den Mund vollhatte, dachte er vermutlich, dass ein Tischgespräch helfen könnte.

»Also, der Weihnachtsmann auf Norderney hatte ja wenig Gepäck. So viele Gutscheine und Eintrittskarten wurden wahrscheinlich noch nie gegenseitig verschenkt.«

»Das stimmt. Ich hoffe, ihr freut euch alle auf die anstehenden Events.« Liv schaute in die Runde. Da zwischen den Jahren auf der Insel ein reichhaltiges Programm geboten wurde, hatte sie beschlossen, es zu nutzen.

So hatte sie ihren Eltern Karten für Tanzstunden im *Conversationshaus* geschenkt, Tabea mit einer Zaubershow übermorgen beglückt, und Jan hatte von ihr Karten für eine Lesung bekommen. Da sie kürzlich so herrlich über den Krimi diskutiert hatten, wollte sie die Gelegenheit nutzen, ihre neue Gemeinsamkeit auszubauen.

»Und wie!«, beteuerte Jan und griff ihre Hand.

»Na ja, dass ich jetzt sogar das Tanzbein schwingen soll, in meinem Alter …«, brabbelte ihr Vater.

»Das ist großartig«, jubelte ihre Mom indes und knuffte ihn in die Seite.

Ihre Schwester grinste. »Also ich bin gespannt auf den Zauber in einer winterlichen Inselnacht mit meiner Schwester.«

Liv lächelte zufrieden. »Und ich freue mich auf die Silvesterparty mit dir, mein Schatz.«

Sie gab Jan einen Kuss auf die Wange. Er hatte ihr dafür Karten geschenkt. Vielleicht würde ja doch zum neuen Jahr alles gut werden.

»Aber ich weiß immer noch nicht, was dein Gutschein an Liv und Jan beinhaltet«, fiel Ingo ein.

»Der war doch selbstgemacht. Oder?«, fragte Thea und blickte von Tabea zu ihnen.

»Oh, ja …«, murmelte Liv, während Jan sich enthielt. Das war er allerdings, selbstgemacht. Nur, dass keiner von ihnen beiden vorhatte, ihn einzulösen. Weshalb sie bisher auch vermieden hatten, darüber zu reden.

»Ich habe mich selbst als Haushüterin für die Bude hier verschenkt«, erklärte ihre Schwester aber nun inbrünstig und grinste wie ein Honigkuchenpferd.

Liv unterdrückte ein Seufzen. Logisch, dass Tabea endlich die Katze aus dem Sack lassen wollte. Es war schon schlau von ihr, ihnen ihre ›Dienste‹ zu schenken. Besonders wenn man bedachte, dass diese genau genommen einzig in ihrem eigenen Interesse waren. Sie hatte sogar das Datum von Neujahr bis Mitte Februar angegeben. Aber wer Tabea kannte, den überraschte das nicht. Wenn sich ihre Schwester etwas in ihren Kopf gesetzt hatte, legte sie alles daran, es durchzuboxen …

»Und was ist mit deiner Arbeit?«, fragte Thea prompt und musterte ihre Tochter. Offenbar schwante ihr bereits Böses.

»Richtig, du hattest gestern am Weg zur Kirche schon so was erwähnt«, erinnerte sich nun auch Ingo.

»Warum? Ich finde es toll hier und biete mich doch nur an«, stotterte sie.

»Liebling. Du bist vieles, aber selbstlos?«, konterte Thea.

Tabeas überlegenes Lächeln schwand, dafür grinste Liv nun leicht hämisch. Dass sie sich dadurch vielleicht in Erklärungsnot bringen könnte, hatte ihre Schwester wie so oft nicht auf dem Schirm gehabt.

»Also raus mit der Sprache. Wie läuft es auf der Arbeit? Machst du neuerdings Homeoffice?«, hakte ihr Vater nach.

Tabeas Augen blitzten auf, doch Liv schritt ein, bevor sie lügen konnte.

»Sie hat hingeschmissen. Den Job und auch die Wohnung«, gab sie ihr Wissen preis und war mindestens genauso überrascht von sich wie der Rest ihrer Familie.

Alle guckten sie mit aufgerissenen Augen und Mündern an. Trotzig verschränkte Liv die Arme vor der Brust.

»Was? Das ist die Wahrheit«, schnappte sie. Sie hatte genug von den Turbulenzen des gesamten Jahres. Ebenso von ihrer Schwester, die immer meinte, sie käme mit allem durch. Und das verkorkste Essen lag ihr sowieso im Magen.

»Du Petze!«, zischte Tabea wütend.

Ingo blinzelte. »Dann stimmt es?«

»Du hast schon wieder gekündigt? Herrje, Mädel! Was soll nur aus dir werden? Dass wir ein Kind großziehen, das derart flatterhaft ist, hätte ich mir nie träumen lassen. Was haben wir nur falsch gemacht?«, zeterte Thea.

»Mama. Papa. Einen Cut zu machen, war das einzig Richtige. Glaubt mir! Ihr braucht euch keine Sorgen um mich zu machen. Ich komm schon zurecht. Wenn hier jemand Probleme hat, dann Liv und Jan. Sie haben in getrennten Zimmern geschlafen, bis wir ankamen«, schwärzte Tabea sie an.

Liv riss empört den Mund auf, während Jan die Zähne zusammenbiss, sodass es hörbar knirschte.

Ein heftiges Wortgefecht brach aus. Alle plapperten durcheinander, die Schwestern gifteten sich an, bis Jan der Kragen platzte und er aufsprang.

»Es reicht. Es ist Weihnachten!«, rief er. »Wenn ihr euch gegenseitig fertigmachen wollt. Bitte! Aber ohne mich.«

Er raffte seinen Parka von der Garderobe, schlüpfte in seine Schuhe und floh zur Tür hinaus.

»Du solltest ihm nachgehen«, meinte Thea. Doch Liv war bereits selbst zu der Überzeugung gelangt.

20

Sie holte Jan ein, als er den Strandabschnitt betrat. Er war ziemlich schnell unterwegs, ähnlich wie die Wolken am Himmel. Sie sausten über sie hinweg, sodass ein Wechselspiel zwischen Sonne, himmelblauem Firmament und weißgrauen Nebelschwaden stattfand. Der Wind hingegen war nur mittelmäßig, gerade richtig, um den Kopf freizublasen. Auf der Nordsee rollten ebenmäßig die Wellen heran.

Jan stapfte verbissen durch den Sand darauf zu.

»Nun warte doch mal!«, rief Liv und eilte hinterher.

An der Wasserkante schloss sie endlich zu ihm auf. Zögernd schob sie ihre Hand durch seine Armbeuge.

»Es tut mir leid, dass alles so schiefgegangen ist!«, sagte sie und meinte es allumfassend. Dass ihre Beziehung ins Holpern geraten war, ihr Kontakt mit *Grisu* und ihr Blind Date. Auch wenn es gar nicht zustande gekommen war, lastete es ihr dennoch schwer auf dem Gewissen. Ebenso das Kribbeln, das Malte in ihr ausgelöst hatte. Vielleicht wären ihre Erklärungsversuche vorhin ihren Eltern gegenüber, was ihre Ehe betraf, nicht so kläglich ausgefallen, wenn sie und Jan sich endlich einmal richtig ausgesprochen hätten.

Er brummte. »Das ist das schlimmste Weihnachten überhaupt.«

»Ja. Sonst hatten wir immer harmonische und lustige Feiertage zusammen.«

Er hob den Kopf und ließ den Blick im Halbkreis schweifen. »Es liegt an der Insel. Ich sag doch, Norderney bringt kein Glück. Nur negative Gefühle und es fördert Wahrheiten an den Tag, die niemand wissen will, die alles zerstören!«

Liv stockte der Atem. Was wollte er damit andeuten? Dass es aus und vorbei war zwischen ihnen? Weil sie im Alltag nicht mehr zusammen bestehen konnten? Sie dachte an ihren unerfüllten Kinderwunsch, daran, dass Jan niemals Vater werden würde. Es war der Anfang ihrer Probleme gewesen, dann war Liv ausgebrochen und hatte Trost bei *Grisu* und in Maltes Gegenwart gesucht. Ihr Magen krampfte sich zusammen.

WIE EIN KLEINER Junge kickte Jan die Fußspitze in den Sand, und die Erinnerungen an seinen letzten Aufenthalt auf Norderney in Kindertagen überrollten ihn.

»Weißt du, damals war es zwar nicht Weihnachten, trotzdem hat es mit einem ebensolchen Streit begonnen. Am Schluss war nichts mehr wie vorher und die Familie auseinandergebrochen.«

»Du meinst, als du das letzte Mal mit deinen Eltern in den Ferien da warst?«

»Ja.« Mit Wucht hob er den Fuß, sodass die Sandkörner in alle Richtungen flogen. Liv sah er nicht an, sondern starrte aufs Meer hinaus. In seinem Inneren rang er mit sich, aber der Drang weiterzureden war plötzlich da und nicht kleinzubekommen. »Es war ein wirklich schöner Sommertag. Ziemlich heiß sogar, für Nordseegefilde. Vielleicht lag es daran. Ich würde gerne sagen, wir hätten alle einen Hitzschlag bekommen. Aber das ist Bockmist. Denn das Ganze hat schon Jahre vorher angefangen. Die Sommertemperaturen haben höchstens dazu beigetragen, dass die Nerven dünner waren als sonst. Wir haben den Nachmittag am Strand verbracht. Da vorne irgendwo.« Er deutete nach links. »Als es Abend wurde, wollten wir auf der breiten Veranda hinter dem Haus noch den Grill anschüren. Schon am Heimweg waren sich meine Eltern nicht sonderlich grün. Ständig gab es kleine Sticheleien. Du weißt schon. Dann gab es Zoff zwischen meinem Opa und meinem Vater, weil die Holzkohle nicht anbrennen wollte. Jeder von ihnen meinte, es besser zu wissen, aber Opa setzte sich durch, und mein Vater verzog sich grantig aufs Zimmer. Dort hat er sich lautstark bei meiner Mutter beschwert. So wie immer. Das Verhältnis von meinem Vater zu seinen Schwiegereltern war nie besonders gut gewesen. Wie sich kurz darauf herausstellte, mochten sie ihn zu Recht nicht.« Ein Gurgeln entwand sich seiner Kehle.

»Und du hast das alles mitbekommen? Warum haben sich die beiden keinen ruhigen Ort gesucht, um das auszudiskutieren?«

»Sie wussten gar nicht, dass ich da war. Ich hatte mich in den riesigen alten Kleiderschrank verzogen, weil ich selbst etwas Ruhe gesucht hatte. Das Haus ist schön, aber wie du selbst merkst, etwas klein, wenn mehrere Personen anwesend sind.«

»Allerdings«, murmelte Liv und schaute nachdenklich zum Horizont. Dann blickte sie ihn von der Seite an und forderte ihn auf, weiterzuerzählen. »Du hast also den Streit miterlebt. Aber so ein Disput wegen Kleinigkeiten passiert doch häufiger, als man zugeben will. Im Nachhinein fragt man sich dann oft, warum es überhaupt dazu hat kommen müssen.«

Jan schüttelte den Kopf. »Du verstehst nicht. Das war nur der Anfang. Im Zuge seiner Beschwerde ist meinem Vater ein Fehler unterlaufen. Er hat nämlich auf den Hinweis meiner Mutter, dass er wirklich unausstehlich wäre, mit der Frage gekontert«, er stockte, doch dann spie er es aus, »wie er es denn dann geschafft hätte, eine weitere Familie zu gründen.«

»Wie bitte? Was?« Liv wirkte verdattert, und Jan lachte bitter auf.

»Das haben wir uns auch gedacht. Tja, aber nach einigem Hin und Her kam schließlich heraus, dass mein alter Herr seit Jahren ein Doppelleben führte. Er besaß nicht nur eine zweite Frau, sondern hatte mit ihr sogar ein Kind.« So, nun war es raus.

Liv stierte ihn an. »Du veralberst mich.«

»Nein. Leider nicht.« Er fuhr sich müde durchs Haar. Es auszusprechen hatte ihn immens Kraft gekostet.

»Aber … Wie geht denn so was? Ich dachte, das gäbe es nur in Filmen.«

»*Phf.* Wenn man aus einem anderen Land stammt und sich beruflich oft dort aufhält, ist das durchaus machbar, wie mein Vater bewiesen hat.«

»Dann ist es nicht aufgefallen, weil er durch seine Arbeit viel unterwegs war?«

»So sieht´s aus. Er ist Holländer. Meine Eltern haben sich im Urlaub kennengelernt. Für meine Mutter ist er nach Duisburg gezogen, auch weil er ein tolles Jobangebot in Deutschland bekommen hat. Er war Außendienstler für Dichtungstechnik und dafür etwa das halbe Jahr in seinem Heimatland unterwegs. Natürlich mit Unterbrechungen. Aber in der Summe kommt es so hin. Da hat man viel Zeit, um eine zweite Familie zu gründen.« Plötzlich verließ ihn die Energie. Er sank auf seine vier Buchstaben in den Sand. Dass dieser kalt und klamm war, bemerkte er gar nicht.

Liv setzte sich, ohne zu zögern, neben ihn und legte ihm ihre Hand aufs Knie.

»Oh Jan, das ist ja schrecklich!«

»Das war es. Du kannst dir nicht vorstellen, was da los war. Als meine Großeltern davon erfuhren, brach die Hölle los. Mein

Opa schickte meinen Vater wörtlich zum Teufel, und der ließ sich das nicht zweimal sagen. Er packte seine Sachen und verschwand. Vermutlich zu seiner anderen Familie, die ihn im Gegensatz zu uns liebevoll und mit offenen Armen empfing. Nach dem ersten Schock konnte meine Mutter nicht mehr aufhören zu weinen. Es war das letzte Mal, dass ich meinen alten Herrn gesehen oder gesprochen habe.«

»Er hat sich nie wieder bei euch gemeldet?« Liv klang entsetzt.

»Nein. Als wir nach Duisburg zurückgekehrt sind, war unser Leben nicht mehr dasselbe. Plötzlich war meine Mutter Alleinverdienerin und musste zusehen, wie sie uns über Wasser halten konnte. Monatelang wussten wir nicht, ob wir in der Wohnung würden bleiben können. Ich suchte mir einen Job als Zeitungsausträger und im Supermarkt, um wenigstens ein bisschen zu helfen, und wurde praktisch von einem Tag auf den anderen erwachsen. Freizeit wurde Mangelware, was natürlich auch mein Freundeskreis zu spüren bekam.«

»Du warst überfordert, traurig und einsam«, folgerte Liv.

Er zuckte nur mit den Schultern. War er das gewesen?

~

Liv war regelrecht sprachlos über Jans Geschichte. Sie wusste nicht, was sie erwartet hatte, doch etwas Derartiges gewiss nicht. Sie mochte sich gar nicht vorstellen, wie so eine drastische Veränderung der Lebenssituation auf einen Heranwachsenden eingewirkt haben mochte.

»Aber eins verstehe ich dennoch nicht. Damals, als wir uns kennengelernt haben, hast du vor Energie und guter Laune geradezu gesprüht«, erinnerte sie sich und lächelte versonnen.

»Das war Jahre danach. Während meines Studiums in Berlin

habe ich versucht, alles nachzuholen, was ich verpasst hatte. Es waren meine wilden Zeiten.« Er zwinkerte ihr zu.

Sie nickte verständig. Trotzdem wollte sie ihn fragen, warum er ihr nicht früher von alledem berichtet hatte. Weshalb auch Andrea nie ein Wort darüber hatte fallen lassen. Doch gleichzeitig kannte sie die Antwort. Beide, Mutter und Sohn, waren irgendwann übereingekommen, das alles zu vergraben und zu vergessen. Nur war das mit dem Vergessen eben so eine Sache. Ein Trauma war nicht einfach weg, wenn man lange genug darüber schwieg.

Fast zaghaft schaute sie Jan ins Gesicht. Er wirkte erschöpft, aber dennoch irgendwie entspannter.

»Es war gut, darüber zu reden«, flüsterte sie und griff nach seiner Hand, um sie zu drücken.

»Meinst du?« Er lächelte leicht.

»Es tut mir schrecklich leid, was da passiert ist«, wiederholte sie ihre Beteuerung vom Anfang ihres Gesprächs.

»Das muss es nicht. Du kannst nichts dafür. Aber vielleicht verstehst du jetzt, warum ich vorhin einfach aus dem Haus musste, als ihr alle wild miteinander gezankt habt.«

»Durchaus.« Sie fühlte sich furchtbar wegen des Zoffs. »Wenn ich davon gewusst hätte, hätte ich mich nie so gehen lassen und es verhindern können …«

»Nein, Liv. Du hast dich endlich mal getraut, etwas zu sagen. Das finde ich großartig. Du kannst nicht immer den Prellbock zwischen deiner Schwester und deinen Eltern spielen.« Nun drückte Jan ihre Hand.

»Vielleicht. Trotzdem …«

»Nichts da! Das war ein Schritt in die richtige Richtung! Wenn ich so darüber nachdenke …« Er guckte in die Ferne, und Liv war gespannt, was jetzt noch kam. »Als ich mich gerade selbst habe reden hören …« Jan schaute sie an. »… glaube ich nicht, dass die Insel wirklich mit einem bösen Fluch belegt ist. Vielleicht liegt hier so was wie ein Wahrheitsserum in der Luft.« Er grinste. »Aber das wäre wohl nicht das Schlechteste. Manchmal müssen die Dinge einfach beim Namen genannt werden. Mein Vater hätte die Scharade nicht ewig aufrechterhalten können. Wer weiß, was zu einem späteren Zeitpunkt geschehen wäre. Wenn es erst herausgekommen wäre, als meine Mutter ihre Krebsdiagnose erhalten hat, zum Beispiel. Das hätte sie nicht verkraftet. Ich glaube, dass ich endlich verstehe, was sie mir immer hat sagen wollen. Sie hat ihren Frieden mit Norderney und dem Haus schon lange geschlossen. Die letzten zwei Jahre hat sie sogar dauerhaft hier gewohnt. Aber ich habe sie kein einziges Mal besucht …«

»Jan, gib dir daran keine Schuld. Sie wusste, wie es dir ging, und hat dir daraus nie einen Vorwurf gemacht.« Zumindest soweit Liv bekannt war. Nun verstand auch sie selbst, warum das so gewesen war. »Ihr war bestimmt bewusst, dass du deine Zeit brauchst und eines Tages bereit sein würdest, dich deinem Trauma zu stellen. Ich bin überzeugt, dass sie da oben auf ihrer Wolke jetzt lächelt.«

»Meinst du?«

Sie nickte, und Jan zog sie in die Arme.

»Danke. Danke, dass du mich hergelotst hast. Ohne dich hätte ich das alles noch viel länger mit mir herumgetragen. Ich fühle mich jetzt wirklich deutlich besser. Wie von einer zentnerschweren Last befreit. Obwohl sich nichts geändert hat. Komisch, oder?«

»Das freut mich ehrlich für dich!« Doch ihre eigene Last wurde dafür mit jeder Minute erdrückender. Sie musste sich ihm ebenfalls öffnen. Ihm beichten!

»Jan, ich muss dir auch was gestehen. Als ich so überstürzt hergekommen bin –«, setzte sie an, aber er unterbrach sie.

»Da lief es nicht gut zwischen uns. Ich weiß. Livy, ich hoffe, du glaubst mir, wenn ich dir sage, dass ich keine Affäre habe oder hatte«, beteuerte er.

In ihr zog sich alles zusammen. Natürlich vertraute sie ihm! Aber konnte sie das auch von sich behaupten?

»Daran habe ich keinerlei Zweifel«, antwortete sie leise.

»Gut! Denn ich bin so glücklich, dass wir uns wiedergefunden haben. Die Tage mit dir auf Norderney waren richtig schön!« Er nahm ihr Gesicht in seine Hände und küsste sie, lang und innig.

Liv wurde warm, und in ihrem Herzen ging die Sonne auf.

»Wau, wau!« Plötzlich spürte sie etwas Kaltes, Feuchtes an ihrer Wange.

Streuner drängte sich zwischen sie. Als sie lachend auseinanderstoben, schleckte er sie ab und wedelte freudig mit dem Schwanz. Der Moment der Wahrheit war vorbei. Vielleicht war es besser so. Jan sah richtig zufrieden aus. Es war schwer genug für ihn gewesen, sich seiner Vergangenheit zu stellen. Sie wollte die Erleichterung, die er zu verspüren schien, nicht sofort wieder trüben. Es würde sich ein geeigneter Zeitpunkt für ihr Geständnis finden.

Die kommenden Tage verliefen melodisch.

Am zweiten Weihnachtsfeiertag hatte es noch einmal Gans gegeben. Diesmal von Thea zubereitet. Wo ihre Mutter einen zweiten Vogel herhatte, war Liv schleierhaft. Es erklärte jedoch, warum sie sie nicht abgehalten hatte, das Festmahl zu kochen. Weil sie ein Ass im Ärmel gehabt hatte, wie Liv jetzt wusste. Und es schmeckte fantastisch! Liv fühlte sich deswegen keinesfalls zurückgesetzt.

Außerdem hatte sich Tabea während ihrer Abwesenheit mit ihren Eltern ausgesprochen und verlor kein Wort mehr darüber, für längere Zeit im Haus auf Norderney bleiben zu wollen. Was jedoch nicht hieß, dass sie diesbezüglich ihre Meinung geändert hatte. Dafür kannte Liv ihre Schwester zu gut. Aber sie genoss gerne die friedliche Atmosphäre, so lange sie anhielt.

Nach und nach arbeiteten sie die Eintrittskarten ab, die zu Weihnachten fleißig verschenkt worden waren. Und da die Veranstaltungen paarweise besucht wurden, blieb für den Rest immer genug Zeit, um ausgedehnte Spaziergänge über die Insel zu unternehmen. Livs Eltern waren begeistert von der Schönheit Norderneys. Der endlos wirkenden Natur, die sich außerhalb der Stadt ausbreitete. Abseits des Trubels konnte man hier stundenlang laufen und den Kopf frei bekommen, das hatte Liv ja bereits selbst festgestellt und mehrfach ausgenutzt.

Doch in diesen Tagen war sie besonders von dem wunderbar dekorierten Kurplatz verzückt. Die in Reihe geschmückten und beleuchteten Christbäume verbreiteten einen herrlichen Weihnachtszauber. Aus den Buden drangen verführerische Düfte von würziger Chorizo-Wurst, Glühwein und vielem mehr. So flanierten sie täglich durch die Stände. Vorzugsweise, wenn es dunkel wurde. Dann schimmerten die Lichter so schön, und Livemusik gab es auch. Angeregt von dem Tanzkurs, den Thea und Ingo besuchten, schwangen ihre Eltern dort heute sogar das Tanzbein.

Offenbar inspiriert schlang auch Jan seinen Arm von hinten um Livs Taille und begann sich mit ihr zu drehen.

»Hey«, japste sie überrascht, griff seine Hand und rollte sich im Takt dazu aus.

»Wir können es noch«, meinte er und wippte aufgekratzt mit den Brauen.

»Was meinst du? Tanzen?«

»Alles. Das auch.« Er zog sie wieder an sich, und sie passten ihre Schritte dem Rhythmus der Musik an.

Über ihnen leuchteten die Sterne am dunklen Firmament. Ein leichter Luftzug wehte über sie hinweg.

»Ist das so was wie eine Generalprobe für Silvester?«

»Schon möglich. Ich hab keine Ahnung, was uns auf der Party erwartet. Doch mit dir zusammen wird es bestimmt grandios. Es wird ein ganz besonderer Jahresbeginn. Mit Sand, Champagner und Meer. Mit einer neugewonnenen Freiheit und mit dir!« Jan wirbelte sie herum und küsste sie.

»Hm«, schnurrte Liv, und er grinste vergnügt.

Das neue Jahr wollte er genauso verbringen. Zufrieden, energievoll und mit einer Fülle an Möglichkeiten. Aber vor allem mit Liv! Sie hatten ihre Schwierigkeiten hinter sich gelassen, ebenso wie er seine Vergangenheit endlich bewältigt zu haben schien.

Seit ihres Strandspazierganges an Weihnachten fühlte er sich so frei wie nie zuvor. Hin und wieder gestattete er sich sogar, an seinen Vater zu denken und die guten Erinnerungen zuzulassen. Darüber hinaus hatte er sich zum ersten Mal bewusst gefragt, was wohl aus ihm geworden sein mochte.

Doch all das war im Moment unwichtig, denn das Wichtigste überhaupt hielt er im Arm. Liv.

In ihren Pupillen spiegelten sich die vielen kleinen Lichter um sie herum, und je nach Drehung funkelten ihre Augen anders.

»Wusstest du, dass der Weihnachtsbaum«, Jan schwenkte sie nach rechts, damit sie ihn besser sehen konnten, »von den Inselkindern geschmückt wird?«

Sie lächelte. »Nein. Aber das ist eine schöne Idee.«

»Und Tradition.«

»Finde ich toll.«

»Ich auch und weißt du, was ich noch gut finde?« Seine Wange berührte ihre. »Dass deine Eltern morgen wieder abreisen. Ich mag sie sehr, aber ich will mit dir allein sein.«

Er hörte sie kichern. »Ach wirklich?«

»Du hast keinen blassen Schimmer, was ich mit dir dann anstellen werde«, raunte er ihr verheißungsvoll ins Ohr und spürte sofort Erregung.

»Lass mich raten. Wir rennen dann nackt durchs Haus?«, ging sie darauf ein.

»Das hatte ich ehrlich gesagt nicht im Sinn. Ist aber eine fantastische Idee.«

Eine Bö fuhr ihm ins Gesicht und zerwühlte sein Haar.

»Dann müssen wir die Heizung aber hochdrehen«, erklärte sie prompt.

»Oh, keine Sorge, ich bringe dich schon auf Temperatur.« Seine Hände wanderten ein Stück tiefer und legten sich auf ihren Po.

Liv gluckste. »Das glaube ich dir sofort. Aber du hast was vergessen. Tabea ist noch da.«

Sein Testosteronspiegel sank ab. »Hm. Ich dachte, sie verlässt mit Thea und Ingo die Insel.«

»Das wäre schön, aber ob sie es wirklich tut?«

Er drehte sich mit Liv in Richtung seiner Schwägerin, gleichzeitig folgte der Schlussakkord, und die Musik verklang. »Dann werden wir sie doch mal fragen.«

Livs Stirn wölbte sich besorgt. »Ich möchte keinen neuen Streit.«

»So weit kommt es schon nicht. Fragen darf man doch, und schließlich müssen wir uns besprechen.« Motiviert nahm er ihre Hand und zog sie mit sich.

Sie seufzte. »Du hast ja recht.«

SEINE SCHWIEGERELTERN TRAFEN GLEICHZEITIG bei Tabea ein. Sie stand nahe der Glühweinbude und unterhielt sich angeregt.

»Malte?«, hörte er Liv erstaunt sagen.

Der Gesprächspartner drehte sich um. »Liv. Hi.«

»Ihr kennt euch?«, erkundigte Tabea sich sofort.

»Klar doch. Liv und ich sind alte Freunde. Nicht wahr?« Er zwinkerte ihr verschwörerisch zu.

Jans Miene verdüsterte sich.

»Hm, irgendwie schon«, murmelte sie und sah ziemlich überrascht aus.

»Ach ja? Und wieso?«, wollte Tabea wissen.

»Vom Kochkurs und so. Und wie gehört ihr zueinander?«, bekundete Malte seinerseits Interesse.

Tabea antwortete. »Liv ist meine Schwester und Jan mein Schwager. Und das da sind unsere Eltern, Thea und Ingo.«

»Oh. Oh!« Malte starrte Liv eine Sekunde länger als nötig an, und sie errötete leicht. Konnte das sein? Bis er genauer hinsah, hatte sich der Kerl schon seinen Schwiegereltern zugewandt. Freundlich schüttelte er ihre Hände und begrüßte sie auf Norderney.

Doch Jan bekam das nur am Rande mit. Er war viel zu beschäftigt, seine Frau von der Seite aus zu mustern, die irgendwie beklommen neben ihm stand und kaum ein Wort sagte, obwohl dieser Malte sie wiederholt ins Gespräch einbeziehen wollte. Es ging um ihre gemeinsamen Erlebnisse bei dem Kurs, doch Liv verhielt sich recht einsilbig. So kannte er sie gar nicht.

Dann schoss ihm ein Gedankenblitz durch den Kopf. Hatte der Kerl sich ihr gegenüber vielleicht ungebührlich verhalten? Sie gar bedrängt? Unwillkürlich dachte er an die Szene am Abend seiner Ankunft an der Haustür. Er hatte kaum etwas mitbekommen, aber womöglich hatte dieser Typ da auch versucht, sie anzugraben und mit seiner Lasagne-Pampe zu bestechen …

Jan spürte, wie seine Zornesader auf der Stirn zu pochen anfing.

»Ich glaube, das reicht. So geglänzt habe ich während der

Stunden gar nicht«, mischte sich Liv nun doch ins Gespräch und bremste den Koch daher. »Du übertreibst, und meine Familie kennt mich gut genug, um es besser zu wissen.«

Er drehte sich zu ihr um und strahlte sie an. »So? Ich finde, du stellst dein Licht zu sehr unter den Scheffel. Du hast dich echt tapfer geschlagen.«

»Tja, genau, das trifft es.« Über Livs Mund huschte ein Lächeln.

Die zwei sahen sich einen Moment an. Jans Kehle wurde trocken. Er wusste nicht, was er davon halten sollte, und wandte den Blick ab. Dabei fiel ihm auf, dass Tabea ebenfalls der Unmut ins Gesicht geschrieben stand. Offenbar war es ihr nicht recht, wie verzückt ihr neuer Bekannter von ihrer Schwester war.

Dann plingte plötzlich das Display an ihrem Handy auf. Tabea warf einen Blick darauf.

»Was?!« Aller Aufmerksamkeit richtete sich nun auf sie. Angestrengt las sie die Nachricht, die sie gerade erhalten hatte.

»Das kann er doch nicht machen!«, quiekte sie.

»Was ist denn los?«, wollte Thea wissen.

»Entschuldigt, ich muss telefonieren«, erklärte ihre Jüngste jedoch nur, drängte sich an ihnen vorbei und verschwand.

»Tja, ich muss auch weiter. Aber ich würde mich freuen, euch alle in meinem Restaurant *Küstenglück* einmal begrüßen zu dürfen. Und wenn ihr da seid, vergesst nicht, in der Küche Bescheid geben zu lassen, damit ich mal zu euch rauskomme«, sagte Malte und verabschiedete sich ebenfalls.

Ingo sah ihm hinterher. »Ein netter Mann. Schade, dass wir seine Einladung nicht mehr annehmen können, weil wir morgen nach Hause fahren.«

Thea stimmte zu, während Liv gleichgültig mit den Schultern zuckte.

Nachdenklich kratzte sich Jan am Hinterkopf. Hatte er eben zu viel in die Situation hineininterpretiert? Hatte der Glühwein seine Fantasie beflügelt? Warum sollte ein Pascha sie allesamt in sein Restaurant einladen, wenn er es doch nur auf die Frau, also Liv, abgesehen hatte? Zumal ihn Tabea ja als ihren Schwager vorgestellt hatte. Malte war demnach bewusst, dass er Livs Ehemann war. Zumindest sollte es das. Etwas verwirrt guckte er seine Schwiegereltern und Liv der Reihe nach an. Sie wirkten alle entspannt …

»Sorry. Ihr Lieben, ich muss morgen in aller Früh abreisen. Wann geht die erste Fähre?«, platzte Tabea in seine Gedanken.

»Ähm …«, stammelte Liv. »Ich weiß nicht. Vielleicht um sieben oder acht?«

Thea riss die Augen auf. »Was ist denn passiert?«

»Geht´s um deinen Job?« Ingo musterte seine Tochter.

Die schüttelte den Kopf. »Nein. Ich hab gerade mit Linus gesprochen. Er will morgen meine Sachen einfach vor die Tür stellen.«

»Linus? Ist das dein Freund?«, erkundigte sich Thea.

»War. Er *war* es! Wie gut, dass ich die Beziehung beendet habe. Jetzt zeigt er sein wahres Gesicht. Er ist dabei, all meine Habseligkeiten in Kisten zu stopfen und sie einfach in den Hausflur zu räumen. Könnt ihr euch das vorstellen?«, echauffierte sie sich. »Das kann er doch nicht machen!«, jammerte sie dann.

»Mit was für Kerlen gibst du dich nur immer ab«, brummte Ingo frustriert.

»Na, ganz so wird es wohl nicht abgelaufen sein. Oder?«, fragte Liv leise.

Tabea funkelte sie an. »Was willst du damit sagen?«

»Nichts. Nur, dass du ihn einfach sitzen gelassen hast. So hast du es uns jedenfalls erzählt. Du bist von jetzt auf gleich verschwunden, ohne mit ihm irgendwas zu klären.«

»Tabea!«, rief ihr Vater entrüstet.

»Also, wenn das so ist, kann man dem jungen Mann wahrscheinlich nicht mal einen Vorwurf machen«, erklärte ihre Mutter.

»Wie bitte? Auf welcher Seite steht ihr eigentlich?«, empörte sich Tabea.

»Auf deiner. Oder auf keiner? Linus hat dich doch zumindest informiert, was er vorhat …«, entgegnete Liv.

»Pha! Super. Und das macht ihn jetzt zum Edelmann?«

Womöglich? Doch Jan verkniff sich jeglichen Kommentar. Die Nachricht, dass er und Liv ab morgen das Haus wieder für sich alleine haben würden, reichte ihm. Die schlechten Schwingungen von eben waren verpufft. Das Leben konnte *doch* schön sein!

21

Aus dem Radio hallte P!nk mit *Secrets*. Liv mochte den Song und wirbelte als Putzfee durchs Haus. Sowohl ihre Eltern als auch Tabea hatten sie morgens zur Fähre gebracht und ihnen zum Abschied gewinkt, bis der Arm wehtat. Jetzt waren Jan und sie wieder zu zweit, und sie fieberte dem Silvesterabend entgegen.

Bereits heute am dreißigsten Dezember sollte sie am historischen Rettungsschuppen am Weststrand ein ›glühendes Meer‹ erwarten. Das stellte sie sich total romantisch vor. Sie war auf die Kulisse gespannt.

P!nk sang »Da da da do do do«, oh ja, dachte Liv voller Vorfreude und hörte genauer auf den Text. »Everybody's got a secret«, schmetterte sie nun. In Liv begann etwas zu schwingen. Die Melodie wirkte wohltuend, doch je länger sie dem Lied lauschte, desto mehr regte sich geradezu klangvoll ihr Gewissen. Als sie dann noch Maltes Auflaufform in die Hände bekam, war es gänzlich aus. Fast argwöhnisch besah sie sich die einfache weiße Porzellanschüssel und wusste, was sie zu tun hatte.

Abgesehen davon, dass das Teil aus der Küche verschwinden musste, würde sie Jan gegenüber nun endlich ihr Geständnis ablegen. Sie hatte warten wollen, bis sie allein waren. Das waren sie jetzt. Es gab also keine Ausrede mehr. Außerdem durfte sie nicht mit ihren Heimlichkeiten, ihren ›Secrets‹, ins neue Jahr starten. Die Sorgen, Nöte und Probleme, die Jan und sie hatten, sollten im alten Jahr bleiben und das kommende davon unberührt sein.

Sie warf einen Blick auf die Uhr. Es war früher Nachmittag. Im *Küstenglück* könnten die Vorbereitungen in der Küche bereits begonnen haben. Es müsste also jemand anzutreffen sein, dem sie die Form in die Hände drücken konnte.

Bevor sie es sich anders überlegen konnte, warf sie ihr Geschirrtuch in die Ecke und schlüpfte in ihre Schuhe. Sie würde das gleich erledigen und anschließend mit Jan einen Kaffee trinken. Vielleicht wäre auch ein Spaziergang gut, um zu reden. Doch das konnte sie später entscheiden.

Dick in ihre Winterjacke eingehüllt trat sie nach draußen. Ehe sie die Tür zuzog, warf sie einen Blick über die Schulter. Aber Streuner war bereits vor einer Stunde gegangen. Warum nur? War es ihm plötzlich zu leer im Haus?

Das konnte Liv sich nicht so recht vorstellen. Denn er verweilte inzwischen fast den gesamten Tag bei ihr. Manchmal hatte er nachts sogar neben ihrem Bett geschlafen. Dass Jan nichts dagegen einzuwenden gehabt hatte, zeigte, wie sehr er sich um sie bemühte. Er wollte sie glücklich machen, und wenn sie ihr Gewissen erleichtert hatte, war sie das auch. Sie konnte nur hoffen, dass er ihre Beichte gut aufnehmen würde. Doch im Grunde musste sie sich darüber keine allzu großen Sorgen machen, sagte sie sich. Sie hatte schließlich nichts verbrochen. Das bisschen Flirten würde er ihr schon nicht übel nehmen. Außerdem konnte sie ihm sagen, dass Izzys Idee – so verrückt sie auch gewesen sei – durchaus hilfreich gewesen war. Immerhin waren sie nun sogar so was wie frisch verliebt. Das war doch ein tolles Ergebnis! Zwar etwas schräg, aber billiger als eine Ehetherapie und letztlich heiligte der Zweck die Mittel.

Hinter ihr kläffte ein Hund. Aber Liv wusste schon, als sie sich umdrehte, dass es nicht Streuner war. Ihr Liebling besaß eine etwas höhere Stimme. Diese gehörte zu einem schwarzen Schnauzer, der mit seinem Frauchen soeben die Straße überquerte.

Liv seufzte wie so oft leise, wenn sie an ihren vierbeinigen Freund dachte. Dass sie in all der Zeit, die sie nun auf der Insel weilte, nicht herausgefunden hatte, wohin er gehörte, wurmte sie. Wüsste sie es, würde sie glatt fragen, ob sie ihn adoptieren könnte. Über die Wochen waren sie zusammengewachsen, sie wollte ihn so gerne dauerhaft behalten! Doch der Schlingel schien ein Meister im Verbergen seiner Herkunft zu sein.

Am *Küstenglück* angekommen, musste Liv feststellen, dass der Eingang verschlossen war. Das Restaurant öffnete um siebzehn Uhr, aber sie hatte gehofft, dass sie trotzdem Zutritt bekam, so wie zu ihren Kochkurszeiten. Nun stand sie da und schaute sich ratlos um. Sie wollte die Auflaufform endlich loswerden. Ob sie sie einfach vor der Tür ablegen konnte? Die feine Art war das sicher nicht, aber was sollte sie machen? Das Teil wieder mitnehmen und unverrichteter Dinge heimgehen?

Nirgends war ein Fenster geöffnet, als dass sie irgendwen hätte rufen können. Sie trat einige Schritte zurück, um das Haus besser in Augenschein zu nehmen. Jemand kam aus dem Nachbargebäude, vielleicht könnte sie demjenigen die Schale ja übergeben.

»Entschuldigung?« Der Mann drehte sich um. »Malte?«

»Liv? Das ist ja schön. Kann ich dir irgendwie helfen?«

»Klar. Ich bin auf der Suche nach dir.«

Sein Gesicht hellte sich auf. »Ach echt? Das gefällt mir.«

»Ähm, ja. Ich hab hier was für dich. Die Lasagneform.« Sie hielt ihm die Papiertüte entgegen, in der sie sie verstaut hatte.

Während Malte sie nahm und hineinschaute, ertönte plötzlich ein wohlbekanntes »Wuff, wuff.« Schon sprang Streuner an ihr hoch.

»Na so was. Was machst du denn hier?« Freudig zerstrubbelte sie dem Hund das Fell am Kopf.

»Ihr kennt euch?«, fragte Malte.

»Natürlich. Er kommt mich jeden Tag besuchen.«

»Ach *da* treibst du dich andauernd rum«, sagte Malte zu dem Vierbeiner. »Aber ich verstehe dich. Du hast einen guten Geschmack.« Er zwinkerte Liv zu.

Sofort überfiel sie das altbekannte Kribbeln in seiner Gegenwart, aber ihre Neugier gewann die Oberhand. »Du kennst den Hund?«

»Ja klar. Er hat Asyl bei mir bekommen.«

»Wie bitte? Was meinst du?«

Malte deutete auf die offene Haustür hinter ihm.

»Ich wohne da. Ein Fluch und Segen zugleich, neben dem eigenen Restaurant zu leben. Man ist immer greifbar, und man ist immer greifbar.« Er lachte.

»Hm. Ich verstehe. Und was hat das mit Streuner zu tun?«

»Mit wem?«

»Streuner.« Sie zeigte auf den Hund.

»Oh, ach so. Er heiß eigentlich Stromer.«

»Stromer?« Sie schaute ihrem Liebling in die Augen. Der legte den Kopf schief und blinzelte. »Ich hab ihn Streuner getauft, und er hört sogar darauf.«

»Schon möglich. Ist ja gar nicht so ein großer Unterschied, und beide Namen passen perfekt, weil er permanent auf Achse geht. Nicht wahr, mein Guter?« Malte ging in die Hocke und kraulte seine Ohren.

»Aber das erklärt immer noch nicht, warum –«

Malte erhob sich wieder. »Er ständig allein rumläuft? Ja, das ist so seine Sitte. Aber um ehrlich zu sein, bin ich damit ganz zufrieden. Ich hab nicht viel Zeit. Das Restaurant, du weißt … und letztlich hab ich ihn mir ja nicht ausgesucht. Es war eher andersrum. Eines Abends im Frühling stand er da, ausgehungert. Er hat wohl das Essen aus der Küche gerochen. Na ja, und da ich ein Herz für Tiere habe, habe ich ihm ein paar Reste gegeben. Von da an kam er täglich und hat die Nacht bei mir verbracht. Unterm Tag war er dann wieder auf Tour. Ich wollte es immer melden, aber irgendwie bin ich nie dazu gekommen. Ich habe auch nirgendwo gehört, dass jemand seinen Hund vermisst. Also hat es sich so ergeben …«

»Ach, deshalb sagtest du, er hat Asyl bei dir bekommen.«

Malte zuckte grinsend mit den Schultern. »Es gab nie Probleme, obwohl auf Norderney Leinenpflicht herrscht. Er treibt sich wohl gern auf den Hundestränden rum. Ich hab keine Ahnung, woher er weiß, dass er dort alleine toben darf.«

Liv guckte kichernd zu dem Hund hinunter. »Du bist eben ein schlauer Kerl.«

»Wuff!«, bestätigte er, als hätte er alles genau verstanden.

»Vielleicht ist sein früheres Herrchen oder Frauchen mit ihm oft dort gewesen.«

»Das kann gut sein.«

»Glaubst du, er ist ausgesetzt worden?« Liv schüttelte es bei dem Gedanken, dass Menschen zu so was fähig waren.

»Ich weiß es nicht. Aber woher soll er sonst gekommen sein? Er ist noch recht jung. Ich schätze, er ist höchstens zwei Jahre alt.«

»Du meinst also, nachdem er den Welpenstatus verloren hat, wollten ihn seine Besitzer nicht mehr?« Sie konnte sich so was gar nicht vorstellen.

Malte nickte. »Das passiert leider viel zu oft.«

»Dabei bist du doch so ein Schatz!« Liv knuddelte den Hund erneut.

»Hey, da kann man ja glatt eifersüchtig werden«, rief Malte, und Liv errötete leicht.

Sie räusperte sich. »Ich hab jedenfalls mal gegoogelt. Er ist ein spanischer Wasserhund. Wusstest du das?«

»So? Nein, das war mir nicht bekannt. Aber Wasser passt ja schon mal. Davon gibt es ringsherum genug. Vielleicht fühlt er sich deshalb auf Norderney so wohl.« Malte lachte.

Sie stimmte mit ein, wurde dann aber wieder ernst, als ihr das eben Gehörte nach und nach bewusst wurde.

»Also, wenn ich das richtig verstanden habe, ist Streuner – oder Stromer, wie du ihn getauft hast – im Grunde nur ein Gast auf Zeit bei dir?«

»Ein spanischer Zugereister auf Asyl, wie ich dank dir nun weiß.«

»Und niemand sucht nach ihm.« Es war mehr eine Feststellung statt einer Frage.

»So sieht´s aus.«

»Was hältst du dann davon, dass ich ihn –«

»Adoptierst und ihm ein ordentliches Zuhause gibst?«

Mit angehaltenem Atem nickte sie.

»Supergern. Du kannst ihn haben.«

»Ehrlich?« Liv konnte es kaum glauben.

»Ehrlich.«

»Oh, danke, danke, danke.« Sie warf sich in seine Arme, und er fing sie auf. Plötzlich traf sein Mund auf ihren. Er fühlte sich weich an, und bevor sie wusste, was geschah, öffnete er sich. Ihrer ebenfalls, wenn auch nur einen zögerlichen Spalt. Das Blut schoss ihr in den Kopf, und ihr Herz klopfte wild, als er sie mit seinen Lippen liebkoste. Wie aus einem Reflex machte sie mit, dann kapierte sie, was sie gerade taten.

Jan traute seinen Augen kaum. Er kniff sie zusammen und öffnete sie wieder. Da vorne stand tatsächlich Liv und knutschte mit diesem Koch. Das war sie doch, oder? Er ging ein paar Schritte weiter vor, aber an dem Bild, das sich ihm da bot, änderte sich nichts. Dann entdeckte er auch noch Streuner zu ihren Füßen. Nun bestand kein Zweifel mehr.

Wie angewurzelt blieb er stehen. Er spürte, wie ihm das Blut in den Adern gefror. Seine Frau küsste einen anderen! In aller Öffentlichkeit. Diesem Malte war es scheinbar egal, dass sie verheiratet war. Aber Liv …

Er hatte gedacht, dass sie sich wieder nähergekommen waren und ihre Differenzen beigelegt hatten. Schnappschüsse der gemeinsamen Tage auf Norderney blitzten vor ihm auf. Wie sie am Strand im Sand gelegen und von Paris geträumt hatten oder als sie in dem hübschen alten Kino wie die Teenager herumgeknutscht hatten. Nun, das tat sie offenbar ebenfalls gern mit einem anderen.

Er kam sich so dumm vor! Gestern hatte er dem Kerl erst noch die Hand geschüttelt. Dass Liv ihm solche Hörner aufsetzte, war geradezu unvorstellbar. Dennoch hatte sie es zweifellos getan. Wie lange das mit den beiden wohl schon ging? Hatte es überhaupt jemals einen Kochkurs gegeben? Oder war das nur ein Vorwand gewesen?

Zähneknirschend wandte sich Jan ab. Er hatte genug gesehen, mehr grenzte an Selbstgeißelung. Er mochte vielleicht ein Depp sein, aber dazu, sich selbst zu demütigen, neigte er nicht.

Im Laufschritt eilte er zu dem Ferienhaus. Er merkte, dass seine Augen feucht wurden. Aber er redete sich ein, dass es an dem feinen Nieselregen lag, der eingesetzt hatte. Trotzdem fuhr er innerlich seine Rüstung hoch. Wut kroch nun durch seine Adern. Auf sich selbst, aber noch mehr auf Liv. Wie hatte sie ihm so was nur antun können?

Als er die Tür aufschloss und eintrat, wusste er wieder,

warum er nie mehr einen Fuß hatte hier reinsetzen wollen. In diesen Mauern lauerte eben doch das Unglück in jeder Ritze!

Er nahm drei Stufen auf einmal. Im Schlafzimmer griff er nach seinem Koffer und warf wahllos alles hinein. Mit jeder Minute, die verstrich, hatte er das Gefühl, die Wände würden näherrücken. Er presste den Reißverschluss zusammen und zog ihn zu.

Als Liv das Haus betrat, kam er polternd die Treppe hinunter.

»Hey du, hast du Lust, mit mir einen Kaffee zu trinken?«, fragte sie und wickelte sich aus ihrem überbreiten Schal.

Er beachtete sie nicht und drückte sich an ihr vorbei.

ERST JETZT ENTDECKTE Liv den Koffer in Jans Hand.

»Wo willst du denn hin?« Verblüfft stand sie da und schaute zu, wie er sein Auto belud.

»Weg.«

»Wie weg?«

»Weg. Einfach weg von dir!«

Livs Magen verknotete sich. Was war denn heute nur los? Erst küsste Malte sie einfach, und dann spielte Jan auch noch verrückt. Beides hatte sie nicht kommen sehen, und beides überforderte sie total.

Wobei der Kuss mit Malte sogar irgendwie erlösend gewesen war. Denn als sich ihre Lippen berührten, hatte sie gar nichts gefühlt. Selbst als der Kuss intensiver zu werden drohte. Sie hatte nur Jan im Kopf gehabt und gedacht, wie sehr sie ihn doch liebte.

Aber wie es schien, half ihr das im Moment nicht weiter.

»Warum?«, erkundigte sie sich monoton.

»Das fragst du noch?«, zischte er und schlug die Klappe des Kofferraums krachend zu. »Du hast mich lange genug zum

Narren gehalten. Und *du* hast *mich* einer Affäre bezichtigt! Ausgerechnet du! Aber vermutlich hätte ich da schon stutzig werden sollen. Schließlich ist Angriff die beste Verteidigung, nicht wahr?«

Wie versteinert starrte sie ihn an. Hatte er sie etwa gesehen? Vorhin, mit Malte? Nein, das konnte nicht sein. Jan hatte arbeiten wollen. Davon, dass er noch in die Stadt wollte, hatte er nichts gesagt. Und doch war es das Einzige, was Sinn ergab.

»Ich bin mir nicht sicher, wovon du sprichst. Aber glaub mir bitte, dass alles ganz anders ist, als du denkst. Deshalb wollte ich mit dir einen Kaffee trinken und dir alles erklären«, stammelte sie, ohne zu wissen, ob er ihr folgen konnte.

»Pha! Spar dir deine Erklärungen für einen anderen Idioten auf. Dieser hier«, er deutete harsch auf sich selbst, »ist jetzt weg.«

Damit stieg er in den Wagen, ließ den Motor aufheulen und steuerte auf die Straße hinaus.

Liv stand noch lange in der Tür und stierte mit tränenverschleiertem Blick ins Leere. Den kalten Wind und aufkommenden Regen spürte sie kaum. Erst als Streuner aus der warmen Küche zu ihr kam und sie winselnd anflehte, mit reinzugehen, rührte sie sich.

Das Telefon klingelte penetrant und riss Liv aus ihrem Dämmerschlaf. Als sie sich aufsetzte, war bereits die Dunkelheit hereingebrochen. Sie rieb sich über ihre verquollenen Augen und wäre um Haaresbreite auf Streuner getreten, der vor dem Sofa lag, als sie sich aufsetzte.

Ob Jan es sich anders überlegt hatte? Sie griff nach ihrem Handy und erkannte Izzys Nummer. Einen Moment lang wollte sie gar nicht rangehen. Sie war nicht in der Verfassung zu reden. Doch das Klingeln ertrug sie kaum, und wenn sie die Freundin wegdrückte, würde die alarmiert sein. Also riss sie sich zusammen und nahm das Gespräch an.

»Ja?«, piepste sie leise.

»Liv? Bist du das?«

»Ja«, sagte sie diesmal mit mehr Nachdruck in der Stimme.

»Oh Mann, du klingst schrecklich. Ist alles in Ordnung?«

Sie wollte es bestätigen, doch die Lüge kam ihr nicht über die Lippen.

»Nein, überhaupt nicht«, gestand sie und brach in Tränen aus.

»Liv, was ist denn los? Sag doch, ich bin für dich da«, hörte sie die Freundin zwischen zwei Schluchzern fragen.

Sie rang um Beherrschung. »Hm. Ich … er … Jan hat mich verlassen. Ich habe alles vermasselt.«

Sie schluchzte.

»Dann bist du allein auf Norderney?«, wollte Izzy wissen.

Liv nickte inbrünstig. »Dabei hat er doch nur was in den … falschen Hals bekommen. Es ging um Streuner!«

Kaum vernahm der Hund seinen Namen, sprang er zu ihr aufs Sofa und kuschelte sich an sie. Wohltuend ging seine Körperwärme, da wo sie sich berührten, auf sie über.

»Ich habe ihn mitgenommen. Er wohnt jetzt bei mir.« Liebevoll streichelte sie über dessen Fell. »Das ist so schön und so grausam schrecklich«, jammerte sie dabei, und Tränen kullerten über ihre Wangen. Geräuschvoll putzte sie sich die Nase.

»Livy, ich kapiere leider gar nichts«, nutzte Izzy die Gelegenheit.

»Macht nix. Geht mir ebenso«, schniefte sie.

»Weißt du was, ich denke, du brauchst dringend eine Freundin. Ich pack schnell ein paar Sachen zusammen und komme zu dir.«

»Was? Morgen ist doch Silvester. Du hast bestimmt Pläne. Und ich auch«, fiel Liv ein. »Wir wollten auf die Party gehen«, heulte sie auf.

»Das machen wir auch. Beruhige dich erst mal. Brüh dir einen Tee auf. Morgen bin ich da.«

»Aber …« Gedankenfetzen wirbelten in ihrem Kopf umher, doch sie war unfähig, sich klar zu äußern.

»Kein Aber. Bis morgen«, erklärte indes Izzy rigoros und legte einfach auf.

Müde fiel Liv zurück auf die Couch. Jetzt vermurkste sie obendrein Izzys Jahreswechsel. Super!

22

Es rumpelte, als die Fähre anlegte. Liv wartete mit Streuner etwas abseits, um den ankommenden und abreisenden Passagieren nicht im Weg zu stehen. Der Himmel war stahlgrau und sah so aus, wie sie sich fühlte.

Gestern um diese Uhrzeit war Jan aufs Festland übergesetzt. Seitdem hatte sie nichts mehr von ihm gehört. Mehrfach war sie versucht gewesen, ihn anzurufen, ließ es dann aber immer bleiben. Sie hätte es nicht ertragen, wenn er sie ignoriert hätte. Und so wie er drauf gewesen war, lag das durchaus im Bereich des Möglichen. Vielleicht sollte sie ihm eine Nachricht schicken? Doch sich in kurzen knappen Sätzen zu erklären, fiel ihr schwer. Stattdessen hatte sie *Grisu* halbherzig geschrieben. Warum, wusste sie selbst nicht genau. Oder doch? Vermutlich hatte sie nur ein paar nette Worte hören wollen. Ganz unverbindlich. Sonst hätte sie auch mit Scarlett oder Tammy telefonieren können, oder mit ihren Eltern. Aber ihnen allen stand Liv viel zu nah, als dass sie ihre aktuelle Lage einfach unerwähnt hätte lassen können. Abgesehen davon hatte sie Izzy schon alarmiert. Liv wollte nicht noch weitere Silvesterpläne zerstören.

Mit *Grisu* war das anders. Ihm fühlte sie sich nicht derart verbunden, um ihm ihren Gemütszustand verraten zu müssen. Mit ihm konnte sie zwanglos texten. Na ja, das Ergebnis war dennoch anders ausgefallen:

›Hallo Grisu, hast du Weihnachten gut verbracht? Nach einigen Holprigkeiten hatte ich wirklich schöne Tage mit meiner Familie. Aber das beste Geschenk überhaupt habe ich erst gestern bekommen. Du erinnerst dich noch an den Hund, der mir sozusagen zugelaufen ist? Gestern habe ich durch puren Zufall herausgefunden, wem er gehört. Oder auch nicht direkt. Doch das ist eine längere Geschichte. Jedenfalls darf ich ihn jetzt offiziell behalten. Ich bin überglücklich!!! Ansonsten geht das Jahr für mich sehr ungewiss zu Ende. Wir haben nie darüber gesprochen, aber ich bin verheiratet. Zumindest noch, denn mein Mann hat mich gerade verlassen, was mich total fertigmacht, weil ich ihn aus tiefstem Herzen liebe. Aber ich habe ziemlichen Mist gebaut und fürchte, dass es zu spät für Richtigstellungen ist. Eine Sache davon ist der Kontakt mit dir. Weshalb ich dir mitteilen möchte, dass dies meine letzte Nachricht an dich sein wird, auch wenn es bezüglich meiner Ehe nicht mehr helfen mag. Vielleicht hätten wir in einem anderen Leben eine Chance gehabt, doch in diesem schlägt mein Herz einzig für meinen Mann, selbst wenn meine Neujahrsträume zerplatzt sind. Ich hoffe, dass zumindest deine Neujahrswünsche in Erfüllung gehen. Guten Rutsch. Morticia.‹

Immerhin hatte sie ihre Internetaffäre – wenn man es denn so bezeichnen wollte – damit nun beendet. Das hätte sie schon viel früher tun sollen! Doch was Jan betraf, fiel das wahrscheinlich nicht mehr ins Gewicht. Schwermütig guckte sie auf die Nordsee hinaus.

Als jemand vorbeiging und Streuner lauthals zu bellen begann, zuckte sie gedankenversunken zusammen.

»Olivia?« Die Frauenstimme kam Liv bekannt vor, dennoch wusste sie sie nicht einzuordnen. Neugierig drehte sie sich um und fand sich Andreas Freundin gegenüber, der Frau, die sich um ihre Schwiegermutter gekümmert und beim Ferienhaus nach dem Rechten gesehen hatte. Wie hieß sie noch gleich?

»Ich bin´s, Helga. Sie erinnern sich?«, half ihr die Passantin bereitwillig auf die Sprünge und tätschelte Streuners Kopf. Er wedelte freudig mit dem Schwanz.

»Aber natürlich, und Sie beide kennen sich offenbar auch«, folgerte Liv aus der Begrüßungsszene, die sich ihr bot.

»Sicher. Ich freue mich, Eddi wiederzusehen. Na du, wie ist es dir ergangen?«

Streuner gab Laut.

»Eddi? Ist das sein Name?«

»Dass Sie ihn zu sich genommen haben, hätte Ihr Mann mir aber schon sagen dürfen. Dann hätte ich nicht so lange nach ihm gesucht.«

»Ist das etwa Ihr Hund?« Liv wurde gleichzeitig heiß und kalt. Sie war so glücklich, ihren Liebling behalten zu dürfen. Die Vorstellung, ihn nun doch wieder abgeben zu müssen, ließ sie innerlich zusammensacken.

»Was? Nein.« Helga lachte. »Er war doch Andreas Hund.«

»Andreas?«, echote Liv und blinzelte verwirrt.

»Allerdings. Wussten Sie das nicht?«

Nein. Wie auch? Jan hatte darüber nie ein Wort verloren. Und wenn sie nachdachte, wie er sich Streuner gegenüber verhalten hatte, musste er wohl selbst davon keine Ahnung gehabt haben. Doch das wollte sie der Fremden nicht eingestehen.

»Sie hatte einen Hund?«, versicherte sie sich deshalb lieber noch einmal.

Helga nickte. »Sie hat ihn als Halbwüchsigen irgendwo auf der Straße aufgesammelt und ihm ein Zuhause gegeben. Das muss – warten Sie mal – etwa ein gutes Dreivierteljahr vor ihrem Tod gewesen sein. Als sie dann plötzlich verstarb, wollte ich mich um ihn kümmern, bis er ein neues Heim gefunden hätte. Aber er war auf einmal von der Bildfläche verschwunden.«

Liv staunte. »Ach deshalb kannte er sich im Haus so gut aus.«

Die beiden Frauen schauten auf den Vierbeiner hinab, der wie der bravste Hund überhaupt vor ihnen saß und von einer zur anderen blickte.

»Einmal Streuner, immer Streuner. Was?«, meinte Liv und schüttelte grinsend den Kopf.

»Dann haben Sie ihn gar nicht zu sich genommen. Damals?«, folgerte Helga indes.

»Nein, er stand irgendwann vor der Tür. Ab da kam er jeden Tag«, berichtete Liv und erzählte Helga die ganze Geschichte. Die Wirrungen des Lebens waren doch manchmal unglaublich.

Die Frauen amüsierten sich über Streuners – beziehungsweise Eddis – Gewieftheit. Als Helga sich verabschiedete, tauchte Izzy auf.

»Hey! Da bist du ja! Los, lass dich umarmen!« Übermütig drückte die Freundin Liv an sich.

Liv erhaschte einen Hauch teuren Parfüms, dann traf sie etwas Kaltes, Nasses an der Nase. Sie schob die Freundin von sich. »Sag mal, tropfst du?«

»Was? Das ist ja eine schöne Begrüßung.« Izzy lachte auf.

Liv wollte zu einer Erklärung ansetzen, doch da spürte sie es erneut. Sie schaute nach oben.

»Es schneit!«, hauchte sie verblüfft.

Auch Izzy blickte gen Himmel. »Stimmt. Das ist ja toll. Sieh mal, ich hab dir extra Schnee zur Aufheiterung mitgebracht.«

Liv kicherte, und Streuner begann nach den Flocken zu schnappen.

»Es tut so gut, dich wiederzusehen. Aber du hättest die lange

Reise nicht auf dich nehmen müssen. Ich wäre schon zurechtgekommen«, überfielen sie erneut Schuldgefühle.

»Ja, die Fahrt war länger, als ich dachte. Da ist es zu Tammy nach Usedom doch um einiges kürzer. Ich war die halbe Nacht unterwegs.«

»Bist du etwa gar nicht ins Bett gegangen?«

»Nö. Aber du kennst mich doch. Ich komm auch mit wenig Schlaf aus. Das bringt der Job mit sich.« Izzy hakte sich bei ihr unter. »Also dann zeig mir mal Jans Holliday-Hütte, damit ich mich wenigstens frischmachen kann, wenn wir heute Abend um die Häuser ziehen wollen.«

Die laxe Erwähnung von Jan genügte, dass Liv die Schultern hängen ließ.

»Du willst ausgehen, obwohl du übernächtigt bist? Also, wegen mir können wir gerne Silvester ausfallen lassen«, erklärte sie und war froh darüber, dass ihr Izzy eine passende Ausrede lieferte. Denn sie war alles andere als in Stimmung für eine Partynacht.

»Red keinen Blödsinn. Natürlich gehen wir feiern. Wir müssen doch gutgelaunt ins nächste Jahr starten. Das lass ich mir doch von ein bisschen Schlafmangel nicht nehmen.«

Liv schüttelte den Kopf. »Du bist echt der Wahnsinn.«

»Tja, ich bin eben ein krasses Teil. War ich schon immer und werd ich immer sein.«

Da konnte sie nicht widersprechen, und dagegen kam sie vermutlich auch nicht an.

~

»ALSO, was ich inzwischen von der Nordseeinsel gesehen habe, gefällt mir ausgesprochen gut. Bisher war ich ja nur an der Ostsee, wo es wunderschön war. Aber die raue Nordseeluft ist wie ein Wachmacher. Ich spüre direkt, wie sie in jede Pore dringt und meinen Körper vom Ballast befreit«, erklärte Izzy inbrünstig und atmete tief durch.

»Ach ja? Schön für dich.« Liv schaute ihre Freundin schräg von der Seite an. Sie fand, dass sie etwas übertrieb – vielleicht auch nicht. Sie jedenfalls fühlte sich alles andere als energiegeladen.

»Und das Haus ist klasse. Richtig gemütlich. Ich kann nachvollziehen, warum du nicht wegwillst. Es lässt sich hier bestimmt gut leben, über Wochen hinweg«, plapperte Izzy weiter.

»Na ja, in erster Linie wüsste ich momentan gar nicht, wohin ich sonst sollte. Nach Hause, nach Bamberg? Das ist wohl keine gute Idee, wenn ich an Jans überstürzte Abreise denke«, meinte Liv bedröppelt.

»Was ist denn genau passiert? Du warst gestern am Telefon total durch den Wind. Ich hab praktisch nichts verstanden von dem, was du zusammenhanglos gebrabbelt hast. Nur, dass du dringend eine Freundin brauchst.«

»Ja und das tut mir leid. Versteh mich nicht falsch, ich freue mich riesig, dass du da bist. Aber du hattest doch bestimmt Pläne für heute Abend.« Liv stellte die Teekanne auf den Tisch und ließ sich auf einen Küchenstuhl plumpsen.

»Och, da mach dir mal keine Gedanken. Es stimmt, ich hatte natürlich was vor. Es handelt sich immerhin um Silvester. In dem Alter, dass ich allein auf dem Sofa reinfeiere, bin ich noch lange nicht.«

»So wie ich dich kenne, wirst du das wohl auch nie sein.«

Izzy kicherte. »Gut möglich. Ich brauche immer ein bisschen Action. Weshalb ich auch gar nicht böse bin, der Feier in Berlin heute fernzubleiben.«

Liv schaute auf. »So langweilig?«

Das konnte sie sich kaum vorstellen. Izzy war Model und

verkehrte in den entsprechenden Kreisen. Da war doch ständig was los.

Ihre Freundin zuckte mit den Schultern.

»Entweder das oder zu viel Action«, murmelte sie und begann, mit dem Henkel ihrer Teetasse zu spielen.

Hörte sie da einen Unterton? Sie wollte nachfragen, doch da redete Izzy schon weiter.

»Außerdem fühle ich mich irgendwie verantwortlich für deine Misere. Auch wenn mir nach wie vor nicht klar ist, was überhaupt passiert ist. Aber ich habe dich schließlich motiviert ›fremd zu flirten‹. Wenn dir das auf die Füße gefallen ist, möchte ich wenigstens für dich da sein. Das ist das Mindeste, was ich tun kann. Also, hier ist meine Schulter. Heul dich nach Herzenslust daran aus.« Zerknirscht sah ihr Izzy in die Augen.

»Ach, du wieder!« Liv beugte sich zu ihr hinüber und umarmte sie. Dann holte sie tief Luft und erzählte von den Geschehnissen.

»Okay, du hast also diesen Malte geküsst«, blieb Izzy beim Knackpunkt der Geschichte hängen.

»Er hat *mich* geküsst!«, stellte Liv sofort richtig. Doch sie wusste selbst, dass das letztlich egal war. »Aber wie auch immer, ich hätte es mir niemals gefallen lassen sollen. Es war ein schlimmer Fehler. Zu meiner Verteidigung kann ich nur vorbringen, dass ich ihn sofort von mir geschoben und zweifelsfrei klargestellt habe, dass ich vergeben und nicht interessiert bin. Der Bann ist gebrochen! Denn ich habe absolut nichts dabei gefühlt. Nada! Das Kribbeln, das ich in seiner Gegenwart immer verspürt habe, ist wie weggeblasen. Jetzt, im Nachhinein, komme ich mir richtig blöd vor, weil ich mich von ihm habe umgarnen lassen.«

»Alles gut und schön, aber das solltest du vielleicht Jan mal sagen.«

»Ich weiß …!« Liv schlug sich die Hände vor die Augen. »Nur, was ist, wenn er mir nicht glaubt? Das muss ihn echt getroffen haben. Besonders wenn man diese neu aufgeflammte Liebelei zwischen uns bedenkt. Es war schon ein irrer Zufall, dass er uns gesehen hat. In dieser einzigen Minute.«

»Tja, that's Life. Willst du ihn denn nicht doch anrufen und es wenigstens versuchen?«

»Natürlich!«, beteuerte sie. »Doch nicht jetzt. Nicht heute.«

»Hm. Warum denn?«

Liv schnaufte. »Es klingt vermutlich total meschugge, aber wer weiß, wie es ausgeht. Jan kann ziemlich stur sein, und ich möchte gern hoffnungsvoll ins neue Jahr starten. Zumindest davon träumen dürfen, dass alles wieder gut wird und wir da anknüpfen können, wo wir vor Weihnachten aufgehört haben. Das ist bekloppt, oder?«

»Überhaupt nicht! Also dann lass uns feiern gehen.« Izzy sprang auf. »Ich hab dir sogar ein passendes Kleid für den Anlass mitgebracht.«

Die Silvesterparty fand im *Conversationshaus* statt. Bis zum Einlass um neun Uhr abends hatten die Freundinnen schon vorgeglüht. Denn Liv war nach wie vor nicht begeistert, hinzugehen. Zwar wollte sie ihren Neujahrswunsch um Punkt zwölf ins Universum schicken, aber dafür hätte ihr es gereicht, das Feuerwerk am Kurplatz anzusehen. Doch Izzy hatte sich geweigert, die Karten verfallen zu lassen.

»Wir bekommen dich schon in Stimmung«, hatte sie gemeint und den Eierlikör aus dem Kühlschrank geholt. Drei Gläschen später waren sie losgezogen.

In der Orangerie sowie im Weißen Saal gab es Livemusik. Es dauerte nicht lange, und die Tanzfläche war rappelvoll. Überall standen gutgelaunte Gäste, redeten und lachten. Manche in ihrem legeren Lieblingsoutfit, andere hatten sich, wie Izzy und Liv, extra schick gemacht.

»Ladies, ihr seht fantastisch aus. Ihr seid eine wahre Augenweide«, sprach sie ein fescher Mann im schwarzen Anzug mit weißen Turnschuhen an, als sie sich von den Snacks bedient hatten, die angeboten wurden.

Izzy klimperte mit den Wimpern und strich sich ihre lange schwarze Mähne glatt. Ihr paillettenbesetztes bodenlanges schwarzes Schlauchkleid funkelte im Licht der Diskokugel wie ein Meteoritenschauer. Liv war froh, dass ihre Freundin sie dankenswerterweise in etwas nicht ganz so Auffälliges gesteckt hatte. Ihr wadenlanges brombeerfarbenes Kleid war leicht ausgestellt und wirkte gleichzeitig schlicht wie elegant. Zumindest optisch fühlte sich Liv darin gut. Wie es in ihr drin aussah, stand auf einem anderen Blatt. Sie musste ständig daran denken, dass sie eigentlich mit Jan hier sein sollte. Wenn sich nicht plötzlich alles gewendet hätte, hätten sie sicherlich einen unvergesslichen Abend erlebt. *Tja, wenn das Wörtchen ›wenn‹ nicht wär ...*, dachte sie grimmig und nahm sich ein Glas Sekt vom Tablett des vorbeihuschenden Kellners.

Der Mann schäkerte indes weiter mit Izzy. Als er sie zum Tanzen aufforderte, scheuchte Liv die beiden davon. Ihre Freundin sollte die Nacht genießen, wenn sie schon extra ihretwegen hergekommen war. Und Björn, wie er hieß, schien genau ihre Kragenweite zu sein.

Liv stellte sich unterdessen an den Rand, nippte an ihrem Glas und sah ihnen zu, während sie ihren Gedanken nachhing.

Izzy ließ sich von ihrem neuen Bekannten herumwirbeln, und aus einem Tanz wurden mehrere. Dann spielte die Band einen Charleston, und Izzy beherrschte plötzlich die Fläche. Überrascht sah Liv zu, wie sie mit den Knien zum Takt wackelte. Sie wusste gar nicht, dass ihre Freundin den Stil aus den Neunzehnhundertzwanzigerjahren draufhatte. Sogar das Kleid passte dazu. Es fehlten nur noch die langen Handschuhe und das prägnante Stirnband mit Federn und Steinchen, dann hätte sie einem Film entsprungen sein können. Nachdem das Lied verklungen war, erschallte tosender Applaus, und ihre Freundin verbeugte sich lachend vor den Umstehenden.

Verschwitzt kam sie neben Liv zum Stehen, nahm ihr das Glas aus der Hand und kippte sich den restlichen Inhalt in den Rachen.

»Durst«, erklärte sie dann, und Liv kicherte. Es war inzwischen schon ihr drittes gewesen und vermutlich sowieso besser, wenn sie es nicht mehr austrank. Ihr war bereits schwummrig.

Ihr Zustand verschlimmerte sich, als sie an die frische Luft gingen, um zum Countdown am Kurplatz zu sein.

Während die Menge die letzten Sekunden herunterzählte, wischte Liv sich verstohlen eine Träne aus dem Augenwinkel. Wo Jan gerade sein mochte?

Dann knallte es, und der Himmel wurde von den Feuerwerkskörpern erleuchtet. Die typischen Ahs und Ohs waren aus der Zuschauermenge zu vernehmen, und sie entsandte ihren Neujahrswunsch heimlich ins Universum. Einen Versuch war es allemal wert. Als sie sich zu Izzy umdrehte, um ihr ein frohes neues Jahr zu wünschen, besiegelte die gerade ihre Neujahrsbekundung an Björn mit einem Kuss. Mit ihr schien das Universum immerhin gnädig zu sein, das ließ hoffen, dachte Liv und schaute sich das restliche Feuerwerk an, bis sich die Freundinnen schließlich doch noch in die Arme fielen.

An den weiteren Verlauf der Nacht konnte Liv sich nur bruchstückhaft erinnern. Björn hatte sie beide zu einem Cocktail eingeladen, so viel wusste sie noch. Aber wie sie ins Bett gekommen war, war ihr schleierhaft.

Nun öffnete sie blinzelnd die Lider und verzog das Gesicht. In ihrem Mund schien sich ein totes Felltier zu befinden, und in ihrem Kopf herrschte Bombenstimmung. So was passierte ihr zuhause nie, auf Norderney wiederholte es sich offenbar.

Na super. Eine Alkoholabhängige in den mittleren Jahren hatte sie schon immer sein wollen … Das Teufelchen in ihr lachte.

Sie schlurfte ins Bad und legte sich einen kalten Waschlappen auf die Stirn, bevor sie mit halbgeschlossenen Augen zurück in die Federn kroch. Wenigstens musste sie nicht die Gastgeberin spielen. Izzy und sie kannten sich lange und innig genug, sodass sie die Freundin getrost sich selbst überlassen konnte. Wie spät war es eigentlich?

Sie angelte nach dem Handy. Streuner beobachtete sie mitleidig.

»Du scheinst den Jahreswechsel wesentlich besser überstanden zu haben als ich«, murmelte sie und tätschelte den vorm Bett liegenden Hund.

Er kläffte zustimmend, was Livs Gehirn vibrieren ließ. Sie fiel zurück in die Kissen.

Nach zwei Anläufen konnte sie endlich die Uhrzeit entziffern, die ihr Smartphone ihr anzeigte. Es war schon nach zwei Uhr nachmittags. Herr im Himmel! Wie lange hatte sie geschlafen?! Sie wollte hochfahren, unterließ es aber. Dafür sah sie sicherheitshalber nochmal auf ihr Display. Sie hatte sich nicht getäuscht. Nebenbei bemerkte sie, dass sowohl ihre Eltern als auch Tabea auf ihre Neujahrswünsche geantwortet hatten. Tammy und Scarlett hatte sie noch in der Nacht zusammen mit Izzy angerufen, fiel ihr ein. Auch Jan hatte sie eine Nachricht geschickt. Von ihm war allerdings keine Rückmeldung erfolgt. Das war ja ein toller Start in die nächsten dreihundertfünfundsechzig Tage!

Missmutig wollte sie sich unter der Decke vergraben. Zum Denken war sie momentan nicht fähig. Aber draußen rumpelte etwas. Streuner hob den Kopf. Schon flog die Tür auf.

»Liv? Bist du wach?«, fragte Izzy aufgeregt. Sie war ordentlich angezogen und putzmunter. Wie konnte das sein?

Anklagend hob Liv den Zeigefinger, aber das Felltier in ihrem Mund verhinderte, dass sie antworten konnte.

»Oh, gut«, äußerte Izzy dafür. »Rat mal, wer eben eingetroffen ist.«

»Hä?« Liv schmatzte, und der zähe Belag auf ihrer Zunge löste sich ein wenig. *Brrr.* Warum hatte sie sich vorhin im Bad nicht auch gleich die Zähne geputzt, wenn sie doch schon dort gewesen war?

»Jan ist da und möchte mit dir reden!« Etwas überdreht wedelte sie mit den Händen und hüpfte auf und ab, während Liv die Kinnlade runterfiel.

»Was?« Hatte sie richtig gehört oder litt sie an den Folgen des Alkoholkonsums? Vielleicht träumte sie auch nur.

»Jan steht unten. Er will zu dir«, wiederholte Izzy langsam und verständlich.

Liv runzelte die Stirn. Okay, es war also doch keine Einbildung gewesen.

Aber was wollte er? Jetzt und gleich … Wie war er hergekommen? Und … ach, das waren zu viele Fragen. Dazu war sie noch nicht in der Lage, und so wie sie beisammen war, konnte sie ihm unmöglich gegenübertreten!

»Sag ihm, ich liege im Koma«, erklärte sie deshalb und warf sich das Kissen über den Kopf.

~

Dass auf einmal Izzy auf Norderney war, damit hatte Jan überhaupt nicht gerechnet. Perplex hatte er ihr ein frohes neues Jahr gewünscht und sich irgendwie fehl am Platz gefühlt, als er das Haus betreten hatte. Aber dann hatte er sich für Liv gefreut, so hatte sie wenigstens Silvester nicht allein verbringen müssen.

Die Freundinnen hielten zusammen und waren immer füreinander da, das wusste er. Nur dass seine Frau am Nachmittag noch im Bett lag, bereitete ihm Sorge.

»Wie ausschweifend habt ihr denn gefeiert?«, wollte er von Izzy wissen und goss sich einen Kaffee ein.

Sie zuckte vage mit den Achseln. »Lang.«

Er sah zu, wie sie sich ebenfalls eine Tasse einschenkte. Für einen Moment war er versucht, weitere Auskünfte aus ihr herauszukitzeln. Zum Beispiel, ob die Mädels nur zu zweit unterwegs gewesen waren oder in Begleitung.

Das Bild des Kochs schob sich vor sein inneres Auge. Unwillkürlich blinzelte er es weg. Nicht schon wieder! Wenn er es zuließ, ernsthaft daran zu glauben, dass Liv etwas mit Malte hatte, konnte er eigentlich gleich wieder verschwinden.

Er schielte zur Tür.

»Seit wann bist du da?«, fragte er stattdessen.

»Ich bin mit der Fähre gestern am frühen Nachmittag gekommen.«

Er rechnete im Kopf. »Berlin ist ähnlich weit weg wie Bamberg. Sieben Stunden plus minus? Dann musst du mitten in der Nacht aufgebrochen sein.«

»Jap. So wie du offenbar.« Die schwarzhaarige Schönheit setzte sich an den Tisch und schaute ihm geradewegs in die Augen. »Was hat dich hergetrieben? Ich meine, schnell weg und schnell wieder da? Willst du einen Autobahnrekord aufstellen?«

»Vielleicht?« Er spürte den Anflug eines Grinsens. Izzy klang neugierig, nicht vorwurfsvoll. Aber statt mit ihr sollte er mit Liv reden. Er warf einen Blick auf seine Armbanduhr. »Was denkst du, wann Liv fit ist?«

»Gib ihr noch eine Stunde.«

»Gut. Ich gehe derweil spazieren«, entschied er.

Izzy nickte. »Mach das.«

Gerade als er nach draußen treten wollte, rief sie ihm nach: »Übrigens, schön, dass du da bist.«

Ein Lächeln huschte über sein Gesicht. Was er an Livs Freundinnen schon immer geschätzt hatte, war genau diese Mischung aus Beistand und Zurückhaltung.

Wenige Minuten später war er am Strand. Der Sand war mit einer weißen Zuckerschicht überzogen. Nur hier und da spitzte das typische Ockergelb hervor. Es war ein wirklich schönes Bild, das sich ihm da bot. Fast ehrwürdig lief er darüber hinweg, bis vor zur Meereskante, wo die dunkelblaue Nordsee mit ihrer weißen Gischt den Übergang von Wasser zu Schnee kurzzeitig verknüpfte, bevor die Verbindung wieder brach und sich die Wellen zurückzogen.

Er überlegte, ob er als Kind jemals erlebt hatte, dass es auf der Insel schneite, konnte sich aber nicht wirklich entsinnen. Letztlich war es auch egal. Viel lieber wollte er mit Liv neue Erinnerungen schaffen. Sie liebte Schnee und würde begeistert von dem Anblick sein. Plötzlich hatte er eine Idee.

Er lief zurück zum Dünengras und suchte nach einem dicken Stängel. Als er einen gefunden hatte, sprang er mit großen Schritten über den Strand und malte etwas hinein. Mit ein bisschen Glück würden sie sich versöhnen, und er konnte Liv dann damit überraschen.

Nur ob es so einfach werden würde?

Der Anblick von Liv in den Armen eines anderen spukte noch immer in seinen Gedanken herum, auch wenn er sich inzwischen ziemlich sicher war, dass es sich tatsächlich nicht so zugetragen hatte, wie es für ihn ausgesehen haben mochte. Prompt schüttelte er den Kopf. Was für ein abgedroschener Satz das doch war. Aber wenn es sich nun wirklich so verhielt?

Er wollte es hoffen. Nein, er glaubte daran, seit *Morticia Grisu* diese Abschiedsworte geschickt hatte. Darin hatte sie nicht nur zweifelsfrei klargestellt, dass sie verheiratet war, sie hatte auch geschrieben, dass sie ihn – Jan – liebte! Als er das gelesen hatte, waren die Ketten, die sich um sein Herz gelegt hatten, zersprungen. Und als er sich dann noch aus ihren Worten zusammenreimte, dass diese ›Umarmung‹ mit Malte einzig ihrer Dankbarkeit, Streuner behalten zu dürfen, geschuldet war, war er ins Auto gesprungen und postwendend zurückgefahren.

Denn wenn seine Schlussfolgerung stimmte, durfte er keine Zeit verlieren, um die Sache mit Liv ins Reine zu bringen. Immerhin war Malte trotz allem ein recht attraktiver Kerl, und der Typ konnte kochen! Beides womöglich durchaus Kriterien für Liv, sich mit ihm über ihre gescheiterte Ehe hinwegzutrösten. Der erste Schritt war schließlich schon getan, und Liv gefiel es auf der Insel. Was, wenn sie würde bleiben wollen? Jan war sich sicher, dass sich dieser Koch die Gelegenheit nicht entgehen lassen würde, mit ihr etwas anzufangen. Warum auch? Liv war klug, hübsch und die Beste von allen überhaupt!

Allein der Gedanke verursachte ihm Herzrhythmusstörungen. Hoffentlich war es noch nicht zu spät. Hatte er sie bereits verloren? Mit seinem kindischen Verhalten, weil er davongestürmt war, ohne ihr zuzuhören? Sie hatten bereits Probleme gehabt, und der geplatzte Kindertraum nagte noch an ihnen, auch wenn sie beide versuchten, ihn als gegeben hinzunehmen.

Dass er sie zurückgewonnen hatte, war noch nicht lange her. Er wollte unbedingt da weitermachen, wo sie aufgehört hatten. Sie war die Liebe seines Lebens, das war ihm auf Norderney so deutlich bewusst geworden wie nie zuvor. Er würde den Teufel tun und sie einfach gehen lassen! Jan hatte vielleicht ebenso wie *Grisu* aus Versehen alles in Brand gesetzt, aber er würde es wie der kleine Drache als Feuerwehrmann wieder löschen.

Ohne auf die Uhr zu schauen, lief er los. Er musste ins Risiko gehen – jetzt!

23

Nach einer kalten Dusche, die vermutlich den Wassertemperaturen der Nordsee in nichts nachstand, war Liv bereit, sich den Herausforderungen des neuen Jahres zu stellen. Sie schlüpfte in ihre bequeme Jogginghose und streifte sich einen passenden Hoodie über. Dass Jan urplötzlich wieder da war, war ein gutes Zeichen, sollte es aber dennoch anders kommen, wollte sie gerüstet sein. Denn wenn es das Aus für ihre Ehe bedeutete, würde sie sich garantiert für eine Woche im Bett verbarrikadieren.

Positiv denken geht aber anders, motzte ihre innere Stimme. Liv streckte ihr die Zunge entgegen und verließ das Badezimmer.

Köstlicher Kaffeeduft kroch ihr in die Nase, je weiter sie die Treppe hinabstieg. Izzy war echt ein Schatz!

Mit mehr Schwung, als sie von sich selbst erwartet hätte, stieß sie die Küchentür auf und kam prompt ins Stocken. An der Küchenzeile stand nämlich nicht Izzy, sondern Jan.

Er lächelte sie an. »Hi. Einmal heiß und schwarz gefällig?«

»Bitte.«

Streuner, der ihr auf dem Fuß gefolgt war, flitzte auf Jan zu.

Nur mit Mühe konnte er die gefüllte Tasse am Tisch abstellen, ohne den Inhalt zu verschütten.

»Ich freue mich auch, dich zu sehen. Hast mich wohl vermisst?«, sagte er und tätschelte ihn sporadisch, weil er immerwährend an ihm hochsprang.

»Verräter«, murmelte Liv, sank auf ihren angestammten Platz und griff nach der Kaffeetasse. Als der erste Schluck ihre Kehle hinunterrann, stöhnte sie selig auf.

»Schwere Nacht gehabt?« Jan gesellte sich auf den Stuhl neben sie.

»Ein schweres Jahr«, murrte sie und lugte zu dem Schrank, in dem die Aspirin lagen. »Ich hab einen ausgewachsenen Kater.«

»Wirklich? Und ich dachte, du wärst auf den Hund gekommen«, witzelte er.

Liv kniff die Augen zusammen.

»Was ist? Hast du deinen Humor verloren?«, fragte er.

»Nein, aber bist du nicht viel zu gutgelaunt für …« Sie suchte nach den richtigen Worten, doch ihr fiel keine passende Bezeichnung ein. »… das, was wir hinter uns haben?«, meinte sie schließlich allumfassend. Ein Cocktail aus Hoffnung, Traurigkeit, Erwartungen und Reue durchflutete sie. Jetzt war Jan da und gewillt zu reden. Der Zeitpunkt ihrer Beichte war gekommen. Nur musste es ausgerechnet heute sein? Wo sie den Brummschädel ihres Lebens hatte? Sie fühlte sich alles andere als bereit dazu. Dabei waren die Voraussetzungen, dass er ihr zuhörte, überraschend gut. Er schien hervorragender Stimmung, was Liv jedoch noch mehr verwirrte. Was hatte sich geändert?

~

JAN WAR alles andere als so heiter, wie er tat. Aber es war das Einzige, was ihm für einen erfolgreichen ›Erstkontakt‹ einfiel. Dass

Liv ihm allerdings derart monoton gegenübersaß, machte es ihm nicht leichter. Lag es an ihrem aktuellen Befinden oder an ihrem letzten Streit? Hatte sie bereits mit ihm abgeschlossen? Er spürte, wie sich Nadeln in sein Herz bohrten. Eine davon traf die bittere Stelle weiter hinten, die seine Eifersucht beherbergte. Wenn sie ihn nun doch betrogen hatte? Dann machte er sich gerade zum Affen …

Seufzend rieb er sich über die Augen. »Schon möglich, dass ich etwas überdreht bin. Ich hab die letzten Tage kaum geschlafen.«

Zerknirscht sah sie ihn an. »Das ist meine Schuld.«

Er schüttelte den Kopf. »Nein, ich habe mich entschieden wegzulaufen, statt gleich das Richtige zu tun und zu reden.«

Sie nippte an ihrem Kaffee. »Izzy schwört auf Powernaps. Vielleicht solltest du das mal ausprobieren.«

»Ich weiß nicht. Ich kann mir nicht vorstellen, dass ich nach zwanzig oder dreißig Minuten wieder aufstehen könnte, wenn ich mal liege.«

Achselzuckend erhob sie sich und zog aus dem Brotfach ein Butterhörnchen vom Vortag. Sie zupfte etwas davon ab und stopfte es sich in den Mund.

Jan beobachtete sie schweigend. Irgendwie kam das Gespräch nicht richtig in Gang.

»Was hältst du davon, rauszugehen? Das würde –«

»Uns beiden guttun«, vollendete Liv seinen Satz. Es war ein Zeugnis inniger Verbundenheit.

Sie lächelten einander an.

»Ich esse nur schnell auf. Gib mir fünf Minuten«, sagte sie, und Jan war erleichtert, dass auch sie nicht aufgeben wollte.

Dann kam ihm eine Idee. Er stand auf und nutzte die Gelegenheit, aus ihrem Schlafzimmer etwas zu holen.

»Ich hab dich vermisst«, flüsterte sie, als er schon halb aus dem Raum war.

DIE FRISCHE NORDSEELUFT weckte endlich Livs Lebensgeister. Geduscht und mit dem Snack gestärkt ging es ihr mit jedem Schritt besser, auch wenn sie nicht Richtung Strand liefen. Was Liv schade fand. Von den Wellen und dem Meeresrauschen konnte sie nie genug bekommen, aber Jan wollte ihr etwas anderes zeigen.

Da sie ihm was schuldig war, erhob sie keine Einwände. Sie war schon froh, dass er ihr eine Chance gab, mit der Wahrheit rauszurücken. Und allmählich war sie dazu auch im Stande. Ihr Gehirn hatte seine Arbeit wieder aufgenommen und bastelte bereits fieberhaft an einem passenden Gesprächseinstieg. Doch jedes Mal, wenn sie den Mund aufmachte, verwarf sie den wieder. Da Streuner an seiner Leine neben ihnen herumsprang und die dünne Schneeschicht spielerisch erkundete, war sie einen halben Schritt hinter Jan zurückgefallen, was ihr die Möglichkeit bot, ihn ausgiebig zu betrachten.

Sein Po lugte knackig unter seiner dicken Steppjacke hervor. Die senfgelbe Mütze leuchtete geradezu. Mit energiegeladenen Schritten ging er voraus. Seine ganze Körperhaltung sprach für einen Mann, der mitten im Leben stand und wusste, was er wollte. Er war immer ihr Fels in der Brandung gewesen, ruhig und besonnen in schwierigen Lagen und fröhlich wie witzig in entspannten Situationen. Sie liebte alles an ihm! Selbst seine kleinen Eigenheiten, aber die besaß schließlich jeder. Was, wenn sie das Falsche sagte und ihrer Beziehung damit den Todesstoß versetzte? Sie wollte nicht, dass es endete, sondern sich ihm in die Arme werfen. Sie schielte auf seine Hand und überlegte, ob sie sie greifen sollte. Händchenhaltend spazieren zu gehen würde ihr gefallen und etwas Sicherheit geben.

Gerade als sie ihre hob, zog Streuner ruckartig an der Leine, sodass sie einen Stolperschritt hinlegte. Jan fing sie geistesgegenwärtig auf, während Streuner irgendwas ankläffte.

Aus den Augenwinkeln sah sie einen Vogel aufflattern. Vermutlich hatte er die Aufmerksamkeit des Hundes geweckt. Doch das nahm sie nur nebenbei wahr, denn Jans Blick bohrte sich in ihren. Es lagen unausgesprochene Fragen darin, aber sie erkannte auch Sehnsucht. Ihr Puls begann zu rasen. Sie wollte ihn einfach nur küssen, doch zuerst musste die Mauer zwischen ihnen eingerissen werden. Das Schweigen dehnte sich schon viel zu lange aus. Zumindest bellte Streuner.

»Du hast vorhin gemeint, ich wäre auf den Hund gekommen«, plapperte sie drauflos und deutete mit einer Kopfbewegung auf den Vierbeiner.

Jan nickte, ließ sie los, und sie gingen weiter.

In ihrem Geist purzelten die Geschichten durcheinander. Sie wollte ihm erzählen, dass der Hund einst seiner Mutter gehört hatte. Aber das, was zwischen ihnen stand, betraf die Szene vorm *Küstenglück*. Also entschied sie sich, der Reihe nach vorzugehen. Von ihrem Gespräch mit Helga konnte sie Jan auch später berichten.

»Streuner heißt eigentlich Stromer, das sagt jedenfalls der Vorbesitzer«, begann sie deshalb. »Ich hab ihn nämlich ausfindig gemacht. Aber er hat ihn auch nur aufgenommen und ihm einen Schlafplatz gegeben.« Sie schaute Jan von der Seite aus an, er zeigte keine Reaktion. Also redete sie weiter. »Jedenfalls, weil das so ist, meinte er, ich kann ihn behalten. Wie findest du das?« Sie schielte erneut zu ihm, doch auch jetzt sah es nicht so aus, als wollte er was dazu sagen. Okay, es war wohl der Moment, an dem sie zu dem Kuss kommen sollte. Ihr Magen rutschte ihr in die Kniekehlen.

Gespannt hörte Jan zu, was Liv zu sagen hatte. Er freute sich ebenfalls, dass der kleine Kerl bei ihnen bleiben konnte. Doch das wusste er ja bereits, nun, zumindest *Grisu* wusste es, fiel ihm ein. Jan sollte also dringend eine entsprechende Reaktion zeigen. Andererseits war das nur ein Teil der Geschichte. Was war mit Malte, mit der Szene, die er live miterlebt hatte? Wenn er jetzt jubelte, könnte es darauf hinauslaufen, dass sie es damit gut sein lassen würde. Aber so billig kam sie ihm nicht davon, nicht nach dem, was passiert war! Also behielt er seinen undurchdringlichen Gesichtsausdruck bei und stapfte stur weiter.

»Hör mal, das, was du vorgestern gesehen hast, war mein Begeisterungsausbruch darüber, dass Streuner für immer bei mir bleiben darf.« Sie hielt ihn am Arm zurück, damit er stehen blieb. »Das ist es doch, was dich umtreibt. Dass du mich mit Malte gesehen hast.«

»Du willst mir also sagen, dass du aus purer Freude und Dankbarkeit mit dem Kerl herumgeknutscht hast? Super, dann kann ich wohl nur hoffen, dass du dich niemals mehr in Gegenwart eines anderen Mannes über irgendwas freust, wenn das deine Art ist, dich zu bedanken«, spottete er und sah ihr geradewegs in die Augen.

Sie hielt seinem Blick stand. »Du hast recht. Es tut mir wahnsinnig leid! Es ist einfach passiert. Ehrlich, als ich mich Malte in die Arme geworfen habe, war der einzige Grund meine Euphorie. Ich hab Streuner so liebgewonnen und ja, ein Hund ist sicherlich kein Ersatz für ein Kind. Trotzdem bringt er etwas in mir zum Klingen, von dem ich dachte, es verloren zu haben – mit der Nachricht, dass wir niemals Eltern werden.« Sie wandte kurz den Kopf und schenkte dem Hund ein gewinnendes Lächeln, dann schaute sie wieder Jan an. »Dieser Kuss hätte nie geschehen dürfen! Er war nicht geplant und hat mir überhaupt nichts bedeutet. Ich gebe zu, ich habe mit Malte seit meiner Ankunft ein bisschen geflirtet, aber das ist wirklich alles. Wahrscheinlich hat er deshalb meine Jubelgeste falsch interpretiert. Es hätte nie so weit kommen dürfen.«

Sie ließ die Schultern hängen.

Jans Kiefer mahlte. Auch wenn er so was in der Art bereits selbst kombiniert hatte, war es doch noch mal was anderes, es aus ihrem Mund zu hören.

»Ich hoffe, du glaubst mir«, stammelte sie jetzt, und ihre Finger suchten seine. Zuerst berührten sie sich flüchtig, dann verschränkten sie sich ineinander. Ein wohliges Kribbeln zog sich seinen Arm hinauf.

»Ja«, erklärte er rau und drückte fest ihre Hand.

Sie lächelte schüchtern.

»ABER DA IST NOCH WAS, das ich loswerden muss«, gestand Liv. Einmal dabei wollte sie reinen Tisch machen und fasste sich. »Ich hatte in den vergangenen Wochen auch einen Internetfreund. Die Bekanntschaft hat sich zufällig ergeben, als ich auf Facebook unterwegs war.« Nun ja, die lange Version konnte sie Jan ein andermal erzählen. Nach dem Fehltritt mit Malte fand sie es besser, diese Geschichte in wohlproportionierten Häppchen zu servieren. Vielleicht könnten sie später sogar darüber lachen, wie genau es dazu gekommen war und welche Rolle Izzy dabei gespielt hatte, aber gewiss wollte sie nicht, dass Jan nun auf ihre Freundin sauer war.

Abwartend schaute er sie an, aber sein Mundwinkel zuckte. Das machte sie nervös. Würde ihre Beziehung dieses zweite Eingeständnis verkraften?

»Es war nichts dabei, wir haben uns nur unterhalten«, murmelte sie und überlegte fieberhaft, was sie sonst noch erzählen konnte. »Wie zum Beispiel über den Krimi, den du dir zufälligerweise herausgesucht hast, um wieder ins Lesefieber zu kommen.« Jetzt schnalzte er mit der Zunge. »Aber ich hab das beendet. Ehrlich!«, beeilte sie sich hinzuzufügen.

Er nickte. »Okay.«

Okay? »Wirklich?«

»Ja.« Er drückte ihre Hand zur Bestätigung ein weiteres Mal.

~

JAN MUSSTE SICH ERNSTHAFT BEMÜHEN, einen neutralen Gesichtsausdruck zur Schau zu stellen. Denn was dieses Thema betraf, hatte er schließlich ebenfalls etwas zu beichten. Somit war er teils belustigt, teils drückte ihn aber auch sein Gewissen. Doch wenn er richtiglag – was er in wenigen Minuten herausfinden wollte –, würde ein Geständnis seinerseits die Überraschung verderben, die er noch geplant hatte.

Da Streuner genug vom Rumstehen hatte, zog er an der Leine und trieb sie zum Weitergehen an. Es verschaffte Jan einen Moment Zeit, um sich zu sammeln.

Der Groll von vorhin war verschwunden. Was war schon ein belangloser Kuss im Vergleich zu einem ganzen Leben mit seiner einzigen wahren Liebe? Oh Gott, klang das schmalzig! Unwillkürlich verdrehte er die Augen. Trotzdem stimmte es, flüsterte sein Alter Ego. Zu dieser Erkenntnis war er schließlich schon letzte Nacht gekommen, als das neue Jahr angezählt worden war und überall die Korken geknallt hatten. Wie gut, dass er sich gleich danach ins Auto gesetzt hatte! Jetzt standen sie vor einem echten Neuanfang.

Er spürte, wie sich tiefe Erleichterung in ihm breitmachte. Liv hatte ihre Karten nun auf den Tisch gelegt. Zumindest ging er davon aus, dass es nicht noch mehr zu gestehen gab. Heiliger Bimbam, das wäre schon was. Ein Anflug von Übermut kam in ihm auf. Mal sehen, was die Sterne gleich sprachen.

Dann waren sie auf einmal am Ziel ihres Weges angelangt.

Liv genoss die profane Berührung ihrer Hände. Jans Wärme ging auf sie über und breitete sich in ihr aus. Sie vermittelte ihr Halt, obwohl er bislang selbst nichts weiter zu ihrem Geständnis geäußert hatte. Doch was gab es da auch schon viel zu sagen? Immerhin hatte er relativ gelassen reagiert und weder sie noch Streuner zum Teufel gejagt. Aber so was hätte sie auch nicht von ihm erwartet. Ob das allerdings für ein Happy End reichte? Sie entspannte sich etwas, als er sich plötzlich zu ihr umdrehte.

»Willkommen am Astropfad«, erklärte er und deutete auf den Weg, der sich links wie rechts von ihnen ausbreitete.

»Aha. Und was wollen wir hier?« Er konnte sie wirklich noch immer überraschen.

»Das siehst du gleich.« Er schaute sich um. »Da lang müsste es sein.«

Er führte sie zu einer großen gelben Scheibe. »Schau mal, das ist die Sonne. Die inneren Planeten umlaufen sie im Asteroidengürtel. Die Erde da drüben«, er zeigte auf eine Standortmarkierung mit einer Texttafel, »ist einer von ihnen.«

»Sehr interessant«, meinte Liv.

»Ich dachte, das hier ist ein guter Ort, um zu eruieren, wo wir beide stehen. Kreisen wir noch in derselben Umlaufbahn?« Er schaute ihr tief in die Augen, und Liv wurde flau.

»Aber natürlich!«, rief sie.

Er lächelte. »Sicher?«

»Zu einhundert Prozent.« Sie schlang ihre Arme um ihn und zog seinen Kopf zu sich herab. »Ich liebe dich!« Dann legte sie ihre Lippen auf seine. Sie waren kalt vom Wind und schmeckten nach Salz und Schneeflocken. Doch als sich ihre Zungen trafen, wurde ihnen beiden schnell heiß. Sie küssten sich, als wäre es das erste oder gar letzte Mal. Die ganzen Gefühle, die sich in ihnen angestaut hatten, fanden darin ihren Ausdruck. Die verzweifelte Hilflosigkeit des vergangenen Jahres ebenso wie der Hunger nach Glückseligkeit. Bis sie voneinander abließen, verging eine kleine Ewigkeit, was die zarte Schneeschicht auf ihren Mützen und Jacken bestätigte.

Atemlos grinsten sie einander an und schüttelten die weiße Pracht ab.

»Okay, nachdem wir das geklärt hätten, habe ich noch was für dich«, sagte Jan immer noch leicht heiser, was Liv ein Kichern entlockte. Auch ihre Hormone waren in Wallung gekommen.

»Was denn noch?«

»Wart´s ab.« Er wippte verwegen mit den Brauen. »Aber wir müssen uns ein wenig beeilen, bevor es dunkel wird.«

Ausgelassen traten sie den Rückweg an. Streuner fand den Schnellschritt, den sie an den Tag legten, begrüßenswert. Er flitzte in einem Tempo, dass seine Ohren flatterten. Dann wurde das Meeresrauschen hörbar lauter, und sie gelangten am Nordstrand abseits der Promenade an.

»Puh! Dass ich heute noch so sportlich sein könnte, hätte ich nicht gedacht.« Liv keuchte und verschnaufte, doch der Blick auf die Nordsee entschädigte sie sofort dafür. »Sieh mal, wie schön die verschneite Landschaft ausschaut. Ein angezuckerter Strand hat was.«

»Das finde ich auch. Ich wusste, dass es dir gefällt.« Jan legte ihr den Arm um die Taille, und sie kuschelte sich an ihn.

»Sag mal, was hast du da eigentlich in der Tasche?« Fragend tippte sie mit dem Finger auf die Beule in seiner Jacke. Es war jedenfalls etwas Weiches.

»Ach das …« Er machte eine belanglose Handbewegung und grinste sie an. In seinen Pupillen spiegelten sich die silbrigglitzernden Pailletten der Wasseroberfläche.

»Genau das habe ich mir gewünscht, dass du mich wieder so

verliebt ansiehst wie vor den Feiertagen«, sprach Liv ihre Gedanken aus.

»Das war auch mein innigster Wunsch dich betreffend«, erwiderte er und gab ihr einen Kuss. Doch bevor der sich ausdehnen konnte, zog er sich von ihr zurück. Bedauernd nahm sie es zur Kenntnis, aber dann umfasste er ihre Hände, sah sie eindringlich an und räusperte sich.

»Livy, ich weiß, wir hatten einige Schwierigkeiten im vergangenen Jahr. Begonnen mit den ganzen Klinikbesuchen und den sich dadurch ergebenden Jobsorgen für dich. Unsere Beziehung wurde auf eine harte Probe gestellt, was uns, wie wir jetzt wissen, auf Irrwege geführt hat. Wir waren uns immer treu, aber wir haben uns doch verleiten lassen, bei anderen etwas zu suchen, was wir uns offenbar nicht mehr geben konnten.« Ihre Augen weiteten sich. Was wollte er andeuten? »Ich will damit sagen, nicht nur du warst auf Facebook unterwegs. Ich auch. Und dabei habe ich ebenfalls jemanden kennengelernt, der mir von der ersten Minute an ein Gefühl der Vertrautheit gegeben hat, sodass ich – ebenso wie du – es nicht lassen konnte, mit dieser Frau in Kontakt zu bleiben.« Was erzählte er denn da? Livs Herz schlug ihr plötzlich bis zum Hals. Ihre Gedanken rasten. »Ich habe mich im Austausch mit ihr so wohlgefühlt, dass ich mich sogar mit ihr treffen wollte.« Okay, sie hatte genug gehört! Sie schloss die Augen. »Aber als ich sie dann da sitzen sah, in diesem Restaurant in Emden, wurde mir klar …« Moment! In Emden? Ihre Lider flogen auf. »… warum ich mich derart zu ihr hingezogen fühlte. Denn es handelte sich um niemand anderen als dich.«

Ihr Mund öffnete sich. Jan sah sie an und wartete geduldig, dass sie kapierte, was er sagte. »Ich?!«

Er nickte und zog den Plüsch-Grisu aus seiner Jackentasche. »Es fiel mir nichts Besseres ein, als dir den da zu schenken.« Er zuckte mit den Schultern. »Ich hoffe, du verzeihst mir, dass ich dich an jenem Nikolausabend versetzt habe.«

Sie griff nach dem Stofftier und starrte es an. »Du … bist … *Grisu*?«

Ungläubig schaute sie zu Jan auf.

»Die Chance, dass ausgerechnet wir zwei uns im Internet treffen, ist vermutlich geringer als ein Sechser im Lotto. Aber dass es so gekommen ist, sagt doch einiges über die Pläne des Universums aus. Meinst du nicht auch, *Morticia*?« Er zwinkerte ihr zu.

Endlich erfasste sie das Ausmaß seiner Worte. Die unzähligen Nachrichten zwischen ihnen wirbelten durch ihren Kopf. Ihr war es genauso gegangen wie ihm. Dieses Wohlgefühl … Dann kam ihr etwas anderes in den Sinn.

»Warst du etwa der seltsame Nikolaus?« Sie brach in schallendes Gelächter aus.

»Ich gebe zu, das war nicht meine Paraderolle«, erklärte er schief.

»Du bist *Grisu*! Das ist echt irre. Kein Wunder, dass du genau diesen Krimi gelesen hast. Ich hab dich dazu ja richtig motiviert«, stieß sie zwischen Lachsalven aus.

Er nickte grinsend. »Allerdings. Und was das heißt, weißt du. Oder?«

Sie wurde wieder ernst.

»Wir zwei gehören einfach zusammen.«

»So betrachtet fürchte ich, du hast recht«, stimmte sie zu.

»Und deshalb«, er packte sie bei den Schultern, drehte sie um und schob sie ein paar Schritte vorwärts, »möchte ich dich fragen …« Ihr Blick fiel auf den schneebedeckten Strand. Direkt vor ihr war ein großes Herz hineingemalt, in dem ›Ich liebe dich‹ stand. »Willst du mich noch einmal heiraten?«

»Was?« Mit offenem Mund schaute sie ihn verblüfft an.

»Nicht: ›Was‹. Du musst ›Ja‹ antworten.«

»Du bist verrückt!«

»Stimmt. Vor Liebe zu dir!«

Sie kicherte.

»Also? Ja oder Ja? Es gibt hier auf Norderney die einzigartige Möglichkeit, in einem historischen Badekarren am Weststrand zu heiraten, hab ich gehört. Das wird dir ganz sicher gefallen.«

»Echt?« Ihre Augen leuchteten. »Aber dafür ist es doch viel zu kalt.«

»Nicht jetzt. Im Sommer. Wir werden nun doch öfters da sein.« Er zog sie an sich. »Dank dir habe ich mich endlich den negativen Geistern der Vergangenheit gestellt, und ich habe erkannt, es liegt nicht an Norderney. Es sind die Höhen und Tiefen des Lebens, die einen fordern. Da ist es völlig egal, wo man ist. Wichtig ist, was man daraus macht. Ich jedenfalls habe hier auf der Insel neulich mein wahres Glück wiedergefunden, und ich hoffe sehr, du auch.« Er gab ihr einen Kuss auf die Nasenspitze. »Und was die Hochzeit betrifft, natürlich laden wir deine Eltern und Tabea ein. Izzy, Tammy und Scarlett dürfen keinesfalls fehlen! Und wer weiß, vielleicht knüpfe ich bis dahin sogar mal Kontakt zu meiner Halbschwester und erfahre, was mein alter Herr so treibt …«

»Wow! Ich kenne dich ja kaum wieder!«

»Na, so schlimm ist es hoffentlich nicht. Aber ja, mit dir an meiner Seite fühle ich mich zu allem bereit. Also? Willst du mit mir in die Badekarre?« Wieder wippte er schelmisch mit den Brauen.

Liv prustete los.

»Du lässt mich ganz schön zappeln!«, beschwerte er sich prompt.

Verschmitzt legte sie ihre Arme auf seine Schulter. »Das ist eine geniale Idee. Ich würde dich sehr, sehr gerne noch einmal heiraten.«

»Gott sei Dank!« Er wischte sich gespielt den Schweiß von der Stirn.

»Aber nur, wenn es auf Hochzeitsreise nach Paris geht.«

»Hey, jetzt auch noch Forderungen stellen?«, schnappte er grinsend.

Sie verschloss seine Lippen mit ihren, und als sie sich küssten, platzte sie innerlich vor Glück. Jan hob sie hoch und wirbelte sie einmal im Kreis. Streuner begann zu bellen und an ihnen hochzuspringen.

Lachend stellte er Liv wieder auf die Füße.

»Und mit dir sind wir jetzt wirklich eine kleine Familie!«, erklärte er und zottelte den Hund.

Liv strahlte erfüllt von Liebe. Auf einmal konnte sie es gar nicht mehr erwarten, die Tage des neuen Jahrs zu füllen. Der Beginn war bombastisch, und sie war sich sicher, es konnte nur noch besser werden.

Der Ansicht war vermutlich auch Streuner. Denn er schnappte sich den zu Boden gefallenen Stoff-Grisu und tobte jubelnd mit seiner Beute herum.

DANKSAGUNG

Liebe Leserinnen und Leser,

dies ist der dritte Band aus der *Zeit für Meer* Reihe. Nachdem ich Sie mit Scarletts und Tammys Geschichten an die Ostsee entführt habe, ging es diesmal an die Nordsee.

Ich hoffe, Ihnen hat Livs und Jans Geschichte auf Norderney gefallen. Einen Roman über ein bereits verheiratetes Ehepaar zu schreiben, war für mich neu und herausfordernd. Umso mehr freue ich mich, dass die beiden wieder zusammengefunden haben. Ein Hoch auf die Liebe!

Übrigens: Die beiden Bücher, die ich in der Geschichte erwähnt habe, gibt es tatsächlich käuflich zu erwerben. Sie stammen aus der Feder zweier lieber Kolleginnen.

Ein ganz herzliches Dankeschön an euch, liebe Leserinnen und Leser, die ihr mich motiviert habt, diese Reihe zu schreiben! Sowie an die großartigen Bloggerinnen, die mich immer wieder aufs Neue so toll unterstützen!

AUCH VON BIRGIT GRUBER

Timo hat ein Ziel: die traumhafte Ostsee-Villa seiner Großmutter zu besitzen.
Timo hat einen Plan: mogeln und schummeln, um an sein Erbe zu kommen.
Timo hat ein Problem: eine Assistentin, die ihm ganz genau auf die Finger schaut.

Timo genießt sein Jet-Set-Leben. Als ihm seine Großmutter jedoch die Villa an der Ostsee vererbt, ist dies an eine Bedingung geknüpft: Er muss einen Roman schreiben. Blöd nur, dass er darauf gar keine Lust hat. Zum Glück hat er eine geniale Idee, um zu bekommen, was er will – auch ohne die nervige Arbeit.

Allerdings wird ihm die hinreißende Dana als Assistentin aufs Auge gedrückt, und das Letzte, was Timo gebrauchen kann, ist jemand, der ihm auf die Schliche kommen könnte. Also sorgt er dafür, dass sein strenger Babysitter rund um die Uhr beschäftigt ist - auch wenn er seine Zeit lieber damit verbringen würde, ihre Kurven und diesen schlagfertigen Mund zu bewundern.

Doch während es Sommer wird am Meer, verstrickt sich Timo immer tiefer in seine Gefühle zu Dana und in seinen Plan, der plötzlich gar nicht mehr so genial zu sein scheint …

ÜBER DIE AUTORIN

Birgit Gruber, 1976 geboren, lebt mit ihrem Mann, ihren zwei Kindern und zwei Katzen in der Nähe von Bayreuth. Bereits im Kindesalter hat sie Geschichten erfunden und aufgeschrieben.Bis zu ihrer ersten Veröffentlichung hat es allerdings etwas gedauert. 2015 erschien ihr Debütroman "Der Mann im Kleiderschrank". Neben locker-leichten Liebesromanen schreibt sie die witzig-skurrile Cosy-Crime-Reihe „Kati Blum ermittelt“. Birgit Gruber veröffentlicht sowohl im Self-Publishing als auch im Verlag.

Printed in Poland
by Amazon Fulfillment
Poland Sp. z o.o., Wrocław

63909218R00185